[美]艾格尼丝·丹弗斯·休斯 / 著
[美]阿姆斯壮·斯佩里 / 绘
吴民 / 译
南来寒 / 主编

纽伯瑞儿童文学奖
获奖作品精选   9

鳕步枪

南京大学出版社

图书在版编目（CIP）数据

鳕步枪 /（美）艾格尼丝·丹弗斯·休斯著；（美）阿姆斯壮·斯佩里绘；吴民译 . —— 南京：南京大学出版社，2018.1

（纽伯瑞儿童文学奖获奖作品精选 / 南来寒主编）

ISBN 978-7-305-18758-2

Ⅰ.①鳕… Ⅱ.①艾… ②阿… ③吴… Ⅲ.①儿童小说 - 长篇小说 - 美国 - 现代 Ⅳ.① I712.84

中国版本图书馆 CIP 数据核字 (2017) 第 117432 号

出版发行	南京大学出版社
地　　址	南京市汉口路22号　　邮编　210093
出 版 人	金鑫荣
丛书策划	石　磊
项目统筹	刘红颖

丛 书 名	纽伯瑞儿童文学奖获奖作品精选
书　　名	**鳕步枪**
著　　者	［美］艾格尼丝·丹弗斯·休斯
绘　　者	［美］阿姆斯壮·斯佩里
译　　者	吴　民
主　　编	南来寒
责任编辑	梁丽婷　宋冬昱　　　编辑热线　025-83592828
责任校对	王亚琳
终审终校	张　珂
装帧设计	谷久文
印　　刷	江西华奥印务有限责任公司
开　　本	889×1320　1/32　印张　9　字数　310千
版　　本	2018年1月第1版　2018年1月第1次印刷
ISBN	978-7-305-18758-2
定　　价	29.80元

网址：http://www.njupco.com
官方微博：http://weibo.com/njupco
官方微信号：njupress
销售咨询热线：（025）83594756

★ 版权所有，侵权必究
★ 凡购买南大版图书，如有印装质量问题，请与所购图书销售部门联系调换

纽伯瑞儿童文学奖（Newbery Medal），又称纽伯瑞奖。1922年由美国图书馆学会（American Library Association）的分支机构——美国图书馆儿童服务学会(Association for Library Serviceto Children)创设，旨在表彰那些为美国儿童文学做出杰出贡献的作者们。该奖每年颁发一次，专门奖励上一年度出版的英语儿童文学优秀作品。每年颁发金奖一部、银奖一部或数部。自设立以来，已评出数百部优秀的儿童文学作品。纽伯瑞儿童文学奖已成为美国乃至世界公认的儿童文学大奖。

内容简介

丹·博特是一个在波士顿港湾长大的少年,他的爷爷和父亲都为了国家而奉献了一生。在哥伦比亚号返航的那天,这个少年在心里埋下了甘为祖国而冒险的种子。在约翰·雷迪亚德的感召下,在经历了鳕步枪被盗、爷爷去世等一系列打击后,他渐渐成长。一个偶然的机会,他来到华盛顿,见到了总统杰弗逊先生,从此踏上漫漫征程——追随梅里·维勒·刘易斯开始了探险之旅……在密苏里河,他实现了为国家而奉献的梦想,一个少年已经长大,一个国家已经乘风破浪、扬帆远航……

目录

第一部分　波士顿

第一章　哥伦比亚号归航　　　　　　　3
第二章　初见鳕步枪　　　　　　　　　34
第三章　雷迪亚德的梦想　　　　　　　54
第四章　鳕步枪不翼而飞　　　　　　　69
第五章　偷枪贼现身　　　　　　　　　95
第六章　前往华盛顿　　　　　　　　　108

第二部分　华盛顿

第一章　结识总统　　　　　　　　　　117
第二章　远征队　　　　　　　　　　　144
第三章　踏上征程　　　　　　　　　　170

第三部分　边境线

第一章　助人为乐的邮差　　　　　　　185
第二章　瑞德和杰夫　　　　　　　　　192
第三章　争分夺秒　　　　　　　　　　202
第四章　化险为夷　　　　　　　　　　227
第五章　再见鳕步枪　　　　　　　　　239
第六章　简德利之死　　　　　　　　　258
第七章　不辱使命　　　　　　　　　　270
第八章　重返华盛顿　　　　　　　　　280

第一部分 波士顿

第一章　哥伦比亚号归航

在八月的一天，波士顿附近海面的箭船和帆板就像一支支离弦的飞箭，向港湾聚集，一天的渔捕结束了。那些没有船舶的海边居民纷纷挽起裤腿，摩拳擦掌，要去试一试运气。他们在沿着码头和栈桥的一线，密密地布满鱼钩，专门等待那些在浅滩徜徉的鱼虾。另有一些胆色还不够的小男孩，为了安全起见，纷纷蹚过低浅的水塘，溅起哗啦作响的水花，好浑水摸些小鱼小虾。

他们的哥哥们则完全看不上这等小打小闹，早都游到大海的怀抱里去了。有胆色的少年，则轻易地靠一只筏子，就稳稳当当地在海天相接的地方，肆意地收获勇敢者的犒赏了。

一群少年将筏子划到离大山码头十五六步远的地方，然后纷纷跳下海，去海底寻觅那鲜亮的牡蛎和鲍鱼。丹·博特是这群少年中最小的一个，不过他的本领可是大得很。在所有人当中，只有他拥有垫后这个特殊权利。他负责照应那些潜水作业的兄弟们，并且自己也拥有很高的潜水捕捞的能力。瞧啊，他从水底浮上来了，成功地一手抓住两只牡蛎。只见他奋力向筏子游去。他就要触到筏子的边沿了，可是突然，一声巨响，让他简直无法安全登上筏子。这声巨响就像从遥远的地方传来的一声闷雷，然而更加响亮，更加突然，似乎是从港口方向传过来的。所有的人都呆了，惊奇地朝声音的源头张望。

"是加农炮！"

片刻的寂静之后，又是一声巨响，按照这个间隔，炮声有规律地持续响起，一连响了好几声。

"五声！"丹大声地数着，"六……八……"

大家围拢在筏子周围。"也许英国人又回来了。"有人猜测道。

"你可真滑稽，老兄！"马上有人反驳道，"他们怎么可能这么快就又重新陷入战争呢?"

"十三!"丹大声喊道,这会儿炮声彻底沉寂下去了。

"十三!"旁边的小伙伴重复道,"联邦仪式性的致敬,这规格——一定是有什么重要的船只在向这座城市致敬。一定是这样!"话音刚落,炮声又继续响起来。

"这是城市在向船只回礼。"

"看,人们在狂奔呢!"有人大叫起来,"一定是发生什么事情了。"

人们穿过狭窄的街道,向新月形的海湾,聚集狂奔。刹那间,在筏子和海岸线之间的海面上,到处都是争先恐后的人,他们一上岸,甚至还来不及穿衣服,就朝着码头前端跑去。一边跑,一边气喘吁吁地套上随手拿上的衣服。

丹也跑了起来,当他跑到盛夏大街的时候,感到无比燥热,汗水早已沁透了衣襟。但是顾不上擦汗,丹迅速地穿过缆绳巷,这是一条通往长滩港口的近道。他环顾了那条他与爷爷居住的街道,心里暗暗地想,爷爷这会儿本也应该和他一样奔跑起来,兴奋起来。因为虽然爷爷的头发已经花白,然而却拥有一颗无比年轻而火热的心。这条大街被人群挤得水泄不通,人们匆忙地朝海边跑去,必然发生了不同寻常的事情。不过,直到现在为止,似乎还没有人知道到底发生了什么。

"怎么啦?出什么事了,伙计?"丹气喘吁吁地问一个青年。这个青年是丹的邻居,丹跑了很久,好不容易才追上这么一个熟人。

他耸耸肩,摊开双手,一脸茫然地说:"我正在往码头广场走,我必须在那里卖完我最后几捆干草,卖完就好快点回家呢。突然,我听到炮声,所以我就离开了我的摊位,跟随人群一路跑到了这里。我就知道这些。"

没有人知道十三响礼炮到底为何而鸣响,回应的礼炮意义何在。这些都不清楚。不过所有的人都认为,只有到码头上,才能弄明白究竟发生了什么。约瑟夫·巴勒尔就在最前面,他常常和爷爷攀谈,因此丹认识他。丹再次环顾四周,爷爷并没有出现在他的视线内。如果爷爷在这附近,应该不会发现不了的,爷爷那独特的板寸发型和明显的跛足,都让他在人群中很容易被发现。爷爷最反感辫子一类的长发型,更讨厌戴假发,他总是自信满满地认为,只有他的板寸头发才是最好的。确实,精干的板寸发型对爷爷而言,再合适不过了。

大山港口的人群每一分钟都在增长。丹清楚,要弄清楚到底发生了什么,他必须挤到队伍的前列。不过完全做不到,整个清水大街水泄不通,根本无法穿行。

鳕步枪

看来，想通过这条近道一下子就去到海边，是不大现实的。必须另外想办法。

丹拼尽力气朝另一条通往海边的巷子跑去。当他终于到达巷子的尽头时，首先映入他眼帘的是海边庞大的人群。丹扫视了整个海港，目光直至港口的尽头。尽头是焦耳·怀特的楼船——它位于一段陡峭的楼梯的上面。这里简直可以说是整个港口的览胜宝地，没有任何一处地方可以比这里获得更佳的景致。这里就像港口的一顶小小的帽子，掀开这顶帽子，你就能收获整个波士顿港的美景。

为了到达那块小小的圣地，丹不得不再次钻进拥挤的人群，朝前慢慢地挪动。终于，他来到了那段陡峭的楼梯，他上到一半的时候，突然听到一声声欢呼。他停下来，四下张望。从一个港湾到另一个港湾，呐喊声和欢呼声山呼海啸般阵阵袭来。大家挥动着帽子和手帕。丹辨认出巨大条幅上的字："为哥伦比亚号欢呼！"

哥伦比亚号？丹回忆不起来任何关于这艘船的见闻，不过也许这就是那艘向波士顿港致敬，并得到城市回礼的海轮吧。

"这真的就是哥伦比亚号吗？"有人喊出这样的疑惑。丹朝下面打量了一下，发现原来是约瑟夫·巴勒尔先生。

"毫无疑问，先生！"有人回应道。丹赶紧循着声音望去，认出了说话的是年轻的查理斯·布尔芬奇先生——爷爷曾说过，这个人对建筑设计颇有研究，是镇子上的专家。他正艰难地从人群中辟出一条路来。当他来到巴勒尔跟前的时候，他们热烈而欢快地握手。

"但是没有任何华盛顿号的踪迹啊？"巴勒尔先生焦急地说。

"是的先生，不过，哥伦比亚号的旗帜已经可以辨识了，不是吗？"布尔芬奇高兴地大叫起来，"当我们下到港湾的底端，我们就能够一睹这艘伟大海轮的全貌了。"他们拼命朝前挤。丹听到巴勒尔轻声嘟囔道："但愿它发现了我们让它去探索的真相！"

丹十分好奇，当他攀上剩余的梯子时，他的脑海里在不断重复着几个问题——他们究竟派哥伦比亚号去做什么？哥伦比亚号去了哪里？为什么大家都如此兴奋？当丹攀登到楼船的地板上的时候，这些问题又似乎被暂时忘却了，眼前的景象，让他大吃一惊。

整个海滩和海湾都是人，从海滩到面条岛的水面上塞满了各种小型帆船。他只希望哥伦比亚号能马上进入他的视野。然而海边的船桅和船帆以及密密麻麻的缆绳阻挡了视线，大约还要等上一些时候，才能看到哥伦比亚号吧。

在那里！护卫船像一双翅膀，引领巨轮平稳前行，就像天空中翱翔的雄鹰。轮船拍打着水面，溅起朵朵巨大的水花，激起层层水雾。护卫舰勇往直前，船队掀起的巨浪告诉你它们航行得有多快——或许这些船也知道，现在它们正在全速往家里赶吧。是啊，它们终于回家了！

这时，一些谈话钻进了丹的耳朵："如果它真的绕过好望角到达广州，再返航的话，那么这将是北方人的第一艘环球航行的轮船！"

"这就是它伟大的使命啊！"有人啧啧称赞道，这让更多的人唏嘘不已，"三年来，再过一个月，就是它出海三周年的时候了。"

"广州！"丹觉得有点失望，这也没什么特别的啊。美国出海的轮船，很多都是开往那里的啊。

"但是华盛顿号呢？"第三个声音打破了喧嚣，"它们本是一起出海的啊。"

关于华盛顿号，丹记起来了，巴勒尔先生询问过这艘轮船的事情。现在丹更加疑惑不解了——这两艘轮船在几年前被派遣出海，执行一项神秘的任务，现在到了回家的时候了。可是为什么只有一艘船回来呢？

哥伦比亚号不断靠近港湾，可以清晰地看到甲板上的一切。船员们已经在收大桅帆了，他们马上就要抛锚了。

现在，巨轮开始收下最后的风帆，横向移动了一段距离，优雅地缓缓靠岸。水花飞溅，打在锚链上，惊心动魄。几乎与此同时，巨轮鸣笛，发出巨大的声响，冒出股股浓烟。礼炮再次鸣响。"十三次。"丹又数了一遍，这已经是第三遍了。雷鸣般的欢呼声和呐喊声响彻云霄，似乎要把丹脚底的楼梯都震塌了。

就在此刻，他发现在他的下面，有一个留着板寸短发的白发老人，个子很高，脚微微有点跛。

"爷爷！"他大声喊道。

博特先生往上看了一眼，很快，他们的目光相会了。爷爷走进了楼船的避风处，丹很快走下楼梯，与爷爷相会。

"我到处找你！"博特先生说道。

"他们派哥伦比亚号去寻找什么呢？"丹像机关枪一样，喷出了这个问题，他几乎无法再等待了。

博特先生笑着说："你肯定无法清楚知道这艘船的事情，因为三年前，当它出海的时候，你才一点点大呢。不过，来吧，孩子，现在是你该知道这件事情的时候了，你长大了。"他领着丹往前走，没有马上回答丹的问题。

"我告诉你，那是格雷，不是肯德里克！"有人信誓旦旦地断言。

"为什么这么说呢？"另一个人表示异议，"肯德里克是哥伦比亚号的船长，格雷是华盛顿号的船长，这是哥伦比亚号，自然只能是肯德里克咯！"

"你说的不错，可是你看啊，甲板上站着的明明就是格雷。"

"什么！"博特先生几乎叫起来，"格雷？"

博特先生和丹好不容易才挤到港湾的边缘，哥伦比亚号近在咫尺，上面清清楚楚地写着"哥伦比亚号"。

"是格雷船长，"博特先生确信无疑地说，"在那里，他就站在后甲板上。"

丹远远地看见一个身穿制服的人。船已经降下了舷梯，一队官员走下船，踏上海岸。

这时候，丹注意到一个特殊的妇女，她一会儿大笑，一会儿痛哭，让人不知道她到底是开心还是悲伤。唯一可以确定的是，她的眼睛从未离开过那艘巨轮。在这个妇女身后，丹发现了巴勒尔先生和布尔芬奇。他们也同样紧盯着开来的巨轮，他们的神情是如此期待和渴望。哥伦比亚号到底被派去执行什么神秘的任务呢？为什么人们对它如此期待，如此情有独钟呢？

接下来的场面简直有些混乱，人们都朝前挤过去，丹的注意力只能捕捉到一个方脸的人，穿着笔挺的衬衣，每个人都争着和他握手。那个一忽儿笑、一忽儿哭的女人这会儿安静下来，她的手臂挽着一个英俊的青年，他们深情地对视，述说着思念，脸上荡漾着重逢的欢欣和喜悦。那个青年忽然像天使般咧开嘴笑了笑，轻轻拍打着女人的肩膀。

"喂，理查德，你又长大了，比上次见你时，更像一个真正的男子汉了。"一个年老的男人对那个笑着的青年说，一边说，一边紧紧地握住了他的手。

"父亲，三年可不是一小段光阴。"丹听见那个青年回答道，"我们是第一艘带着星条旗环球旅行的北方人的船。"

"也是第一艘北方人跨过好望角的轮船！"博特先生强调道。

在他们的不远处，巴勒尔先生上气不接下气地跑过来，他精神矍铄，神采奕奕。

"华盛顿号呢，在哪里？肯德里克船长呢？"博特先生焦急地问。

"是这样，先生，"一个人笑着走过来回答道，"别担心，他们都很安全，一切都顺利。华盛顿号和肯德里克船长都好着呢——这是格雷船长告诉大家的。"

"我清楚地认出了格雷船长，他立在甲板上。他和肯德里克船长交换了指挥权，对吗？"

"是这样的，肯德里克船长决定留在努特卡地区，继续……"

"哈！努特卡！我想他们是拿着库克船长的航海日志，去辨认那里的晦涩的语言吧。"

爷爷的话里似乎夹杂着些许讽刺和挖苦，丹快速地瞥了爷爷一眼。他注意到巴勒尔先生的眼睛闭着，吞了一口口水，似乎感到十分难堪。

"不管怎么说，"他说得很快，"他们一定是为哥伦比亚号收集好了充足的货物，然后肯德里克先生决定让格雷先生带着货物远航广州。他自己呢，就留在努特卡地区，为华盛顿号收集另外一批货物。"

爷爷显出一副不耐烦的样子，说："照你这么说，那么我倒想问问，格雷船长在广州找到买主了吗？"

"明天到这来就能见分晓了，我想你一定可以从哥伦比亚号的船舱里找到来自遥远的东方的货物——精美的中国瓷器、茶叶、丝绸……"这个人以胜利者的姿态自信满满地说。

"茶叶。"丹想，"难道这就是哥伦比亚号所承担的历史使命吗？可是，以往的很长一段时间里，不就是有络绎不绝的商船，从遥远的中国把茶叶运到美国吗？"

爷爷又一次用他那沙哑且有些奇怪的声音追问道："那么格雷船长一定找到了中国人会购买的货物咯，不是吗？"

"哦，那当然，他卖掉了所有的货物，并且换回来满舱的中国茶叶。"巴勒尔先生一边这么说，一边却将目光躲着爷爷。

"查理斯会接待格雷船长，"巴勒尔先生说，一面走向年轻的布尔芬奇先生，"船上的官员和水手们将在那里等待州长汉考克。我也要过去了。"

"我也要回家去了。"博特先生说。

丹随着他们来到海湾的尽头，正在犹豫是现在回家，还是再等一会儿。就在这时，他听到巴勒尔先生说："我听说格雷船长从三明治岛带来了一位特殊的客人——当地的土著人，他要让这位特殊的客人向汉考克州长致以最崇高的敬意。"

8

丹的精神为之亢奋起来，三明治岛的土著，就像食人族那样的吗？这也许可以弥补那些没什么兴奋点的茶叶和货物带给人的遗憾吧。"爷爷！"他大叫道，"我们回去看看那个人吧，好不好？"

"没问题，我们会去看的！"爷爷爽快地答应了，"我也想看看。不过，等一会儿。"当他扫视了一圈刚刚离开海湾的人群的时候，接着说："你看，恐怕现在没有机会了，因为大家都在争着一睹野人的容貌呢。我曾跟你说过什么？"似乎有一个新的想法进入了爷爷的脑子。"要换一种思维方式，"这是爷爷常说的，"你记得我跟你说过灯塔岛吧，现在大家都跟在船员的脚后，只能看到一个局部。我们在灯塔岛正好可以看到船员们一路走到州长官邸的大门口。"

他们马上出发了，转了几道弯，来到州立大道，往昔车水马龙的这条大道，如今似乎成了一片荒地，没几个人影。他们穿过州立大厦，来到大街的尽头，爷爷停下来，擦了擦额头。"这条路是他们的必经之路，"他说，一面回头望，"不过现在好像没有任何迹象表明这一点。这说明他们走到这还要一会儿，我们赶紧登上灯塔岛吧。"爷爷边说着，边打量着丹："你的脸看起来可不怎么好看，就像煮熟了的牡蛎，哈哈。"是啊，这爷孙俩一路跑来，都累坏了。

丹走在前面，放慢了脚步，好让自己喘口气，也好等一等爷爷。"我真不明白，环球航行这件事有什么好大惊小怪的？"

"傻瓜，这不是重点，"博特先生说，"哥伦比亚号是第一艘去做那件事情的美国轮船——至少我知道的所有船只中，它是唯一的一只。伟大的麦哲伦和其他的著名航海家都没有完成这个任务。我常常想，绕过好望角，让它取得了今天的功绩——你知道吗？好望角的风浪，足以撕裂任何一只大船。任何一艘顺利绕过好望角的轮船都值得尊敬。而且以往英国的商船，带着我们的商品跨过好望角，来到遥远的东方，在中国的广州置换回双倍价值的货物，满载而归，我们只有羡慕的份。这里面的功绩可不止是去搏一搏好望角的风浪啊。但是……孩子啊，对于哥伦比亚号的远航，意义绝不止于环球航行，它其实是被派去寻找一个答案。这个答案对我们无比重要，不知道它找到了没有……"

"是不是就是巴勒尔先生说的呢，"丹喊出这句话，兴奋不已，"但愿它发现了我们让它去探索的真相……你看他们正在交谈，他们是不是已经有答案了？"

"他们当然有自己的答案。"博特先生轻蔑地评价道，"他们手持哥伦比亚号的股份，如果哥伦比亚号成功了，他们就可以因此获得一大笔财富。"

丹有点不知所措，几次偷偷地瞧自己的爷爷：爷爷的神情显得有些奇怪，就像刚刚说到哥伦比亚号从中国贩运茶叶的时候一样。从那会儿到现在，到底是什么事情惹得爷爷如此不开心呢？他本来想去问问爷爷的，不过现在爷爷脸上肃穆的神情让他不敢追问。按照现在的情形，丹觉得还是谈点稳妥的话题比较好，最好不要再提哥伦比亚号的任务了。

"我数了哥伦比亚号礼炮的次数，"丹小心地轻声说着，"第二次我甚至可以清楚地数出炮口喷烟的次数。"

"嗯！"博特先生的回答就像一声闷雷，低沉而有力。"上帝保佑！"他喃喃自语道，"敬礼！人们发自心底的欢呼和喝彩……约翰·雷迪亚德，就是他，他才是真正值得大家致敬的人。"

丹盯着爷爷，惊讶地呆呆地立在那里。他到底在说些什么，约翰·雷迪亚德，他到底是谁？但是此刻，爷爷已经大步径自往前走了，似乎根本没有注意到身边的人，周围的一切也都似乎与他没有任何关系。他只在思考一个问题，或者一个人。

他们跨过海滨公园，一直沿着草地往上走，来到几个小山丘组成的灯塔岛。走到半山腰的时候，博特先生打破了沉默，说："我们就在这里停下来吧。"这时候他的口吻语气回复到了平日和蔼可亲的状态。"我们本来可以走到离州长官邸更近的地方，其实沿着尖顶石房子朝前走，就可以正对着州长的官邸，也可以透过最矮的山丘看到整条灯塔大道。不过在这里停下来，我们才能看到更多的东西。"

他们透过府邸大大的窗户可以看见里面的人们正忙忙碌碌地做着最后的准备，他们一定是在准备迎接哥伦比亚号上下来的尊贵客人。在大楼石阶直至府邸的大门上铺着鲜红的地毯，两名黑人警卫分立在台阶顶端的两端。

博特先生坐下来，用手帕扇着风，颇有自信地说："格雷船长，我很清楚他，你应该相信他，不等到一切都井然有序、安排停当之后，是不会离开他的轮船的。所以啊，我们恐怕有的等了。趁这段时间好好凉快一下吧，慢慢地坐等他们的队伍到来。"

听到爷爷这么说，丹一下子瘫坐在凉爽的草地上，舒服极了，他这才意识到自己的腿好酸，好累。

"你知道吗，孩子，我一直很喜欢灯塔岛。"博特先生说，"这三座延伸出海的山丘像这座城市的统治者，但更像守护神，静静地守护着这里的土地、海水和人民。"

丹的目光散漫地游移在海湾最前头的那些木瓦板屋顶上。向阳的玻璃窗户反射出太阳的光线，晶莹透亮。整座港口陷入金色的静谧之中，悄然地休憩。沿着海岸线绵亘的海湾，排成一线，从帽儿山一直到港口山，这就是他的家乡。海水轻轻摇着这座海港，就像妈妈滋养着自己的孩子。远处的公园似乎被海水冲染得澄澈冰清，宛如人间的仙境。"波士顿城其实就像一座海岛。"丹大声回应着爷爷的话。

"它更像……"爷爷一本正经地说，"向大海讨生活的小城。"

"当年所有的小伙伴都说他们要出海。不过我不这么想，我要一生守护着这片神奇而亲爱的土地。"

"孩子，你怎么看待这片宁静的大海？你大约也不赞同我的想法吧？"

"哦，那些出海的人长年被困在船上；在陆地上，你才是自由的。而且——我喜欢大地的气息，喜欢树木花草郁郁葱葱。天高任鸟飞，这多自由，多畅快啊。"就在这时，丹突然大叫起来，"看，他们在那里！"

博特先生顺着丹的视线看去。人群一直从法院大街排到特里蒙特大街。"不错，就是他们！"博特先生表示同意，"我很高兴！幸亏我们早早在此等候，我们没有错过。"

行进的队伍终于要进入灯塔大街了。庞大的人群发出嘈杂的嗡嗡声，各式各样的小伙子沿着两边一路狂跑，推推搡搡，打打闹闹。突然，有一小队人马意识到山上是个好的观测点，开始横穿过行进的队伍，朝山坡走来。看，他们已经开始接近博特先生和丹了。博特先生真是有先见之明啊。

丹一直将目光盯着行进的队伍。他的目标只有一个，就是那个野人，不过遗憾的是，没有任何野人的影子。"我想所谓的野人是骗人的！"他有些沮丧地说。然后他瞪大了眼睛，继续凝视着。

就在此刻，行进的人群突然分开了，在中间出现了一个人，让丹目瞪口呆。因为这个人就像是阳光和火焰的精灵，光芒万丈，奇异无比。丹只是一直痴痴地盯着那个人，张大了嘴巴，简直不敢相信自己的眼睛。那个人的真实轮廓慢慢显现——那个人高大魁梧，乍一看，就像我们普通的人一样。然而不可思议的是，他穿的那件斗篷——斗篷的长度差不多到他的膝盖以上，镶满了金色和猩红色的羽毛，各色闪耀的如珠宝似的装饰品挂在上面。他每走一步，都能感受到斗篷上

· 纽伯瑞儿童文学奖获奖作品精选

的羽毛和饰品在有节奏地抖动，简直就是一座活动着的土著风情博物馆。另外还有一件让人叹为观止的物件，是他的头盔。这顶头盔也嵌着长长的羽毛，非常贴合那颗黝黑、美丽的头颅。

"这真是我从来未曾见过的景象，太不可思议了！"连博特先生都激动地大叫起来。

"这些羽毛来自哪些鸟类呢？哪里能有如此多美丽的鸟类精灵呢？"丹问道。

"我也不知道，但是我猜这家伙身上的羽毛，大约需要几百只鸟儿身上的羽毛才凑得齐。他的出现，真的让大家都突然变得矮小了，不是吗？他旁边走的是格雷船长，这可是个非常了不起的人。"博特先生评价道，"他走过去之后，接着过来的是官员和船员，这些人也都是些有能耐的人。"

丹的眼神随着博特先生的话，转向了船长一行人，不过很快又转回到那个巨大的年轻野人身上。这个人简直就是一个巨人，丹仔细地观察了他周围的情况，当他看到那些路人对这个巨人的围观时，不禁开怀大笑。因为路人们也都在欢快地笑闹——不过巨人却丝毫没有害羞或敌对的意思，虽然他也许知道人们的笑是给他的。不过这些笑声，其实本身也并无恶意。

"真是漂亮又奇怪的斗篷，"一个瞧热闹的人说，"你猜猜看这件斗篷该值多少钱啊？"

博特先生鄙视地看了一眼说话的人。"值多少钱！"他的声音就像一颗爆炸的手雷，几乎在听力所及的范围内，都能够感受到博特先生的愤慨和不屑一顾，"这就是北方人看待事物的方式吗？照这么说，明天我们就该讨论雨后初霁的斑斓彩虹值多少钱，夕阳西下的迟暮壮美又值多少钱。总而言之，一切都可以用金钱来衡量，是这样的吧？这一点我丝毫也不感到奇怪。而且我告诉你，丹，我们觉得他奇怪，可是反过来，他会觉得我们也很奇怪吧。"

丹平常就听惯了爷爷独树一帜的论调，因此只是意思性地点点头，表示同意。他的目光仍然一直盯着那个野人，这会儿野人正跟着格雷船长沿着铺满鹅卵石的小径进入官邸。他们踏上台阶，准备进入大楼。船上随行的官员和水手们跟在后面。一个身穿制服的黑人警卫拉开了大门，热情似火地请客人们进去；另一个黑人警卫则鞠躬微笑，引领客人朝里面走。

"这对我们而言，意味着庆祝狂欢结束了。"博特先生说道，这时候官邸大楼的门缓缓地关上了，最后一个人也消失在视线中，"不过我想里面应该还会举行重要的议程,另外这些被邀请的客人,应该都会参加晚上的接风晚宴。"

"我喜欢那个土著人,"丹总结道,他的脸上荡漾着温暖、热情的微笑,"我才不在乎他是一个野人呢!"

博特先生大笑起来,捏了捏他的耳朵。"我不知道,但是我对他的喜爱远不止你说的那些内容。"

人群慢慢散去。不过爷爷并不打算立即回家。州长官邸大楼的窗户明晃晃地反射着太阳的光线,这时候,窗户的帘子被卷起来了。透过前厅大门露出的光线,丹看到了里面的场景,不禁一阵眩晕。丹觉得一切都太奢华,太富丽堂皇了——摇曳的裙裾、优雅的束发、白璧无瑕的颈项、高高竖起的礼帽……这就是大人们常说的派对,一场真正的派对,高规格的晚会。不过,丹可以确定的是——这满屋子的华彩丽服、珠光宝气,都抵不过那个土著巨人的那件斗篷。

博特先生冷酷地笑道:"华丽的服饰——珠宝——帅哥靓女!这些达官贵人,谁曾为他花过哪怕一分钱。"他突然站起来,显得异常愤懑。"来吧,孩子!家里还有玉米粥和牛奶等着我们呢,当然还有你最喜欢的玉米烤饼。走吧,让我们回家吧。"

谁?丹清清楚楚地听到爷爷说"他",那么这个"他"到底是谁呢?这已经是爷爷今天第二次提到某个完全陌生的人啦。第一次的时候,他说的是一个名字,叫约翰·雷迪亚德。现在又突然冒出一个他,而且都是用的那种愤懑不平的口吻,似乎爷爷对这个人有万千的同情和理解。那么这个他是不是就是那个约翰·雷迪亚德先生呢?他的好奇心开始滋长,到底谁是约翰·雷迪亚德?这个人和今天的事情又有什么关系呢?

爷爷和丹一路无话,静静地来到灯塔岛的山脚下。丹经过深思熟虑,说了下面一段话:"爷爷,我今天问过你,哥伦比亚号的归航好像没必要这样大张旗鼓地庆祝。当然了,按理说,欢迎邻居的归来,这也很正常。这么说的话,它应该是在我们旁边的城市,比方说锡楚艾特打造的,对吧?而那些派它出海的人,本来就是我们的近邻。至少他们就住在波士顿或者附近的地方。不过我又想了想,似乎不应该是这么简单的理由吧。也并不是因为哥伦比亚号是第一艘环球旅行的美国北方船只,这些都还不是今天人们庆祝的原因,对吗?"博特先生静静地想了一分钟,然后,郑重地回答道:"是更伟大的冒险!一次真正意义上的创举,空前绝后,永载史册!"

"可是其他的美国船只,"丹打断了爷爷的话,"不是也带回过中国的茶叶吗?"

"完全正确……你说的没错!可是这只是哥伦比亚号贸易的一端,还有另一端是你所不知道的。这另一端,就是哥伦比亚号与其他美国船只的不同所在,也是哥伦比亚号的伟大之处。提示你一下:这另外一端的贸易商品,也就是哥伦比亚号用以和中国人换购茶叶的商品,现在应该就静静地躺在它的船舱里。"

丹静静地等待,等待爷爷揭晓谜底——这神秘的货物到底是什么呢?不过,博特先生故意将话锋一转,轻描淡写地顾左右而言他,转到另外一个话题去了。

"你知道吗?最棒的美国商船能够做到的不过如此。"他继续说道,"他们将我们美国本土的货品装运出海——就像常见的鳕鱼啦,鲸鱼蜡烛啦,黄油啦,诸如此类吧——将这些货品运到东印度港。这些货物通过东印度港的流转交易,换成金银货币。等到交易额足够的时候,我们的商船就再度启航,往中国广州进发。我们在广州选购货品,最重要的就如你所知道的茶叶,运回美国。这就算是美国商船最大的功绩了。不过你所不知道的是,中国人是很特殊的,他们只接受现金交易。也就是说,他们根本看不上外国的货品,他们自己所造的物件已经足够了。不过,如果物品能够达到中国人的需求,他们就愿意花大价钱去购买。但是想想我们美国吧,我们既没有足够的金钱,也没有能够撩拨中国人的物品。我们美国商船不过是在做廉价的搬运工!"

丹的内心似乎燃起了一团熊熊烈火。到底是什么货品能够让哥伦比亚号的航海冒险如此与众不同,甚至开创历史?

"对于一个国家而言,"博特先生的声音是如此严肃,以致于丹不得不以一种惊奇的眼神对他做回应,"如果一个国家没有足够的金钱,或者找不出畅销海外的货品,这个国家就将积贫积弱。"

"你说的是我们国家吗?"丹的回应充满了沮丧。

"是啊,确实有点让人绝望,"博特先生冷静地说,"当年我们还是英国的殖民地的时候,英国人就切断了我们与外界的交易。战争呢,又使得我们的国家陷入经济危机,濒临破产。这就是我们派遣哥伦比亚号出海的原因,去寻找中国人会直接从我们手中购买的货物,以此来推动我们贸易的转动。正是因为这个神圣的使命,才有今天的狂欢庆祝。如果哥伦比亚号真的打通了和中国的海上贸易之路,美国就将走出低谷了。"

丹再也忍不住了，焦急地问："那么他们找到的卖往中国的货物到底是什么呢？"

博特先生低声地说："皮毛。"他一边走，一边静静地回答："是海獭皮毛。"

一连串的问题又涌上了丹的舌尖：到底什么是海獭，它长的什么样子，为什么中国人会愿意去买它的皮毛？如果哥伦比亚号真的完成了这个神圣的任务，转动了美国的贸易，那么爷爷为什么还要对巴勒尔先生冷嘲热讽呢？巴勒尔先生可是这艘船的股东，就是他们这些人出钱投资哥伦比亚号出航的啊。而最重要的问题，也是最困扰丹的问题还有一个，那就是：到底谁是约翰·雷迪亚德？他到底做了什么？为什么爷爷说今天的庆典和致敬都应该是为他而设？

丹本来想把这些问题马上倾诉给爷爷，以求爷爷解答。可是他看见爷爷沮丧冷漠的神情，脸色越来越僵，他也就不敢多问了。

博特先生爷孙俩转到盛夏大街，丹走在前面，进入了一间小屋。这间小屋不大，低低矮矮的屋顶，却抱着一个大大的烟囱，显得滑稽又可爱。丹开了门，博特先生也进门了，丹点了一支蜡烛。丹接着从厨房的玻璃橱窗里拿了一罐牛奶，从烤箱上头的壁炉里取出来玉米稀粥和玉米烤饼。

丹享用着他的玉米粥和牛奶，然后就着几片玉米烤饼，狼吞虎咽起来。这时候，丹偷偷地看了看爷爷，只见爷爷吃得很快，吃完之后也没有继续交谈的意思。他将椅子搬到一处开阔的窗子下面，静静地坐在那里，盯着夜空发呆，显得心不在焉，有点茫然。这会儿肯定没法问他问题了，丹暗自决定，还是以后再说吧。想到这里，丹乖乖地收拾好餐具，到厨房去洗涤碗碟器具了。

收拾停当之后，丹拿着一支蜡烛，来到他的卧室。那是一间小小的卧室，温馨又舒适，不过这时候丹还睡不着。爷爷走过来关心地对丹说："今天真是特殊的一天，你说呢，孩子？我不用猜也知道，你的腿一定很累了吧，是不是有点酸痛难忍？哈，没事的，好好休息一下，明天就会好的。睡吧！"

"哦，我还不累！"丹坚持道。说完，他在门廊里踱着步子，心里盘算着，自己敢不敢把心中的谜团抛出来。因为看起来，爷爷现在似乎已经恢复了往日的样子，心情也变得不那么糟糕了。丹鼓足了勇气说："我们今天下午跳到海里去抓牡蛎和贝壳。"丹用这件能够获得爷爷兴趣的事情做开场白。他接着说："我抓的和别人一样多哦。"这句话的意思大概在说"看，我很棒吧，没有给爷爷丢脸吧"，以此来博得爷爷的赞许，至少安慰一下爷爷的不快吧。丹这一招果然奏效了。爷爷转过头来,面带微笑,轻轻地点点头。这时候,丹终于鼓足了勇气,战战兢兢地问:"爷爷,谁是约翰·雷迪亚德?"

过了许久,爷爷都没有做出任何反应,房间里静穆得可怕。终于,爷爷语重心长地对丹说:"你的问法是对的,谁是他呢?现在他在哪里呢?你有一个很好的前提,他还和我们同在。"最后,爷爷有点激动地说:"不过对一般人而言,更合适的问法应该是他以前是谁,他过去做过什么,他曾经是怎么样一个人……"

"爷爷,你说的话是什么意思,什么叫合适的问法,为什么只能提过去?"

"因为……因为他已经死了,"爷爷非常悲伤地说,"这就是为什么我说,更合适的问法是他过去是谁,曾经做过什么,是个怎么样的人。但是……约翰·雷迪亚德永远都不会过时,他永远与我们同在,与我们这个国家同在!"爷爷简直是在咆哮,这确实太反常了。

丹一脸茫然,完全不知道爷爷怎么了,不过从爷爷的表情分析,他显然对那个名字十分敬畏。丹打开自己的房门,很快地又关上,把自己锁在屋子里。他实在不忍心再打扰爷爷,不想又让爷爷想起关于约翰·雷迪亚德的悲情往事。

如果是平常,这时候丹一定困得不行,早就要睡觉了。不过今天,他眼睛睁得大大的,盯着黑暗深处某个角落,脑海里不断浮现着那个名字。这是他人生当中第一次认识到,这个世界并不是地理课本上那简单的介绍。在这个多彩的世界上,有太多奇特的地方、太多奇怪的人。哦,不能说奇怪,应该说伟大的先行者。这个先行者或许皮肤黝黑,比波士顿普通人的皮肤更黑,更健壮。不过丹相信,这个黝黑的脸上一定时常洋溢着温暖的笑容,这张素朴的笑脸简直要让波士顿所有人的脸都逊色。与那张笑脸的暖意相比,其他人的脸或许就像冬天的暮景一样灰暗。

今天,丹用自己的眼睛,看到了哥伦比亚号的归航。他可以想见,哥伦比亚号远涉重洋,历三山五洲,于无名港口抛锚,又于某一时刻扬帆起航。哥伦比亚号终于完成了环球之旅。

但是,在今天所有的好奇之中,一个人物在丹的内心占据了最重要的位置——那就是约翰·雷迪亚德。约翰·雷迪亚德,这个爷爷所言可以承担起哥伦比亚号礼炮致敬,可以承担起波士顿所有人欢呼的神秘人物,是一个不折不扣的英雄人物……约翰·雷迪亚德,虽然已经死去,但他的精神,当与民族和国家永生。

就丹的回忆力所及,爷爷博特先生和他一直相依为命。他们的家就在盛夏大街的一所老房子里。丹的生父在萨拉托加之战中死亡,没到一年,他的母亲也去世了。母亲的去世，一大半原因在于悲伤，贫穷和疾病最终无情地夺去了她的生命。博特先生将这个可怜的孩子带回了家，对丹倾注了所有的爱。为了他，甚至放弃了自己的教师生涯。

杰里米·博特先生曾经是一位出色的教师。他的教师生涯源于他身体的限制，他的跛足让他无法从事更具活力和冒险的工作。然而博特先生并不是一个懦弱而守旧的人，他的腿就是在与英国的战斗中受伤的。

依靠博特先生微薄的存款，他和丹过着俭朴而温馨的生活。他们一起将自己的小屋打理得井井有条、整洁舒适。丹的任务主要是打扫屋内屋外的卫生。这是丹最引以为傲的地方。每当爷爷的老朋友伊斯雷尔·科特来的时候，都要夸赞道："整个波士顿，再也找不到第二处如此整洁的地方了。"这番夸奖，出自科特之口，在丹看来，无异于一笔宝贵的财富。因为科特的名气，有很大一部分来自他在港口的前头所开的那家店。这家店可以说是波士顿港最规整的店了。能够把自己的店经营得如此有章法的人，他的夸奖自然值得珍视。

在朋友圈里，博特先生素来以思想自由、观点开放出名。比如说，在他的观念中，如果一个小孩子不喜欢读书，那将是非常糟糕的。因为如果没有知识，那将使人变得平庸而无用，比无用更可怕的是无知。无知会使人看不清周围的一切，生活在混沌和糊涂之中。所以人在少年时代，要至少掌握代数、语法之类的知识。因此，他一直坚持教育丹，教他计算、读写、语法，甚至历史、哲学等。丹十分好学，且常常有出人意料的见解和长进，这让博特先生很欣慰。博特先生坚信，一个人只有不断地学习，才可以了解周围发生的一切，了解事物现象背后的本质，了解外在表象后的本因。

博特先生十分开明，他并不认为小孩子就必须由大人看管着，小孩子所说的话都不能当真。恰恰相反，他相信小孩子也具有独立思考能力和独立判断能力，大人要学会聆听孩子的话语。因此，每当他与朋友高谈阔论时，他并不介意丹在旁边聆听。不仅如此，他还时常停下来，询问丹的意见。他时常鼓励丹主动发言，表达自己的观点。只要丹有哪怕一点点认识和想法，他都第一个鼓掌表示支持和鼓励。他非常希望丹能够多提问，多思考。博特先生常说的一句话是："在孩子的世界中，如果不提问，怎么能掌握到知识呢？"他自己也在不断地学习。

当哥伦比亚号靠岸的第二天，丹见到肥胖的科特先生迈着轻盈的步子朝他们家走来。

博特先生从看到老朋友的第一眼起，就意识到一定是发生了什么爆炸性的新闻。因为，科特先生的步履轻盈，这与他肥胖的身躯很不相应。此外，他脸上一贯的严肃也烟消云散，反而浮起了层层红晕，显得神采奕奕。

"我有一个消息要告诉你——一个真正的天大新闻，杰里米。"科特先生难以掩饰自己内心的兴奋，叫起来，"下个月，哥伦比亚号又要启航了，这次的目的地是努特卡湾和中国的广州。据说整个波士顿都在蠢蠢欲动了，大家都争相要加入这新的贸易。与西北方的国家进行皮毛交易，为此，不少公司计划专门打造用于商贸的船只呢。"

"真的已经到这一步了吗？"博特先生回应道，"哥伦比亚号真的取得了这么大的成功吗？值得整个波士顿为之彻夜狂欢，歌舞庆祝吗？你说的是真的吗？"

"千真万确！但是……"科特先生回答道，"巴勒尔说那并不是经济上的成功——也就是说，单纯从数字上而言。我和他反复讨论过了，总之不是三言两语就能讲明白。哥伦比亚号成功并不意味着它赚了大量的金钱，也不意味着整个波士顿的人都该为它庆祝。其实说实话，只有贵族可以高兴一下。庆祝晚宴上，贵族们觥筹交错，有黑人男仆递送食物，州长来回穿梭于船员和官员群中。每个人都争相围着格雷船长。"

"哦，"博特先生大笑道，"这么说，你昨天晚上在州长那里咯。"

"那么，你看到了土著人吗？"丹焦急地询问，"他的羽毛斗篷呢，你见过了吗？"

"如果我能见得到的话……"他一脸苦笑地说，"我就不会说女人有多好奇了。她们把那个土著人围了里三层外三层，简直是一道天然的屏障。"

"为什么他这么讨女孩子的欢心呢？"博特的眼睛里闪着异样的光芒，打趣地问道。

"这个嘛……嗯……也许像别人说的，他完全是个奇特的存在吧，可以满足大家的好奇心，又或是窥视欲，谁知道呢！"科特的声音突然变得明亮起来，"对了，为了把庆典活动推向高潮，格雷船长向我们分享了航程中的故事呢。他向我们描述了轮船经过好望角的情景，风浪简直要把船体撕碎……他们的船队沿着美国的西海岸前行，东西海岸把美国分成两个部分。他们一直到西北海岸，才抛锚停泊修整。"

"格雷和肯德里克都是真正的男人，而且都是北方人，他们恐怕从来都不知道什么叫失败吧。他们的组合一定是所向披靡的。但是,"博特先生的脸上浮现出一丝疑惑和焦躁,"他们的航程并没有取得经济上的成功?"

科特先生自信满满地靠在博特先生身边,说:"并非经济数字上的成功是我的总结。事实的情况是,格雷船长还没有学会和广州人做生意的策略。他还没法精确地预估交易的费用和成本,无法准确评估仓储积压的风险。其实,对于他们而言,货物成本以及船只必须的保养和维修成本,与最后的收益相比,还是非常小的,不到一半。因为一旦他们的货物换成海獭皮毛与广州人交易,就可以带回来价值两倍以上的货物。"

博特先生哼哼地表示赞同,然而他的眼睛并没有看科特先生,只是盯着天花板,茫然而失神。这种奇怪的神情和昨晚上早些时候很相似——就是他最早提到约翰·雷迪亚德的时候。

"你怎么啦?"科特先生显得有些懊恼,因为博特先生对他的话似乎漠不关心,不过他还是滔滔不绝地继续往下讲,"我想说的是利润的问题。这次有些不同,因为毕竟是第一次,所以数字不能说明一切问题。问题的关键在于已经确定了以下这些:从西北海岸可以廉价地得到大量皮毛。这些皮毛运到广州,可以换回大量价值高昂的货物。我给你说过什么,杰里米,你不在生意场上,不明白这其中蕴藏着多大的商机。这次与中国的全新贸易,将带给波士顿——不,是美国——巨大的财富和商机!"

"我不懂,我真的不懂吗?"博特先生哼着鼻子说,"如果你们都懂了的话,我早都去做了……"

科特先生向博特先生投来诧异而又疑惑的眼神:"你说什么,杰里米?你这是什么意思,什么叫做我们都懂了的话,你早都去做了?波士顿最早知道关于和广州人进行皮毛交易的人,难道不是从库克船长的航海日志里知道的吗?是库克在最后一次远赴太平洋的航程中发现了这个贸易秘密的,不是这样吗?"

博特先生的脸上依旧是那副奇特的表情,他对科特先生的话不置可否,更没有什么评论,只是静静地低头沉思。趁着这个时机,丹插进来,焦急地询问为什么中国人那么喜欢海獭皮毛,愿意花高价购买。

"据格雷船长所说,"科特先生回答道,"那是因为中国人需要找到御寒的衣物材料。海獭皮毛确实具有极强的保暖效果。当然了,他们自己可以生产大量的丝绸。那种名贵的材料虽然轻柔舒适,但是无法保暖。我猜想正是因为这个原因,他们愿意用丝绸换皮毛。"

"伊斯雷尔，你为什么不想得更深入一点呢？不要仅仅纠结于发达、财富、生意。你要想，与中国的贸易，必须拯救我们的国家，把我们从破产和毁灭的边缘挽救回来。为什么这么说呢？与中国的贸易是我们最后的希望——英国封锁了我们和西印度以及欧洲的贸易，这是我们传统贸易的主要组成部分，现在没了……英国人的一切努力，就是要让我们破产。"博特先生说。

"但是希望总是和厄运同在，不是吗？"科特先生说，"我们确实已经欠下一大笔债啊。因此，与其谈那些遥远的希望，不如务实一点，多赚些利润，不是吗？那些赞助哥伦比亚号出海的人，需要得到应有的回报，不错吧！还有库克船长——想想看吧，他是个英国人，如果他把他的想法保留在脑子里，或者干脆告诉英国，那么会怎么样？我们还会不会有所谓的希望？"

博特先生沉默不语，双唇紧闭，只是把身子放得更低，简直要埋在那张椅子里了。博特先生似乎在逃避着什么，或者说不愿意去接受科特先生的观点。

科特先生呢，一直等着博特先生给予点评。然而，过了好一会儿，屋子里仍旧是一片死寂。他憋不住了，把椅子拉得离博特先生更近了。"我的好兄弟，杰里米，喂，我跟你说，我想开始一次新的探险。你知道，那些往返西北海岸至中国贸易的商船需要装备和货物。"科特的话显然另有深意，表现出他一个生意人特有的精明、机灵，但同时又有些敏锐和狡猾。

博特先生的脸上浮现出一丝笑意，显得有点勉为其难，但或许又是对老朋友科特的礼貌性的回应。"我知道，伊斯雷尔，你提前考虑到了贸易的策略，这是美国北方式的经营智慧。"

"现在已经可以知道的是，"科特咯咯笑了起来，显得充满自信，"印第安人有自己的喜好和挑选原则，我们哥伦比亚号运过去的小玩意儿，他们只看得上小镜子。其余的如老鼠夹子啦，鼻烟壶啦，玻璃瓶子啦，诸如此类，在他们看来，一文不值，因此只能亏本。所以我决定……我想在我的商店里大量囤积格雷船长所说的畅销品，倾销到印第安地区。想想看我要准备些什么，条形钢、黄铜板、钉子、生产工具……"

丹竖起耳朵来听。因为通常情况下，科特先生的店里进了特别的货物后，都会请丹去帮忙打理。丹很珍视这些锻炼的机会，这次应该又可以抓住机会去大显身手了。能够目睹新的贸易航线的启程，实在是太令人兴奋了。

"这些还不止呢,我还打算准备一些其他的东西,不是普通的商品,而是……"科特先生故意卖了一个关子,然后抖擞抖擞精神继续说道,"格雷先生曾经情绪激昂地说,所有前往西北海岸的船只,都必须全副武装。"

"嚯!"博特先生惊叫道,"这样那些印第安人也可以名正言顺地对你们亮亮家伙啦。据说他们的牙齿可不是吃素的。"

"就是的!"科特也忍不住大声叫起来,"听说不少哥伦比亚号的海员就曾经跟当地人发生过激烈冲突。格雷船长是这么说的,对于没有武装的商船来说,利益和安全都是无法保证的。我今天中午就给奥提斯·布鲁尔送去了书信,询问一下我可不可以经营各种步枪的生意。这些步枪可以用于布鲁尔航海中的私人配备,在发生战斗的时候用得上。这件事对我而言很急,我必须马上着手去办。"

"你还真是雷厉风行啊,哈哈。"博特先生忍不住大笑起来,"你不过是昨天晚上才听到的消息,这么快你就……啊啊,真是个会做生意、会打算盘的老狐狸。"

科特先生满怀激情地宣泄着内心的狂喜:"这笔生意是要发啊!皮毛换黄金,对吧?这是对那些先驱们永恒的褒奖。正是他们,将哥伦比亚号派往东方。波士顿不应忘记他们,不应忘记哥伦比亚号的勇士们在旅程中的日日夜夜。他们一切的付出与冒险,都是为了打通这条贸易之路。巴勒尔坦承,在哥伦比亚号出航的三年里,他们这些投资者简直没有一天不担心。他们多么希望,哥伦比亚号能够带回来好消息——真正开辟广州的皮毛贸易市场,证实库克船长书中所说的东方贸易之路。"

"担心?我想他们本来这两三年都不必要担心的,他们两三年前就该出发去打通这条贸易之路的!"博特先生冷冰冰地说,依旧是那副奇怪的声调。

"两三年前就该出发!"科特的语气也变得强硬起来,具有很强的试探性和攻击性,"你是不是不明白你自己在说些什么?他们,巴勒尔先生自己所说,他们是在库克船长最后一次太平洋远航后不久,就读到库克关于东方中国市场的消息。他们立即采取了行动,组织了哥伦比亚号和华盛顿号远航。从库克船长的描述,到他们的行动,前后不过很短的时间!这已经是很伟大的功绩了。你凭什么说两三年前就该出发,这不是胡说八道吗?"

"你所说的一切都只是巴勒尔他们行动的方式和时机,是吗?他们做了最伟大、最先驱的事情,不是吗?"博特的声音低沉。

"如果没有听到库克船长的相关描述,他们也不可能采取行动的,不是吗?他们也许算不上先驱,但至少也称得上反应及时,不是吗?你说至少两三年前就该出发!"科特重复道,"为什么?那时候库克船长的书根本都还没有出现啊,这个国家有谁能知道这个秘密呢?有谁曾经到过遥远的中国,做过贸易的考察呢?"

博特一直沉默着,但从他微微颤动的眉宇之间,似乎能够感受到他内心正有一团烈焰在熊熊燃烧。他似乎有万千的语言,亟待喷发出来,就像被压抑了千万年的火山。他终于爆发了:"当然没有!"丹目瞪口呆地盯着爷爷,科特张大了嘴巴,注视着博特先生。博特先生重重地舒了一口气,接着说:"这就是我一直要等你说出的话。我等的就是你这句话!当然,那时候库克船长的书当然还没有出现在这个国家。不过,在库克先生的书出现之前,就在波士顿,在美国,早就已经有人洞悉了广州的贸易情况。有人详细描述了如何从西北海岸获得皮毛,如何贩运到广州,中国人如何愿意花高昂价格购买,如何从中国换回价值连城的成倍货品返航,从中谋求巨额利润……这一切,早就有人言中,这是事实,被忽视的事实。布尔芬奇博士、约瑟夫·巴勒尔,还有其他人,他们都曾经亲耳聆听过这个人的描述。这些描述后来以几乎完全相同的方式出现在库克船长的书中。所不同的是,前者并没有获得认同和赞助,更没有人愿意为之哪怕花一分钱去采取行动。而后者呢,大约那些贵族隐约地意识到这件事情或许是真的,或许真的可以从中捞一桶金,才最终促成了哥伦比亚号和华盛顿号的远航。这群贪婪的魔鬼,若不是得到确定的利益的驱使,岂肯轻易地为这个国家和民族做哪怕一点点的贡献?而那个人,那个人,为此……"

"亲耳听到!"科特先生难以置信地重复道,"你的意思是,在库克船长的书出版之前,对于那些投资者而言,早就有人告诉过他们这个秘密,甚至是关于这个秘密的一切呢!胡说,这完全是在胡说!你到底是从哪里听到这些流言蜚语的?"

"我不需要去道听途说!"博特先生义正言辞地反驳道,"而且,我可以告诉你,这不是什么流言,这是真相。我是和布尔芬奇、巴勒尔同时亲耳听到的,不错,当时我就在现场!我们听到的是第一手的消息,库克船长后来书中所描绘的一切,这个人都曾亲眼所见。事情就是这么简单!"

"你听到,亲耳所听……他看见,亲眼所见……"科特先生的话显得有些语无伦次,喘着气说,"也就是说,有人早就见到了库克船长和他的船员们所见到的一切?"

"事实上,他就在库克船长的旗舰上。"博特先生说道,"他不是一个英国人,虽然，他出生在辛辛那提（那时候的辛辛那提还没有成为美国的州），但他是一个真正的美国人！也许现在只有我这么认为吧。只有我还在这里支持着约翰·雷迪亚德，一个真正的美国人。"

"就我现在对他的理解，"科特先生无助地摇摇头，"他好像无所不能。约翰·雷迪亚德，这个名字是你说的，对吧？你说他如何如何，你说你亲耳听到他讲述关于广州贸易的事情……这一切都是你一面之词，我真的很难相信，杰里米。换做是你，你会怎么想呢？不是说我不相信你，我只是难以置信。你想，如果布尔芬奇和巴勒尔真的早就知道这个秘密，为什么他们不早行动？谁是这个约翰·雷迪亚德？现在这个约翰·雷迪亚德又在哪里，怎么样了呢？"

此时的丹，完全出于无意识的冲动，大声回答道："他死了，但是又没有！"丹也许是因为一直都在努力地思考，才脱口而出，说出了这样的回答。他的话几乎就是昨天晚上爷爷对他说的话。也许觉得自己说的不够全面，他又补充道："总之，不可以和普通人的死相提并论。"科特先生大约也没有意识到这突如其来的回答，瞠目结舌地凝视着丹。这时候，丹可能意识到自己有点冒失，真后悔没有管住自己的嘴。

当他抬起头，他看见博特先生正慈祥而关爱地看着他，似乎在默默赞许他刚才大胆的发言。"到我这里来！"博特先生的语气柔和而友好，当丹把椅子拉近一些的时候，爷爷有意识地把椅子靠得更近一点，就好像在默默地说："看，我们是互相理解的知心人，对吧！"

"我敢大胆地说，这些哥伦比亚的股东们曾经有过大把的机会，他们可以一次又一次地问自己，为什么不马上采取行动，为什么不早点出发？我还敢大胆地断定一些其他的事情。那就是你，我的朋友，"博特一边说，一边轻轻地敲打着科特先生的手臂，"你不是也曾经对约翰·雷迪亚德的遭遇充耳不闻吗？你还不是任凭别人随便怎样去对待他？而且完全漠视他的故事——和那些股东一样——或者仅仅认为他是一个罗曼蒂克的空想者和梦想家！"

"我真是不知道，你到底有什么根据竟然会如此评价我，难道你不觉得你这样的评价过于草率和武断吗？"科特先生反驳道，"虽然说，对于你说的这些，我确实有所忽视，甚至是闻所未闻。但你也不能据此就说我是一个那样冷漠的商人吧。你是应该知道的，我的经商之道和为人，我不是那样唯利是图而冷酷落刻薄的商人吧！"

"如果你不是,那么约瑟夫·巴勒尔就应该也不是咯!"博特先生依然如故地坚持道,"不仅如此,布尔芬奇博士,所有那些聆听过约翰·雷迪亚德故事的商人,都不是那种刻薄冷酷的商人——可是他们就是不愿意去仓储约翰·雷迪亚德所说的商品。这些人可不止一两个,请你原谅,我说的是所有人都拒绝了他,并没有特意地对你不敬重,而且还不止是在波士顿呢。约翰·雷迪亚德曾经亲口对我说,在那年的另一段时光,他曾经步行在费城的街道,后来又辗转去纽约。他苦苦劝说,希望有人把他的梦想付诸实践。他所劝说的对象,难道不都是和你一样的商人吗?"

"上帝保佑!"科特先生暴躁地打断了博特先生的话,"你就不能一口气把话说完吗?你为什么不有头有尾地告诉我这一切呢?我想你是觉得我肯定在其他什么地方听到关于约翰·雷迪亚德的事迹了吧?可是,你仔细想想,这么多年,我什么时候和你一起步行或骑马到过费城、纽约或者布尔芬奇博士家,我去过吗?"

"要是这么说,我猜你是对的,"博特先生的语气有所缓和,好声好气地承认道,"你或许真的没有听过我所说的话,只是我忘记了这一点。对不起,也许我刚才太过激动了。"接着,博特先生开始讲述往事。

"一切都如此平常,就像每天都会发生的事情一样,"他说道,"就像某个人会在周末不经意地去赴一个老友的约会,或者拜访一下隔壁邻居,太平常不过了。我们三个人在布尔芬奇家喝着啤酒,闲聊着。一个佣人跑进来报告说有人造访,我们甚至没有停止之前的闲谈,这时候一个青年已经进来,最先抬起眼皮迎接这位青年的是布尔芬奇博士。那时候,我一定是离开了丹,丹一定是被我寄放在霍利·鳕尔德夫人家中,托夫人照顾,然后我才能悠闲地去赴博士的宴请,我想一定是这样的。博士的家在伯德尔广场附近,在到那里之前,我还得去广场那边的店家尝一尝加那利葡萄酒,并且给老友们捎上一点。这种美酒是克劳威尔上次推荐给博士的,他赠送给博士的那瓶酒让大家都大饱了口福。就在去的半道儿上,我遇见了约瑟夫·巴勒尔,他也要去。"

"我没有,"博特先生肯定地说道,"我肯定没有听清楚仆人所报的来访者的名字。可是当我抬头看见那个青年时,我觉得名字无所谓,那只是一个符号而已。关键是,这个人给我的印象太深刻了。"说完这句话,爷爷开始陷入沉默,似乎有万千的心事。

"也许,"博特先生接着说,"对别人而言,他只是一个腰板挺得老直、浓眉大眼、脊背宽阔的青年——大约三十来岁,我猜想——普通的美国人的装扮和体格，容颜英俊，是个美男子。但是，让我印象深刻的并不是他的外表。我所欣赏和在意的是他内在的气质，那种由内而外散发出来的特殊风度。这就好像发着微弱光芒的蜡烛，放在厚厚的玻璃罩子里。这时候，对一般人而言看的只是那颤颤的火焰，而不是那微弱而坚强的烛光。而其实真正照亮我们的，是那内在的光芒，而不是外在的表面的火焰。这个突然造访的青年让我难忘的并不是他外在的体格，而是内在的光芒。我感觉就好像一个人第一次见到巍峨的高山，这时候才猛然意识到，自己以前所见到的山其实不过是些小山丘而已。"

科特先生发出哼哼声，显得有些不耐烦。

"是的是的，"博特先生明显看出了科特先生焦躁的情绪，赶忙说，"我会接着讲下去，不绕弯子了。就如我所说，我并不知道这个青年的名字，直到他自我介绍。他诚恳地向布尔芬奇介绍说自己叫约翰·雷迪亚德，来自格罗顿和哈特福特。这些地方正是库克船长远征太平洋之前所经过的地方。事实上，他亲眼看见库克船长被南海的土著杀害。在此之前，他一直在库克船长的旗舰上担任私人海军雇员，而且坚持了四年，一直跟着船队航行。当船队返航至英格兰后，他被投入英军营房大牢，一蹲就是两年。因为他拒绝向自己的祖国开火——就是他回来寻找的那个新生的共和国，美利坚合众国。"

"好极啦！"科特先生大叫起来。

"在营房大牢服刑两年后，他被派往美国进行作战演习。在经过长岛港口时，他悄悄地逃离了队伍，泅水登陆。他成功了——他大笑着甩掉了队伍，他的视野里再也不会出现那些英国人的身影——他再也不会回去了。"

"在他的内心，爱国和对战争的态度始终是坚定的！"科特先生开始赞许道，他拍拍自己的腿，接着说，"虽然他被监禁了两年，但他的内心似乎并不曾动摇。"

"哦，雷迪亚德一直按照英国式的方式自我成长，但可以肯定的是他热爱自己的国家，反对战争。"博特先生接过科特先生的话茬，进一步补充道，"还有一件事情，是他所不堪忍受，但最终不得不忍受的。他放弃了自己四年以来一直坚持的记日记的习惯。在营房大牢的日子里，他被剥夺了写日记的自由。而他之前的日记，都是关于事实的真相和重要的信息。这些真相和信息，就是海事法庭曾经调查过的案件。案件主要是关于库克船长侵占航行经费的罪行，而相关的真相信息主要来自随行官员和人员的记录。英国海事法庭曾经命令搜罗库克船长所有的航海记录，包括所有的随行官员和海员所做的记录。"

"如果是我的话，我会把我记录的一切文字提前丢进大海。"丹大声说道。

"哦，雷迪亚德把这些内容很好地记录了下来，不过遗憾的是他的日记都被无情地销毁了，"博特先生说，"其他记录日记的人的待遇也都一样，没人能够把日记保存下来。不过对于雷迪亚德而言，当他回到美国以后，他可以根据自己的记忆还原日记绝大部分的内容。"

"什么？"科特先生惊叫道，"你的意思是他并不都是完整地记录在纸本当中，而是记在脑子里？"

"其实，他回到美国后根据回忆整理的日记只是很小的一部分，"博特先生平静地说，"仅仅是很小很小的一部分。"

"雷迪亚德为他的祖国传递了一个重要的信息。"博特先生的声音依然平静，但是他的眼神平视着前方，从科特先生身上逐渐转移到丹的身上。

"约翰·雷迪亚德，"他继续说道，博特先生似乎在每一个字上都反复琢磨，生怕遗漏了什么重要的信息，"他曾经经历过这次伟大的航行中最惊心动魄的场景，关于航行的具体信息，他决定带回自己的国家，和自己的国人分享。虽然其间，他必须经历无尽的苦难，由天堂入地狱，但是他依然故我，坚韧不拔。他根据自己所见所闻，逐渐在脑海中形成一个计划。他曾经在布尔芬奇家说出了这个计划，当他说出这个计划的一刹那，我简直难以呼吸，这真是太激动人心了。"

"根据雷迪亚德所说，似乎存在这么一个事实，"他继续道，"那就是努特卡湾是通往西北海岸的入口——库克船长的船员们用极少的钱，补充了自己的货物仓储。他们重点补充的就是海獭皮毛。"

丹看见科特先生开始有点坐不住了，他自己呢，则把椅子挨得离爷爷更近了。他迫切地希望听到关于这件事情接下来的发展。海獭皮毛！现在或许就是他久久期待的解开谜底的时刻了。

"一开始，雷迪亚德告诉我们，这件事情他并没有太在意。但是，几个月之后，这些商船抵达广州。神奇的事情发生了，就在他的眼皮底下，他亲眼见证努特卡湾发生的一切在这里酝酿成一个新的贸易奇迹。这个奇迹就这么发生了，简直毫无征兆，让人不可思议。"博特先生严肃地看着自己的朋友，"库克船长的船员们从努特卡湾置换的皮毛，在印第安人的交易中，本来稀松平常，价格低廉。然而中国人却疯狂地求购那些从印第安人那里换来的皮毛。原来几便士的皮毛，在中国，竟然可以卖到几百美元。"

鳕步枪

科特先生简直目瞪口呆，嘴巴里蹦出这样的呼喊："这简直和库克船长书中所言如出一辙：那些从西北海岸收购的皮毛几乎没有成本，然而却可以在中国广州谋取巨额的利润！"

"但是，请注意，是雷迪亚德第一个说的！"博特先生立即反驳道，"千万别忘记这一点，亲爱的朋友，是谁第一个说出这个故事的。直到今天，我还能清晰地记得他所说过的话：'先生们，如果你们能够得见我所见到的景象，你们就会相信我所说的一切。当我们的商船停泊在澳门港时，那些青睐我们皮毛的中国人，就伺机高价求购。然而我们都知道，这些东西在努特卡湾，简直是以白菜价收购而来的。因为在努特卡湾，那些印第安人只知道用这些皮毛来覆盖自己的身体，仅此而已。因此这只是再平常不过的生活用品……'"这时候屋子里安静极了。丹注意到科特先生身体微微前倾，生怕漏掉了什么关键字眼。

"当雷迪亚德讲话的时候，我一直看着他，"博特先生继续说，"他的身体特征是非常明显的——浓眉大眼，眼睛的顾盼流转就像山间清澈的山泉，高高的鼻梁——让他看起来是如此刚强和坚韧，似乎和他不大的年龄形成强烈的反差。他外表的刚强和坚韧显示出他内心的坚定，他的灵魂深处一定有一颗明星在指引着他勇敢地前行。除此之外，他给人一种甜美的印象，就像一个襁褓中的婴儿，给人以甜蜜和安详。虽然也许这样评价一个男子，不大合适，然而确实就是如此。他说出来的话，就像丹一样，简简单单，甚至带一点孩子气。我还注意到，他衣衫褴褛，手肘和膝盖部分都被磨得很薄了，他的鞋子也是破破烂烂的。这让我简直感到无地自容，我汗颜于我自己的温暖和富足——我们垫着的是土耳其地毯，我们的椅子是真皮的……"

丹心想，原来如此，他恍然大悟，原来这就是昨天爷爷所指的那个雷迪亚德。当他看到晚会上客人们珠光宝气，他忍不住说出来一句话：他们却一便士也不愿意为他花。这个他不是别人，就是那个困厄却心怀理想的约翰·雷迪亚德。

"不论是布尔芬奇，还是巴勒尔，他们显然对雷迪亚德的故事都很感兴趣。不过他们却表现得如同一个老谋深算的商人那样……"说这句话的时候，博特先生故意瞥了一眼科特先生，"他们故意显得漠不关心，好像并不曾动心。可是当雷迪亚德将诱人的利润提出来时，我分明能够看到巴勒尔的下巴都要掉到桌子上了，而布尔芬奇呢，眼睛里的血管甚至都要崩裂开来。"

"雷迪亚德说：'甲板上聚满了热血沸腾的船员，他们喧嚣吵嚷着要回到美国西北海岸去收购更多皮毛。事实上,根据船规,我们应该及时制止类似的哗变,我们应该完全掌控局势。但是,先生们,看看我们吧,谁又能过分苛责那些船员的诉求呢?他们毕竟生活贫困,现在终于有机会走出这条贫困的沟壑,过上更舒适的生活,更别说这其中还蕴藏着极大的财富。他们要求回去再装一船皮毛,这或许并不能算对船队的背叛。'

"雷迪亚德说完这段话后,问了一个问题,和刚才他所说的那句话很类似:'先生们,如果同样的思想在我的脑海里萌芽——不过我不是为自己的财富,而是为我们的国家,那么你能够苛责我吗?我根据我亲眼所见,把这项贸易带回我的国家,帮助我的国家走出困境和动荡,走向稳定、繁荣、富强。难道这对我而言,有什么错吗?'

"就在这个时候,雷迪亚德的声音变得低沉。然而他低沉的声音却似乎对我有醍醐灌顶之功效,让我茅塞顿开,让我在凄清的长夜里觅得了黎明的曙光。当我看看在座的其他人时,我从他们的脸上读到了疑惑不解。也许对于这些商人而言,要完全理解雷迪亚德的话,是非常艰难的吧!"

"他继续说:'当时我所看到的场景一下子点燃了我沸腾的热血。我那时候想,如果这些利润可以用作我们国家的贸易,那么我们不就可以从破产和饥荒中挣脱出来,迎接一片崭新的天地吗?然而这里有一个前提,就是我们不能再被殖民占据,我们需要拥有自己的主权和领土完整,不是吗?'他大声疾呼,我记得,他甚至歇斯底里地大声疾呼,好像再也没有什么能够阻挡他说出这些话。他的话在大家耳中久久回荡:'缺乏外贸必将导致贫弱,而抓住外贸则为一个国家的命脉。'

"'那是英国佬的事情!'巴勒尔打断道,'英国人切断了我们一切的传统贸易。'

"'我们的旧港口关闭了,'布尔芬奇接过话茬,如是说,'我们没有机会建新的港口,我们缺乏和外界交流的中介,我们的外贸是绝望而没有前途的。为什么这么说呢,雷迪亚德先生,你难道没有意识到我们的国家正濒临孤立吗?我们就像一个初生的婴儿,是赤条条的,没有衣物遮蔽,没有邻邦可以开展贸易。就是这么简单,这就是现实。'

"雷迪亚德不等布尔芬奇说完,立即反驳道:'交流的中介,先生!你所说的中介正在那里等着你呢!这取决于你去不去争取,只要你抓住它,它就能带你打开通往东方财富的大门。那是一把金钥匙,你可以在英国佬面前一把抓过它。

不错，在欧洲面前，抓过这把金钥匙，通往财富之门，东方的财富之门。'"

"就在他说这句话的时候，你简直连一根大头针掉在地上的声音都听得到。大家都屏住呼吸，静静地聆听。"博特先生说。丹突然意识到他自己似乎也被带到了当年布尔芬奇博士家，那个激动人心的现场。虽然说，时间已经过去这么久远，博特先生所说的每一句话，不，是他所复述的雷迪亚德的每一句话，依然让年轻的丹·博特觉得振聋发聩。

他全神贯注地听着爷爷的讲述，真的感觉到身临其境，他的血气为之奔涌。"我可以看见，"爷爷接着说，"巴勒尔半睁着眼睛，盯着年轻的雷迪亚德，最后，他说，其实几乎不是在说，而是在小声地哼哼着，因为他估计也不相信自己的想法，有点不敢大声说出自己的想法：'你是说，雷迪亚德先生，你是说，这些皮毛，真的能够打通我们与中国之间的贸易桥梁？'"

"'你丝毫不需要怀疑，'雷迪亚德这么回答道，'这就是那把金钥匙，有了它，你就能打开中国贸易的大门。虽然我们都知道，遥远的中国贸易之门，可不是那么容易打开的。为了这一天，我们等待了太久太久了。'接着雷迪亚德告诉大家，他是怎么样努力地回到美国，告诉国人在遥远的太平洋，正有无尽的财富等着大家去开掘。

"布尔芬奇显然很感兴趣，但是仍然充满质疑：'雷迪亚德先生……'我记得布尔芬奇说话的时候显得有点不安，因为他想尽可能地对这个年轻人做到礼貌。他质疑道：'至少我自己是从来也未曾见到你说的这种皮毛，而且我也从来没见到什么交通工具运载过这种货物。'

"'但是别人见过，而且已经采取行动啦！'雷迪亚德回应道，'先生，关于这一点，请你千万不要弄错了。你没有见过，不代表它就不存在！'

"雷迪亚德继续说道：'在库克船长的船队从努特卡湾向北航行的途中，他们发现俄国人在贝林海域正如火如荼地开展着皮毛贸易。不仅如此，似乎俄国人在那里的皮毛贸易据点已经建立了三十年，甚至更久。或者可以说，俄国人，早就垄断了那一片区的皮毛贸易。'

"任何贸易一开始就会遇到竞争的。"科特先生小声嘟囔道，"你看，俄国人也盯着这个皮毛生意呢！"

"哦，不过，"博特先生宽慰他说，"雷迪亚德告诉我们，俄国的皮毛商人从来无法满足广州的需求。"

"接着,"博特先生继续回忆道,"他们三个你来我往,一直就这个问题热烈地讨论。布尔芬奇、巴勒尔和年轻的雷迪亚德争得不可开交。雷迪亚德总结道:'你必须了解中国的情况。你们大家想想看,设身处地地想一想,当你在漫长的冬季,没有羊毛的衣服,没有室内暖气,没有煤炭烤炉,没有壁炉……什么取暖设施都缺乏,这时候你看到一张厚实的毛皮,可以抵御严寒,你会怎么样?'"

科特先生见缝插针,发出狂喜的喷喷声。"我说,哥们!"他嘀嘀咕咕地小声嘟囔着,"我说,这可真是运气啊!该我们美国人的运气!不是吗?你也该去碰碰运气啊!"

"那是自然,"博特先生说,"我是没钱去投资碰这个运气的,这你是清楚的。我没有再介入他们三个人的谈话。不过我相信雷迪亚德所说的每一句话都是非常真实的,我也确信他所说的话对美国的益处。因此,当我发现布尔芬奇和巴勒尔都表现出浓厚的兴趣时,我故意火上浇油。我说现在中国人对皮毛的兴趣已经满世界传开了。过不了多久,各路商人,尤其是欧洲商人,就会源源不断地向中国运送皮毛。巴勒尔开始还将信将疑,他很快找雷迪亚德确认,问他是否听到过与此相关的流言,是不是英国方面真的已经开始关注这方面的贸易了。我永远也忘不了,雷迪亚德眼神中的赞许和淘气的信息。那信息是发送给我的,因为我无形中助推了他一把。我想,这时候,他一定是把我当成了自己人,而我呢,也正无比乐意接纳这么一个新朋友。虽然我们刚刚认识,不过我们似乎已经像老朋友一样,充满了默契。"

"'老兄,'雷迪亚德说,'库克船长的很多船员在澳门就看到过我看到的皮毛贸易。难道你认为这些人都会保持缄默吗?更何况,也许你想象得到,这些贸易场景在不远的将来将被正式出版,到时候就路人皆知了。而且你不要忘记了那些大块头的俄国人,他们正企图垄断全球的皮毛贸易呢。所有太平洋沿岸的皮毛贸易,现在可都被他们占据着呢。难道他们不会努力地朝东方进发吗?'

"巴勒尔从座位上弹了起来,来回地踱着方步,他表情复杂,显然他的内心在激烈地挣扎。他一字一顿地说:'我想,雷迪亚德先生,我想你不会袖手旁观的吧?'他一边说,一边看着我们,似乎在寻求我们的支持,然后接着说:'你不能眼睁睁地看着别的国家垄断这贸易吧。要知道,一旦他国垄断了贸易,我们的国家就将面临长久的困境,甚至毁灭啊。所以,让美国捷足先登吧,现在还不算太晚吧!'

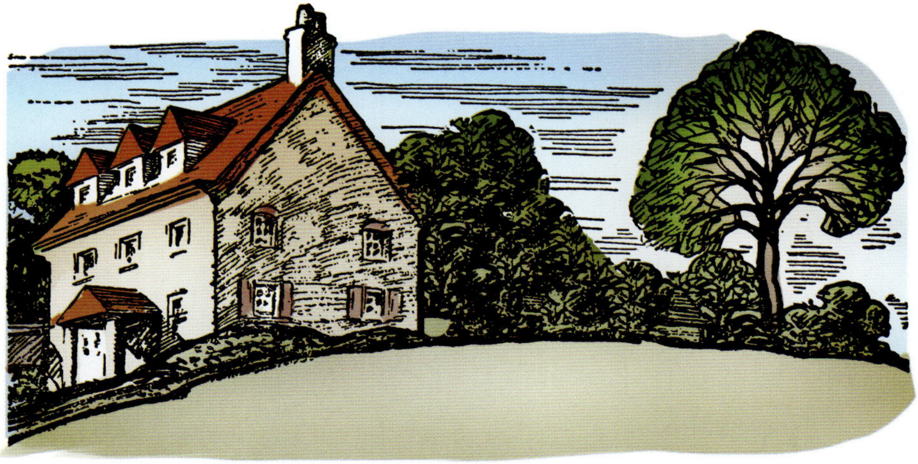

"就在这时,巴勒尔建议道:'你应该装备一艘轮船,然后航行至西北海岸,这是第一步,对吧!'巴勒尔说完,看着雷迪亚德。

"从巴勒尔的话可以看出,他对雷迪亚德的故事非常感兴趣。而此时,雷迪亚德的脸上浮现出光彩般的笑容,他似乎看到了自己的梦想付诸实践的希望。突然,博士插话问一艘轮船从努特卡湾到好望角要航行多久。

"雷迪亚德接下来的话简直给我们一个意外的惊喜。他说:'不必经过好望角,我们可以穿过合恩角。不过合恩角洋面波涛汹涌,航行危险,终年强风不断,气候寒冷。是太平洋与大西洋的分界线。'

"我们都对这条航线持保留意见,因为从来没有一艘美国的船只走过那条航道。不过雷迪亚德哈哈大笑起来,他说没有什么海域可以难倒美国人。不仅如此,他接着说——他的声音又变得低沉起来,那是一种可敬的沉重:'你们是不是都认为好望角是传统航海路线中最安全、最常走的航线?好望角被认为是通往东方的必经之路。可是你们想过吗?决定美国命运的地方在西边!美国的船只,应该开启一段新的航程,创造一个新的世界。'他说这话的时候,眼神扫视着在场的每一个人,似乎点燃了每一个人眼窝深处的火焰:'我们的船只必须绕过合恩角,直接通往西北海岸获取皮毛,然后再到达中国。'"

"我告诉你们,对于这么一个年轻的头脑而言,这番话真可谓是了不起的想法!"博特先生说道,并长舒了一口气,"我还记得当时所有人都正襟危坐,面面相觑,盯着眼前这个年轻人。大家似乎都不敢相信这个年轻人能够说出这样的计划。这个计划简直是英雄主义式的,具有救世的价值,至少对于美国而言,是这样!"

"接着,雷迪亚德很自然地打破了这种严肃的氛围,他像一个意气风发的少年计划一桩趣味盎然的出行一样,举重若轻地安排着他的梦想航程:用六个月时间装备船只,然后前往波士顿装载一批小商品。将这些商品运到西北海岸,与印第安人置换皮毛;然后满载着皮毛前往中国广州,用皮毛换取茶叶、珠宝、丝绸,然后回到波士顿。他向我们提供了一种一本万利的探险之旅。这交易的中间物,需要经过环球航行,才能兑换成最后的珍贵货物。在如此漫长的旅途中,能否保证获得真正的大额利润呢?这恐怕是大家考虑的唯一的问题。"

"我也不知道究竟该怎么说,"博特先生回忆道,"我似乎感觉到布尔芬奇和巴勒尔都在重新考虑这桩生意——因为他们对于这桩生意的兴趣已经到了一个峰值,一旦回落下来,他们就不得不考虑其中的不确定性和风险。这就是商人一贯的思维方式,根深蒂固。我看到雷迪亚德也大约意识到了这一点,他不再说贸易的事情,而是谨慎地把话题转向其他方面。他开始谈起他在航行过程中遇到的奇闻轶事。雷迪亚德的口才是如此之好,以至于所有的人都听得陶醉其间。此外,他还向我们介绍了西北海岸壮丽的风光。"

"就如格雷船长昨天晚上所说,"科特先生打断道,"那一定是一番壮丽的景观,广阔茂密的海岸丛林,终年积雪的山巅,太平洋的洋流激烈地拍打着海岸,如雷霆万钧,气势磅礴!"

博特先生点点头:"不过在我的记忆中,雷迪亚德关于西北海岸的秀美风光似乎还要延伸到更北的海岸:这些珍珠般的海岸线就像海洋中蓝绿色的宝石,透出鬼魅般的万千风情。不过,在雷迪亚德的叙述中,最壮丽的景色还不止于此,那是他在库克船长的船上所看到的景致,同时看到。请注意!是同时看到,北美最西部的风光和亚洲最东端的风情——这是第一次由美国的白人所记录的两个极地的共时性景观!当然,最后,他不得不提到库克船长之死。他亲眼目睹,在南海土著的利刃之下,库克船长不幸殒命异乡。"

"最后,"博特先生接着说,"他们的谈话突然陷入沉寂。布尔芬奇看看巴勒尔,巴勒尔呢,又看看布尔芬奇,都不知道该说些什么好。我意识到了——我想雷迪亚德一定也意识到了——他们正在想着怎么打发雷迪亚德离开!博士首先开口,他让雷迪亚德到其他地方去试试运气,或许有人会支持他的计划。雷迪亚德静静地笑了笑,他描述了自己在纽约和费城的情景,他遍访船主和商业公司,几乎再也没有什么地方是他没有去过的了。即便还有,他也不知道他们的名字,无从找起。此外,会计师、银行家这些人,他也一个个地去寻访过的,不过最后总是处处碰壁,获得的只是虚无和哀伤的回馈。偶尔也有一两个人,心理上接受了他的计划,不过仍旧无法付诸实施,那毕竟需要太多的财力、物力和人力!更多的人呢,只觉得他是一个发狂的痴梦者,用他们的话说,他的计划脆弱得和天际的那抹彩虹一般,转瞬即逝!"

"布尔芬奇通常都会抓住好的买卖,不过这次,他也不敢贸然地接受这桩生意。他指出,对于那些季节性经商的商人而言,是不大可能一口应承下来这么大的生意的。尤其是这桩生意只有一位见证者。更何况,钱是很难凑的,谁也不愿意把来之不易的钱砸到一个不确定深浅的水里打水漂。

"听到这样的话,雷迪亚德真的无法忍受了,一下子爆发起来。'打水漂!'他大叫着,'如果你按照我的话去做,你就一定能够获得成功,我亲自试过那水塘的深浅,怎么能说打水漂!可能性只有一个,就是通往财富之路。是的,就是如此!'过了一分钟,他大约又隐隐地看到一丝残存的希望,他在做最后的一搏。你也许会觉得他是为自己的生活而苦苦哀求。不过用他自己的话来说,他是在为美国寻找一条独立的真理!他一再如是强调。在竞争者涉足之前,让美国首先开展皮毛交易,其间,蕴含着美国中兴的希望!

"接着,巴勒尔说了些冠冕堂皇的敷衍的话,诸如如果以后有机会,可以合作之类的套话……

"年轻的雷迪亚德没等他继续说完,就礼貌地回绝了。他的脸色是如此枯寂,似乎是死灰的颜色,然而他内心的坚定却似乎更加深沉了。他说:'为了实现自己的梦,也许在大家看来,那确实只是个遥不可及的梦。但是先生们,即便是再艰难、再贫贱,我也不会改变我的初心。只为了……'他环视了周围的我们,接着说:'只为了完成一个更大的梦想!'"

说到这里,博特先生停顿了一下,眼睛直勾勾地望着前方。他似乎被自己的话所打动,最后,他斩钉截铁地说:"雷迪亚德起身告辞,他义无反顾地离开了布尔芬奇的屋子。等待他的也许是漫长的路途和长远的追梦。"

丹一脸狐疑地望着博特先生,因为他一直在期待爷爷讲述那个更大的梦想,雷迪亚德的更大的梦想。然而,爷爷却似乎并没有继续往下讲的意思,就好像……不错,就好像他在有意地漏掉某些事情。

"布尔芬奇,"博特先生接着说,"他把雷迪亚德叫住,给了他一些波士顿商人的名字,他表示,也许这些人会对这个计划感兴趣。雷迪亚德感谢了他的好意,然后离开了。我和他一道离开。对我而言,已经完全不奢望布尔芬奇和巴勒尔再多给予任何一点点恩赐了。因为这些客套的恩赐对雷迪亚德而言,毫无意义!"

第二章　初见鳕步枪

"当我们走出大门的时候,"博特继续说道,"雷迪亚德说博士所给的名单,他早就去走访过了。对于这些体面的商人而言,一旦他把你引荐给他的朋友,那么基本就是在向你下逐客令了。不过这种方式多少显得礼貌一些。

"我告诉他,如果我有一定的财产,我一定会投入他的皮毛贸易。我毫不掩饰我对布尔芬奇和巴勒尔的不满,狠狠地笑话了他们一番。虽然我知道这也无济于事。

"'你注意到了吗?'我们一边走着,他突然这样问我,'对于大多数人而言,如果一个人不遵从大多数人认可的主流规范,他就会遭到无尽的怀疑。这种怀疑是多么自然而然地产生了啊,可惜我以前并不十分清楚这一点。我花了多少个月,行走了多少里路,经过了多少条街道、多少座港口,攀登过多少级阶梯,才渐渐明白了这个道理。我就是这种质疑眼光的亲历者和见证者。'"

"他的鞋子,"博特先生继续说,"已经磨损得很严重了,同样的,他的袜子也磨得很厉害。我忍不住想起我们刚才所离开的屋子,那里的每一个角落都是如此富足,充满了各种装饰品和日用品——壁炉上银质的烛台、精致的烤炉——所有这些,都足以支付多双鞋子的价钱了。我本想说给他钱去买双新的鞋子,可是话到唇边却不能启齿。他大约意识到了我的心事和想法,只是一直不停地和我说话,似乎在有意逃避我的好意或者说是施舍。

"'其实从一开始就是这样,每次基本都是差不多的结果,'雷迪亚德无奈地说,'人们总是怀疑地斜眼看待我们,只因为我们不甘于在既定的轨道上因循苟且。这就好像我大学时候一样,当我在达特茅斯学院求学时,只要我不遵守学校的规章,我就会遭到大家一致的不满和非议。'"

"呃,"科特先生打断道,"这么说他还念过大学呢,是吗?""

博特先生的眼睛闪着光:"其实也没有很久。他很快就觉得大学并不适合他。对雷迪亚德而言,他更愿意按照自己的内心需要而活着。也许是大学的官方认为他不遵守纪律,以此来指责他。他对我说,虽然那些规则本身都是很完美的,但是并不适合他。他最不适应的就是那些繁文缛节、条条框框。他说,如果他不认可的东西,他是断然难以接受和妥协的!即便我不完全同意他的观点,但我也会纠结于那些规矩的繁琐。"

"是的,看看你的短头发就知道了。每个人都留着辫子,你偏偏要留个板寸。看来你也是个不守规则、不从众、不附和、不随波逐流的人啊!"

"至少我不是那只跟着羊群一起跳跃的循规蹈矩的绵羊。"博特先生反驳道。

"回到年轻的雷迪亚德,"他重新开始说,"在和他一路走回家的路上,我一直有一个想法,或者说有一个问题藏在心底。当我问他这个问题的时候,我发现他的脸上荡漾着孩子般的喜悦和欢欣。他坦言,他将立即动身去新伦敦,最后试试运气,这也许是他为美国的前途所做的最后的努力和尝试。

"可是如果不能成功呢?我用我自己的真诚去问他。

"如果真是那样的话,他告诉我,他就会选择去欧洲,也许会去法国。去推广他的皮毛贸易的主张,或者与欧洲的企业合作。他的脸上阴云密布,过了几分钟,才恢复了正常。他说,选择外国的赞助商当然不是他的本意,更不是他的优先选择。然而,如果没有美国人愿意听他的建议,而美国因此真的已经走向破产和毁灭的边缘……"

"就是这样,我们就这样分别了。"博特先生简短地总结道,他把椅子挪到窗台,想看一看窗外的景致。

"我喜欢那个家伙,"博特先生沉思了一会儿,接着说,"我一直目送他远去,我的心似乎已经追随他而去。他是那么坚韧、高大,而且志向高远,是一个真正的伟大的人。然而他的气质又常常透露出孩子般的烂漫和甜蜜。雷迪亚德的生命是气势恢宏的……我不知道还能用什么更绚丽的辞藻去赞美他。"

好一会儿,大家都沉默不语,只听到钟表的声音滴答滴答地作响,声音很大,搅得人心里烦躁。博特先生自己先开腔:"几个月后,我听说他去了法国。在巴黎,雷迪亚德常常造访托马斯·杰弗逊的住宅。在此期间,他获得了年轻的约翰·亚当斯的理解和支持。此后,没有他的任何消息。直到最近,我才听说他在探险途中逝世,而且连具体的逝世原因和地点也不甚了然,只知道也许是在亚洲,也许是在非洲——前前后后，从我认识他开始，不过十几年的时间。而他呢，走完了他火焰般激情四射、充满希望，又历经磨难的一生。"

"这么说，他之后再也没有去过西北海岸喽？"丹显得有些失望。

"如果他去了，我们一定可以听到相关的消息，"博特先生语重心长地说，"不过，我敢发誓，没有任何事情能够阻止得了他前进的步伐。"

"现在想想看，"科特先生思考了良久，再次打开了话匣子，"如果年轻的雷迪亚德的计划那时候就被实施，那么今天的波士顿——美国，就将开启一段美好的中国贸易新航线了。"

"我也想这么说，"博特先生回答道，"有一天我去拜访布尔芬奇，我发现他正和巴勒尔在埋头研究库克船长的书。这本书是英国出版的，记载了库克船长的太平洋航程。他们拉着我和他们一起讨论，他们是如此兴奋。一个人的一句话还没说完，另一个人就急着插进下一句话。现在白纸黑字写得清清楚楚，当年雷迪亚德所说的一切都记录在这本书里，关于皮毛贸易的一切：以很少的钱，大约若干便士就能够换取皮毛……将这些皮毛卖到中国，就可以获得巨额的利润。在这本书里，简直就是雷迪亚德当年故事逐字逐句的再现。

"'雷迪亚德是对的，我们不得不相信，'布尔芬奇说，'在与中国的皮毛贸易中，确实蕴含着巨大的财富。'

"巴勒尔也随声附和着：'而且现在，我们的远征计划已经在孵化阶段，我们将派出两艘轮船，哥伦比亚号和华盛顿号。这两艘船将按照雷迪亚德的路线，跨过合恩角，到达西北海岸，最终抵达中国广州。另外还有四个人也会参与这次远征探险。'布尔芬奇则说这个家族中的任何一个人都能胜任这次远航，而最理想的人应该是查尔斯。

"这简直点燃了我的愤怒的热火，是的，我简直不能再等待了，查尔斯·布尔芬奇一定能够抓住雷迪亚德提供给我们的机会。然而，事实上我们却一直等到英国人的书出版之后才知道采取行动。而这本书里的内容其实和当年雷迪亚德所说的几乎一字不差。我简直想把他们的脑袋撞到一起，实在是太可气、太可惜了！"

丹终于明白了，为什么那天哥伦比亚号返航的时候，他对巴勒尔先生那么刻薄了，也终于明白为什么那天巴勒尔先生显得那么局促不安——他明白爷爷的讽刺和挪揄指的是什么，他显然也应该自责自己当年对待雷迪亚德的态度。

"巴勒尔，"博特先生继续说，"开始感到惋惜，因为他当年没有及时听从雷迪亚德的建议。不过他还是为自己找台阶下：雷迪亚德当时毕竟太年轻了，完全没有任何声名，在航海和贸易这个领域，他完全没有库克船长那样光辉的履历。他的话很难被完全采信，况且，他的所有的推断，都带有鲜明的年轻人的天马行空的想象印记。布尔芬奇也帮忙解释，表示当年的情况实属情有可原。但是如果现在我们依然漠视库克船长的信息，在我们的国家陷于外贸阻隔和经济困境的今天，那将是非常愚不可及的事情。我们必须在外贸方面建立自己的主权。"

"我特别注意到他的话里的一个关键词,建立主权！"博特先生咯咯一笑，"这真是对年轻的雷迪亚德最客气、最礼貌的讽刺啊！布尔芬奇说：'库克船长说从西北海岸置换的皮毛可以在中国获得巨额利润,我们必须清楚自己处在什么位置，并且第一时间采取行动——刻不容缓。'"

"我实在是听不下去了，他们的对话简直让我作呕！"博特先生忍不住说出这样的话，"我当时就站起来，把书丢到他们身上，我义愤填膺地说：'你们根本就未曾学到任何一点点东西，至少从库克的书中你们一无所获。因为书中所有的信息早在多年以前，雷迪亚德都已经亲口对你们说过了。他不仅把中国贸易的机会摆在你们面前——他甚至告诉你们如何获取皮毛，如何确定航程，如何抓住机会，拯救你们的国家。然而，不——他太年轻了，太有激情，太罗曼蒂克——天知道他还有多少让你们觉得不够满意和信赖的地方！你们非得等待，等待一个英国人告诉你们，确实如雷迪亚德所说。然而你们还得说：嗯，就是这样，他的记载将会永载史册！美国人对中国皮毛贸易的灵感和起源，都来自这个伟大的英国人。你们向对神灵祷告一样对这个英国人感恩戴德，终于决定出发，决定去开展贸易。所有的荣誉都归于那个英国人——约翰·雷迪亚德在历史的记载中连一行文字也占不上。这个年轻人，恐怕就这样被历史遗忘了。'"

"我常常想，"博特的语气显得有些粗野，"对他们而言，投点资本在新的领域，有那么艰难吗？就需要大费踌躇，思考那么久吗？他们的行动也太滞后，太缓慢了吧。"

"是的，是这样的，我的朋友，"科特先生回答道，"即便是库克船长的书，也不能让他们高枕无忧，他们依然担心风险——你不认为是这样吗？就像我一开始所说的那样，巴勒尔以及哥伦比亚号的所有股东，都非常焦虑而紧张。你记得他们那简直让人无法呼吸的沉吟吧——要是它真的能发现我们派它去寻找的目标——这目标是什么？对于商人而言，不就是更高额的利润吗？"

"你说得对，"博特先生严肃地说，"当约翰·雷迪亚德，用半生去横穿整个世界，这一点并不为人所知；哥伦比亚号还在通往努特卡湾的航线上。在约翰·雷迪亚德死后的六个月，哥伦比亚号才第一次在中国广州售出了皮毛——这贸易之门的开启，雷迪亚德祈祷追求了一生。为了这个梦想，他经受了严寒酷暑、春秋冬夏；他衣衫褴褛，举步维艰；他饥肠辘辘，风餐露宿。"

"也许，他对他的理想爱得过于深沉吧……"科特先生显然不知道该如何接过博特先生的话头，只能如此笨拙地回复，"不过叫我说，我也会站在布尔芬奇和巴勒尔一边，我不会去冒那个险。虽然我对雷迪亚德的遭遇表示同情，但作为商人，我不会去冒险。不过正因为如此，我也常常感到羞愧。我羞愧的是我连想一想的勇气也未必有，而且我常常害怕我会真的去冒险……我也不知道该怎么说……"他忽而略有几分尴尬地掏出银闪闪的怀表，将怀表放到灯光底下，仔细地读了读钟表的点数。"哦，时间太晚了！真是不知不觉啊。"他起身要离开，突然，门外的小路上传来噔噔的脚步声，急促而有力。

当丹打开门的时候，一个人探了进来，问科特先生在不在。说完之后，递上来一个信封，准确地说是一张折起来的信笺纸。

"他们告诉我科特先生可能会在这里，所以我就过来了。这封书信很重要！"他急急忙忙地说完了这话，然后匆匆地离开了。

博特先生点亮了一只蜡烛，借着蜡烛摇曳的微光，科特先生小心翼翼打开书信，逐字逐句地读起来。他用圆胖的手指划过每一行小字，仔仔细细地读，生怕漏掉一个字眼。

突然间，他的眉宇露出兴奋的神情，抬头望望大家，显得高兴异常。"成功啦！"他大声尖叫起来，"我跟你说过的那些步枪，杰里米，我问奥提斯·布鲁尔订购的那一批。他答应我把手头的步枪转给我——这比我想象得要顺利多了！"

博特先生和丹目送着这个快乐的家伙走出房门，只见他迈着无比轻快的步子奔上了盛夏大街。

"看来他很满意，对于那批步枪！不是吗？"丹评价道。

"嗯！"博特先生小声嘟囔道，"他就像其他那些人一样——也会被皮毛贸易的利润所打动，不过此刻，所有关于雷迪亚德的想法一定已经从他的脑海里剔除干净了。对商人而言，只有永恒的利益，没有长久的同情！"

在长滩码头，科特先生的店里正运到了一批糖蜜。这些糖蜜被装在一个个小桶里，是远洋商船装备的必需品。在这些小桶中间，丹·博特忙得不亦乐乎，他不仅需要将不同品级的糖蜜分门别类予以码放，还要一个个将它们滚到门里去。丹没有帮手，只能独自完成这项工作。在炎热的七月，这真算得上是一份苦差事。更何况，他以前从未做过这种工作。其实，掐指一算，他在科特先生的店里已经工作三年多了，当年科特招他进店，主要是从事文案一类的工作。如今，他不断成熟，是科特先生最得力的帮手。豆大的汗珠一颗颗从他的脸上滚落下来，一直流到脖子上。丹因为非常忙，只能偶尔不耐烦地揩一把脸，然后一甩手，汗珠就滴落到地上。而他的脸呢，却因此变得灰黑而红润，灰黑的是泥垢灰尘汗渍，红润的是涌动的血气。他本来希望店里的其他店员能够过来帮帮忙，可是这简直就是奢望。因为店里的其他店员也都忙碌得很，手头的事情做都做不完，哪来的时间过来帮忙呢？一年中，科特的店里有六个月的旺季，旺季里主要是需要提供商船远航的装备品。这些商船必须装备停当之后，远赴西北海岸获取皮毛，然后到中国广州进行贸易。现在正是旺季中最忙碌的时候。每到这个季节，丹就既忙碌又欣喜。不过在今天这个特别辛苦的日子里，他恐怕也顾不上别的，只盼望这种日子早点结束。

不过虽然辛苦，但是对于一家店铺而言，最重要的就是店里的名声。要获得好的名声和口碑，就必须满足商船的贸易需求。吉米·皮特的双桅帆船"信天翁号"，本来在橄榄码头装备货物，但是他对那里的糖蜜订单很不满意，希望科特的店里可以帮忙提供更优质的糖蜜订单。这可有点急——因为其他的装载的货物都已经齐备了，就差糖蜜了。

科特先生这会儿正在外出，不过丹决定揽下这个订单。现在店里的糖蜜储备是足够的，他必须准备好中午的出货量，马车中午就会来装走一大批糖蜜——现在这些糖蜜都已经搬到门口了，丹必须行动起来，准备出货。

看到丹爽快地接下了自己的订单，皮特才长舒了一口气，压力也得到了释放。"你是不知道，糖蜜有多么重要。去西北海岸经商，糖蜜是必不可少的，这种东西简直和弹药、武器一样重要。"皮特咧着嘴，得意地说道，仿佛他是博学的智者，"而且告诉你，印第安人是很固执的，轻易可不愿意降低皮毛的价格。不过只要你给他们提供糖蜜和饼干，他们就会开心得乐不可支，然后价格嘛，就好商量了。"

"尤其在我们有步枪和弹药做基础性保障的时候，这些糖衣炮弹就更管用了，是不是这样呢，皮特先生？"丹俏皮地补充道。皮特的眼神依然泛着得意洋洋的智者之光,对眼前这个青年,似乎多了一分信任和赏识。"你的订单马上就可以出货了,"丹补充道,"这下你可以高枕无忧,好好休息了。"

丹这会儿去处理其他事情了,不过他的脑海里却一直浮现着刚才客人所说的那句话"……和弹药、武器一样重要"。

他沉思良久,武器不仅是必须品而且是至关重要的装备。因为西北岸的贸易是非常危险的,印第安人的敌对情绪和友好相待都是不可预计的。一旦他们采取敌对的态度,我们就必须严阵以待。过去的很多年间,太多的人去西北岸进行贸易,但是却永远也没有回来。船长们迫切需要更加全备的武器装备,以保护自身的安全。对于武器的需求逐年都在增长。他今天下午希望去做一件重要的事情。他似乎已经足够确信,他一定要去做。这时候,他安排着店里的小桶,一桶挪开,一桶摆正……

突然,他发现有人在门廊位置注视着他。"看你干得真是辛苦啊——这么热的天!"科特先生摘下自己的帽子,用手抹了一把额头上的汗珠,"难道就没有人能够给你搭把手吗?"

"他们都很忙,凯勒布正在处理'北极星号'的货物装载,塞西在处理'水獭号'的货单。谁都没法放松,都紧绷着一根弦呢。"丹说完后立即想到"信天翁号"的订单,那是一笔很急的订单,他现在必须跟科特先生做一个简单的汇报。

科特先生赞许地点点头。"这是笔好生意,"他大声说道,"这么好的客户一定会成为我们的回头客。"

他看着丹熟练地将木桶搬移到指定的位置,然后将一个小桶挪开,以腾出足够大的空间。"你刚到我店里的时候,似乎不用干这么多粗重的活,对吗?"科特先生笑着说。

这一刻,丹的眼神显得骄傲而充实,他自信地看着自己青筋绽出的健硕的臂膀,汗珠顺着脸颊流淌下来。他淡定地说:"我也必须学会慢慢成长啊,这样才能跟得上店里发展的节奏啊。"

"谁说不是呢?"科特先生激动地说,"为了给皮毛商人配给足够多的货物,一切都得发展起来。当哥伦比亚号回到波士顿,带来一个惊天的秘密——我们可以直接和广州人进行交易,一切就都变得不同了。过去,如果一个船长运气足够好的话,他只要将自己的货物流转六七次,就可以获得足够多的白银去购买一船中国商品。但是现在呢,看吧,双桅帆船鳞次栉比,单桅帆船摩肩接踵,纵帆船

鳕步枪

停满了每个码头。这些商船直接装备上用于置换西北岸皮毛的商品，然后准备去往广州。对的，就是这样。丹，我们是这贸易的见证者，不是吗？我们每天目送那些商船装满货物，扬帆启程，他们带上夹克、角钢等货物，去吸引印第安人。从印第安人手中换取皮毛；我们也迎接他们的归来，满载从中国运回的商品，茶叶、珠宝、丝绸、瓷器、工艺品……现在，我们终于明白，约翰·雷迪亚德是对的。这个可怜的家伙！"

"是的，先生。"他抬起头看着科特的眼睛，严肃地表示赞同。科特先生不会忘记，是谁第一次发现了通往中国的贸易之门，并将这大门的钥匙带回了美国。仅仅隔了一段日子，约翰·雷迪亚德所祈祷的贸易，现在正如火如荼地进行着。约翰·雷迪亚德的想法终于变成了现实。波士顿为西北人准备好货物，然后送他们出航，沿着雷迪亚德的路线航行，通往了一个新的世界。就像科特先生所言，他们迎来送往，见证了这个新世界的诞生。

丹不知道多少次地看到码头工人卸下从中国运回的货物：成箱成箱的中国茶叶，被当地的码头工人排放得整整齐齐。精美的绸织物从丝绸室一件件搬运出来，就像运出来一件件珍贵的艺术品。此外还有精致的陶瓷碗碟杯盏、芬芳的香料，甚至成箱的樟树脑。

"不过我想你看得应该更长远一点。"丹评论道，一面将另一个箱子滚过地板，"你应该寻找新的可售商品，那些西北客商从没有在我们店里订购的货物，我猜想是这样的吧？我们可以向他们提供各式各样的武器，我们不是一直都这么做吗？"

"我是对的。"科特先生沾沾自喜地说，"我把武器销售作为我们的专供货品，顺便说一句，如果一切进展顺利的话，我们的大量步枪是不是已经运到了？"

"今天早上早些时候就应该已经运到了。先生！"丹回答道，陷入沉思中，想了一会儿，他说，"我们的步枪仓储量已经很低了，很快就要脱销了。"

科特先生目光犀利地看着丹："我敢打赌你已经听说了，我将把这仅有的库存促销掉。不错，我现在就声明，我这个季度不会再增加库存了。我想你已经嗅到了海上的各种流言的气息吧。这是我们应该具备的能力，就像猫儿闻到鱼腥味或老鼠的气味一样。我们必须对贸易的任何一点风向都提前把握。尤其是关于武器的消息，必须灵敏地获悉。"

过了一会儿，丹意识到他泄露了自己的机密任务，至少是泄露了关于这个任务的一点线索。他本来今天下午就要去着手处理这项特殊任务的!

"不错,"他故意岔开刚才的话题,"西北海岸的贸易离不开武器——这点毫无疑问。所有从我们这里启航的船队,都必须配备武器。这是一道海上堡垒线——转轮枪、加农炮是甲板上的武器配备,手枪、步枪被贮藏在甲板底下,这些是保证贸易安全的基础。"他停下来,眼睛继续盯着那些滚动着的木桶。他接着说:"为什么我们要做些改变呢?因为今天上午'信天翁号'传出消息,船上的消息说有一种商品在皮毛贸易中同样重要,甚至比军火更加重要。这种神奇的商品就是糖蜜。"

科特先生点点头。"从他们船上糖蜜的运载量上判断,这种说法并非没有根据。嘿,丹,你是不是觉得很奇怪?很小的一件事情,往往就会促使人们形成一定的观念。我的观念就源于格雷船长在州长官邸所说的一席话,就是哥伦比亚号返航那天晚上的庆功宴上,你记得吧?他说印第安人可不是好对付的,所以我们的商船必须配备武器。"

"格雷船长所说!"丹说道,"我听说过不了多久,哥伦比亚号又要回来了。"

"你看你,小子!"科特先生耸耸肩,进到店铺里面,"你呀,总是捕风捉影,海面上一点风声都逃不出你的眼睛和耳朵。"

丹勉强隐藏着自己的微笑,因为他的心里早有了底。不过现在科特先生尚不知道的是,他心里的小小计划还源于另外一个海上的流言!丹使尽全身的力气,将最后一个木桶抬到合适的位置,然后快步走向房子的另一端,那里卡勒布和塞西正在核对存货清单。

"'信天翁号'的糖蜜订单已经准备好了。"他一边从水桶里打水,倒进脸盆,一边说道。他把油污的双手放到盆里,打上肥皂,然后转向两个小伙子,说:"你们准备行动了吗?卡勒布、塞西,他们什么时候过来取货?我想科特先生也一定很想见见他们。"

"没问题!"卡勒布信心满满地打包票道。他的目光从账本上移开,看着丹,问道:"你是不是要出去啊?"

"去执行个任务!"丹的回答简短而精练。他洗了把脸,然后取出粗糙的毛巾,擦了一擦。"我很快就会回来的,如果科特先生问起,就说我很快回来!"他说完,穿上外套,走了出去。

外面的空气闷热异常,丹忍不住抬头望望天,估摸着傍晚时分就有一场酣畅

鳕步枪

淋漓的大雷雨落下来了。

他加快脚步，步履匆匆地来到州立大街，径直朝玉米山走去。最后，他来到一条弯弯曲曲的小道，小道的尽头是一所小房子，这就是他的目的地。他扫视了门廊，就在那儿——他的眼睛盯着一个小小的木牌上的标志：菊纽斯·德尔，军械师。

他发现那扇门是半开着的——难道有人捷足先登！想到这里，丹真觉得遭受了一个晴天霹雳。也许即便他如此迅速，依然没能占得先机，不过现在懊恼也没有用，他努力朝门里张望。不过里面好像没有人啊，他竖起耳朵听，才意识到这里也许已经下班了。他推开门，可是就在这一霎那，他为自己的鲁莽行为吓了一跳。里面并非没有人，一个干干瘦瘦的老者正在屋子最里头的桌子上写着什么。这个老人快速抬起头，目光投射过来，微微上扬的手上还捏着一支铅笔。

"对不起，先生，我没有敲门，我以为……"丹支支吾吾地想解释又不知从何解释，一只脚已经迈进了门槛，"我看到门是开着的，而我又没有看见里面有人，就……"

"没关系的！"那个老人和蔼地说道，他的目光温和地投向丹的前额，"你想见我吗？找我有什么事情呢？"

"我来找菊纽斯·德尔，莫非您就是……"

"是的，就是鄙人。快请进吧。"德尔先生让了一个座位，自己也靠着丹坐下来。德尔先生将铅笔放到了一张大的稿纸的旁边，丹隐隐约约地看到稿纸上划着各种延伸的线条。这位先生是如此严谨，从他小心翼翼地放置铅笔，铅笔整齐的削痕和发亮的笔杆，都可以看出他工作的认真和细致。"我能为你做什么吗？"德尔先生继续说道。

"我是科特先生店里的一名伙计。我的名字叫丹·博特，今天上午我听说你将要终止你的生意。我想，如果你还没有处理完你的步枪的话……或者，也许……"然而德尔先生并没有做出任何表示。"难道有人捷足先登？"丹焦急地询问道。

"不是的，"德尔先生笑着说，"你是早起的鸟儿。如此，我想是科特先生派你来的吧，是不是？"

"不是的！"丹笑着说，显得有点不好意思，"我完全是自己做主来找你商谈的，我并未将此事告诉科特先生。"这时候，丹发现德尔先生的双眉紧蹙，忽然又舒展开来，微微一笑，说："可是这倒有几分像科特先生的处事方式。"丹

43

赶忙解释道:"我已经为科特先生工作好几年了。科特先生也认为我在武器交易方面有一定的判断力,因此,近来,他主动让我安排一些生意。不过虽然我帮他打理生意,但是最终的拍板,还是要科特先生亲自来做。"

德尔先生沉思了一会儿,然后问丹:"所以这么说来,你对武器也是有所研究的咯?"他一边说,眼睛却一直注视着他面前的稿纸,陷入沉思。过了一会儿,他整个人似乎都沉浸到稿纸上的线条和造型上,那不是普通的稿纸,全部都是枪支的构造和设计草图。突然,他的视线从稿纸上移开,投射到丹身上,他说:"坦白说,我手头的枪支库存可是很大的,绝大多数商人都难以消化完这么多的枪。尤其是现在,大多数船的装备工作都已经完毕了,港口的贸易马上就要进入淡季了。大多数的船只都已经配备了武器,我的这些武器,因此,恐怕是很难脱手的。"

"当然了,我也考虑过这一点,先生!"丹不想让对方觉得他太渴望得到那批枪,假意周旋道,"实际上,科特先生也曾经交代过,这个季节不再进货,尤其是不再储备那些价格高昂的货物。不过,我想,如果我能一次性帮你清完你的库存,总归你也是很乐意的吧——那么价格方面,你也是乐意给个折扣吧……"丹字斟句酌,表现得像个精明的老手。不过他的内心还是像打翻了的水壶一样,沸腾翻滚,他的脸红红的,显得诚惶诚恐,甚至有些羞涩——对于他这样一个年轻的店员,却要和一个久负盛名的军火商人谈生意,而且还要压低价格,争取主动……这种面对面的真刀真枪的较量,恐怕是科特先生也不曾想到的吧。或许在这回的生意里,丹要真正获得一批好的货物了呢。

菊纽斯·德尔听到丹的话,没有表现出丝毫异样,他安安静静地坐在那里,似乎在思考。突然,他很爽快地答应了:"嗯,这很公平!你可以回去告诉科特先生,如果他能一次性拿完我的库存,我愿意在总价方面降低五分之一。这个价格,你应该可以满意了吧?"

丹想了想,回复道:"我会尽快告知科特先生,如果科特先生能够和平时一样雷厉风行的话,我想他一定会接受你的货物和价格的。祝我们合作愉快,德尔先生!"

德尔先生拿出了一张纸,在上面唰唰写下几组数字。"这,"他把那张纸递给丹,"就是我的步枪的总数量和总价格。我想你一定很想看看我的那批步枪吧?"

"是的,先生——你的造枪技艺有口皆碑,能看到你的作品,那是我莫大的荣幸!"说到这里,丹被一种突如其来的冲动所刺激,俯下身子,眼睛直盯着那

鳕步枪

些稿纸上的小小的精致的结构图,"真抱歉,我这么说,先生,真的显得有点奇怪——如果你不介意我这么说的话——以这种抛售的方式与你的枪械生涯告别!"

"嗯,"德尔先生小声哼哼道,"是的,我也觉得有点遗憾和奇怪。"过了一会儿,丹注意到德尔的目光早就回到他的那些稿纸上去了。"你有没有过这样的体验,"德尔打着比方说,"当你喝一杯咖啡之前,你吃了些荞麦饼和糖浆。这时候,你的咖啡是不是特别苦涩?平常的咖啡是有点甜甜的味道的。这……这就是我抛售和停业的真正原因……"丹瞪大了眼球,很迷惑,显然他对于德尔先生的话似懂非懂。"看这里……"德尔先生一边说,一边用手指指着面前的一张稿纸。丹小心翼翼地探过身子,生怕自己的手指触碰到了那些精致的草图。这些图所描绘的不是别的,正是一款款步枪,可是奇怪的是,这些步枪的枪杆显得格外长。

"这些图让我想到见过的阿拉伯种马——恕我冒昧,如果我说的太业余的话,先生!不过这长长的枪杆,纤细而流畅的线条,典雅别致的造型……"丹一边说着,一边小心地摩挲着那张图,生怕手指划伤了图纸,"它由枪管到枪托的转接部分,让我禁不住联想到一个优雅的玉颈。"

德尔先生敲打着其中一幅稿纸图画,低沉地说:"这就是我关闭自己军火店的原因:肯塔基来复枪!"

"哦!肯塔基来复枪!"丹弯下腰,伏在桌子上仔细地查看那张稿图,"我以前曾经也听说过这种枪,不过,我从来没有见过它。我想你一定有一把这样的枪,这幅图就是你照着枪的样子画出来的,对不对?"

"没有,我的这些草图都是根据我读到的或听到的关于这种枪的知识,描画出来的。不单单是这样,我想在我们这附近的人,谁也不可能拥有一把这样的枪——新英格兰人是不会允许这类枪支流入我们地区的。但是即便如此,"这个老军火师的脸扭曲在一起,似乎很激动,"据我所知,肯塔基来复枪不久就将在我们国家投产运营。这将严重影响到我现在的生意——我的咖啡今天真有点苦呢。"

"那么是什么阻止你生产新的枪支呢?你完全有能力接下这新的单子啊。"丹不解地问。

"哦,孩子,我太老了,干不动了,我无法再支撑起一个新的企业了。"德尔先生如是说,显得落寞而无奈,"如果我再年轻一些……"

"这种枪的诞生地是宾夕法尼亚,是吗?"丹想换个话题,打破目前的尴尬的气氛,"这些枪在宾夕法尼亚生产制造?"

"兰卡斯特地区才是它的故乡,不过现在到处的军火商都在生产它们,你知道的,从宾夕法尼亚,到巴尔的摩、亚特兰大……但是如果我要涉足的话,我一定会把商店开在我们的西部边境,就是那里。那里才是我本来应该去的地方,如果不是因为我的年龄的话。"

"西部边境!"丹不可思议地重复道,"那里人烟稀少,怎么能保证生意的红火呢?而且那里恐怕也找不到那么多上等的机械师吧?"

"人不够多?"德尔先生的脸上露出善意的微笑,"为什么你会这么想?你知道吗,我以前的两个高级工人就搬到了匹斯堡,现在都打算继续往西安家。他们说,成千上万像他们一样的人正在涌入俄亥俄河地区,甚至更远,涌入密西西比河地区。"

德尔先生停顿了一下,热诚地看着丹。"小伙子,只有先锋们可以赢得美国西部的未来!"

德尔先生大声吼出来,显得突然而鲁莽,和他的性格有点格格不入。他盯着大门,丹顺着他的视线往外看,就在门口的位置,丹刚才所站过的那个位置,站着一个年轻人。这个人身材粗壮矮小,穿着水手的夹克,带着水手帽子。他方方的脸孔上似乎写着他对一切的不足为奇,他的头发蓬松,就像一根根竖立起来的警戒线。也许他在那里站了很久,也许他已经听到了刚才的全部对话。

这个水手模样的年轻人蹑手蹑脚地走了进来,生怕靴子会踩重了地板。这个家伙身型体貌与丹都差不太多,不过年纪可能要大一些。可以想见的是,这个人一定具有比较好的修养,看他那轻缓的脚步,让人对他的印象不错。不过丹总是觉得有些异样的感觉,那个人细细的双眉,蓝色的眼睛,坚强而淡定的眼神,似乎像一辆坦克,碾压过他所看到的一切。这些特征和前面的那种文弱矜持似乎有些自相矛盾。总之,这真是一个让人难以读懂的人。

"我想,先生,"这个新来的人说,朝着德尔先生微笑,"希望你原谅我的冒昧打扰、不请自入!我看到门开着,就忍不住进来了。"他抱歉地咯咯笑起来,然后简短地做了自我介绍,他的名字叫汤姆·简德利。

"我的名字你应该已经知道了吧,"德尔先生说,"这位呢,是丹·博特先生。不,先别走。"丹本来想回去,被德尔先生叫住了:"我们不妨去看看那些步枪吧,既然都来了。"他把脸转向新来的客人,说:"我想你一定干过这一行喽?"

鳕步枪

"哦,是的,先生!"

"哪里?"

"在几个地方都做过——法国……伯明翰……"

"不过,先生,我们拥有目前最棒的步枪,"这个老军械师说,他一边说,一边用手敲打着桌子上的稿纸,"肯塔基步枪,你听说过吗?"

"我吗——哦,是的。"过了一秒钟,这个陌生的客人显然心里没底,犹豫了,很显然,他未必真的听说过这种枪。丹的眼神就像一把利剑,刺穿了那双蓝色眼睛,洞察到那双美丽的眼睛后面的心虚和慌张。不过那双眼睛并没有逃避,而是与丹相视一笑,这一笑缓解了尴尬的气氛。

"其实你刚进来的时候,我们正在讨论这种步枪呢,这种枪将配备给美国西部的士兵。"有一句话都已经到丹的嘴唇边了,而且丹也回忆起自己刚刚对这个家伙的怀疑,他补充了一句,"也许你一进来的时候就偷听到了我们的谈话吧!"不过这时候,年轻的简德利并没有接招,他全神贯注地盯着稿纸,恭恭敬敬地问这些稿纸上的枪支示意图,是不是就是那种著名的枪支。显然,他用这种聪明的方式,承认了自己对于这种枪支的陌生。

"这是我能够设计出的最好的枪支了,"德尔先生回答道,"遗憾的是,我没有一支真正的肯塔基步枪做模型。不过这里,靠近一点,小伙子们……至少这个局部可以向你们展示这种枪的优越性能。正是因为有一个个这样的细节的改进,这种步枪才能成为世界上最先进的武器之一。"

两个青年弯下腰,认真地看着桌子上的稿纸。

简德利紧紧盯着那些图纸,一刻也不曾放开。

"如果科特先生能够果断地采购这种枪……"丹被自己这突如其来的思考吓了一跳。这几乎打断了他所有的思绪,心里七上八下地怦怦乱跳。因为一想到科特先生,一想到科特先生的店铺,丹才意识到自己犯下了严重的错误。"店铺!我到底出来多久了,出门的时候交代过很快就回去的。现在该怎么办?"丹的心里想着这些,抓狂极了。他整理了一下思路,但脸上依然显露出焦躁而不安的神情。

德尔先生大约看出了丹的意思,微笑着对他说:"是不是超出了你的时间啊?那么抓紧时间,让我们去看看仓库里的步枪吧。"

丹侧身走到边上,让陌生的客人先走。德尔先生推开了门,汤姆·简德利跟着进来了。这个家伙又开始发表各种高见了,他说他听说这里的人都在从事皮毛贸易，他来到这里，就是希望能够谋得一份差事。至于做什么呢，最好在船上做些机械维修、护理之类的老本行。"不过我懂得，"他接着说，"这里的商船一般都配备有自己的轮机师和维护员。你说的那种枪，我真的连名字都未曾听说过。今天我还真是第一次听说，所以很想看看到底是个什么样子……"

德尔先生在一个货架前停下了脚步。他翻查了一会儿，然后表示，丹更擅长在西北人停泊的港湾寻找到生意的机会，这一点他自愧不如。"博特先生，"他接着说，"他和伊斯雷尔·科特先生，可能是我最大的客户了，你们的订单可能真的是最大的一笔生意，对我而言。"

"这样啊！"汤姆·简德利叫道，"那么我真的要去你们那里看看。"他的话如此直白，简直一点客套也没有。丹的心里想，真是一个不知深浅的家伙。

"行啊！"丹故意热忱地说，"我带你去看看。而且科特先生认识很多船长，也许他能把你介绍给他们，如果你愿意的话。"说完，丹转过身去，接过德尔先生递给他的步枪，摩挲着。

"一流的枪，"丹大声惊呼，"真是好枪，很轻，但足够具有威慑力……也许你也会喜欢的，看看吧。"他说完把枪递给了汤姆·简德利。

"绝大多数的军械师，"德尔这时候说，露出了羞怯的笑容，很难想象这位技艺纯熟、炉火纯青的军械师，会有如此羞赧内敛的微笑，"绝大多数的军械师都会在他们的作品上铭刻上特别的徽章。不过过去我一直没有这么做，我不过是刻上自己的名字和日期罢了。不过，不过这最后一批除外。我想，它们毕竟是我最后一批作品，所以……"他伸出一支枪，敲击着闪闪发亮的枪管的基座。

两个小伙子都凑过来，弯下腰，仔细地辨认。"这是一只鳕鱼，"丹笑着说，"为什么你会选择这么一个图案呢，先生？"

"我想，"德尔先生小声嘟囔道，声音很细，脚微微地发颤，似乎很窘迫的样子，"因为这是马萨诸塞州的徽章标识。"

"真是巧夺天工，"汤姆·简德利惊呼，"我从来没有看到过做工如此精良的步枪，真是叫我大开眼界。"

"既然你这么说，那么我不妨告诉你，在波士顿，你再也找不出比德尔先生更棒的军械师了。"丹满怀崇敬地说。说完这句话，他把德尔先生拉到一旁，耳语道："我要走了，一旦科特先生做出决定订购你的步枪，我就来通知你。我想，我们一定可以合作愉快。"丹大笑起来，走到了门口。在走出门口的那一刻，他回头

鳕步枪

找到汤姆·简德利，对他说，如果他愿意，随时可以去找他。这时候的汤姆·简德利，正陶醉、贪婪地欣赏着架子上的各色步枪，不过还是礼节性地回应了丹的邀请。

现在已经是下午很晚的时候了，天气的热度下降了不少，太阳的热力也约摸减去了七八分。看来时间确实已经不早了，他加快了脚步，因为如果科特先生还没有回家，他就可以及时将德尔先生那里的情况告诉他。不过如果科特先生拒绝订购德尔先生的步枪，那该怎么办？想到这里，他有点沮丧。不过很快，他就重拾了自信，因为自从他在科特先生店里做事以来，科特先生对他的信任与日俱增。尤其是现在，对于丹的判断，一般情况下科特都是会支持和认同的。

虽然他的步履匆匆，不过他的脸上还是挂着灿烂的微笑。他又回想起那天晚上，当他听到科特先生计划扩大与西北人的商业经营规模时，他简直兴奋得不得了。他多么希望自己可以抓住机会，帮助店铺获得更大的发展，迎来更忙碌的旺季啊。他又多么希望在店铺最忙碌的季节，为它多出一把力啊。他记得就在科特计划扩大经营后的不久，他就开始计划各项工作。丹的工作主要是书记和记录等文案工作。在这之后，科特开始注意到这个小伙子那双白净、整洁却无比能干的双手。这一切，都得益于爷爷长年坚持对他的训练，训练他多实践、多思考。现在这些训练终于到了可以派上用场的时候了。

事实上，这份工作的薪水无异于上帝额外的馈赠。因为，此时，单靠爷爷微薄的存款，很难供给爷孙俩的花销。

当他靠近码头的时候，他隐隐约约看到一群人立在码头上，他们似乎在热切地交谈着，另外一些人显得无比兴奋。如果是平常，他肯定会凑上前去听听他们说些什么；但是今天，他没有这个闲工夫，他只是加快了脚步，朝自己的店铺走去。最后，他穿过了一个街角，远远地看到自己的店铺了。这时候，他发现门口停着一辆马车，那是科特先生的马车，没错！谢天谢地，他总算回来得及时。他匆匆地跑进来，两个店员都大声嘘他，仿佛在说："这下捅娄子了吧。"不过那嘘声是善意的，因为他们满脸堆着灿烂无比的笑容，让人觉得可亲可近。

"你离开得不算久——要是等到店门关上再回来，就更好了，可以直接休息。"其中一个店员揶揄打趣道。

"不过我们的老绅士可是问了好几次，你这位才俊到底上哪里去了哦。"塞西咧着嘴，笑着说，"你错过了一件很重要的事情哦。那个……"

凯勒布插话道："哥伦比亚号就要回来了！"可怜的塞西失去了一次报告新

闻的好机会，本来他的话都已经到了嘴唇边上。

还没等丹说一句话，那两位老兄已经你一言我一语，叽叽喳喳说个没完。就在这个时候，办公室的门打开了，科特先生走进来，帽子拿在手上。他本来严肃的神情因为见到了丹回来，马上转变为喜悦的样子。

"嘿，小伙子们，你们比我还早听说哥伦比亚号归航的消息哦，可真是消息灵通啊，哈哈。可是，你们想不到吧，我亲眼看到它，哥伦比亚号靠岸。"科特故意装作洋洋得意的样子。不过，他马上转身问丹："你怎么不在呢？你不是最喜欢看哥伦比亚号归航吗？"

丹接过科特先生的话，说："我正好要来告诉你呢，如果现在告诉你还不算太晚的话。"

"哦，好吧，"科特先生一边这么说，一边看着外面，"不过，明天再说行不行呢？"

"这件事花不了你几分钟的时间，先生！"丹凑到科特先生跟前，压低声音，仿佛在祈求，"我相信这件事一定值得你花点时间听我说完的。"

"既然这样，那么好吧……"科特先生走进办公室，丹跟在后面，然后他关上门，"现在……你可以说说看呢……"

"科特先生，现在有一笔好买卖，就看你有没有兴趣做了。要知道，你可是最早得到这次机会的人，我说的这笔买卖在一般人看来，绝对会说是一批物超所值的廉价货。菊纽斯·德尔，你知道他吧？我们这里最棒的军械师。可是你应该还不知道，他准备洗手不干了，他要关掉他的工厂、作坊和店铺。不过我可听说了，他还有一大批步枪堆在仓库，他现在就要出清这批货，价格方面嘛，绝对低价！这就是我今天下午不在店铺的原因。我计算过了，这是一批稳赚不赔的买卖，我想你或许会有兴趣，所以毛遂自荐，去打了一下前站。你觉得如何？"

丹得意却又忐忑地对科特述说了他今天的行动。

"哦，"科特先生咯咯一笑，脸上浮现出黎明式的光亮，"所以你就匆匆忙忙把这些糖蜜箱子胡乱地码放一遍，然后就走了。当然了，我知道，你心里一定有更重要的事情要赶着去做——我这么说，你同意吧？我以前是不是还说过，你的鼻子对那些海上的信息的敏感程度，简直比猫逮耗子还要敏锐。是不是这样呢？"

丹的脸上露出羞涩的笑容，脸涨得红红的。不过这样看来，科特先生似乎还是有点兴趣的。不过科特接下来的话简直给他泼了一盆冷水。"不过孩子，你看看这里，"

鳕步枪

科特的话变得严肃起来，他拿出了店里的备忘录，"你知道，这个季节，我们原则上是不再进购任何货物的！"

"一开始我跟德尔先生也是这么讲的，先生——而且即便你并不知道我会去找他，但是我还是把我们的真实情况告诉了他。然而，我的思路是，任何一个人要关门的时候，总是会首先想到处理自己的积压库存，将库存换成现金。"

"照你这么说，"科尔先生冷冰冰地回答道，"有个家伙认为我们会给他送一份大礼喽——我们白白地送他一份订单，换来一批毫无用处的废物！"

"不是废物，是马上就可以派上用场的货物！"丹针锋相对，这两个人现在真有点针尖对麦芒的意思。丹拿出了杀手锏，他将德尔先生的便签条递给科特先生。"现在你看到了，德尔先生的仓储量是我们平常引进货品数量的两倍还要多。不过先生，请你想一想，"丹的语气急切而迅速，他能够从科特的眼神里读出无言的抗议，但是他还是抢先继续说道，"你想想看，重点是我们付出的价格是很低的。而且当你看到那批货，你一定会像我一样动心的。为什么不尝试一下呢，先生？"

"让我想想看，"科特先生小声嘟囔道，不过显然情绪有所缓和，不再是那么坚决和焦虑了，"我本来是真的不想再进货，不过既然是这个样子的话。而且老实说，这些量也不算大，但是我还是想……"他停顿了一下，将椅子推了回去，似乎很明显地，他的心里对这桩事情应该已经拿定了主意。丹的眼睛一直盯着科特先生，当他转过屋角的时候，正发现丹渴望的眼神。"这么跟你说吧，孩子，"显然，科特不想让丹失望，他继续语重心长地说，"我今天晚上好好睡一觉，我得好好想一想，这是实话。这样吧，我明天一定给你一个回复，好不好？"

丹虽然表面上很严肃地接受了这个提议，不过他的心里早已乐开了花。他太了解科特先生了，但凡科特先生这么讲，十有八九就是同意这件事情了。他知道，在科特先生的心里，早已做下了决定——这个决定恰恰是丹一直所期待的。丹把帽子递给科特先生，帮科特先生打开办公室的门，准备送科特先生出去。就在这时，科特先生突然问："为什么德尔先生要终止自己的生意呢？"

"因为肯塔基来复枪的缘故。他说这种步枪激发了他设计新型步枪的灵感。正因为如此，他必须把老式步枪都处理掉。不过可惜的是，他尚无法完全制造出这种新式的来复枪，因此只能先终止自己的生意。他甚至坦诚，自己的年龄太大了，也许永远也造不出更好的步枪了。他这次处理的步枪，最大程度地吸取了肯塔基来复枪的优点，很可能是他一生中最得意的作品——鳕步枪！"

科特先生走出办公室的时候,抬头看了看天,天色已经阴暗下来,乌云密布。他回到店里,吩咐店员们早点下班回家,免得淋雨。"你最好跟我一起走,我可以把你送到盛夏大街。"科特关切地对丹说。

丹拒绝了科特先生的好意,到盛夏大街对他们而言,并不顺路;况且,对他而言,根本不在乎一点小雨。

"这雨可小不了,你看它酝酿了好久了啊,很快就会下一场倾盆大雨的。"于是,丹还是上了车。科特先生突然好像想起了什么。"你没有听说吗?哥伦比亚号带回了很多稀罕的东西呢。"科特大声说。

丹看着科特先生,一脸惊奇。

"格雷船长发现了一条大河。这条河可以直通离西北海岸不远的海域。"科特先生继续说道,"他还宣布,这条河流属于美国,并且用哥伦比亚号给这条河命名。"

关于这件事情,丹想了想,终于想到他从德尔先生家回来的时候,似乎真的听见路人们在议论。

"这真是好极了,先生,"丹的回答有几分质疑的意思在里面,"不过那么远的一条河,就算真的是美国的主权,那也毕竟对我们的国家意义无多啊。"

"就是如此,"科特先生接过话茬,进到车子里,"不过依我个人看法,这件事情还是很有好处的,至少对于繁荣我们的生意,是有好处的,你觉得呢?"

丹想起今天的经历,突然觉得很奇怪。车子到了海边,他跳下车子,步行回家,一边思考着今天所发生的一切。今天,就在今天,他已经两次听到同样的字眼了——西部!然而这个字眼对他而言,不过就是个名称罢了,就像月球上的山峦那样模模糊糊。

他突然回忆起哥伦比亚号第一次环球旅行归航时候的情景。丹第一次看到了一个美国以外的人,一个披着羽毛斗篷、佩戴着奇怪装饰的土著人。因为这个人的出现,丹觉得他对世界的看法以及眼界都要更加开阔了。难道说他的视野还不够开阔,还需要更加开阔,因此才有了这个更加遥远的西部?这么多年以来,他目睹了这个国家发生的巨大的变化。难道说,对于这个国家而言,更大的变化即将到来?这个变化将让美国何去何从?美国的方向在哪里?美国的边界又到底在哪里?所有这些问题,丹都无法回答,但他无比渴望得到解答。

雨滴打到他的脸上,刹那间,雷电交加。他加快了脚步,他想他应该在暴风雨最猛烈之前回到家里。这个漫长的夏日就要被不断阴沉的暮色所笼罩了，加上晦暗的乌云和交织的雨水，一切都显得那么模糊，那么黯淡。一声巨雷响彻云霄，似乎要把天给崩裂开来。一道闪电就像给天幕划了一道明亮的口子，让丹透过这个口子，得以呼吸一口新鲜的空气。

不一会儿，大雨如注，在一片阴暗笼罩之下，被雨滴敲打的窗户发出微微的昏暗的光。那是公牛旅馆！也许他不得不在这里等待一会儿，等待雨停了再回家了。

第三章　雷迪亚德的梦想

当丹迈步来到旅馆的大门时，一个人从相反的方向走来，步履匆匆。只见他低着头，几乎是撞向他的身子。他们重重地撞在一起，彼此哈哈大笑起来，然后一起进到旅馆的酒吧间。

酒吧的服务生是一个年轻的小男孩，他点亮了一支蜡烛，把酒吧间照得明晃晃的。丹这才发现，里面聚满了人，这些人肤色打扮都不大相同，应该是来自五湖四海。那些赶车的马夫们穿着滴水的大衣，嘈杂喧闹地喝着酒。衣着较为讲究的人，用高脚的玻璃杯喝着红葡萄酒，彼此聊着天。最忙碌的要数穿梭的酒保了，他们招呼着每一桌的客人。

过了好一会儿，丹和他的伙伴都只能站着整理自己的衣帽——都湿透了，直往下滴水。这个人透露出浓浓的书卷气，不像其他人那样粗鄙。这个家伙应该三十岁上下，然而他娴静自若的态度、处变不惊的胸怀、淡定沉着的气势，都让丹觉得有些无地自容。

"我们就差没撞到鼻子了，不是吗？呵呵！"那个与丹在门口撞了一下的年轻人风趣地说。

"约翰！"有人大声叫道。那个青年回头看了一眼；然后，他确定了声音的位置，举起手，打了个招呼，笑了笑，朝丹点点头，朝着屋子的另一个地方踱着步子。

丹最终找到一个合适的位置，他自己坐了下去，把大衣摊开晾干。当他坐下后，他的思绪却早飘到了家里——这场大雨还不知道要下多久，他心里其实早急着回到家里，陪伴爷爷一起共进晚餐。这时候，他惊奇地发现年轻的简德利坐在另一张桌子上，和一群海员玩着掷骰子的游戏。丹本来希望简德利能够看到他，不过他看起来正全神贯注地掷骰子，丝毫没有注意到身边有熟人。

突然，喧嚣的讨论声分散了大家的注意力，大家都把目光投向那些讨论的人：

"这里有人听说了吗？格雷船长在遥远的西部宣告了美国的权力，这真是太激动人心了！"

丹敏感地转过头——又是西部，这是今天他第三次听到这方面的主题了。他后面的那一桌，几个人正奇怪地盯着同桌的另一个人。那个人一看就不是他们一伙的。事实上，他的飘荡的长发、深褐色的脸孔、羽毛做的夹克，都与这附近的穿着打扮很不一样。从他的穿着打扮，基本可以断定，他断然不是波士顿本地人。很显然，他就是那个提及格雷船长的人。这会儿，大家的眼神都集中到他身上，他的眼神泛着灵气的光芒："难道在座诸位，就没有人想过这个问题吗？在我们波士顿以西，还有什么东西和风光等着我们美国人呢？"

这会儿，这个人的评论吸引了更多的目光，那些原来还在吵闹喧哗的局外人，也都停止了喧闹，围了过来。他们纷纷放下手中的酒杯，注意力集中到这个奇怪的人身上。一个醉醺醺的人，摇摇摆摆地走过来，挑衅道："嘿，那个谁，我敢说，你一定不知道俄亥俄河是怎么注入密西西比河的！"大家都一起起哄："叫他说说看，这个狂妄的家伙……""不，让他画一张地图，哈哈！"

这个奇怪的外乡人反驳道："老兄，自从有了俄亥俄，我就对它了如指掌！"

又是一阵起哄的尖叫，与此同时，一声响雷自天边响起，击起一道明亮的闪电，划破夜空。雷电交加下，小旅馆的烛光显得孱弱无助。所有的人都静静地坐着，惴惴不安地四下张望，就在这一片肃穆安静之下，门突然被风雨推开，哐哐地发出巨大声响。大家的心都突然揪了一下。一个醉醺醺的海员似乎是乘风而来，歪歪斜斜地从门外走了进来。

因为这个不速之客的到来，原本紧张的氛围，突然转为一阵大笑。为了看得更加清楚一点，丹把位置朝前面挪了挪，他终于看清了那个人。更重要的是，他发现酒吧里的一个人有一个细微的动作。这个人不是别人，正是年轻的简德利，他偷偷摸摸地转过身去，背对着这个新来的人。这就奇怪了，他的这个特别的举动，有什么深意吗？或者至少表明了些什么不为人知的秘密。丹突然想到，简德利一定认识这个家伙，不过他不希望被认出来。对，就是这个原因。

就在这个醉醺醺的海员突然造访酒吧之后，大家又开始七嘴八舌地讨论起来。那个穿着羽毛夹克的人重申了一遍自己的观点："不能说说俄亥俄，我不能吗？老兄，你还真会挑地方啊，没有比那个地方更适合我的了，我跟你说。俄亥俄就像我的家一样，这就好比你小时候只知道在家里后院的空地上踩鹅卵石，而我，却早已把足迹踏上了俄亥俄。明白了吧,老兄。我真的是搞不明白,你们这里的人,这一屋子满满当当的人,你们竟然丝毫不知道在西部发生了什么。不过也许将来有一天,你们会发现,西部的发展足以推动整个国家的前行。就是这么回事!"

他的这番话就像一颗炸弹一样,一下子把大家的注意力都聚集到那枚炸弹的中心位置——那个奇怪的外乡人。丹再次挪动了位置,好让自己可以面对着那个人。他的这番话让所有人都盯着他。从他的话里,丹能够推断出,这个人来自新英格兰地区,在接下来的这么多年里,他一直在寻找一个合适的地点安居。他和他的家人不断游历,迁徙,走过了很多地方,希望可以寻找到赖以休养生息的地方。丹回想起来了,这和德尔先生所讲的情况很相似,德尔曾经提及很多东部的人不断往西部迁徙,寻找栖息地。这些人的大量涌入,为西部的发展提供了机遇和动力。

在西迁的路上,成百上千的人和他一样,从事着相同的贸易活动。他们拖家带口,他们的货物就装在随行的车上。匹斯堡、路易斯维勒、玛丽塔——这些地名对丹而言,是那么陌生。这个新英格兰人扫视了在座的每一个人,他把手伸出来,朝着空中比划着,显得自信满满。在他看来,整个波士顿,甚至整个新英格兰地区都不能置换他所居住的地区,那片神奇的土地位于辛辛那提附近。

他的气场占据了整个房间,所有的人都停止了谈话,转而细心地聆听他的讲演。就连那个本来烦恼不断的酒保,这会也停下了手中的活儿,侧着身子靠在窗户边,静静地听他的每一句话。

"我敢打赌,"一个人质疑地说,"你所说的那些地方远远大于开拓者代表的领地,你明白我的意思吧?也就是说拓荒者并没有像你所说的那样,占据了那么多的地方。据我所知,那片地方不过散落着一些小木屋罢了——我倒是想问问这些人是怎么和印第安人相处的?他们的关系能够保持融洽,他们能把那片地方整得生机勃勃吗?"

那个外乡人不卑不亢地说道:"我敢保证,辛辛那提现在的地盘还不如波士顿大呢。但是它就像春天的万物,滋长得很快,大量移民涌入,让这个地方充满了勃勃生机。这是不争的事实,各种贸易活动都在如火如荼地进行着。这个地方现在就像嗡嗡的蜂巢——建筑工人、棉纺工人、各种工厂和作坊遍地生根,像雨后春笋一样,遍地开花。"

一个老者追问道:"在那里,需要多少贸易才能支撑这么庞大的工业体系的运转呢?"

那个外乡人哈哈大笑道："你也许也见过一个年轻人，他的衣服要不断地赶上他的成长速度的吧。这是顺其自然的事情。这就是西部——一块不断发展的热土。至于说到足够多的贸易作为支撑，那么我告诉你，这就是为什么他们要打通俄亥俄河通往密西西比河的新航道，他们要突破新奥尔良，去往更广阔的海域。那里有更多的粮食、肉制品、玉米等，比这片土地上的出产要丰富得多。所有这些，都要拜不断发展的贸易所赐。"

突然，一阵扭打的声音让所有的人都朝那个方向看过去。两个人正互相叱责着，丹发现那个微醉的海员正举着拳头，在威胁并警告汤姆·简德利。

"让开一点，你听得懂人话吗？"他生气地说，他走向简德利，示意对方让出一定的空间。简德利似乎完全不予理睬，只是投以一个冷峻漠视的眼神。"你不认识我吧，嗯？"他大声嚷嚷道。

简德利对他旁边的人点点头，似乎在表示歉意，他们一起腾出了一点点空间。就是这么一点点空间，醉酒的海员笨拙地把身子楔进去了。

在这段小插曲之后，关于西部的讨论重新开始了。有的人提出了一个新的问题：印第安人怎么样？那些移民是怎样和印第安人相处甚至斗争的，他们如何在争斗之余挤出时间去提高农作物产量，发展自己的贸易？

"不错，不论过去还是现在，印第安人都必须认真加以对付，这是肯定的，"那个穿着羽毛夹克的人好声好气地让步道，"但是他们现在并不用太担心，因为他们发现肯塔基来复枪可以威胁印第安人。有了武器装备，印第安人不敢轻举妄动。"

这会儿，再也没有人笑场和起哄了。

"既然你们提到印第安人，"那个人说道，"如果这些印第安人不愿意以美国人开垦边疆的方式生活，或者说不愿意和美国移民合作，那么至少有一点他们应该清楚，他们也生长在美洲大陆。那些殖民者——英国人——就是要让密西西比和俄亥俄地区处于蛮荒状态，这样他们的皮毛贸易和皮毛猎夺就不会受到影响。他们想垄断贸易，让美国永远被他们殖民下去。"

大家面面相觑，可以肯定的是，大家都被这个人大胆的陈述所感染了。这些都是现实吗？真的如他所说吗？丹自己也觉得不可思议。

"我刚才跟你们说了什么？"那个西部来的人笑着提示他的听众，"我是不是说过，在座的人都不知道西部到底发生了什么？你们要小心——如果你承认这一点的话！"

直到今天，丹对西部边境所知甚少，甚至连关注也投入得极少。

"你是不是想说，"有人提问道，"这些英国的皮毛商人就是想把我们排除出这片区域？"

"想？你的字眼也太温柔了吧。"那个人戏谑道，"他们是什么事情都要阻止，但其实什么事情也阻止不了，因为那里本来就什么事情也没有。但是自从我们的拓荒者涌入了，就大不一样了。英国人不惜以流血杀戮的方式来维持自己的贸易利益。老兄，这就是现实！但是，就是在这样艰苦的环境下，他们不断繁衍生息。你要知道，那里的一切，都不像我们这里这样触手可得，这么简简单单就能得到。西部的开拓者才是真正的美国人，他们流淌着美国的血液。没有人能够阻止他们，因为他们捍卫着自己的一切。我们不会缺席太平洋的贸易。这就是为什么，我想，为什么格雷船长要在那里，真正插上美国的标志——这样，我们就知道该在那里活动。"

"不会缺席太平洋的贸易，嘿？"一个粗重的声音说道，"你们这些贪婪的美国人！"

每一个人都转过头来盯着那个人，大家都睁大了眼睛，目瞪口呆。那个微醉的海员挣扎着从座位上爬起来，嘴里骂骂咧咧地说道。丹清清楚楚地看到，简德利从桌子底下给他重重一捅。

"不要捅我！"那个海员大声叫道，转向简德利，"你想让我闭嘴吗，是不是？"

"我捅你？"简德利大声说道，"我从来没有碰过你，我最多只是看了看你！"

丹很快地朝别的方向看去。他现在还不想与简德利的目光相遇。他又想起了初次见到简德利的情景。一开始他就怀疑这家伙，现在看到这个家伙断然否决自己明明做过的事情，这就更加加深了他的疑虑。在丹看来，简德利简直算得上厚颜无耻，为什么不敢承认自己做过的事情呢？除了厚颜无耻之外，一定还有别的蹊跷。为什么简德利要那么做？为什么他要不顾自己的脸面，去捅那个醉酒的海员，他到底想做什么？他和那个海员究竟是什么关系？这些疑问一直盘旋在丹的脑海里。

"酒保，把那个醉鬼赶出去。"有声音大吼道，"也许让他出去淋淋雨，他才会清醒。"

"实在是不凑巧得很，雨就要停了！"有人笑着说。

鳕步枪

丹拿过自己的大衣,正准备穿上衣服回家。如果暴雨真的停了,他就必须回家了,爷爷一定在家里等急了。但是他还没走到门口,就被一个醉醺醺的声音留住了。这个人说的虽然是酒话,但是常言道,酒后吐真言,那么他说的话是不是真的确有其事呢?丹一面这么想着,一面停下脚步,索性听个究竟。

"格雷船长?"那个醉酒的海员冷笑道,"关于库克船长呢?是不是也早就被吹上了天?你们是不是已经确信库克船长所说,认定他把太平洋的一切见闻都写进了书里?不过也许你们不知道,库克船长的太平洋见闻,其实都是他的随行船员,美国人,约翰·雷迪亚德告诉他的。可是现在这个可怜的美国人在哪里呢?来吧,朋友们,告诉我!你不得不承认,那个美国人也不得不在太平洋停下脚步!"

丹只能呆呆地盯着说话者,哑口无言,一脸茫然。这个家伙到底是怎么样知道关于约翰·雷迪亚德的事情的呢?

"那个笨蛋在说些什么啊?"人群中有人这么问,"到底谁是约翰·雷迪亚德呢?"

那个粗野的声音继续说道:"那是个稀有的梦想家!光着脚,被埋葬在圣彼得堡的雪地里!死的时候衣衫褴褛,连身子都盖不全,这就是他的下场。"

一声巨大的撞击声淹没了那个粗野的叫嚣声。这撞击声来自屋子里的最远端的一群人,他们中有个人把椅子翻转过来,重重地摔在地上。就在这迅速的一瞥中,丹认出了那个他刚进门时注意到的那个年轻人。那个年轻人已经走到了门边。

"等一等,约翰!"他的一个同伴拉住了他的大衣,"不要着急。"

他没有回答,只是把挽留的那个手臂挪开了。那个年轻人穿过人群,把沿途的人和椅子都推到了一边。

突然有一个人小声叫道:"年轻的亚当斯!"这句小声的叫唤悄悄地溜进丹的耳朵里,"什么!副总统的儿子?"

他们在这么一个地方不期而遇,这真是太奇妙了。丹的目光一直追随着那个站起来的人,那个人身材魁梧,表情冷峻。他站在那个醉酒的海员面前。

在一片死寂之后,丹能够听到接下来的对话的每一个音节,这些音节极大地触动了丹的神经,"你知道约翰·雷迪亚德是怎么样到达圣彼得堡的吗?他为什么要去圣彼得堡?"

过了一会儿,那个冷静的声音继续说道:"他去圣彼得堡,乃是为了他的国家——然而用你的话说,他是个可怜虫。你难道可以一点也不心虚地说,这个人所做的一切,都是毫无意义的吗?"

面对亚当斯的言语攻势,他只能虚张声势地咆哮几声,或者无用地跺跺脚,嘴里依然骂骂咧咧地说:"他是好,不过和历来失败的美国人的反抗一样,总归是没用的……他所到之处,谁会真正接受采纳他的意见呢……"

"把你的不干不净的身子离我远一点,"年轻的亚当斯命令道,"而且你最好住嘴!约翰·雷迪亚德前往圣彼得堡,乃是为了服务于他自己的国家。在斯德哥尔摩,他发现波罗的海并未完全封冻,因此无法承受马车的重量。他无法直接前往芬兰岛——本来这是一条通往俄国的近道。"

"对于大部分人而言,也许会选择坐等,等到水面封冻,等到冬天到来,再坐上雪橇船过去。但是,"亚当斯在描述雷迪亚德的时候,声情并茂,他说着说着,自己也进入到那个情境,越说越动情、越激动,"没有什么是不可能完成的。在遇到艰难险阻的时候,如履平地。约翰·雷迪亚德,就是这么一个纯粹的人。"

"一条路走不通,"那个声音说道,"对雷迪亚德而言,他不过是马上去寻找另一条罢了。如果不能直行,那么就曲折前进,这就是他的行路哲学,不畏艰难险阻,一定要到达目的地。他沿着波的尼亚湾一路上行,然后从另一边再绕回来,终于到达圣彼得堡。"

酒吧间的人群围得更紧了,丹看到的是一张张专注而热心的脸,就像他自己一样。大家都在自己的脑海里去画一张路线图,沿着冰天雪地的海岸线围成的那个圈——"从一边上行,然后从另一边绕回来!"

"这条路足足有一千四百英里!"亚当斯接着说,"这条路要穿过北极圈,这是世界上最严寒的地带,风雪怒号!我知道这意味着什么,但是对于雷迪亚德而言,如此长远的距离、身体上的艰难,都是可以战胜,可以不必放在眼里的——因为他足够坚强,永不言败。这就是雷迪亚德,想到就必须做到的人!对他而言,唯一的担心就是被耽搁,他被耽搁了大量时间——这样就必须推迟服务祖国的时间了。"

"他出发了,在死灰色的冬季,独自一人,安步当车,没有保障,钱包空空,只有随身穿戴的几件衣服,他就这样义无反顾地出发了——一路向北,越过终年积雪的山路,雪一直下,不留下一点痕迹;雪一直下,无始也无终……他一路上行走,吃一些当地农民施舍给他的食物;睡在一切能够找到的可以睡的地方,在小木屋的地板上,在野外的草地上,飞禽猛兽在他的周围游走。有时候,迟暮的红日照耀在冰雪上,发出零星的太阳的热力;不过大部分时间,雪一直在下,一直在下……"

大家显然都很着迷,纷纷把身子侧向说话的人,细细品味着这个故事。这还真是闻所未闻的奇妙旅程。不过很显然,他似乎并没有注意到他的听众,只是一直盯着他眼前那个浑身湿透的海员,只有一小会儿他的眼神是离开那个海员的——那就是当他说道"迟暮的红日照耀在冰雪上,发出零星的太阳的热力;不过大部分时间,雪一直在下,一直在下……"的时候。然后,他的头微微后仰,这在丹看来,似乎他是在回忆那个艰苦岁月的场景,想通过想象还原一下当时的境况,然后再用语言描绘出来。

"在波罗的海的上端,"亚当斯说,"其实已经接近北极圈了,雷迪亚德已经走了双倍的路程。然后再向南穿过芬兰,在那里,他差点被暴雪吞没,最后绕到圣彼得堡。"

"在死寂的冬天,约翰·雷迪亚德离开了斯德哥尔摩。他于三月中旬来到圣彼得堡。他的衣服都破烂了,他的鞋子和袜子都磨损殆尽了,他身无分文,他已经不记得上次进食是什么时候。他饥肠辘辘,简直算是赤身裸体了,最关键是没有钱,没有任何可以兑换物品的东西。"每一个字亚当斯都加重了语气,慢慢地说出来,"在两个月不到的时间里,约翰·雷迪亚德必须徒步行走一千四百英里,而且一路都是深深的积雪。他孤身一人,到处都是冰天雪地,到处都悬挂着粗壮的闪闪发亮的冰晶。但是他必须前行,必须去完成他既定的任务——他顺利地到达了圣彼得堡!他现在什么都不需要……北极的严寒奈何不了他……真是天可怜见!"

亚当斯若有所思地抬头看看窗户,一道闪电划破夜空,透过玻璃照亮了酒吧间。"然而仁慈的上帝也无法帮你清除掉人间一切的罪恶和厄运。当你在心里默念约翰·雷迪亚德的名字时,一切的体面、宽容、礼貌之类的字眼都显得苍白无力。对他而言,只要实现自己心中最崇高的理想,一切都可以牺牲,一切艰难和困苦都能战胜。"

诚如他突然的讲演,他的停止也是那么突然,简直是戛然而止。他在房间里转了一圈,然后快步走向大门。就像他刚才说话时那样,他几乎没有注意到其他人,他的话也许只是讲给那个傲慢无礼的海员听的吧。而现在,当大家都沉浸在他的故事里,对他故事的主人公充满敬意,纷纷伸出双手要与他结识的时候,他却与大家擦肩而过，头也不回地离开了。这真是一个奇怪而有些真性情的人。

有的人静静地待着，若有所思；另外有一些人低声地耳语，讨论着这个看似传奇的故事。丹不止一次地想要好好认识一下那个人，说实话，丹的心里是很喜欢这个家伙的——即便当着他的面，丹也敢这么说。而至于那个粗鲁蛮横无礼的海员，现在正自讨没趣地坐在那里，只想等大家不注意的时候，偷偷地溜出去。那个简德利，也似乎早就溜走了，这会儿连个人影也瞧不见。

过了一会儿，大家纷纷议论起来："我以前听说关于雷迪亚德，都只是听说，他不过是个旅行者——而且是那种老顽固的行者，就是个浪迹天涯的人……""你们说亚当斯是怎么知道这么多的，他怎么那么清楚雷迪亚德，就像他们是老朋友一样……"丹也在那里纳闷，他到底是怎么知道这么多的，难道说他与雷迪亚德见过面，又或者他们本来就是朋友，又或者他也曾经到过圣彼得堡？所有这些谜团，此刻都无法解开。

带着心中解不开的谜团，他走到门口，穿上大衣，不过淅淅沥沥的小雨还在下。当他走到大街上，他突然在黑暗处发现了一个人，一直在朝旅馆这边看，似乎在审视每个路过的人，又好像要在来往的人中寻找些什么。这个人半躲在阴暗的角落里，不过即便这样，丹还是觉得很熟悉，好像在哪里见过。哦，他不会就是汤姆·简德利吧？

丹稍微思考了一会儿，想到如果那个人真的是汤姆·简德利，那么他一定是在那里等那个海员。不过他不想让别人认出他来，更不想让人家看出来，他是在等那个人。真是个鬼鬼祟祟的家伙，丹心里这么想着。为什么会这么奇怪呢？丹的脑海里又过了一遍刚才旅馆酒吧间发生的一幕幕场景。他清楚地记得，简德利明明在桌子底下捅那个人，可是他为什么又要断然否定呢？明显是心虚的体现啊！唯一的可能就是他们早就认识，他在提示他的伙伴，不要说不该说的话。然而，如果这么理解，那么海员的话就很值得怀疑。"你不认识我吧，嗯？……你想让我闭嘴吗？"从这些话，似乎又能证明，他们是并不认识的啊。

大街上终于没有了车马行人，丹一路狂奔，沿着大街快速地奔跑。他必须把今天听到的看到的新闻，快点回去告诉爷爷。他简直一刻也无法等待。

当他奔回自己那个低矮的房子的时候，他发现爷爷正惬意地躺在椅子上。那张椅子是爷爷最喜欢的位置，正好在窗棂底下，窗户开着，爷爷就透过窗户欣赏外面的景致。"爷爷，我这里有新闻，你肯定猜不出来，就算给你一个星期，不，

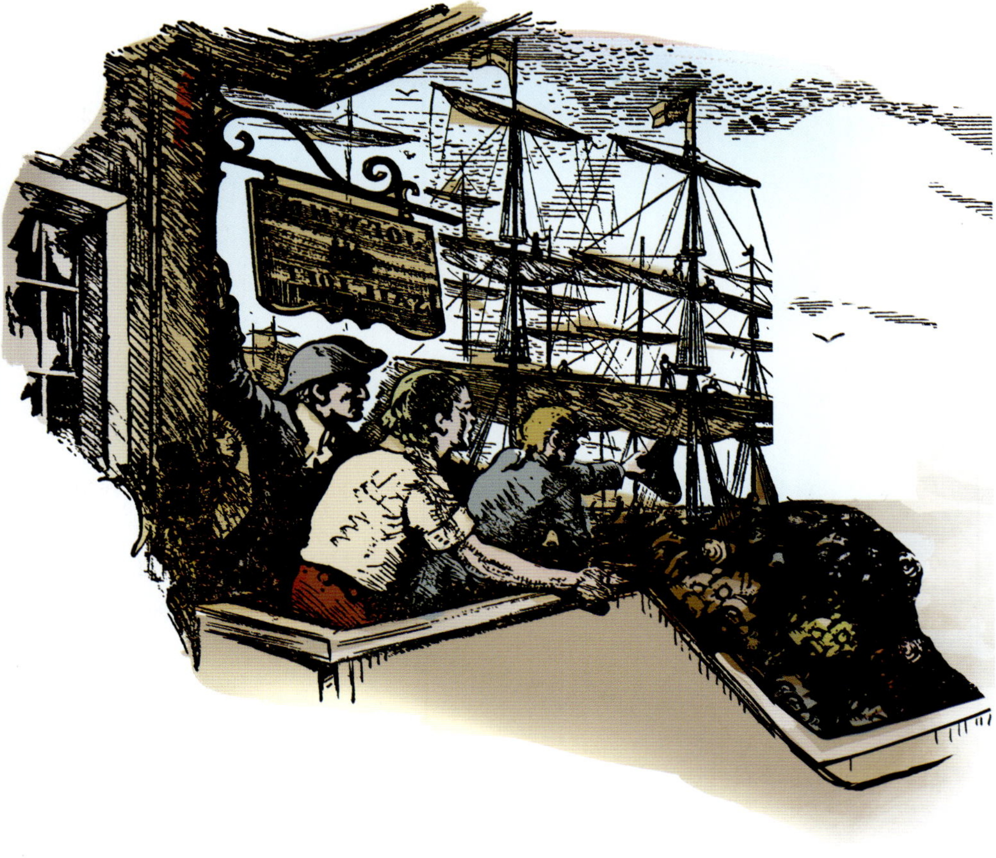

一个月你也猜不出来。"丹故意卖着关子。

"你是不是想说雷电刚刚袭击了波士顿港？"博特先生平静地问道，他的眼睛闪着睿智的光芒，似乎什么都瞒不过他。

"哈！你怎么不说是谁的船被风儿吹跑了呢？"丹笑着说，无比轻松而惬意，"才不是你说的那样的新闻。"爷爷朝丹努努嘴，示意桌子上有晚餐。丹看到桌子上放着杯盘碗盏，有牛奶，有面包，都是他最爱吃的。"我不想吃晚餐了，爷爷，我看你把你的那份吃完了。那么陪我聊聊吧！"丹一边脱大衣，一边坐到椅子上，"爷爷，你听说过吗，雷迪亚德曾经去过俄国——圣彼得堡？"

博特先生扶着椅子的扶手，凝视着他。"你的新闻是关于雷迪亚德的吗？"爷爷突然兴奋起来，大声说，"快跟我说说！"

丹尽可能地逐字逐句地复述他听到的一切，他把酒吧间的场景给爷爷一一还原，没有漏掉任何一个细节。包括那个海员的冷嘲热讽以及年轻的亚当斯对雷迪亚德的捍卫。

"太伟大了！"博特先生爆发了，比刚才丹在述说雷迪亚德的圣彼得堡之行时，更加兴奋和激动，"太伟大了！这就是雷迪亚德的人生哲学，诚如亚当斯先生所说，'如果不能直行，那么就曲折前进。'但是为什么呢？为什么他非要去俄国的圣彼得堡？为什么他要放弃西北海岸的航行，改用步行，而且是去俄国？"丹一脸茫然地说："亚当斯没有给出任何提示——没有透露任何关于雷迪亚德去俄国的任务和使命。"

"唯一的解释就是在那里可以完成对美国——他的祖国的奉献。"

"但是这个世界上，"丹说，"为什么会有一个海员知道雷迪亚德到过圣彼得堡呢？"

"哦，海员满世界航行，算得上是真正的四海飘零。他们总是到处打听新闻，其实每一个港口都会有各种消息。况且这个人曾经提到库克船长，也不排除他曾经也是库克船长的船员。那么这样他就有可能亲眼见到或者亲耳听到关于库克船长最后一次远航的事情。进而他一定能够了解到关于雷迪亚德的相关消息。我所感兴趣的是，"博特先生若有所思地说，"那个家伙为什么说约翰·雷迪亚德不得不在太平洋停止前进。"

"关于这一点，我也不是很清楚。我想这会不会是他酒后的胡言乱语呢？因为我曾经听你说过，雷迪亚德并没有前往太平洋啊。"

"他到过巴黎,这一点我是确定的,这也是我知道的关于他的最后的行踪——他曾经亲口告诉我,他去巴黎的目的,是希望说服当地的商贾,出资买船去西北海岸进行贸易。如果他成功了的话——这个可怜的家伙——这就是我们目前所知道的关于他的一切了。但是如果你今天的新闻有几分可信的话,那么只能说,雷迪亚德在和我见面之后,还经历了太多不为人所知的磨难。这些苦难,他都选择了默默地忍受,因此我们只字未知。"

"那么你又是怎么看待亚当斯的?亚当斯先生为什么会掌握如此多关于雷迪亚德的消息?听他的话,你不得不怀疑,他和雷迪亚德是旧相识,甚至是好朋友啊。"丹进一步问。

"为什么,现在让我们来想想看……"博特先生从椅子上扭过身去,他似乎在搜寻自己的记忆库,希望能够找到一星半点相关的回忆。

"我想起来了,当然有可能,"博特先生大叫起来,终于找到了线索,"你想想看,雷迪亚德是到过巴黎的,这点我们可以确信。那么你再想想,当年我们现在的副总统,约翰·亚当斯,和富兰克林先生、杰弗逊先生也在巴黎。这几位先生在巴黎为的是布置美国的外交政策和条约。年轻的小约翰,这时候很可能就跟在亚当斯的左右,进进出出。即便他的父亲没有带他去巴黎的大学或其他可能见到雷迪亚德的地方,那么他也极有可能听到过关于雷迪亚德的事迹,因为别的美国人肯定会讨论这个人的。是的!这么说的话就全部都接得上了。我又想起一件事情,我曾经听说,在巴黎,雷迪亚德常常被杰弗逊请到家中做客。也许这里面跟年轻的小亚当斯有关系,是不是他引荐的呢?至少这个年轻人起了一点作用。他曾经进过欧洲的大学,后来又进了哈佛大学的三一学院,现在我相信他一定在法院大街开着律师事务所。"

"确实,你一听到他的话,甚至只是听到他的声音,你就能感受得到他的学问和涵养,他接受过多么良好的教育。我想问的是,他为什么能够那么气势磅礴地讲出那么多细节和知识。这是我们从未见识过的口若悬河啊,"丹咯咯地笑道,"不,现在我们已经领教过了。他的辞藻太华丽了。当他描绘北极肆虐的冬季严寒和大雪时,他说雪一直下时,我真的感觉一股寒流透过我的身体,让我禁不住打了几个寒战。"

"当然,你会有这样的反应。"博特先生似乎回忆起了什么事情,"不过说到这里,倒是勾起了我对往事的回忆。你不是说北极的严寒吗?我想起来了,那时候你还是一个小男孩,而亚当斯呢,恐怕不过十几岁吧。这时候弗朗西斯·丹纳派遣了一个部长级别的公使带着神秘任务出访俄国的法务大臣,他们会晤的地点,就在圣彼得堡。当时小亚当斯是以秘书的身份随行的。所以他知道那里的严寒,就不足为奇了。"

"丹纳先生,我们的首席大法官,波士顿的法典人物?"丹大叫起来。还没有等到博特先生点头肯定,他就抢先说道:"招一个那么年轻的人做他的秘书?"

"哦,约翰·亚当斯小时候是非常聪慧的,他博览群书,博古通今,而且在国外接受了良好的系统教育。他年纪不大,但是可以说两三门外语。而且据我所知,更重要的是,他熟稔欧洲人的礼仪规范,知道他们打交道的方式。所有这些,对丹娜先生而言,都是非常有用的。不过后来的事实证明,虽然我们派出去的人员都很强干,但是他们在俄国并没有受到礼遇和重视,反而受尽了冷眼,坐穿了冷板凳。他们在圣彼得堡停留了两年,他们的建议并没有得到采纳,俄国沙皇和大臣完全不予理睬他们的话。怪不得亚当斯能够理解北方的严寒,他就是经历过那种彻骨的严寒的!"

"最奇怪的是,这一切的缘起,这也是我非常纳闷的地方,"丹最后说,"这一切的源头,都在于一个人说了关于俄亥俄的一些事情。那是一个长着英俊脸庞的人,他来自新英格兰的某个地区。他曾经遍历边境线,现在要举家迁往西部。他说成千上万的人涌入西部,这让我简直难以置信。而且他所说的那些西部城镇,我一个也没有听说过。最让人不可思议的是,他说他们的物产和工业产品大量运往海外,西部怎么可能有那么丰富的物产和发达的工业呢?"

博特先生点点头:"那里的河道贸易确实很繁盛。不过据我所知,当地的情况是很尴尬的。为什么这么说呢?因为他们的商品无法直接到达流通市场,那太遥远了。他们必须把货物先存储在新奥尔良——西班牙的领地——然后在这里重装上船,运往海外。"

"可是这样会有什么坏处吗?"丹疑惑地询问到,"我们不是和西班牙达成一致了吗?他们愿意给西部人特权,在新奥尔良中转吗?"

"是的,但是即便如此,依我看来,新奥尔良既然被外国势力所占据,那么就像我们的脖子上一直架着一柄钢刀,随时都要看别人的脸色,不是吗?从这个意义上而言,外国人其实操控着密西西比河的河道贸易,不是吗?"博特先生沉默了几分钟,然后温和地说,"这一点是丝毫不必怀疑的,这次的西迁运动一定会蓬勃发展起来。会有越来越多的人去西部拓荒经商。我是没有希望了，我老了，肯定是看不到了；但是你在有生之年，一定能够看到我们的西部兴旺发达起来。"

"这就是那个男的在酒吧间所说的话，和你说的如出一辙。"丹再次惊呼道，"糟糕！我差点忘了告诉你另一件重要的事情：哥伦比亚号今天又回来了。格雷船长发现了一条大河，可以通往太平洋西北海岸附近。他已经在这条河岸宣布了美国的主权，并且用自己的船名'哥伦比亚'给这条河加以命名。这算不算一条重大新闻呢？"

丹静下来，但是博特先生没有马上说话，他眼睛盯着丹，露出奇怪的眼神。他的眼神似乎在期待什么，又似乎在计划着什么，"继续说，"他小声说道，"你说的是……"

"千真万确，爷爷。当哥伦比亚号返航的时候，我就在码头上。不过当科特先生把格雷船长的作为告诉我的时候，我当时并不太在意。我的想法是在那么遥远的地方，宣布一项美国的主权，好像没有什么意义啊。所谓远水救不了近火，是这么说的吧？"

"孩子，这只是第一步！"博特先生几乎是挤出这一个个字，而不是说出来的，看得出来，他一定想到了什么。

丹惊奇地看着爷爷，为什么爷爷会如此有感触呢？他是什么意思？第一步，什么第一步呢？爷爷走向他，继续说道："你来想想看！"丹说道："酒吧里的喧闹就是因为格雷船长的这件事情引起的。那个西部来的人宣称，没有什么可以阻止美国人跨越太平洋。现在好了，格雷船长的声明，证明了这一点。也就是这样，那个海员先是总体上否定了美国人，并且大放厥词，然后又特别提到约翰·雷迪亚德，加以冷嘲热讽。此后，那个西部来的人说了一句我永远也无法忘记的话。他说在西北海岸从事皮毛生意的英国人正计划把我们美国人排除在那片区域之外，也就是环绕俄亥俄和密西西比的那片地区。"

"那么你的朋友是怎么回答的呢？他认为谁将首先被清除出这片区域呢？"爷爷调侃道。

丹高兴地笑着说："我敢说，你现在就愿意跟我一起去看看那杆枪——有着长长的枪管的肯塔基来复枪。那个西部来的人说，有了这个，美国的拓荒者就可以突出重围，驶向太平洋。"

"啊，丹，如果我再年轻点的话……"

鳕步枪

丹的眼眶有点湿润，用抱歉的语气说："为什么人不能活得更长久呢？我今天去菊纽斯·德尔先生那里，希望能够购买他最后一批步枪，然后……"

"他最后一批？为什么是最后一批呢？"

"他说肯塔基来复枪带走了他制造步枪的激情。他自己画了很多来复枪的图纸——他说，肯塔基枪让其他的枪看起来都显得笨拙而粗陋。"丹站起身来，打着哈欠，说，"也许我该吃点东西了。"然后走向餐桌。

"那么你的这个想法和科特先生商量过吗？"

"科特先生说他要用一个晚上去考虑一下，"丹咧着嘴笑着说，丹一边说，一边喝掉了一杯牛奶，开始吃一碗玉米稀饭，"不过我敢打赌，这批步枪过两天就会摆在我们店里的货架上。"

突然，一个闪回片段出现在他的脑海，这是关于简德利的。他记起来了，在德尔先生家，他也十分认真地欣赏了那些鳕步枪。这个家伙真是一个奇怪的综合体：有时候有几分粗野无礼，有时候又挺招人喜欢和同情的，尤其是口才很好。这个奇怪的家伙的特征倒是和酒吧间那个醉酒的海员有几分相似。

突然，博特先生打破了沉寂："有一个美国人，你值得信赖。这个人看得更远，比罗伯特·格雷船长看得更长远，他不会满足于仅仅在某条河流宣布美国的主权，绝对不会满足于此。他就是我们的国务卿，托马斯·杰弗逊。如果我没有看错的话，他一定会捍卫我们的权力，不容许任何外来人去践踏和侵害它！"

"你的意思是说，他早就预料到并且支持美国人到西部定居和开发？"

"哦，我可不能代表杰弗逊先生发言，"博特先生笑着说，"但是可以肯定的是，他在对待西部的政策上可是个不折不扣的强硬派。他是第一个坚持密西比河必须向美国开放的人，虽然密西西比河的上下河口都被西班牙人控制着。此外，很多人都知道，杰弗逊先生对于西部的兴趣是很浓厚的，我说的是更遥远的西部，在密西西比河以西的广袤土地上。他常常希望能够获得那片土地的信息。"

这真是一个与众不同的特殊日子，丹一边清理着餐桌，一边想着今天发生的一切。他自己曾经想，将遥远的一条河流命名为"哥伦比亚"，并且宣称美国的主权，完全是毫无意义的事情。不过现在，几个小时之后，他开始意识到这其中的大文章，这其中不可思议的深谋远虑。而且不仅如此，现在看来，这份声明还不是美国最西部的边界，美国在西部还大有可为。

"有时候事情是很奇怪的，一个人的观念会轻易地被另一个人改变。而问题的关键是，一个人到底是如何做到的，到底是如何做到让另一个人改变观念的？"当丹回到座位上时，他把这份感慨告诉了爷爷，"你知道的，爷爷，当我听到那个人说边境将养育出新的人种——真正的美国人时，我简直有些汗颜。"

"他是对的！"博特先生说，"在西部边境的人们，一切都得靠自己——他们也需要处处为自己考量。那个人说的对，他们是新的种族——真正的美国人。"

"约翰·雷迪亚德属于那一类人，"爷爷说，"说实话，当我听说，他和杰弗逊惺惺相惜，我觉得很开心。因为他们是一类人，他们的不同思想碰撞到一起，一定能够为美国的未来发展提供一个方向。因为虽然他们的思考不尽相同，但他们的出发点都是完全一样的——奉献祖国！"

"我想知道的是，"丹若有所思地说，"是什么动力让雷迪亚德前往俄国的。如果说是为了奉献祖国，那么到底到那里去可以怎样奉献于祖国呢？"

博特先生因为陷入了沉思，所以没有回答。等到他回过神来，看着丹期盼的眼神，只能简短地回答道："我也说不清楚！"最后，他补充道："也许他的内心早就有了一个计划，这个计划就是他通往西北海岸的若干步骤的实施。也许吧，也许去圣彼得堡是他计划中的一环，也许是这样吧。然后他就要去……"

"然后要去哪里？"这个问题简直是从丹的嘴皮子底下溜出来的，然而博特先生再次陷入沉思和静默。丹回忆起以前，爷爷曾经对他说起过雷迪亚德的更大的梦想，他无比珍视这个梦想。可是为什么现在，他对这个梦想只字不提呢？现在，丹隐隐地感觉到，爷爷在有意回避什么事情似的，或者说他明显有所保留，没有把话说完。

那天晚上，他没有入睡，一遍遍地重复回忆白天发生的一幕幕场景，尤其是在酒吧间所发生的一切。

丹现在明白了一点，当一些事情进入到一个人的身体，那么它就不会再离开，这是年轻的亚当斯给予的启示——约翰·雷迪亚德，他到底是个怎么样的人？如果非要给一个答案，那就是——约翰·雷迪亚德是谁不重要，重要的是他做过什么！

第四章 鳕步枪不翼而飞

"我曾经见过很多枪，"科特的眼神泛着光，"不过我还从来没有见过这种标识，我想只有菊纽斯·德尔会想到用鳕鱼标识，这些可爱的鳕步枪！"他俯下身子，仔细地查看那个精微的小标志，一条可爱的鳕鱼。他退了几步，认真查看了仓库的货架，早些时候，丹已经把运来的步枪整整齐齐地码放到货架上了。德尔先生的效率也真够快的，今天一大早就把所有的步枪都送了过来。这时候，凯勒布和塞西从码头拿回来别的货物。他们看到这一屋子的步枪，都张大了嘴巴，惊奇不已。

"我想整个港口的所有人，都没有经手过这么一大批枪支吧，"丹故意狡猾地说，想博得科特先生的赞赏，"不是每个人都能理解这笔生意的甜头，他们更不能理解你是怎么做到的——这么快就成功做下这单划算的买卖的。先生！"

"不错，也许吧，"科特先生谦虚道，"不过这个旺季，我们也许无法处理完这笔枪。我也不知道，嗯……想说要是迟迟出不了手的话，这些铁家伙别把我的货架给压坏了。"

"这些枪一定会带给你可观的利润，我敢打包票，这次的利润率会高于你以往的任何一次交易，不信，你看好了，先生。我打赌，"丹狡黠地说，"过不了多久，你就会把这些枪换成肯塔基来复枪。"

"你会把我送进养老院的！"这是科特先生最后的回答，说完他就回到自己的私人办公室里去了。

突然，他把头探出来，叫塞西和他一起查看一下相关的账目，凯勒布被派去执行另一项任务。当塞西进了他的办公室，他把门关起来的时候，他特意叮嘱丹，让他自己处理一会儿店务上的事情。"处理完店里的事情，你就自己安排吧。"科特先生最后说。

丹把店外的步枪一件件搬进来，然后开始整理摆放，这时候，有一个人在门廊的位置向他打招呼——他定睛一看，那不是别人，是汤姆·简德利。

丹朝他点点头，感觉很复杂。他真希望他没有和简德利打招呼，或者这个家伙并没有出现在他面前。因为他只要一想起酒吧间发生的那一幕：简德利否认捅了那个醉酒的海员，丹就觉得这个人太鬼鬼祟祟了。然后的一幕就是这个人躲藏在旅店外阴暗的角落，真叫人毛骨悚然。他必须赶紧让那个家伙离开，当然他必须用体面的方式，不能伤害他人的自尊。

然而，当简德利在门廊对着他咧开嘴爽朗地笑着的时候，丹竟然感到很羞愧，羞愧自己对他人的猜疑。简德利脸上恼人的神情烟消云散了，他眼睛里那一丝狂妄也没了踪影，剩下一个谦卑、诚实的微笑，让丹觉得就像是老朋友见面一样。他们相视一笑，一切的过往似乎都不重要，大家抿抿嘴，显得无比坦诚而友好。这正是丹希望的待人之道，他本来就不愿意凭空去揣测和怀疑别人。

"不用管我，忙你的吧。"简德利说。"噢！"他看到了那些仍待摆放的步枪，不禁发出惊叹。"我看你一定忙得不可开交吧，"他一边说，一边脱下了外套，"要不让我搭把手，帮你一起做吧。"简德利的话是如此真诚，似乎让人毫无拒绝他的余地。

"那好吧……如果你不忙的话，不过如果你有别的事情要做，那么……"丹客气地说道，不过他的内心无比羞愧，所以话也显得很笨拙，这会儿不仅是羞愧于自己的多疑，更觉得简德利的真诚让他自己相形见绌。"你找到合适的工作了吗？在往西北海岸航行的船上谋得一份差事？"丹实在有点尴尬，只能找点话来说。

"呀，那些商船几周之前都登记注册好了自己的船员，不需要更多的人手了。我问了很多家，情况大抵相似。所以，或许我要在甲板上找份打杂的活干了，至少那样可以得到一个铺位，不用露宿街头。"他一边说，一边熟练地抱起一捆枪，放到合适的位置。

丹停下来，看着他娴熟的动作。"你的动作可真快，相同的时间，你要干比我多得多的活啊，老兄！"

"各行各业都有自己的活路嘛，所谓熟能生巧啊。过去我在军火商店，常常要帮忙摆放枪支，因为他们常常缺少人手呢。"简德利轻描淡写地说道。

比丹想象的要快得多，货架上已经摆满了枪。还剩下另一部分枪支，没法放到货架上。"我得把剩下的枪支搬到里屋去。"他一边说，一边朝里屋的门边走过去。

鳕步枪

"等一会儿,"简德利快速地说,"看这里,你可以把它们塞进去,从这里!"他开始熟练地将枪支塞进那些已经摆放好的枪支货架的缝隙里。

丹不断地把枪递给他,他呢,就熟练地一支支放进去。他们干得很快,因为熟练,所以显得很轻松,配合也很默契。很显然,一起的劳作,拉近了他们之间的距离。

"我怎么就没有想到那些缝隙也可以摆放枪支呢?"丹说,一边把最后一支枪递给简德利,最后一支枪也被整齐地摆放好了,"如果我是西北海岸航船的雇主,我就会雇佣你。"

他记起来了,他曾经跟科特先生提起过,要他打听一下,有没有船长需要招募像简德利这样的帮手。不过办公室的门还关着,简德利在四处走走瞧瞧,丹就陪着他在店里随便转转。

就在这时,简德利有一句没一句地述说着自己的身世。他没有任何亲人,没有人和他亲近。他的爸爸是英国的一个下等文官,他的妈妈是个法国人,不过他们很早之前就亡故了。他从记事时候起,就靠自己打拼,谋求生活。

其实丹一直想问简德利关于酒吧间的事情,有的问题甚至都到了嘴唇边——比如他和那个醉酒的海员之间到底是什么关系,他为什么要去捅他一下,为什么他要站在旅店外的阴暗角落……不过话到嘴边,终究没有问出来。因为对丹而言,似乎有一种难以言说的东西在阻止他这么做,也许这种力量就是一种最朴素的同情与理解吧。丹心想,也许是他自己想太多了,也许他在酒吧间捅那个人,完全是出于偶然,或不小心;也许那个黑暗角落的人根本就不是他,总而言之,也许是丹自己过于多疑。更何况,现在可以确定的是,眼前这个简德利坦诚而开朗——非常友好,简直已经是丹的好哥们了。

当他们散步回到店铺时,办公室的门依然是关着的,丹露出了难为情的神色。

"我猜今天是等不到科特先生了。"丹的话显然包含着几分歉意,就在这时,他的脑海里突然浮现出一些什么事情:吉米·皮特,他想起来了,这个人曾经过来下了糖蜜的订单,就在昨天早些时候。他是信天翁号上的主人。"赶紧去橡树湾,"他说,"信天翁号将在那里装载货物,前往西北海岸,你到那里找皮特船长。皮特船长曾经到我们店里来订购糖蜜,他要得很急。你见到他只要说,你是一个店员介绍过去的。你说那个店员帮他们处理好了一个很急的订单,他就知道是我了。千万不要忘记这一点。你说你需要一份工作——你只要这么说就可以了。他会明白你说的话,一定会接纳你!"

在接下来的一段日子里,丹都有点飘飘然,因为事实证明他给店里找来的这批廉价步枪,确实发挥了重要的作用,卖得很好,科特先生也特别开心。不仅如此,科特先生每天都要接待几位老朋友,这些老朋友都是前来道贺的。他们都夸赞科特有先见之明,能够收购到德尔先生最后一批性能优良的步枪。一般情况下,科特都会很骄傲地领着这些朋友到库房去参观。

一天清晨,丹正往店里走,当他转过最后一个街角,他看到科特先生的车——显然科特先生又是今天最早的!他左右打量了一下:凯勒布和塞西。他等这两个人追上来,然后他们一起从店里的后门进去了。通常情况下,每天丹进入科特的办公室之前,都会习惯性地和店员们聊聊生意上的事情,或者说说今天的新闻,然而今天,一个人影也没有。不仅如此,丹似乎已经感受到了一种可怕的静谧,显得很不正常,很异样。这种异样的感觉顷刻之间传遍丹的全身,让他觉得毛骨悚然。丹穿过店的前端,他还在想科特先生是不是已经到码头上去了。突然,一阵声音打破了寂静,悲痛的呼喊声传到丹的耳朵里。另外两个店员一边奔跑,一边呼天抢地地呼喊着。

丹几乎没有注意到他们,只是径自往枪械库走去——天呐,这就是他们呼喊的原因。在门廊的位置,丹脸色煞白,双手颤抖,无力又无助地伸向空空如也的货架。科特先生,一脸茫然地站在货架前,一言不发。几分钟之后,他感觉一阵眩晕,眼前一片漆黑,似乎天都要塌下来了。

接下来的几分钟,丹的脑子一片模糊。过了一会儿,大家都围拢到枪械库里,丹还是没有意识到发生了什么。空了——所有的货架都空了,整个房间空空如也,只有几个惊惶失措的人面面相觑。就像在梦中,丹听到凯勒布哭喊道:"没有可能全部不翼而飞了啊。"他们站在那里,谁也不想说话,也不知道该说什么,大家大眼瞪小眼,一言不发。过了一会儿,每个人都盯着空荡荡的货架,完全没了主意。

"他们到底是怎么进来的呢?"科特先生一边说,一边露出疑惑不解又悲痛难耐的复杂神情,"我今天早上到这里的时候,这里的门明明是锁着的啊。是我亲手打开门锁的啊。"

丹完全不知道该说些什么,巨大的悲痛让他感到窒息:如果不是他自作聪明,去进购这批枪支……是他怂恿科特先生买下这些步枪……他的眼睛里突然闪现了

鳕步枪

一团烈焰:汤姆·简德利……汤姆·简德利曾经帮他摆放过这些枪支,只有这个人!

"这都是我的错,先生!"他决定站出来,承担这个责任,"当时引进这批枪支的时候,你完全是因为听信了我的话,才进的这批货。都是我的错!"丹深深地自责道。

"我们不能这么看待这个问题,"科特先生这么说,很明显,他在尽力保持冷静和客观,"这是我的店里被盗了,责任不应该由你来承担。这就好比某一天你的工资在你的钱包里被偷了,你却找到我,质问我为什么头天要把工资发给你!这是很可笑的,不是吗?"

"大家应该想一想,盗贼作案后一定会留下些混乱的痕迹,或者其他一些蛛丝马迹——但是大家看,一切都那么整洁,有条不紊。真奇怪,"他接着说,一边扫视了整个店铺,"他们什么东西都没有去动,只是搬走了枪支。"科特先生提示道。

丹强迫自己重新审视那些空空如也的货架,强迫自己好好想想问题出在哪里。然而他的脑袋还是一片空白,空荡荡的货架反射出耀眼的太阳光线——丹第一次觉得太阳光线如此灼人,让人觉得沉闷而烦躁。

"要装卸如此庞大数量的枪支,"塞西插话道,"只有一个晚上,他们一定走不远……"

"不过你想过没有,如果是走水路的话,情况就大不一样了,"凯勒布分析道,"只要趁着风势,找一艘好的帆船,一天时间就可以走出海面很远呢。"

"走水路?"丹有点不耐烦地叫道,"这简直是不可能的!除非他们的船和水手都布置在这里。如果真的是那样的话,即便是最熟练的盗贼,要将如此大量的枪支运上码头,然后装上船,都不可能不被人发现的啊。"

"不管盗贼是怎么运走这批步枪的,"科特强调道,"我们首先要弄清楚他们是怎么进进出出,却不用去破坏我们的锁,这究竟是怎么做到的?我现在就去通知地方长官我们失窃的事情。但是现在这里,大家必须给我重整旗鼓,打起精神来。我们不能为了一杯打掉的牛奶,就一直哭泣不止!孩子们,你们要学会自己重新振作起来。现在就开始你们日常的工作吧,生活还要继续,店铺也还要维持下去。丹,你跟我来,在我报告长官之前,我们必须确认,这里的每一个细节我们都已经注意到了。是不是任何线索我们都注意到了,这很关键。盗贼到底是怎么进来的,我们必须首先解决这个问题。"

"先生，你记得吗，这批枪，"丹跟着科特先生到处巡查，说，"这批枪都有一个共同的标志，就是鳕鱼。因此不论这批枪流落到哪里，都很容易被认出来。"

"我恐怕忘了这一点了。我很高兴你能够提醒我这一点。"科特先生的语气显得很高兴，这似乎是对丹伤痛的内心的一点小小的安慰。

这会儿，他们已经围着这幢房子绕了好几圈，连壁橱角落都没有放过。照目前的观察推断，盗贼很可能是些幽灵和鬼魅，来无影，去无踪。没有任何地方的门闩和锁具是被动过的；没有任何窗户的玻璃是被敲打过或移动过的；另外，除了枪支，屋子里几乎什么地方、什么东西都完好如初，丝毫没有遭到侵犯和扰动。除了幽灵，或者鬼魅，谁有这么好的本事？

丹就这么跟着科特先生到处检查，然而他脑海里面对汤姆·简德利的怀疑一直在激烈地进行着。他可能和这起盗窃案有染吗？不过，哎，这桩案子很显然是个老手所为，而汤姆的年龄和他差不多大，怎么可能有那么老练的手段？这似乎又是不可能的事情。然而不可否认的是，简德利的嫌疑又是很大的，他毕竟知道枪存储的位置，清楚知道店里的布局。而且，这一切，都是丹带他进来了解的。所以丹在犹豫，他到底要不要把这件事情告诉科特先生呢？或者真的要告诉科特先生的话，现在是不是最好的时机呢？

突然，科特先生的话更加深了丹的疑虑。"有一件事情是可以肯定的，那就是作案者一定对我们店里的情况很熟悉，而且他应该很清楚里面储存着大量枪支。或许他早就来踩过点了。"科特先生说完这话，就戴上帽子，准备去州长那里报告这件案子。

既然如此，丹努力地回忆，从这批步枪运到码头，再到卸载，装运到店里，整个过程，整个港口，还有没有人暗中盯着这个过程。丹想找到更充足的理由去怀疑简德利，如果还能找到其他的疑点，也许他对简德利的怀疑就不再是仓促的决定。事实上，对丹而言，他并不想把简德利来帮忙这件事加上过多的色彩，也并不想因此就把他草率地列为嫌疑人。可是如果是其他的店员遇到这样的事情，他们会怎么做呢？他们应该会把简德利作为第一嫌疑人吧。突然，他想到：简德利进来的时候，凯勒布在外面办事，塞西和科特先生在办公室里一直没有出来——除了他之外，没有人知道简德利曾经进店帮助摆放枪支。这样的话，丹还有最后一点时间——他要赶紧去寻找简德利，看看他在不在镇上。如果真的是他作案的话，那么他一定不会在镇子上闲逛。而如果他已经潜逃，那么海岸线上的码头和港口，

鳕步枪

是最容易查找他的踪迹的地方——店里关门后,丹决定马上去那些地方打听寻找。这是他最后的补救和自赎的机会。

他朝科特先生的办公室走去,因为还有几封书信要誊抄,然后编入档案;不过在穿过仓库的时候,他停下了脚步——他必须再好好地检查一遍,寻找到任何可能的线索。

沿着墙壁,就像刚才的很多次一样,他认真地检查每一个细节,他又把目光聚焦到每一层货架上;甚至弯下腰来检查货架的下方。他后撤了几步,伸长脖子,仔细检查天花板,为了固定自己的身体,他抓过一个货架作为支撑。他突然朝下面看,发现刚才抓货架的手被油污弄脏了……货架的侧面,也都是油污。这就怪哉!步枪的扳机上是没有油污的啊,那么这些油污是从哪里来的呢?他把手上的油污擦干净,然后走进科特先生办公室,开始誊抄信件——科特先生和州长先生很快就要到了。

随着失窃的消息不胫而走,不断有人前来拜访,有的是七嘴八舌地提些破案的建议,有的是单纯地来表同情,不论哪种,都显得无济于事,不过是来凑个热闹。

"真是不容易啊,"店里打烊的时候,科特先生对丹吐露道,"这就好比在他人的葬礼上,你是那个最主要的哀悼者,只有哭嚎的份,没有人会过来对你说句真正安慰的话。他们说的话都是我早就可以预料到的套话——这是他们见到过的最高明的盗贼,所以如果给店铺多加上几道防盗门或铁篱笆可能是个不错的选择。"

"那么州长怎么说,先生?"丹有意转换一个话题。

"也没说什么,只是叫过往的邮差和驿站多加留意那些装载重货的车辆和人员。"

"如果不是因为要回去照顾爷爷,我愿意整晚都留在这里。说到这里,我想说,先生,"丹说道,"我已经做了我能做的一切了!实在是对不住!"

"孩子,别这么说,我都知道,"科特先生亲切地对他说,生怕给丹太大的压力,"你真的不必这么说。至少情况还不算最糟糕,不是吗?你想想看,要是我们当时进购的是一船肯塔基来复枪,然后也这么不翼而飞,那么我们的代价该有多沉重,是吧?不要过于自责了。至于说到在这里轮夜,你过夜必须回到家里,这是不用讨论的。凯勒布和塞西说他们可以轮流守夜,所以你不必担心了。"

那天晚上,丹并没有像往常一样回到家里,他沿着海港一艘艘船打听,打听轮船出海的消息,打听简德利的行踪。他还遍访每一家旅馆和酒店,就是想找到简德利的行踪。在大部分地方,他获得的信息都是无用的——他们甚至根本没有听说过这个名字。然而也有一两个人知道简德利这个人,说曾经见过他,但是具体是什么时间,是一周前还是几天前,都语焉不详。所以这些信息也几乎是毫无用处的。

当他的侦查工作接近尾声的时候,天已经黑了很久了,他拖着疲惫的身躯,走回盛夏大街。他的内心在挣扎,如果明天依然不能发现简德利的踪迹,他就应该把这件事向科特先生坦白。他必须把自己的质疑公布出来,这样才能有助于找到真凶,追回步枪。与此同时,他没有向爷爷透露半个字,因为现在完全还是一头雾水,他不想多一个人来担忧。

第二天早上,当塞西大声念着一些信件和文件时,他突然想到,有一个人那里一定能够打听到简德利的消息。那就是吉米·皮特,他曾经让简德利去他那里找工作。也许,中午的时候,他能够抽出时间,跑过去见一见皮特。

"念快点,"丹告诉塞西,"我能跟得上。"

誊抄那些书信的工作花了很长的时间,这出乎他的预料。看来他原本计划中午执行的任务要等一等了。突然间,有人在叫他的名字,这真的让他热血沸腾——那是汤姆·简德利的声音。汤姆站在门口,正微笑着朝他打招呼。

"我马上回来。"丹对塞西说,走了出来。他突然感觉如释重负——没有人会这样看着你,那么友好。想到这里,丹不由感到一丝内疚。他一直在怀疑这个朋友。

"这次是件好事情,"简德利高兴地宣布道,"我要跟着贝尔号去西印度群岛——马上就出发,今天下午两点。"

"这么着急?"丹惊呼道。丹心里想,如果不是店里的工作牵绊住了他,他就跑到信天翁号那里去找皮特了,如果是那样的话,他就将和他的朋友汤姆失之交臂。这么想想看,今天真是够幸运的啊。"你没有在去西北的商船上找到合适的事情做吗?我让你去找的那个人没有帮上你什么忙吗?"丹关切地问道。

"哦,他是很客气的,也很热情,不过他说他们几个星期前就配备好了海员,并不需要更多的人手。我想这就叫煮熟的鸭子——飞了。不过我想只要我肯干,到了西印度群岛,我总归能找到自己的安身之所的。"简德利自我调侃道,不过神情有些落寞,"天知道我会飘荡到哪里。我已经听说了你们的遭遇,真抱歉,

鳕步枪

现在每个人都在说这件事情，说实话，我真是不敢相信自己的耳朵。这真是一件可惜的事情。"

"确实是糟糕透顶的打击，"丹痛心地说，"我永远也不能原谅我自己，如果不是我，科特先生就不会购买这批步枪。"

汤姆的脸上突然泛起红光："从德尔先生的图稿看来，那真是漂亮。德尔先生真是个奇怪的老头，不是吗？不过，这样的事情，真叫人痛心疾首。"

"哦，是的。"丹似乎有点恼火他那假模假样的同情，"不过从今往后，我们会更加小心，严加防范……我们会加强巡夜，会双倍上锁，诸如此类。"

丹说完之后，简德利告辞了。他也回到办公室继续工作，很显然，他依然觉得这件事情他要负主要责任。这种自责感现在更加厉害地压迫着他的神经。不过，庆幸的是，现在简德利从他的嫌疑名单中被除名了，他的自责感多多少少减轻了几分。

不过第二天发生的事情，又重新把他投入了疑虑的苦海。第二天，他在阁楼上，给那些工具、钉子、木制品列清单，这些货品都是要运往西北海岸，与印第安人进行贸易的。突然，他听见有人在叫他。当他跑下阁楼时，惊奇地发现那个人竟然是吉米·皮特。他正和科特先生一起，站在楼梯下面。老天爷，他昨天还打算去找这个人呢，没想到今天竟然出现在他面前。

皮特咧开嘴对丹打招呼。"我不会忘记，孩子！不会忘记谁能够帮我节省更多，是吧？不过我知道，对于现在这个季节而言，是有点晚了，要挑到合意的货物估计是不简单。但是还是麻烦你帮我找找看——至少帮我搞几桶焦油和松脂吧。"

"给我一分钟。"丹回答道，这时候科特回到座位继续喝咖啡。丹则全权负责接待生意，他走到仓储间，从纷繁众多的货物中快速地翻拣查看。"我们还有八桶松脂，四桶半焦油。"丹很快有了答案，回复道。

"价格和上次那批一样吧？"

"没问题！"

"成交！"皮特一边说，一边掏出钱包，"如果招募船员那么简单的话，我是说和装载船上的货物一样简单的话，那就轻松了。不过总归人是活的，需求就多，所以难招；货物是死的，只要价格合适，销路打通，就没什么需要操心的了。"

"我听说你早就在招募船员了，现在人手已经齐备了吧？"丹试探性地问道。

皮特摇摇手："还不算足够——三四个人手总归还是短缺的。"

丹拿出对账单，将客人送到门口。"我前几天曾经让一个人去见你，你还记得吗？他一直想找一份工作，其实他什么都愿意干，混碗饭吃嘛。"

"几天前？"皮特似乎在往回翻查自己的记忆，"他如果真的来了的话，不可能找不到我的。但是我真的没见过这个人。过去一周，我基本上日日夜夜都在船上啊。不过既然是你引荐的，那么如果他真的愿意干的话，叫他过来就是了。我会录用他的。"

"哦，不过他现在走了——昨天搭船离开的，搭乘的是贝尔号，将前往西印度群岛。"丹淡定地说，尽量不露出丝毫疑惑的神情。

皮特点点头。"我想也许工作在哪里都一样。即便去新奥尔良工作，也无不可。我是说贝尔号将去往那里，他们此次航行的目的地就是新奥尔良。你知道吗，我清清楚楚地见过这艘船，他们进入码头的时候就停在我们旁边。真是有点巧，是吧！"他一边说，一边爽朗地大笑起来，步子轻盈地迈进了门口的大街，回过头对丹说，"未来三年我恐怕都不会再来麻烦你了。我们预备这个月就启航。"

"那么祝你好运！希望你能够多多地给印第安人糖蜜，哈哈！"丹终于知道，那个可恶的家伙将往哪里逃。他目送着皮特远去，心中关于简德利的疑团更加阴云密布起来，这个家伙一直在撒谎。他并没有去找工作，而是准备逃往新奥尔良。这些线索完全是皮特先生无意中透露出来的！他现在应该怎么办？他告诉自己应该回去工作，可是一回到店里，他又被各种怀疑和假设啃噬得遍体鳞伤。让他受伤的，是他的愧疚。为什么他就没有想到简德利可能撒谎呢？不过他也实在是太狡猾了——如果他真的就是盗贼的话，怎么敢回到案发现场来猫哭耗子呢？

到了晚上，他暗自下定决心：两个人的思考肯定会比一个人瞎想强——他必须告诉爷爷一切。

从故事的开头到结束，爷爷都没有说一句话，他只是静静地看着丹。最后，他静静地说："自然，这件事情，你必须承担起后果，甚至必须去寻找真凶，追回损失。如果换作是我，我也会和你有一样的心情。不过，孩子，过分自责也是无济于事的。我倒是同意科特先生所说——这件事情的发生，责任已经不能完全归咎于你了。就好比科特先生提前把工钱发给了你，而你自己的钱包被偷了，你也不可能去怪罪科特先生吧。道理是一样的啊，你说呢？"

"不过我真的不应该那么急就进那么多的货啊。"丹一脸沮丧，"我更不应该带陌生人到店里来。"

"跟我说说这个简德利吧！把你知道的全告诉我！"爷爷建议道。

"我第一次看到他是在德尔家，他的出现一下子就震动了我的神经，我也说不上来是为什么，他总是在观察——不，是铭记和吸纳一切事物。他的眼神很奇怪，当我去看他的眼神的时候，我很讨厌被那眼神中的慈悲所俘获！并不是因为我冷酷，你懂的。因为他的那种慈悲的眼神就像一种假模假样的廉价的同情，他似乎总是能够从别人的经历中找到与他自己的相似点。然后用他自己的经历去劝解宽慰，甚至是恭维别人。这种假慈悲真的很让我讨厌。不过当我见到他的笑脸，我把一切都忘记了。他有一张微微上翻的嘴唇，你一看到它准保你要笑出声音来。他真是一个长相不错的家伙——也许有点做作，不过他总是把头微微后仰。说实话，我还是很喜欢这个家伙，虽然他总是显得过分自信而张狂，有时候又过分殷勤。不过我对他的身世感到很难过，一个无家可归的人，到处漂泊流浪。可是这个人，他怎么能如此欺骗我？"

博特先生点点头："不过你也很难想象，这个人居然会居心叵测地利用你。不过我们也不能遮蔽一个事实，那就是他并没有经手这些枪支。然而，是你给了他最初的机会，让他知道在哪里可以找到这些枪支。"

"我好恨啊，我恨竟然真有这样道貌岸然的伪君子——而且就算真的有的话，我也不相信这个人会是汤姆。然而，直到现在，我都还没有确凿的证据证明就是他干的。这就是我为什么没有将他的事情告诉科特先生和任何其他人的原因。不过现在我把事情告诉了你！"丹大声说道。

"据我所知，简德利不止一次地撒谎。我不知道，他为什么要在那些小事上撒谎。谁会在意他到底认不认识那个海员，有没有在桌子底下捅他一下子呢？这些事情为什么用得着撒谎呢？这些事情全是些无关痛痒的小事啊。还有就是他为什么要对我撒谎呢？他去西印度群岛，还是去新奥尔良，这对我来说，也没什么不同啊。"

"我相信，如果我是你，"博特先生坚决地说，"我就不会一直纠结于这次盗窃案。我会擦干眼泪，好好地去做接下来的事情。这件事已经告一段落了，现在最关键的是，采取一切措施，去防止类似事件再发生。这才是重点要考虑的，你说呢，孩子？从作案手法上而言，应该是一个老练的惯犯所为。一个年轻人，像简德利，如果没有帮手的话，是无法完成这么大的盗窃案的。现在我能想到的就是这么多，关键是你自己一定要调整好心态，越是遇到困难，越是要沉着冷静。

我不会把你的担心告诉科特先生的,因为我并没有看到确切的证据能够证明简德利就是嫌犯。不过,他离开了波士顿——你说他去哪里了来着?"

博特先生的裁决让丹觉得如释重负,现在他居然能够重拾笑容了。"你自己选择吧,"丹俏皮地说,咧开嘴巴做了个鬼脸,"他自己说,简德利亲口对我讲的,他要去西印度群岛,但是皮特说,简德利搭乘的轮船是开往新奥尔良的。所以你得从这两个地方中选一个地方,你说简德利会去哪里呢?"

"嗯……新奥尔良。"博特先生似乎被什么怀旧的情绪所浸染,一直在默念着这个地名,"我曾经想在这个大洲,未必真的存在这么一个地方。现在看来,它确实是存在的,这个事实将带给我们更多的麻烦,因为那不是一个简简单单的地名。只有杰弗逊……"

丹一脸疑惑,完全不知道爷爷在说些什么。"这些和汤姆·简德利有什么关系?"

"哦,我忘记这茬了,你说简德利,我没往他那方面想。你刚才提到新奥尔良,这让我想起了一些别的事情。"博特先生说道,"只有托马斯·杰弗逊一直坚持西部的拓荒者,应该自由地出入密西西比河,直通大海。他们的货物和出产应该自由地通过密西西比河运往海外。然而这一点并不容易做到,过去这一带的主要麻烦在于西班牙人和当地人的冲突,西班牙人把持着密西西比河的河口,横加盘剥和禁止,这就是新奥尔良的情况。想想看吧,如果现在西班牙单方面撕毁与我们的协议,禁止西部人民在新奥尔良存储货物,禁止他们在那里重装船只,出海经商,那么会怎么样……那将扼杀西部人民的基本生活,就是这么可怕!"

"这真是棘手的情况啊,"他继续说道,严肃而阴郁地摇摇头,"我们的人民群情激昂,他们是不会妥协的,也不会接受无理的要求。然而西班牙方面采取的是高压态势,最终一定会两败俱伤。如果说有一个人可以清楚这些麻烦,真正打通一条出海之路的话,那么这个人一定非托马斯·杰弗逊莫属。他的理由足够充分:除了争取河道的自由行使权之外,西部人民更应该把目光投向更广袤的密西西比地区,做这个地区的主人。"

丹看着他,非常诧异,因为今天爷爷的语气实在是太神秘了。

"就像我那天晚上对你说的那样,"博特先生继续说道,"杰弗逊的目光没有局限在西部,他感兴趣的是更往西的广袤土地。我听说,他甚至已经派人前往密西西比以西的地区勘察,他要通过那里去到另一片大陆。"

"但是那里的大部分地区，"丹疑惑不解地说，"是路易斯安那，那是属于西班牙的地区啊。"

博特先生只是耸耸肩，不置可否，然后起身点亮了一支蜡烛。当他推开门准备进房间的时候，他突然转过身来对丹说："你记不记得，那天晚上你在酒吧间听到那个人说过什么——我们不会缺席太平洋的贸易！"

这天晚上，丹久久不能入睡。一种奇怪的不安困扰着他，让他觉得心里颇不平静，他似乎被什么重物压着，喘不过气来。回想起来，似乎他的这种感觉，从他在酒吧间，听到那个西部来的人的故事开始，就一直萦绕着他，挥之不去。甚至比这更早的时候，当他拜访德尔先生，听到关于西部的事情的时候，就隐隐地已经有了这种感觉。

而现在呢，爷爷分明在暗示这个国家将要发生的大事。不过爷爷的话那么令人吃惊，他简直无法抓住其中的真意，只能陷入无尽的迷惘和困惑了。丹心里想，是不是他内心的这种不安，乃是某种刺激下荡起的涟漪呢？这种心境反映了这个国家一种无法逆转的潮流，整个国家的人民将迈向更急剧的深刻变革的时代，谁也逃不脱？在这种暴风骤雨的时代洗礼下，每一个人心中都会荡起层层涟漪，或者如爷爷般兴奋，或者如丹自己那样，微微的不安和焦躁。

他人生第一次感到莫名空虚和不满，对他自己，也对他现在工作的店铺——每天都面对同样的脸孔，日复一日。每天都机械地重复着单调的工作，进货，出货，再进货，再出货……此外还有什么呢？当然，还有爷爷的陪伴……只要爷爷还在，那就不得不重复这项工作，因为丹必须照顾好爷爷，他们必须相依为命。

突然，毫无征兆地，爷爷晚上说的一句话闪回到他的脑海里："一个年轻人，像简德利，如果没有帮手的话，是无法完成这么大的盗窃案的……"

他开始思考，眼睛盯着黑暗中的虚无，同伙？"你不认识我吧？……你想让我闭嘴吗，是不是？"他似乎又听到这个粗重的声音在叫嚣着。然后是简德利否认认识那个海员。他的否认是那么牵强和做作，明眼人一眼都能看得出来……现在，对丹而言，他不得不重新考虑这个问题：那就是简德利应该早就认识那个海员！他一遍又一遍地回溯整个事件，现在一切的焦点都集中到简德利身上。如果真的是他，那么一起作案的人一定还有一个，就是那个醉酒的海员，想到这里，他的肌肉都抽搐了，实在是太让人愤怒了！这群人渣！不过他突然就冷静下来了，因为爷爷跟他说，要暂时把这件事情放一放，不要一直去想。现在夜已经深了，不如先好好睡一觉吧，丹这么想着，不一会儿，就进入了梦乡。

此后的每一天，都有一种同样的不安和焦躁侵扰着他。如果换一份工作，他是不是可以做得更好……或者换个地方，换个环境？世界这么大，他总应该出去走走吧？当然了，只要爷爷还健在，他的这些想法就暂时无法实施。

他仔细思考了这些事情，直到一天下午，他早早地从店里赶回家，为的是打理一下花园。他修剪了紫丁花的叶子，然后将稻草覆盖到玫瑰花丛的根部，这样这些娇弱的花儿才能抵挡住严寒的侵袭。

博特先生坐在门口的楼梯上抽着烟，看着丹工作。突然，爷爷走进屋子；丹闻到一股沁人心脾的烤肉的香味，知道一只烤羊腿已经被放在炭火上烤至八九分熟了。等他工作完毕之后，就可以好好地享用一顿手撕羊肉大餐了。

"如果你是某些男孩子，"博特建议道，"我会毫无保留地告诉你，你很适合农场的工作。"

"不！没有适合我的农场！"几乎没有抬头，丹否认道。他用小刀把花丛上面用于捆扎花束的绳子砍断了。这些玫瑰花丛，来年一定会开出美丽的花朵来，丹心里这么想着。但是他呢，明年会不会更好呢？

"我说的是如果你是某些男孩子，那些安于小地方的男孩，"博特先生继续说，"但是，我知道农民的生活并不适合你。"

丹的嘴里滑出了接下来这句话："科特的店里也不适合我！"然后，他抬眼望了望，爷爷的眼睛里传递出来的光芒告诉丹，他的想法爷爷是理解的。

"你现在还没有找到真正适合你的工作，丹，"博特先生耐心地说，"我看得出来，你想尝试去探险，然而，你现在自己也不清楚，到底应该去哪里探险，到底应该怎么做，做些什么。这一切都让你感到迷惘和空虚。是不是这样？"

"正是如此，爷爷，"丹大叫起来，"我想说的就是这个！"

"但是该来的一定会来的……一定会来，你只要静静地等待机会，"博特先生弯下腰，似乎想挨着丹的脸更近一点，"你的探险生涯将会在下一个拐角出现，也许是几天后，也许是更久之后，你要做的就是抓住它，并且清楚地认定，那就是你要的！在将来的某一天，到时候你一定要准备好，你那时候是自由的，了无牵绊。"

他补充道，声音很轻，然而细微的声音却有千钧的力量："当你准备好了的时候，就是你可以自由发挥的时候……到那个时候，你就不会为任何事情所牵绊。"

波士顿港再次被推到狂暴的风口浪尖，而这一切的原因，都在于偷枪贼的出现。人们被警告：千万要小心过往的车辆和行人。不过现在更多的推测认为，枪是从水路被偷偷运出去的。这些盗贼将船开进港口的时候用的是一面旗帜，而偷运枪支出去的时候，又更换了另一幅号旗。这样就很难追踪和定位他们。不过现在可以确定的有两点：一是盗贼们很清楚这些店里什么时候会补充货品，什么时候下手可以得到最大收获；另外，如果一家店要保证安全的话，必须像科特的店里一样，增派巡夜的人手。

不过现在，码头上淹没于另一个舆论热点之中。这个舆论热点让大家更兴奋——那就是大家都在议论，托马斯·杰弗逊将会当选下一届总统。在新英格兰地区，大家对杰弗逊的反响很强烈，不过大部分都是反对他的。但是博特先生毫不掩饰自己的观点，现在华盛顿已经去世，那么再也没有哪个美国人，比杰弗逊更适合执掌这个国家了。

"杰弗逊什么也不会干。"科特先生的意见显然有所不同，有天晚上他这么说。

"渴望权利，他伸手抓住权利，满足欲望？"博特先生反驳道，"难道他原来不是曾经告老还乡，躬耕田野了吗？难道不是华盛顿让他回到公共生活，与约翰·亚当斯一起重新搭档，处理政务的吗？"

"嗯，我讨厌看到他假惺惺地拒绝总统的职位，"这是科特酸酸的回答，"不过话说回来，托马斯·杰弗逊好像对西部很感兴趣，这倒是有利于我的生意。我们可以找到足够多的生意去做，和那些去西北的人们和船队。不过这一切，都还要建立在密西西比河的主权掌握在我们手里。如果……"

"如果，"博特先生说，"那是波士顿的人们和波士顿的港口。"面对博特先生这突如其来的攻击，科特先生脸红红的。博特先生继续说："你难道忘记了吗？就在现在，数百万人还生活在阿勒格尼山脉，他们和我们一样，都是美利坚合众国的公民。他们为什么就非得生活在水深火热中，他们为什么就不能拥有自己的出海口，将自己的产品远销到海外？"

"胡说！"科特先生反驳道，"这些人如果待在家里，会生活得更好。"

"嗯……不错，早就有人这么说过的，那些先行者，总是会遭受种种质疑：懦弱的人不敢去从事这项事业；孱弱的人经不起风霜雨雪的考验，他们只会在那里指指点点，对那些先行者发表议论——这不正说明了西部新美国人的精神实质吗？他们是真正敢闯敢做的人，不安于现状，坚韧而强大！"

来自纽约的驿马车像一道闪电，穿过特里蒙特大街。丹正好从马车的前边经过。在波士顿旅馆的前面，马儿们停了下来。车夫吹响号角，解开缰绳，早已等候在那里的旅店马夫接过缰绳。车夫这才懒洋洋地从驾车座位上爬下来。旅店的老板赶忙跑出来迎接客人，只见马车上一个接一个的旅客，撩开帘子，没精打采地跳下马车。他们有的背着被褥和包裹，有的拿着日常用品，拖着沉重的步子，进到旅馆中。

"据我所听到的消息，华盛顿到处散播着一些流言蜚语，"车夫正在告诉那些旁观的人们，"现在报纸上还没有报道这些事情，但是很多人都说，在纽约，这些流言都成为了事实。不知道到底是不是真的，我的内心倒是也希望能够粉碎这些谣言。"

丹一直站在那里等着，等到一个人路过的时候，他赶紧上前去询问："那位车夫所说的华盛顿盛行的流言到底是什么呢？"

"哦，有流言说西班牙要把路易斯安那归还给法国。"这个男人说，"不过我希望这只是个谣言。"

丹继续走着，有点失望，他原以为那个车夫的新闻会更让人兴奋的。不管怎么说，不管谁拥有路易斯安那，又有什么区别呢？那天晚上，当他回家提及这件事情的时候，忍不住发出了这样的疑问。

"什么！"博特先生大声疾呼，从椅子上蹦了起来，"有消息说西班牙要将路易斯安那归还给法国吗？"

"如果这消息是真的话，那么又有什么区别呢？对我们而言，谁拥有路易斯安那不都一样吗？反正都是别的国家。"丹一脸疑惑，不解地看着博特先生惊诧的神情。

"区别？"爷爷意味深长地挥挥他的手，"区别就在于你的邻居是一个强大的可怕对手，还是一个软骨头。你一打开门，就必须面对它！路易斯安那，你知道的，并不仅仅是贯穿密西西比河——而且新奥尔良也在它旁边！也就是，我们的西部贸易，和这片区域关系极其重大！"

"你的意思是，法国人对我们不够友好，而且更加可怕？"丹仍然一头雾水。

"友好？"爷爷笑了几秒钟，"你看到今天的法兰西，似乎有点友好，对吗？你怎么不想想拿破仑·波拿巴？路易斯安那属于西班牙，和路易斯安那属于法国，那完全是两个不同的局面，有着天壤之别！一旦属于法国，新奥尔良就会成为他们的门户堡垒，而不再是现在的摆设——而且不仅如此，在密西西比河沿岸的广阔地域，都会被设上森严的堡垒！"

"堡垒？"丹大叫道，"你是说法国人想对我们开战？"

很显然，博特先生并没有听进去丹的话，他似乎又一次陷入自己沉思的海洋，无法返航。"路易斯安那一直是英国和法国都垂涎的宝地，一直以来都是如此，"博特最后说，"然而法国人足够强大，他们得到了这块宝地，他们捷足先登！为什么说这块地方是这片大陆的宝地呢？因为它地处太平洋岛和美国本土之间，你明白了吧？"

爷爷话里的深意就像一阵雨露，不断地滋润着丹的心田。丹此刻凝视着爷爷，但是脑子里一片空白。那个穿着羽毛夹克的人曾经说过，英国商人故意阻止美国开拓者的前进脚步，他们甚至要把美国人排除在那片区域之外。现在法国人也来了！"你的意思是，法国人要阻止我们美国人向西部扩张？"

博特的眼睛发出愤怒的光芒："这简直就是赤裸裸的威胁，威胁我们美国人只能生活在密西西比河以东的地区！"

"这将扼杀我们西部人的生存希望啊，"丹深思熟虑之后，总结道，"对于他们而言，没有密西西比河，是无法生存下去的啊。"

"正是这样，波拿巴肯定是有意这么布局的，扼杀那片区域的贸易，进一步，扼杀美国向西扩张的希望。你好好地想想，你不觉得法国和英国是一样的吗？他们并没有看清楚美国发展的方向。所以他们也没有完全读懂，格雷船长宣布河流主权属于美国的真正含义，他们完全没有估量到这件事情的重大意义。"讲到这里，他的语气似乎有点胜利者的喜悦，"但是托马斯·杰弗逊和格雷船长一样，理解这件事的意义。它代表着美国明天的真正走向。"

"然而，即便法国不掌握路易斯安那，"博特先生冷静地分析道，"英国也会去接管——西班牙是不可能占着不放手的，他们没有那个实力。不过如果英国占领了那片地区，他们无非是像瓜分北方的某些地区一样，把那片地区划成七零八落！所以最好是从北美大陆切一块地方送给他们，说不定他们就不会争夺那块宝地了。"

"这我可还真没想到。"丹笑着说。突然，他爆发道："可是法国的碉堡一直凝视着我们呢，怎么办？"

"别担心，至少现在还没有那么糟糕。"博特先生轻松地回答，"我相信托马斯·杰弗逊的智慧和那个人一样!"

"你的意思是我们会开战?"

"战争是重要的手段——这也是最古老的解决国与国之间争端的手段。但是叫我说,孩子,托马斯·杰弗逊会尽一切可能避免战争和流血。他会想尽一切办法,直到完全没有办法的时候,才会考虑开战。"

"可是如果一旦开战,他如何说服他的国民积极参战呢?那些西部人现在可能都还意识不到他们的生意会受到影响,因为他们可能还没有遇到这新的局面。"

但是博特先生盯着半空,似乎没有在听他的话。过了很久,他沉思着说:"对于杰弗逊先生而言,这可真是一个黑色的新闻啊。不过他必须面对,他担任总统才几个月。有一个问题困扰了我很久,那就是,当然,波拿巴不会一下子就亮出所有招数——可以肯定的是,在接管路易斯安那以后,法国还会不断地有新动作。不过,我相信我考虑的这些,杰弗逊早都应该考虑到了!"

最终证实,这个传闻是真的,波士顿港口最开始的兴奋和热烈讨论这会儿结束了。取而代之的是阴郁的情绪,这种黯淡的情绪几乎充斥着波士顿的空气,让人觉得压抑而沉闷。绝大多数码头上的人都觉得未来一定有一战——然而,他们还能做些什么呢?

"不出一年,我们就会看到开战!"塞西和凯勒布宣布道,似乎他们就是国家的元首。听到他们的话,科特先生连连表示否定。因为在他看来,这也并不意味着他们就真的和法国为邻了,何必为了这个去做无谓的争吵呢?更何况,科特先生的座右铭是,不要去庸人自扰,杞人忧天,所谓:烦恼不来,何必自扰;烦恼来时,躲也难跑;要不烦恼,吃饱睡好!

当丹回到家,把科特先生的话转述给爷爷时,爷爷哈哈一笑,继而说:"这个伊斯雷尔啊,真像绝大多数人一样,他总是相信他想要的,否认他所不想要的。这不是讳疾忌医嘛!其实他比谁都清楚,一旦开战,他的生意将会遭受重创。这就是他急于否认战争会来到的根本原因。"

"但是我想,爷爷,你也一定不想我们会打仗,对吗?"

"当然——从人道主义的角度而言,我当然希望可以避免战争。然而这个问题的真正核心在于,法兰西下一步行动是什么。你也知道,掌控路易斯安那只是他们一盘棋中的一小步,而他们,分明在下一盘很大的棋。而我们却连他们下一步要怎么走,都还不知道,所以怎么能不准备战争这种最残酷的应对方式呢?在这个局中，我们现在是被动的！"

整个夏天再到秋天，博特先生每天都要搜寻当天的报纸；每天晚上，他都要问丹关于码头上流传的新闻。然而，在一个黢黑的夜晚，丹匆匆回到家，发现博特先生盯着炉子里的火苗，一动也不动，似乎在沉思，又似乎在发呆。他身边的地上，掉落着当天的报纸。

看到丹走进屋子，博特先生才回过神来，说，"哎，该来的总归还是来了！"

丹弯下腰穿拖鞋，他一脸茫然。等到爷爷走到那张报纸跟前，他立起身子，恍然大悟："你一直寻找的法国的消息，现在来了，对吗？"

"现在还没有完全公开，只是法国向圣多明戈派遣了舰队，镇压当地黑人——这些人刚获得自由，现在又要重新沦为奴隶。"

"但是这和我们有什么关系呢？我们和那里相隔那么远。"

博特先生点点头："大多数人都会像你这么问，这一点也不奇怪。事实上，我毫不奇怪，有人会因此而感到心里美滋滋的，因为他们会想，将舰队派往圣多明戈，意味着什么？波拿巴是不是要把注意力放到那里，而不再是路易斯安那？真的有这么简单吗？让我们换一个角度思考一下。这次镇压海地黑人的行动，是不是他深思熟虑的第一步，是不是波拿巴建构一个殖民帝国的第一步？他就是要在我们这片大陆建立一个殖民王国。等一等……让我把话说完！"这时候，博特先生制止了丹的大叫。

"你说圣多明戈是很遥远的地方。事实上，它距离路易斯安那并不远；而且这可能是法国人最富庶的殖民地之一——这片地区为大半个欧洲提供糖和棉花。"他停顿了一下，似乎是想让他的话更好地被理解和吸收，"如果同时拥有这两块宝地，路易斯安那和圣多明戈，那么他们就能掌握大半个世界！这种野心和征服，不正是波拿巴这样的人物所热衷的吗？他要征服圣多明戈，然后让它慢慢成形，成为和路易斯安那同样重要的殖民地。至于法国对待美国的政策，如果他们不在边境线上设上铜墙铁壁，那么我们就依然需要观望。我们绝不能在对方的目的和想法都不甚明晰的情况下，仓促地采取应对措施。"

"可是说这些有什么用，最后还不是要开战？"丹沮丧地叫道。

博特先生并没有正面回答，他只是说："谁也摸不清楚波拿巴到底要做什么——至少现在一切都还不明朗。"

就像博特先生预料的那样，关于圣多明戈的新闻并没有引起多大的波澜。偶尔听到有人讨论法国方面的新闻，不过都是在谈法国将要占领路易斯安那这件事情。他自己常常在那里想，是不是爷爷这次看得不够全面呢？接着，通过一些曲折的方式，他进一步了解到了圣多明戈的更多真相和现实。

有一天，他在码头上撞见了一个多年未见的朋友，这个人刚从地中海经商归来。

那个人说："刚离开费萨尔，我们就看到了壮观的一幕。法国的舰队正往西边进发。后来我们听说，他们要去海地。海地的黑人正在闹革命，这支舰队就是要过去镇压黑人运动。"

"这代表了这个国家的这个部分的一种基本命运，被不断掠夺，长久压迫，暴力征服。"当丹把白天遇到的事情告诉爷爷后，博特先生如此简短地评论道，"但是我想说的是，当西北的边民听到这片地区的新闻后，一定会非常担心。如果密西西比河永久性地对他们关闭，这于他们而言，无异于巨大的灾难。然而，新奥尔良的统治者完全可以这样做——尤其是当它处于波拿巴的控制之下的时候。他对海地的铁腕征服就是前车之鉴。"

爷爷已经感觉到有点累了。不过今晚，美国的前途和命运充斥着他的每一根血管和神经。"那片热土曾经充满希望，现在依然充满希望，"他说，"就像一个强健的小孩子，但是遭遇了各种危险和威胁，他的成长受到挑战；但是他依然充满活力——虽然西班牙、法国、英国都虎视眈眈。"

听到爷爷这么说，丹分明能感受到爷爷话语中强忍住的苦痛。

"你知道吗，"博特先生接着说，"波士顿的很多人，直到今天依然活在英国的阴影里；我们习惯于旧世界的惯例。但是那些西北的边民，开拓者们，就完全不同！"

"那是，"丹表示同意，"这就像那天在公牛旅馆的那个人所说——西部的开拓者才是真正的美国人！"

"而这，据我看来，就是为什么托马斯·杰弗逊对他们寄予那么高的期望的原因吧。他不想自己的美国国民尾随着旧的世界。他希望美国拥有自己的精神气质和独立品格，开创出一片崭新的世界——就像西部开拓者一样。"博特先生停下来，朝着丹发出热切的眼神，似乎在给予丹新的期待，"如果我没有看错，他一定不会像我们一样，安安稳稳坐在这里。他不会让格雷在太平洋海岸的主权声明成为一句空话。终有一天，那会成为现实，成为我们国家的自由之地！"

丹的眼神追随着爷爷，似乎在追问，又似乎在质疑。他回忆起，不止一次，爷爷神秘地提及杰弗逊对于鲜为人知的密西西比以西的地区的关注。据博特先生所说，这是一片广袤的土地，大有可为。然而这到底是什么，这代表了什么，它对美国又意味着什么？所有这些问题，爷爷总是避而不谈，或者总是闪烁其词。

"但是，无论如何，如今法国横亘在我们与那项声明的权利之间，爷爷，这该怎么办呢？"

"也许我是错的，但是……"犹豫了一会儿，突然，爷爷似乎莫名地兴奋起来，"也许我是错的，但是你知道为什么我说杰弗逊会采取一切措施阻止战争的发生吗？……因为，战争会阻止美国向密西西比河以西的扩张，也会阻止美国向太平洋的扩张。"

"你是说，"丹大叫道，大为吃惊，"你是说，他依然在实行他的计划——法国只是我们计划道路上的小插曲？"

"如果没有这段小插曲，"博特先生回答道，"也许几年之后，托马斯·杰弗逊就能看到他的计划变成现实。而且我也能在有生之年看到这一幕。"

爷爷似乎有很多话要说，但又不知道该从何处说起。

"我想你可能记不得了，"爷爷沉默良久，语重心长地说，"我曾经提过——我说过我在布尔芬奇博士家见到的约翰·雷迪亚德。约翰曾经说过他有一个梦想，这个梦想比皮毛贸易更为远大。我记得我曾经提起过这么一回事，你可能不记得了吧。"

"我从不曾忘记！"丹大声地反驳道，"这件事情仿佛就如昨天才发生的一样。我常常有一个疑问，或者说是好奇，我想知道为什么你没有问他的梦想到底是什么。"

"事实上我问过了。"博特先生安静地说，"直到今天我都时常想起那低沉的声音。"

激动人心的回忆像潮水一般涌进丹的心里：他记得哥伦比亚号首次返航时，加农炮的轰鸣声。他兴奋地急忙抓起衣服，一路飞奔，希望弄明白到底发生了什么……人们欢呼雀跃，在州长府邸彻夜狂欢……爷爷的故事让丹有一种身临其境的代入感，尤其是一提到约翰·雷迪亚德，就好像他已经到场，就在他们身边。不仅如此，整个屋子里似乎都是他的影子，他似乎正在认真地聆听着这爷孙俩的对话。还有一个让丹永远难以忘怀的感受就是，爷爷在讲这个故事的时候最后却留了一个尾巴，怎么也不再开口。丹也不敢问。同样的事情在另外一个时间又发生了一次：那天晚上他兴致勃勃地回来跟爷爷讲起年轻的亚当斯先生在酒吧的演说。爷爷说约翰·雷迪亚德除了去西北岸之外，还有另一个伟大的计划。不过还没说完，爷爷就又陷入沉默。

"这次你的所有谜团都会解开的，"爷爷大声说道，"这就是他的梦想所在！"

"关于这个梦想，我很多年前就知道了，可是，我没有向任何人透露哪怕一个字。孩子，你知道这是为什么吗？因为雷迪亚德是对我掏心掏肺地说起这个梦想。而我呢，真的感觉对不住他的一片热诚。我觉得真的不能把他的这一片心随随便便地透露给别人。要知道，这梦想，就是雷迪亚德的赤诚之心！"博特先生肃然起敬地说道，"他最热诚的期望！"博特先生停顿了一下，眼神中透露出悠远和惆怅，一如他第一次讲起这个故事那样。

他们爷孙俩坐在那里，静静地，谁也不想发出哪怕一点声音。突然，博特先生立起身子，"那是在我和雷迪亚德离开布尔芬奇和巴勒尔之后，"博特先生深呼吸了一口气，接着说，"我们像平常一样散着步。没有多说什么话。我满脑子里都是关于他的伟大的梦想。我在想，我是不是应该问他关于梦想的事情，或者直接问他的梦想到底是什么。不过我又怕这么问会让他觉得我是在窥探他的隐私。不过，我顾不得那么多，还是问出了那个问题。他的回答起初让我很疑惑，我觉得他是不是在敷衍我。"

"'博特先生，'他这么称呼我，'我想对你来说，这个大洲的西北岸一定就像是另外一个世界吧。我很难向你传达出我第一眼看到它时的心情。你知道吧，我是所有船员中唯一的美国人，当我看到那里郁郁葱葱的植被，遮天蔽日，只有我，是以一个美国人的眼光审视着这片神奇的土地。在我看来，或者说在任何一个美国人看来，这里是我们祖国所在大洲的另一端，是真正意义上的我们自己的故土！虽然这片故土和我们原先居住地相隔遥远，但那些被浪花飞溅击打的海岸线，都是我们的，那是美国！'"

"他说完之后看着我，足足看了一分钟，"博特先生继续说道，"但是我从他的眼神里面可以读出他在刻意回避某些事情，或者说他内心在挣扎，犹豫到底要不要全盘说出来。突然，他的脸色就像一团烈焰在燃烧。'把那太平洋的遥远海岸线和大西洋的海岸线连接起来，将足迹踏遍这其中的土地……这条连接线以内的广袤的土地，就是美国！'"

"但是，"丹疑惑不解地问，"这和于中国的皮毛贸易有什么关系吗？他不是说过，他的梦想和皮毛贸易有很大的关系吗？"

"说实话，当时我也抓不住他的重点，不知道他到底要说些什么，但是他当时完全没有顾及我的疑惑和沉默。"

"'为什么呢，先生，'他接着说，'美国人民不会只安于在大西洋的沿岸狭长的地带休养生息的。所以不可避免的一点是，美国人会不断往西部发展，不断渗透到西边更远的地方。如果有人打通了道路的话，他们完全可以贯通太平洋和大西洋。'"

"贯穿整个美洲大陆？"丹惊呼道，觉得太不可思议了。

"我也觉得不可思议，丹。我当时呆呆地立在那里，停下了脚步，就那样和他对视了许久。我分明看见，他的脸上淌下了几滴清泪。我当时根本不知道如何表达自己的敬重之情。他的梦想就像一抹彩虹，挂在他的泪光之间，熠熠放光。我感觉我站在他的身旁，就像一个虔诚的战士守卫着一个真正的英雄。我情不自禁地问了他一个问题：'你……孤独吗？'"

"他青涩地看着我，就像一个少年被告知自己还太小，不能下水游泳。'一个人最重要的是什么，一个人最多可以想要什么？'他这么问我。他不是问，简直是歇斯底里地大吼，一切的精神和情绪都要被他注入这个大问题中。他似乎等不及我思考，就急着公布答案：'那就是大踏步走过这个伟大的大洲，以对祖国的爱的名义！除了这些，人还需要什么呢，夫复何求？'"

当丹听到这些的时候，他感到一种难以言表的欢快："横穿整个美洲大陆。"无边无际的森林，山峦连绵起伏，人烟罕至的河流四通八达，他将要第一个踏过这些河流，这是他的梦想！他要自东向西横穿这块大陆，对于一个人而言，还有什么事情比这更有意义，更加伟大？他还奢望什么呢？这个雷迪亚德，就像是他灵魂深处的好朋友，把他想说却说不出来的话全部表达出来了！他所期待的，不正是雷迪亚德那样的生活吗？

"我回忆起那时候的场景，依然历历在目，"博特先生接着说，"当我听到雷迪亚德给我说起这件事情的时候，我突然感觉到站在我面前的不是一个人：而是一个由勇气和毅力合铸而成的象征，是一个偶像！然而，他说这些话的时候，就和他在布尔芬奇家说话的时候一样，纯净得像个孩子，从来不考虑他自己，只想如何完成他要完成的事情——他的思想，总是像火焰一样，热烈而明亮。"

"他挽着我的臂膀,我们继续往前走,他讲话的速度如此之快,以至于我都有点跟不上他的节奏了:'你想想看,先生,当我说美国的命运在西部的时候,我是不是指的只是海路;不,我也指陆路。通往太平洋的贸易我们当然要走海路,但是要完成这条航海贸易之路,我们必须率先打通陆路。这样,东方的贸易市场就是我们的了。更为重要的是,通往太平洋的陆路一旦被打通,美国的觉醒就可以期待了。而且从大西洋到太平洋,美国将真正统治那中间广袤的土地!'"

"两条线路,将能够保障与中国的贸易,谁还能想到这一点?"丹惊呼道,"那么,之后,这条通往太平洋的道路,这条道路就一直在雷迪亚德的脑海里。而与此同时,杰弗逊先生也在仔细思考往西的探索——这两个人素未谋面的人,竟然想到一起去了,是这样的吗?"

"我不止一次地思考这个问题,这两种伟大的思想一旦发生碰撞,必将引发更伟大的思想,虽然这思想长期以来,并不为人所知。然而它却蕴含着美国的希望。"博特先生说,"我想知道的是,他的这个伟大的计划和他的其他计划有什么关系,包括皮毛贸易的计划。我猜想他当时已经明白了我的疑惑,所以他开始向我解释:他本来想劝服人们派遣船只绕过合恩角,实践他贸易的新海路。他原计划这艘船可以到达西北海岸的最远端的某个合适地点。从那里再度启航,可以到达努特卡湾。与此同时,他走陆路到达大西洋海岸。那么在纽约,他就可以和派遣出去的船相遇。这时候,那艘船应该是完成了中国的贸易,返航至纽约。然后,商船可以再一次去贩运皮毛,开启新一次贸易航程。然而,独自穿越美洲大陆是年轻的雷迪亚德最大的任务,这也是他最珍视的梦想——为美国人打开一条通往东方贸易的陆路,然后把整个美洲大陆纳入美国的版图。这就是他的'更大的梦想',为了这个梦想,他可以承受一切磨难。这就是他在布尔芬奇家告诉我们的内容,他必须首先完成皮毛贸易——这意味着,他必须到达西北海岸,横穿整个美洲大陆。"

"一个计划决定另一个计划,环环相扣,也许你会这么说。可是为什么最后他都放弃了呢?"丹想了想,说。

"我也常常想这个问题,"博特先生说,"是什么让他停下了脚步?不论是什么原因,这个可怜的人,一定感到万分痛心。当他看到他的伟大的计划全部落空,他一定痛心疾首。我想弄清楚这其中到底发生了什么。"

很多年以后,当丹回忆起那天晚上在小屋子里谈及雷迪亚德的旅程,他依然觉得压抑：他自己羊羔美酒，围暖炉，何等快活；雷迪亚德呢，身无分文，饥寒交迫，然而丝毫不以为意，因为他的内心所关注的，是他的伟大的梦想，最后孤独终老，客死他乡！他最后的光阴是在离家半个世界之隔的远方度过的，直到他咽下最后一口气。没有人认识他，他身边没有一个亲人故友，就这么默默地走向死亡。那些伟大的勇气，让人无法呼吸的伟大计划，都化作尘埃！

"一切似乎都是一个谜，"他低声说着，似乎是自言自语，"杰弗逊曾经求贤若渴，希望找到能够去西部探险的人；约翰·雷迪亚德的想法则完全相同，早已踏上旅程。他们在巴黎见过面，然而什么也没有发生，他们的碰面没有给彼此带来更多的希望。"

"如果我说我曾经思考过这个问题的话，丹，我告诉你，我思考过不下千遍。他们的计划几乎如出一辙——然而当他们四目相对时，也许他们都把想法藏在心底——他们怎么会最后都忘记说出来呢？"博特先生看着壁炉上的蜡烛，蜡烛已经开始燃烧了，"快点掐掉点灯芯，要不然要冒烟了。"

丹把灭掉的蜡烛清理掉，然后走向壁炉。"我要把炉子里的火也灭掉了，也许你该睡觉了，对吧？"

"不，我要再坐一会儿，你再放点柴火进去吧。"丹准备走回自己的房间，突然听见博特先生说："我无法想象，若干年以后，那条光辉灿烂的路会不会成为现实。雷迪亚德期盼了一生，没有看见，那么它还会不会真的被打通？"他一边说，一定凝视着炉子里跳动的火焰。虽然一根干柴燃尽了，可是总还有第二根、第三根，他这么想着。

窗外正飘着雪，丹看了看窗外的雪，上床准备睡觉了。他心想，他必须早点起床铲雪，要不然大雪会封掉家里到街上的那段路。

当他醒来时，光线透过窗户照到他的房间里来。他打了一个寒战，把被子裹得更紧了。他突然想到，必须起来铲雪了。他迅速地穿上衣服。

但是当他打开门的一刹那，他呆呆地立在门槛边，不知道该怎么办：火炉里都是灰烬和柴灰，炉子边有一根蜷曲的未燃烧完的圆木——火并没有被扑灭！与此同时，他看到爷爷还坐在椅子上。

他赶紧大叫："爷爷！"

但是还没有走到爷爷跟前，他已经意识到为什么爷爷没有任何回答。他的脸朝着火炉，脸上依然是他一向的沉思的表情，似乎还在思索雷迪亚德的珍爱的理想。

只是，今天，爷爷也已经踏上了他自己那条光辉的道路。但愿他在路上可以遇到他心心念念的约翰·雷迪亚德。也希望在那条路上，他可以回眸望一望，仍旧在那个小屋思念他的亲人；更希望，他在那条路上，可以远远地望见，他亲爱的祖国，横跨他爱得深沉的美洲大陆。

巨大的悲伤猛地把丹推入了渺无尽头的黑暗深渊。然而在这黑暗的尽头，似乎有一盏灯，在指引着他往上攀爬。那是爷爷最后的话，这对于丹而言，无疑是世界上最宝贵的遗产，谁也不能从他这里夺走，这份遗产只属于他——约翰·雷迪亚德的一生，就是为他的祖国追梦的一生。爷爷的一生，又何尝不是如此呢……

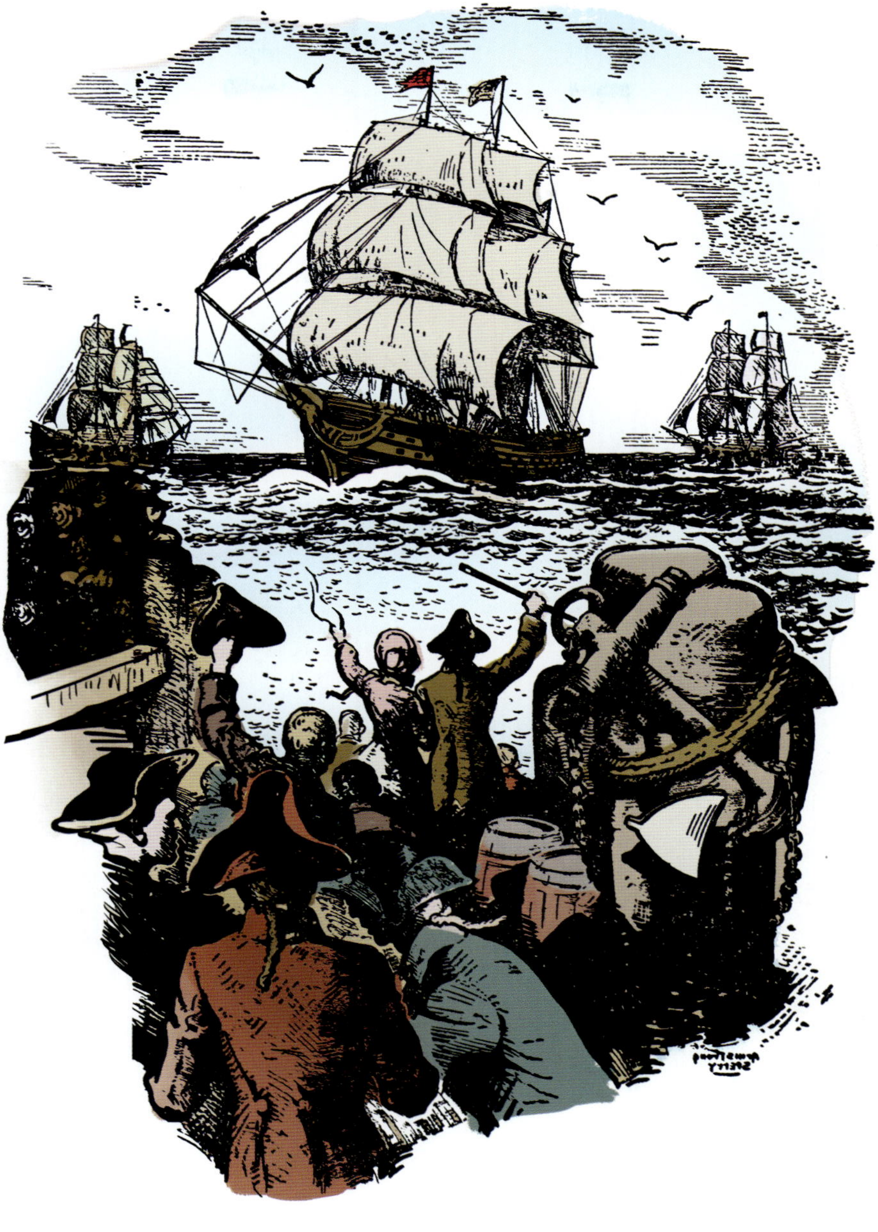

第五章　偷枪贼现身

在爷爷走后的最初一段日子里，丹只能看清楚一件事情——他不能再住在那个小屋子里了。因为屋子里的一切都在默默地述说着关于爷爷的故事……丹其实早就知道，这一天早晚会来到，他不愿接受的是，这一天为什么就已经来到了呢。

"人生往往就是这样，"科特先生走近他，安慰道，"人生就是这样，不论何时何地，也不论何种原因，死亡总是那么突如其来。尤其是那个最爱你的人，当这一刻来临时，谁也无法做到心如止水。然而，我们总还有更重要的事情必须去做，这也是博特先生一直对你说的，你说呢？我想，或许你可以搬到我那里去。我那里地方宽敞，有艾丽泽照顾我们。你可以把你自己的东西都带上。你长大了，孩子！"

好一会儿，丹都无法说出哪怕一个字——科特先生的话一如爷爷曾经的叮嘱，是真正为他的舒适的生活，而做的考虑。"我想你也许会觉得我很奇怪，先生！"他决定搬出去，"但是我想，我应该自己走出去，我应该学会一个人生活，一个人面对苦难。如果你愿意的话，我想暂住在店后面的房间，就是塞西和凯勒布守夜的时候待的那个房间。"

"那里吗？"科特先生惊呼道，"可是那里连挪动身子的地方都没有，怎么住呢？"

丹表示，对他而言，那个地方已经足够大了，而且他的东西本来就不多。至于原来小屋里的家具，可以暂时寄放在科特的阁楼中。"而且，"他补充道，"他们在店里住得太久了，该轮到我来为店铺守夜了。"

自从搬进那个小小的住处，他开始认真思考自己的人生，思考自己应该做一个怎样的人——就像他对科特所说的那样——自己走出苦难和困境。目前最重要的就是，他住在店里，日夜守护店里的货品，这让他增强了责任感，同时也没有那么多心思去怀念小屋里曾经的美好和欢愉。

这天早上，他坐在门口，注意到一个水手从码头上走来，带着一个用席子包裹着的大箱子，驮在肩膀上。这个人在他面前停了下来。

"我的名字叫柯西，"他说道，"托德船长对科特先生非常欣赏，这里就是科特先生的店铺吧？"

以利亚·托德船长，是双桅帆船曼德琳号的船长，从事西北海岸与广州的贸易，是科特先生的密友。只要他的船一靠岸，他就常常到店里来。

"曼德琳号回来啦？昨天黄昏的时候，我看到它进港的。你们此次航行都顺利吗？"丹一边问，一边帮忙把大箱子从那个人肩膀上卸下来。最后他们把箱子抬到科特先生办公室的门边。

"我们收购了大量皮毛，如果你说的好是指这个的话，那么还算好。我们在中国广州用皮毛换取了大量的茶叶和丝绸，然后船就直接回家了。不过一开始去收购皮毛，可不是件轻松的差事啊！"

丹仔细地打量了一番那个大箱子，他很好奇，里面究竟装的是什么？这些东西到底得用多少皮毛才能换回来？丹突然想到雷迪亚德，觉得有点心痛。他的鞋袜都穿破了，衣服破烂不堪；饥寒交迫，贫病交加……大家都希望快点弄到皮毛，花更少的代价——他们不知道，每一块皮毛都已经包含着雷迪亚德付出的代价，包含着他一路前往西北海岸的艰辛与苦楚。但是所有这一切，都不会有人知道的。

他弯下腰，试着抬了一下那个箱子，很沉，应该不会只有茶叶，肯定还有些别的什么东西。他没有起身，科特已经和塞西、凯勒布走进来了，站在他的身后。

"以利亚·托德送来的吗？"科特先生特别高兴，接过丹递过来的纸条。这个纸条是刚才那个水手带过来的。大家都屏住呼吸，像个好奇的孩子。"你觉得这里面装的是什么？"

大家的眼睛都盯着那个箱子，看着店员小心地打开外面的包裹层，科特先生突然大叫起来："只有中国人能做到这么精巧。"这个箱子不是个普通的箱子，而是通体镂空雕花的艺术品。科特先生这时候也像个兴高采烈的孩子。他弯下身子，用手细细地婆娑着这艺术品。当他打开盖子，一股香气扑鼻而来，他打开那卷东西，才发现是一条镶边刺绣的披肩，他的脸顿时就沉下去了。

"这多美啊！"塞西羡慕地大叫道，"你认为这披肩值多少钱？"

科特先生看着那闪闪发光的质地,不确定地说:"确实是很好的款式,可是我在想为什么托德船长要送这个东西给我呢?如果我是个女人,还差不多……"

就在这时,正好托德船长走了进来,他刚好听到了科特先生的抱怨。"伊斯雷尔,我的兄弟,那不过就是随便装填进去,用于填塞多余的空间的。"他咧开嘴大笑道,他们互相拥抱,并拍打着对方的肩膀。

好一会儿,他们都只顾着不断向对方抛出各种各样的问题,似乎有太多的话、太多的问题要马上倾诉完。科特先生赞许托德船长的成功航行,认为托德是最优秀的船长。托德船长呢,也不客气,他表示他完成了环球航行:波士顿—西北海岸—广州—波士顿。他们一共用了不到两个月时间,而不是过去船只所用的三年时间。他们这次贸易为曼德琳号的主人净赚六千美元。

"伊斯雷尔,我听说要打仗了?"船长关切地询问道,"大约多久会打起来?"

"最多一年半载吧,"科特先生阴沉地回答道,"其实我也不清楚,到底会不会打仗。要是真打起来的话,你知道的,对我的生意将是一个致命的打击。"

"你说的不错,不过,我现在也有很多烦恼啊,"托德说,"而说到你的生意,伊斯雷尔,我倒是有些新的建议和想法,不知道你是否愿闻其详?"他说着,一边转过头去寻找店员们。"孩子们,过来搭把手。"他朝着那个大大的箱子点了点头,"不过千万要小心,那是易碎品。"

那条披肩,他解释道,只是为了填补多余的空间,防止更里层的东西被碰坏。"不过我想,"他俏皮地跟科特开着玩笑,"你倒是可以送给你的心上人。"

男孩们扒开了里层的稻草,托德船长伸手进来掏,终于掏出来一个扁平的大大的东西,他急忙拆开外面的包装,露出一件极其精美的中国陶瓷碟子。科特先生一直期待地看着,当这件精美的艺术品露出真面目时,大家都欢呼起来。

"这些都是送给你的,伊斯雷尔,"托德船长骄傲地宣布,"里面有杯子、碗、碟子,所有你要用的都在里面呢!"

"我想说的是,"科特先生兴奋地说,"这些足够了,非常适合我,都是我想要的。"他一边说,一边拿着一个碟子翻来覆去地看了好几遍,一会儿又用手去敲打敲打,感受它精美的质地。

"这套东西够你平常饮食时候所用了,还算精致吧!"托德船长的语气里显得有那么一丝得意,"不过不要只看这表面。其实这里面大有文章,对我们美国人而言,是一个重要的机遇。你们看,中国人饮食用的杯盘碟子如此精美,他们穿的绫罗绸缎，用的精美器具……我简直都不知道该如何给你们形容。这就是我们美国人眼中的中国。也许对中国人而言，他们信奉一句话：如果你总是吃烂苹果，留下好苹果的话，你最终吃到的总是烂苹果。"

"真是有趣，不过我要问问拖德船长，能不能给我也买一条披肩，我可以送给我的妈咪！"塞西小声嘟囔道，小伙子们一起走了出来，让科特和船长单独待一会儿。

"妈咪？"凯勒布笑着说，"难道你认为我们没有看见吗？你带到祈祷会上的女孩子，是谁？整个冬天，你都神魂颠倒的，小子，那是你的妈咪？"他转向丹，说："科特先生好像转变了对战争的看法，不是吗——你注意到没有？他是不是也觉得战争不可避免？"

"那是你的看法吧。"丹反驳道，他想到爷爷说过的话。杰弗逊会尽全力阻止战争的爆发。

几天后，丹又看见托德与科特先生一起走进店里来，正热烈地交谈着。他们都显得很高兴。托德船长说得津津有味，而科特先生呢，听得全神贯注，似乎很感兴趣。他们一路去到办公室，不过透过关着的门，丹还是能够听到里面的对话。他记得托德船长说，他有些生意要和科特先生谈。

过了很久，办公室的门开了，这两个人一起走出来，异常高兴。"这将是我第一次往那个方向的冒险，"科特先生说，"不过我相信我可以旗开得胜！我们一定能够实现双赢！"

托德船长还没有走出店门，科特就马上召唤丹，让他去办公室。丹一头雾水，不知道接下来会发生什么事情。"你曾经跟我说过，叫我要囤积肯塔基来复枪，还记不记得这件事情呢？我当时还说，你会把我送进养老院的……"

"是的！"丹激动地说，"但是你说从南方运过来，会花费大量的成本，会把你送进养老院的嘛！所以，先生，你并没有引进这种枪支啊。而且先生，我想你最好还是不要引进吧，免得到时候又和德尔先生的鳕步枪一样，不翼而飞！"

"呸呸呸，傻瓜，那都是过去的事情啦。已经洒掉了的牛奶，就不要再去想了。"科特先生慈祥而关爱地说，很显然，他不想戳到丹的旧伤疤。

"不过我跟你说，情况不同了，一切都不同了，今时不同往日……现在我们要重新理解这桩事情。托德船长希望在他的曼德琳号上全面配备肯塔基来复枪！"科特先生激动地宣布道。

鳕步枪

"托德已经和他的股东和老板都商量好了，他们应该从长远考虑。当然了，这也许要花费更多的钱，但是总比损失海员的生命要更划算吧。"科特先生继续说道。

"那么他已经同意向你下订单了吗，先生？"

"这就是我叫你来的原因啊，你赶快到德尔先生那里去，问一问哪些军火商可以提供这种枪支。然后写信给那些制造商和经销商，用你最好的书法去写，记住！"科特先生的眼里闪动着期盼的光芒。

中午还没到，丹就回来了，他报告说巴尔的摩的焦耳·多德利格就是他们要找的人。德尔先生说："多德利格那里的肯塔基来复枪就是最好的，而且离我们最近。多德利格的店，每周可以制造四十到五十支枪，而且可以直接运到波士顿港。这可比从兰卡斯特或亚历山大运过来便宜多了！"

"太好了，干得漂亮！现在就预订！"丹咯咯地笑起来，因为科特先生完全没有多说一句话，就这么爽快地答应进货，这还真是不多见。

爷爷教给丹一手漂亮、干净的书法，这会儿派上用场了。他开始写信，写完之后又誊抄了一份留档。然后他想这封信应该能够赶上下一班前往纽约的邮车。

"在早秋的时候，"科特先生盘算道，"多德利格先生应该会把枪给我们送到。"

"我不这么认为，那些枪为什么不能直接送到曼德琳号船上呢？而且现在我们的货架都是满的，依照我们现在的订单来看，在这整个旺季，这些货架都不可能空置。"虽然嘴里这么说，但是在丹的内心，恐怕还是有挥之不去的阴影——那天上午，当他来到店里，发现所有货架都空空如也。

"我猜你是对的，"科特先生赞许道，"这样一来，就能节约不少时间。小伙子们，你们都得打起精神来，准备迎接新一年的旺季咯。不过且先不要提这以后怎么办，我们都知道，可恶的法国佬随时会向我们开战的。到时候我们的生意何去何从，就只能听天由命了。"

这种判断现在几乎是波士顿都认可的说法——战争一定会来，迟早的事情。最开始，只是一小部分人意识到法国方面的威胁，因为他们开往海地，希望武力征服圣多明戈。大家侥幸地认为他们无暇顾及到美国。但是现在，任何一个有脑子的人都会重新作出判断——圣多明戈获得了胜利，法国必须在新的领地重新建立安全的殖民体系——这新的领地，毫无疑问，必然直指美国！

丹和凯勒布、塞西约定七月的第四周出去转转。"你说，我们如果到布鲁斯特去钓一天鱼怎么样？那里可是有很多鳕鱼。我有一艘平底的小渔船，"凯勒布接着说，"我已经给它支上了桅杆，并且撑起了羊皮帆，这样，只要加上船桨和风帆，就可以平稳地在海里航行了。"

七月下旬的海港清晨惠风和畅，西南风吹出了一片澄静明朗的天空。一些帆船正在出海，开始一天的劳作。凯勒布的平底小渔船坚固而结实，而且很新。丹在卖力地划着桨，他们的船很快就穿越了那些岸边的商船，直往海里穿去。不到一个小时，就到了尼克斯海峡。

"现在我们要回去可不容易呢。"凯勒布收起了帆。

"是的，"丹表示认同，"如果风向不改变的话，很难返航。"

中午之前，他们一直在布线，然而运气很坏，他们只能先吃三明治。

"太阳太明亮了，而且空气太清新了，"凯勒布断言道，"所以鳕鱼在吃诱饵的时候很敏感，不容易上钩。"

他们移动了锚位，没想到运气突然翻转过来。鱼线开始抖动起来，接着就是一条条活蹦乱跳的鳕鱼。此外，其他种类的鱼虾被一条条丢进船底。大家忙得不亦乐乎，开心极了。

这项运动是如此有趣，以至于不知不觉间，时间已经过去很多了。突然有一阵气味让丹不自觉地朝上面看了看。"北方已经乌云密布了，风也小了下来。我敢打赌，我们回去恐怕得拜托我们手上的桨了。照现在的风势，船帆是没什么用了。"

他们最后卷起了所有的鱼线，张开帆。然而就如丹所预料的那样，风帆根本不起作用，他们只能降下桅杆，拿出船桨，准备使用人力了。

"潮汐也是和我们相反的方向。"凯勒布沮丧地说。

"别担心，兄弟，我们还有足够多的时间！"

海上渔民会遇到的情况，今天他们都撞上了，然而，夜幕已经降临，他们只能拿出看家本领。好在这群小伙子还是足够熟练的，所以虽然晚了不少，他们还是顺利地回到了长滩码头。

虽然大家都已经精疲力尽了，但是丹还是吩咐道："你们先到红龙虾餐馆，让他们把我们的战利品做一道鱼虾大杂烩，我先回去放下工具，然后马上过去与你们会合。"

他收起鱼线，登上码头的梯子，跑回店里去了。他可以从后门进到自己的那个小房间,这样就不用去开前面的大门了。

当他进入到自己的漆黑的小房间的时候,他似乎感觉到空气中有些异样的气息。他马上停止动作,很疑惑,一面静静地听。他能听到什么吗?那是什么响动?是潮汐和海浪拍打着岩石吗?可是他从前从来没有在这里听到过这样的声音啊。突然,很清晰的,更近的声响传到他的耳朵里。有人,难道是在仓库?丹的神经高度紧张起来。

他胡乱地把鱼线丢在床上,然后蹑手蹑脚地走到走廊里。他停下脚步,竖起耳朵。还是水轻轻拍打的声音,不过更大了。他屏住呼吸,一只脚迈向前,然后另一只脚也轻轻地迈出来,生怕弄出一点声响。最后立在门的后面,透过门缝,他能够窥见仓库的情景。

他的眼睛眩晕了一会儿,因为在仓库的地板上,一阵亮光直刺他的双眼。接下来,他才注意到,亮光来自黑暗深处的一盏灯。天哪,是贼!但是在哪里呢?他的心脏都要跳到嗓子眼了——在他和亮光之间,并不是地板。那里原来是地板,但是现在突然不见了。

那里也是水拍打某物的声音的源头。是的,就是这样!就在那里——这会儿他的眼睛已经适应了黑暗的光线——一些木板被叠放在旁边的地板上。

他定睛一看,在那一片漆黑中,一个光着膀子的人突然从移开的地板下面钻了出来。他双手撑住两边的地板。就在这时,丹认定,一定是盗贼又回来了。那个地板上的方形的洞,揭开了之前的一切谜团——为什么他们没有在门窗和其他位置留下任何痕迹。他们根本就没有走门窗出去,他们是从地板下面钻出去的,然后从下面把地板一块块还原组装回去。

在黑暗中,那个光着膀子的人终于上来了,似乎他的身上有闪闪发光的水滴,他一定是刚刚游泳潜入的。然而尽管丹睁大了眼睛,他依然无法认清那个人的脸。那是简德利吗?"他一定会直接去拿枪,然后,当他过来靠近我时……"丹心里这么想着,他计划要拿住这个可恶的盗贼。

就像他判断的那样,那个人直接走向货架。这一下,丹惊呆了,他发现其中一个货架已经空了。所以他们第一批行动已经早就结束了,现在是来拿第二批,还会有第三批……好嚣张的强盗!当然了,如果现在有帮手,丹一定会第一时间冲出去,捉拿盗贼。然而事实是,他只有一个人,他只能静观其变。他的心怦怦乱跳,但是他知道他必须保持冷静,他眼睁睁地看着那个人把另外一个货架的枪搬空了，还可恶地吹着奇怪的口哨。

突然，丹的目光紧紧盯住那个黑色的开口位置——他必须绕开那个位置！他屈膝准备冲出去。现在是最后一支枪，他必须万分小心，防止盗贼将枪杆砸向他。最好的结果是，他冲出去，那支枪滑下来砸中盗贼。说时迟，那时快，丹一个鱼跃，冲了出去，整个人压在光着膀子的盗贼身上。丹将盗贼死死压在地板上，用滑落下来的步枪，狠狠地击打盗贼的脸和前胸。

一阵扭打过后，那个盗贼扭转了局势，开始反击。丹想尽力维持他的优势，然而最终他绝望了，对方的体格实在太强壮了。丹使出最后的力气，他用腿死死缠住盗贼的腿，希望能够牵制住对方。与此同时，他将手扎进对方的肉里，死死拽住，然而痛心的是，他没有……是没能抓住对方。对方的手挣脱了，他先前注意到的光亮来自厚厚的油脂。

他不顾一切地紧紧抱住那个潮湿的身体，紧紧抱住，对方的肋骨似乎都要断裂了。即便如此，他仍然感觉到那个油乎乎的家伙的手臂在他下面不断往下钻，企图挣脱束缚。就在这时，丹突然感觉到后背被猛地一举，他一个趔趄，被抛到了一边。他的身子朝一边倒了下去，然而他仍然决定继续抓捕。不过此时，突然一张脸出现在他面前，那竟然就是汤姆·简德利。

"你这个人面兽心的骗子……恶鬼……小人！"他扑上去，掐住简德利的脖子，"掐死你都算便宜你了。"

"爱与恨都是相对的！"汤姆也开始掐住丹，同时给了丹一记重拳。

"你这个草丛里的毒蛇！"丹从牙齿缝里挤出这几个字。

"嗯，"汤姆厚颜无耻地纠正道，"比毒蛇更狡猾！"

简德利如此厚颜无耻，丹义愤填膺，抓住他的头发，往地板上撞。然而，很快，丹就后悔这个决定。因为就在这时，简德利明显占据了优势，他锁住丹的身体，无限接近那个危险的黑色裂缝，随时可能把丹推下去。

丹想再次抓住那个家伙，但他已经精疲力竭了。现在再也没有什么争吵和对话，他只是希望紧紧抓住简德利……然而失败了……他挥动拳头去击打对方的下颚……很快就遭到对方回敬的一记重拳……最后抓住对方的一只手，然而感到的只是油乎乎、滑溜溜的拖动……对方的手也挣脱了，他们都用尽了全身的力气，摇摇晃晃，你追我打来到那个黑色的裂缝。

突然，对方把丹重重踢倒在地，丹只觉得膝盖一阵刺痛，再回神时，简德利已经逃跑了。丹只看到那个人跳进黑色的裂缝里,溅起了白色的水花。

丹很快就恢复过来,他侧着身子去观察那裂缝下面的情况,只有啪啪的水声,什么也没有。突然,他飞奔着冲出枪械库,来到后门。梯子!丹想到,如果简德利从那条路逃跑,他一定要攀爬那段梯子。他必须比简德利早到!然后在那里等他出现!如果这时候他有一艘船,就可以抓住他,至少可以追捕他。可是凯勒布的船已经开到红龙虾餐馆去了!不过想这些也没用,他没有时间去想这些没用的。可是今天,为什么停泊在岸边的船都没有人呢?不过没时间寻找帮手了。即便现在简德利已经跑在他前面,也没办法了——这个可恶的魔鬼、黑心肠的坏人、狡猾的伪装者……

最终来到了楼梯那里!必须小心——任何不小心都可能要付出惨痛代价。他的手抓着两边,敏捷地下到了底端,他的耳朵在静静地寻找哪怕最微小的声音。

蹲伏在水边,他静静地等待,一动不动,只是静静地听。他从来没感觉到码头是如此安静。透过一点点微弱的光线,丹可以肯定,简德利并没有从他这边的码头出海。几分钟过去了,丹毫不眨眼地盯着水面上黑黢黢的一片。难道这个卑鄙的简德利逃脱了?不过这些枪一定需要船只才能运走的啊。即便简德利放弃了这些船只,他也必须在码头的另一侧找到潜逃的出口!

想到这里,他快速地爬上梯子,穿过整个码头,一边盯着水面。他什么也没有发现,什么声音也没有,一片死寂。他冲到了码头的最远端。突然,在瞭望塔的灯光照射下,一个黑影窜了出来,他敏捷地砍断锚绳,把一艘船推出水面,然后消失在茫茫的海面上。丹大吼一声,可是这一声呵斥,还有什么用呢?

当丹回到店铺的小房间时,凯勒布回来了。他一下子扑倒在凯勒布身上,凯勒布呆呆地站在门边,还不知道到底发生了什么。

"怎么了?"凯勒布惊叫道,"看你这狼狈的样子,简直就像一只被欺负的病猫。"

"住嘴!"丹有些沮丧地说,他推着凯勒布,一直推到店里,"快进来!"

"到底发生了什么?"凯勒布追问道,跟着丹往里走,"你为什么不点灯?"

"我哪来点灯的时间啊!"丹这样告诉他,从他的小衣柜里拿出一只蜡烛,"我一直都忙着应付……一直在应付那个老顾客。"凯勒布瞠目结舌:"你是说,上次被偷的步枪?是同一个盗贼!"

"你是怎么知道的呢?"他简直难以置信,盯着丹被撕的破破烂烂的衣服,"你到底怎么啦？"

透过微弱的烛光，丹匆匆地看了一眼自己。他的全身，从头到脚，都是轮轴的润滑油，油乎乎的。那个魔鬼简德利！就在这时，他突然第一次意识到一个细节：那就是第一次失窃后，他在货架上曾经发现过这种油。那时候他在寻找线索，可是偏偏忽视了这个重要的线索。当时他实在是太大意了。

"来吧。"他对凯勒布说，冷静而简练。他们急急忙忙进入枪械库。"我们要从这里开始查！"

"地板！"凯勒布惊叫道，他已经发现了那个黑暗的裂缝，一盏昏暗的灯仍然立在那里。盗贼就是从那个裂缝钻进来的。

丹平躺着，趴在地板上朝那个黑黢黢的裂缝往下看。"你把蜡烛伸进去，伸到尽可能远的位置，让我来查看一下。"他指挥着凯勒布，"千万不要失去身体的平衡。"

起初，他能看到的只是一片漆黑空间中微弱的烛光，以及烛光照射下的倾斜的海岸。然后，他逐渐在水岸边发现了一个庞大的东西，阴影笼罩着这个庞然大物，叫人有点毛骨悚然。"快，"他告诉凯勒布，他自己则更靠近那个庞然大物，"抓住蜡烛，这样就可以看到更下面的情况。"

"我最好抓牢你的后脚跟，以防万一，"凯勒布警告道，"首先，你要知道，你自己一个人处在危险中，千万要小心！"

丹在下面看到的景象，让他不再那么害怕：一艘橡皮筏那样的小船，浮在水面上，与周围发亮的岩石发生着撞击，然后随着潮汐上下浮动着。在船上，整齐地排放着枪支。

他的心稍微平和了一点，他接过蜡烛，让凯勒布也趴了下来。"他们拿走的可能只是一货架的枪，然后他们就被我惊跑了。如果我猜得没错，他们应该就是从那里逃跑的。"

"我也这么看。"凯勒布同意道，他检查了所有的枪支，然后说，"被偷走的就是一个货架的枪，我可以这么说。刚才发生了什么？当你看到他的时候，他是什么反应……你为什么说他就是上次鳕步枪的窃贼？"

"因为一个关键事物——油污！"丹笑着表示。丹接着讲述了鳕步枪被盗之后，他在货架上看到的油污，以及今天简德利身上的油污，是同一种轮轴润滑油。然后，他开始讲述关于简德利的前因后果。"我真是一个白痴！"丹最后说，"我猜简德利一定不止一次地笑话我。"

"不过我觉得，现在该被笑话的是他，仓皇地逃窜，像个丧家犬，完全被人看透，是个不折不扣的人渣。"凯勒布说着，"现在我还想听听关于油污的事情，这好像也蛮有趣的。不过我敢说，这个细节至少说明，他是个老手。"

"这个家伙有个特殊本领，他咧开嘴笑的时候，谁都会被他的笑容所欺骗。"丹咯咯地笑着说。

"他这种人就最容易对付你了，"凯勒布有点落井下石地说，"他一边对你笑脸相迎，其实笑里藏刀，这个卑鄙无耻的家伙！"

"我现在不会再冒险了，我一定要防止他再回来，"丹宣布，"我要整夜整夜地在店里守护。"

凯勒布开怀大笑："老兄，今晚睡个安稳觉吧，他不会再回来了，我也要睡了。不过我今天也睡在店里吧，我已经告诉家里，不必等我了！"

凯勒布弯下腰查看地板上那个大大的缺口。"不用花多少时间，我们就可以把那些枪都通通弄上来。"

"先不急着弄上来吧。"丹这样告诉他，"我们要保护好现场，不要破坏任何一个场景，这样科特先生回来，就可以亲自看看盗贼是怎么作案的了。不过今天晚上实在太晚了，来不及通知他过来了。那么明天一大早，我们一定要派一个人过去通知他。"

这一晚，两个小伙子轮流把守，轮流到丹的床上小憩。第二天一早，他们来到仓库，凝视着那个缺口，都觉得十分惊讶，也有点好奇。

"这真是出人预料啊，怎么会有如此娴熟的手法？这种用锯的手法除非是熟练的工匠，根本无法做到如此天衣无缝啊。"丹一边说着，一边抚摸着那个锯开的口子，那么平滑整齐，简直没有一点毛糙。

"我想下去看看那艘小船，"凯勒布建议道，"那样我才能知道是不是所有的枪都在那里。"

丹说："最好还是等科特先生回来再说吧。你现在去把这个消息告诉科特先生，我现在就下去看个究竟。如果我做完事情的话，我就去找其他的人。你可以在绿锚大街的路口等我！如果我不在那里，你就直接回店里来找我！"

丹花了很久才清理好了店里，然后就听见有人敲门。接着，科特先生和凯勒布走进店里来。

"凯勒布已经告诉了我一切，"科特先生大叫道，紧紧抓住丹的手臂，"他说是同一个盗贼所为，他是从地板下面钻上来的吧？"

"每一个细节我都没有去动，先生，所以你可以看看当时是什么情况。"丹一边说着，他们一伙人一面走进了枪械库。

"我的天啊，谁能想到出口在这里？只有盗贼自己才想得到。这真是最大胆狂妄的盗窃者啊，我还真是没有见识过。甚至听都没有听说过。"科特先生说完，看着丹满身油污的衣服，"他全身涂满了油，你是怎么抓住他的？哪怕一分钟也不可能啊。"

"我确实没有抓住他超过一分钟，实在太滑了。"丹咧开嘴笑着说，"我一出手就知道情况不妙，我知道也许我只有微弱的机会抓住他，但是我还是竭尽全力牵制着他。"

"这些油脂，"科特先生说，"这是泰晤士河的海盗们惯用的伎俩。我的父亲曾经对我讲过这个。对于这些盗贼，你能做的真的也很有限，他们实在是太狡猾了。你在他不经意间抓住他，不过他们依然可以逃脱，他们是老手了。"科特先生曲下膝盖，观测那个开口下面的情况。

"根据凯勒布和我估计，我们少了的这个货架的枪，应该都在那下面呢。"丹也朝下面看了看，然后说。

"看样子是这样的。"科特先生表示同意，他继续朝下面凝视着，"那个盗贼应该是刚从下面上来，然后把那批枪运了下去。下面那条小船，足以把我们所有的库存枪支都运走。谢天谢地，历史没有重演！很显然，盗贼注意到昨天上午你们都出去了，然后他就趁虚而入。他一定计算好了你不会太早回来，因为是假期嘛！他原以为他有足够多的时间。我想应该是这样。就是不知道这个贼要把这些枪运到哪里去。这样的开口一定是用非常特殊的锯子才能做到，而且是从下面开始锯，这难度实在是太大了。真是一个费尽心机的盗贼啊。"

丹也注意到这一点，大声说："看看这些斜切面，这么平整，简直天衣无缝，谁也看不出任何痕迹。这恐怕就是上次我们被骗的原因！"

"孩子们，把那些木板放回去，让我看看！"科特先生吩咐道。

凯勒布将木地板仔细地放回去。像什么都没有发生过一样，地板完好如初。大家上去踩了一踩，也丝毫没有异样的感觉。

"这么好的技术，干盗贼真是屈才了啊，"科特先生讽刺道，"我们以前还

鳕步枪

一直纠结他到底是从门还是窗逃跑的呢。这个高手可不会干砸锁破窗那么没有技术含量的事情，哈哈。"

当孩子们重新把枪装回货架的时候，大家都在七嘴八舌地谈论那个简德利。科特先生还在来回踱着步子，检查地板，他或许还是觉得有点难以置信。"这个狡猾的盗贼。"他最后爆发道，"竟然这么大胆地回来，想故技重施，重新上演一次鳕步枪被盗的翻版啊。太无耻了！"

"过去我一直认为，这个案子一定不是个生手所为，现在看来我确实是错了，"丹脸红红的，承认道，"然而即便我怀疑那个可恶的家伙，可是我确实一直都没有确切的证据指证他。唉……"

"我就说嘛，我平常说什么来着，我说那些鳕步枪一定是用船运走的，"凯勒布得胜似地说，"果然如我所言吧，可是以前你们还都笑话我，认为我想得太简单。我想知道的是，他到底是用哪艘船把那些枪运走的。"

"就是啊。"科特先生也似乎想到了什么，"他要怎么处置那些偷来的枪支呢？你有没有他的更多的资料？"

"就是在德尔先生家的那天，他说他曾经在英国的军火商店工作，又有一次他说他的爸爸是个英国舰队的下等文官，他的妈妈是个法国人，不过他们很早就亡故了。"

科特先生严肃地摇了摇头。"偷盗枪支在很多地方，是很严重的犯罪——对于那些大盗而言，不会冒险去做这样的事情。这就说明，简德利只是底层的小盗，我现在最想了解的就是，他这样一个年轻人，偷这么多枪干什么呢？"

当塞西走进店里，听说了昨晚的惊魂一夜后，连连摇头，表示难以置信。小伙子们就把木地板移开，丹把下面的枪拿了上来，大家七手八脚，把枪放回那个空的货架上去。

"无一遗失！"凯勒布宣布道，这时候丹也从下面上来了。

"简德利这个家伙，一定是一个人作案。否则他一定会先找好一艘船与之接应。这真是一个大胆的计划，他一个帮手也没有，要如何把这些枪运出海，我也没有想通。不过他身上的油脂，表明他做好了长距离游泳的准备。很显然，那艘筏子是他临时用海滩上的废旧材料做的。不过不管怎么说，"科特最后温暖而动情地说，"我们店里要感激你，丹！"

"嗯……"丹小声说道，"不过，这都是我应该做的！"

第六章　前往华盛顿

"我很抱歉听到你这么说,"科特叫道,"我真的很失望!"

丹这个时候正在清点一个盒子里的起子,他听到科特先生的声音,抬起头望了望。刚才托德船长进了店铺,匆匆地进了科特先生的办公室。现在他们都站在门边,和丹离得那么近,丹可以听到他们的对话,非常清楚。

"为什么呢?"托德船长说,"我没想到我只是那么一说,你就上心了。主要是我的妻子和她的亲戚将去巴尔的摩度假,我想她也许可以搭乘曼德琳号一起出海。如果是这样的话,我就可以在巴尔的摩待一段日子,我们可以从巴尔的摩购进枪支,这样的话,价格方面,也多多少少会更低一些……"

听到这里,丹的沮丧可想而知,恐怕此刻最懊恼的就是丹和科特先生了。难道他们真的要取消订单吗?为了这笔引以为豪的订单,他们可是费了好大的劲啊。怎么能说取消就取消了呢?

"为什么,我原来的想法是——我们是波士顿第一家提供肯塔基来复枪的,我们很看重我们的名声和这个第一。为此我们付出了巨大的努力,花费高昂的价格从南方运来枪支,我们真的一直都在努力……如果可以的话,请你不要取消之前的订单,想想我们的交情,还有我们店里上上下下这么多天的努力!"

"对不起,我也没想到你会那么去想,我以为这只是很普通的一个订单而已,不给我们,你们还可以给别人。看来是我欠考虑了。"托德船长显然有点难为情,打着圆场说,"我并不是有意要欺骗你,你知道,我并不是那种人。然而,我不得不说,我们的老板,他们的意思是,希望拿到更便宜的枪。他们的说法是在更合适的地点,拿到更合适的价格……"

"那么,好吧!我会满足你们的价格,只要你们保留订单。"科特停顿了一会儿,打定了一个新的主意,"这样吧,我会派一个人到巴尔的摩,然后在那里帮助曼德琳号配备齐肯塔基来复枪,你觉得如何?"

"那,那,"船长激动地说,"那太好了,我没法拒绝这样的安排!"

"这对我而言,意义非凡,"科特先生说道,"只要这批枪是以我们伊斯雷尔·科特店的名义售出的,这就是最大的意义。"

"这笔交易你的收益会很有限,我有一个主意:让你派出的人跟随曼德琳号出海吧,这将帮你节省一笔旅途的车马费。他可以一直保证自己的生活,直到我们再次启航。我会把他的费用列入我们的开支预算。"他说着,然后转身要走,"我会告诉我们船东,我们达成的协议。"

"这很公平,"科特先生一边陪他走出来,一边说道。他站在门边,朝船长挥手告别。很快,他回到店里,大声叫丹过来。

"我非常高兴你能够保住这份订单,先生!"丹说道,脸红扑扑的,露出了会心的笑容,"我刚好在墙角,所以听到了你们的对话,先生。"

"你说的对,订单是保住了。但是我没有告诉你,我们接下来该怎么办。我现在想先把别的事情都放一放,先给巴尔的摩写一封信。这封信必须以最快的速度寄出去。我们将告诉多德利格先生,暂缓给我们发最新一批货。此外,"科特先生宣布,"我将派你前往巴尔的摩,亲自为曼德琳号配备肯塔基来复枪。也许,由陆路运到曼德琳号,你会获得一个更低的价格。这对你来说是一个好机会,也是一个挑战。我相信你一定会有所收获的!"

"派我去吗?"丹结结巴巴地说,有点吃惊,有点不敢相信自己的耳朵,"你认为我真的能处理好这件事情吗?我不知道……我真的不知道该如何感谢你,先生……"

"那就什么也别说,"科特告诉他,"但是先把信寄出去。你到那里后,可以全权代理店里的事务,不要拘谨。"

接下来的几周里,丹都一直默默地做着准备。突然有一天,托德船长宣布,在秋天的某天,曼德琳号将再次出航,重点是丹可以随着这艘船到达巴尔的摩。这简直让丹兴奋不已!

塞西和凯勒布,都别提多羡慕啦,他们丝毫不掩饰对丹的羡慕,当他们看丹准备行囊的时候,整个小屋子里充满临行前的不舍气息。

"你是走了,去广阔天地寻找大作为了,留下我们来做你的工作。"凯勒布开着玩笑说,似乎在表达着自己内心那一点点不满。不过很快,他就帮丹打点行装,他们的友谊是超越一切的。

"就好像我出去不是去工作似的,我敢说,我在外面要做的比你们多得多哦,你这个小懒虫!"丹也开玩笑地反讽了一下。

"你最好带上你的厚夹克,"塞西建议道,"我们今年可能会迎来一个早冬。"

"傻瓜,我一定会在第一场雪之前,回来给你搓你的小脸蛋的,冻不坏哈!"

科特先生突然进来,刚好撞到小伙子们的戏谑。"塞西是对的——还是带上你的厚夹克吧!今年的冬天只怕会很长、很冷吧。"他把丹叫到一边,给了他回来的旅费,一面叮嘱了很多事情,"不要急着回来,也不要担心店里,在巴尔的摩好好转转。对你来说,外面的日子也许会很艰难,你一定要多多保重。不过相信这一定会对你有好处的!"

第二天晚上,在太阳西下之前,托德船长下令,曼德琳号抛锚起航。这真是激动人心的时刻,曼德琳号缓缓开动,冒出滚滚浓烟。科特先生、塞西和凯勒布站在码头人群的最前面,当曼德琳号的船首斜桅杆升起的时候,丹朝自己的朋友挥动双臂。这时候,轮船的船头三角帆已经升起,丹就立在帆的底下,神采奕奕。在他旁边,舵手们转动着轮桨。在远处的瞭望塔上,红绿色的信号灯透过夜幕,传递着启航的信息。接着船尾也离开了码头,罗盘针的灯亮起来了。那个点亮罗盘灯的人走过去了,那不是别人,正是柯西,那个送来精致的雕花盒子的人。

码头上的众人爆发出一阵阵声响,丹朝着那声响作最后的道别,船已经开始加速航行了。船员们都十分亢奋,把风帆扬起,服从着舰长的命令,各就各位。

熟悉的波士顿港的景色渐渐地过去了。曼德琳号正全速前进。它穿过了布鲁斯尔海湾和波士顿灯塔。丹的眼睛有些模糊,巨大的速度激起的浪花让他有点目眩。城市渐渐消失在蓝色的群山和浓密的夜雾中,渐渐变得模糊,直到完全看不见。船越走越远,最后连海岸边的轮船,也都再也看不到踪影。

当丹看着远方的灯光时,柯西走到他的身边。

"去巴尔的摩吗?"

"只是去几周的时间,我就会乘坐驿车回来的。"

"巴尔的摩真是一个迷人的小镇。"那个人徘徊在丹身边,显然想和丹聊聊,"来来往往的商船、码头、港口、旅馆、平整的街道,还有美味的煎饼。足够期待了吧?"

"我只有一个星期去感受当地的风情。我在那里不会待太久的。"

鳕步枪

"那一定要去尝尝当地的牡蛎,"柯西继续说道,"那里的牡蛎又肥大,又鲜美,还物美价廉,想吃多少有多少。而且还有大大的龙虾,这些可不像你在波士顿吃到的大杂烩。"

第二天早上,在北极星方向显现出一片低浅的海岸线,到中午的时候,他们已经进入到一片平静的海域。他们一路向北慢慢航行,渐渐靠近了海岸线,海岸上面是悠闲的农庄和大片的农田。此外,是散乱错落的禾杆堆。在这片广袤的土地上,植被茂盛,到处都是森林和茂密的湿地。

当船开向城市码头的时候,他们穿过了很多轮船。丹看到许多错综复杂的大缆绳,在前后左右,固定着各种船只。水手们将轮船调转方向,曲线行驶靠近码头,丹所在的位置十分接近码头。一声尖叫,让他忍不住四下张望了一番。

轮船的厨师探出身子,盯着一个岸上的行人,问道:"你说什么,你说已经开战了吗?"

开战?丹赶快靠了上去,想听个究竟。

"现在还没有——但是马上就要开战了,你肯定能看到开战的那一天。"那个路人大声地回答道。

这句话就像一把野火撒在草丛中,顿时在船上散布开了。几乎每个人都在问相同的问题,在混乱和迷惑中,谁也没有得出一个结论,因为谁都不知道事情的真相到底如何。大家不过是在船上猜测罢了。

"肯定是讨厌的西班牙人挑起的战事,"丹听人这么说,"我敢打赌,一定是法国人在火上浇油!"

丹想从大家的话中理出点头绪。他惊奇地发现,一堆水手围着柯西,很显然,柯西就是那个散播消息的源头。他赶紧跑过去,问:"出什么事了,伙计?"

"出大事了,"柯西简短地回答道,"他们说西班牙要收回我们在新奥尔良囤货中转的权利;这样一来,西部人就没法重装自己的货物,因此无法出海经商。原来他们都是在新奥尔良卸下货物,然后重装船只,等待出航的,现在没有地方可以完成这项工作了。西部人对此都要疯了。一旦擦枪走火,陷入战事,小战争就会转化为大的冲突,其他国家就都会介入进来,冲在首要位置的是法国佬……"

"总统一定会宣布开战的。"一位船员说。

"那么我们会不会被征募去参战呢?"另外一个人插话说。

这个时候,有人在叫丹的名字,丹赶紧转过身去。托德船长脸色憔悴,过来

111

召唤丹。"你知道发生了什么吗?"他问道。丹点点头。"我必须缩短在这里停泊的时间。"他忧心忡忡地说,"我不希望我的人,每天随着这些战争的流言而惶惶不可终日,我希望看到朝气蓬勃的海员。"

"正如你所说,船长先生,"丹立即明白了他的意思,"我会马上去找到多德利格的店铺,然后直接过去提货。不会耽搁你们的武器配备进程的。那批枪一定会按时到位,在你们离开之前一定会到你们手上,请你放心。"

"我猜,"托德船长似乎松了一口气,说,"我想科特先生敢派你来,一定是相信你能处理好一切的。科特先生听到关于新奥尔良的新闻,一定会担心得要命的。"

"我相信他们在波士顿一定也已经听说了这个消息,就像我们刚才听到的一样,"丹严肃地说,"如果一旦发生战争,对科特先生而言可不太妙。"

曼德琳号终于重新起航了,不过已经配备了最新式的肯塔基来复枪,安全地出海,开始新一轮的贸易。丹亲眼看到枪被运到码头,然而价格方面,他并没有太多优势。因为现在是战争前夕,多德利格的货很多被抢购用于战备,因此他并没有在价格方面获得更有利的结果。不过,最关键的问题是,曼德琳号上的海员都很满意,对于丹,也是非常感激,有了这一点,即便价格上多花了,丹还是觉得很值得。

丹目送着曼德琳号远去,现在已经消失在他的视野里。过去一段日子这艘船一直牵动着他的心,现在终于要远航西北海岸,开始新一轮的贸易了。突然,他又想到了遥远的西北海岸,这个地方对他而言,过去一直就是意味着约翰·雷迪亚德。

他常常在那里想,他自己能不能像雷迪亚德那样,清楚地知道自己要做什么,然后就义无反顾,勇往直前地去做。如果真的能做到他那样,那么他现在所想的就是回到波士顿。虽然,爷爷曾经说过,有一天他会去实现自己的探险旅程,然后慢慢明白自己到底需要什么,到底想做什么,到底想做一个怎样的人!

他在码头上徘徊,突然觉得有一点失落,这是在一个重要任务完成之后的那种失落。他需要马上打点行囊,然后去附近的一处叫金球的旅馆,他在那里订了一个床位,他要休息一下。明天一大早,他就要乘坐驿车,前往费城。费城之后,他必须安排好行程,通过纽约,回到波士顿。这其中的衔接和中转必须精细安排,容不得拖延和耽搁。

为什么爷爷那么肯定战争不会爆发呢？如果现在他还在，他又会怎么说呢？他所预言的极端情况出现了：密西西比河，西部人的核心命脉和生命通道，现在被全面封锁，禁止他们出海贸易。然而，爷爷还说过，如果有一个人可以应对特殊情况，让我们化险为夷的话，那个人一定是杰弗逊总统。因为杰弗逊最珍视的西部大开发——往更西的部分的扩张——还没有成功。因此他不会选择开战，一旦开战，这个希望就会破灭，所以他不会那么做。但是，他能够让所有的人都保持冷静，拒绝战争吗？丹心里这么想着，突然有一个人在叫他。

"他就在那边。"一个声音说。丹看到一个小男孩急匆匆地跑向他。

"你就是丹·博特先生吗？"那个小男孩怯怯地问道。"那么这个是给你的，"他说着，拿出一封书信，"这是驿差刚送过来的，说是要送到托德船长那里。可是我刚到码头一打听，说他的船已经走掉了。"

这是科特先生的笔迹！上面标注着"重要信件"。丹剥掉那大大的封印油蜡，眼睛盯着信笺上的几行小字。

"战争的传言在波士顿已经沸沸扬扬，"信中说道，"有人说没有任何事情可以阻止西部人攻击新奥尔良。毫无疑问，法国一定是这件事情后面的操纵者和推动者。新奥尔良港口的关闭，法国一定难辞其咎。即便现在并没有足够的证据证明这一点。如果战争打响，我的生意将会受到巨大影响。我想让你去华盛顿……"

丹的眼睛一直注释着那一行字：他去华盛顿？他仔仔细细一个字一个字地扫视着这段话："我想让你去华盛顿，去打探一下战争的确切消息。你一直待在华盛顿，直到一切尘埃落定。对你而言，这个任务是很适合的，你原来在波士顿的时候，就最擅长打听各路消息。不过华盛顿，你人生地不熟，肯定会遇到很多问题，需要自己多加小心，凡事要谨慎而行。你也许可以去找找迪尔本先生，他是我们的战备秘书，或者雷威·林肯，我们的代理律师。他们都来自新英格兰，会接待你的。我一旦接到你的回信，就会给你汇上一笔经费。"

最后，科特先生陷入他熟悉的语言套路："即便不会有战争，也请你在当地关注最新式的来复枪，也许我会下第二批、第三批订单。所以你在华盛顿，也要好好关注这个任务。"

尽管丹很担忧科特先生和店里的情况，不过看到这最后几行字，他还是忍不住笑了——真是一个精明的老狐狸，什么时候都不会忘记生意。

当他来到金球旅馆的时候，旅馆的主人热情地接待了他，这个老板很健谈，也很面善，把丹带到后面一个小房间。"你会适应这里的床褥的，我保证，先生。"他告诉丹，"昨天晚上，睡在这个房间的年轻绅士，就说这里是一流的。他今天去了费城。"

第二天早晨，天还没有亮，丹就被叫醒了，他和其他去华盛顿的旅客一起在烛光下吃完了早餐。前往费城的邮车晚点了，那些往费城方向的旅客不耐烦地等待着，在门边站成一圈，盯着漆黑的夜空。突然，远远的一阵号角声打破了寂静，旅馆的主人显然明白那声号角的意义，大声喊道："去华盛顿的车来了！"

门前显得很混乱，那些去费城的旅客的抱怨更加沸腾了。丹站在一个年老的男人身后，是最后一个上车的乘客。那个健谈的老板给他递上行李包裹，然后告诉丹，让他回来的时候一定再来光顾他们旅店。

旅店老板站在那里，突然一阵轰隆隆的车轮声碾破了夜空，开了过来，那是前往费城的车。突然，他的眼神露出一丝歉意，"请原谅，"他小声嘟囔道，从口袋里掏出一张褶皱的折叠在一起封上的纸，"我差点忘记了，我要把这个交给去费城的车夫。这个就是住在你房间的那个年轻绅士托我转交的。"他将信拿出来，仔细地看那信的地址。

丹打着哈欠，还是很困，慵懒地朝下面看了一眼。突然，他的困意顿时消失得无影无踪，取而代之的是目瞪口呆，他简直不敢相信自己看到的文字是真的。他随意一瞥看到的竟然是："汤姆·简德利，爱斯奎尔，金球旅馆——直接通过费城，前往兰卡斯特。"

他的第一反应是从车里跳起来，然后跟随那辆驿车，去追踪信的下落。然而，现在车夫已经开动了车子，马儿跑得很快。华盛顿的驿车在往前飞奔，费城的车子也早已经走远了！

他的头一阵晕眩，丹找到了一处座位，是一个木头的条凳。内心就像有一匹野马在奔腾："简德利又出现了！"而且他们竟然几乎同时到了巴尔的摩，甚至睡在同一间房子里！兰卡斯特是肯塔基来复枪的制造地，难道他又在从事老本行？只是这次是偷盗呢，还是工作呢？……

第二部分 华盛顿

第一章　结识总统

在首都华盛顿,到处可以看到一种用牡蛎的壳做装饰的小房子,姑且称之为牡蛎房子吧。这些房子主要卖些蚵仔煎、牡蛎之类的食物。这一间牡蛎房子的房门敞开着。在房间的最里头,孀妇格林,一个精力旺盛、喋喋不休的女人,穿着一件特大号的家居服,正在忙碌着。格林站在高脚壁炉旁边,壁炉里放着柴火。她娴熟地从壁炉里取出一盘子饼干,然后整整齐齐地铺在碟子上。

"快点,快来!"她一边说,一边将饼干递给一个小女孩。这个小女孩正巴望着立在格林夫人的身旁。

丹一边吃着香肠,一边喝着苹果汁,悠然自得地靠在桌子边。丹善意地对着小姑娘微笑,小姑娘也很大胆,径自把丹的盘子挪开,以腾出桌子上的空间给她自己放饼干。突然,她拿的一个盘子滑了一下,击倒了丹放在桌子上的咖啡杯。说时迟,那时快,丹很快把杯子立起来。丹发现这个可怜的小家伙惊魂未定,透露出一丝害怕的眼神。她就像一匹受惊的小马,眼睛还忍不住朝格林夫人张望。她大约怕格林夫人发现她的过失,不知所措,正不知道该怎么办才好。丹赶紧用一个盘子盖住了洒在桌子上的液体,企图帮小姑娘遮蔽过去。

"小姑娘,你叫什么名字?"丹的脸上依旧挂着微笑,似乎希望用这灿烂的微笑缓解一点小姑娘严肃的神情。

"翡翠……翡翠·格林!"

"翡翠·格林。"丹重复了一遍,"他们给你取这个名字,有什么特殊意义吗?"

"当然。"背对着他们的格林夫人突然插话进来。

她走到丹这边来。她发现了桌布上溅出来的咖啡斑点,因为那块盘子只能遮住一点点污迹。"谁干的?"格林夫人显然有些生气。格林夫人很快就把目光锁定在了那个小巧的身影上。只见格林夫人转过头,俯下身子问道:"你就是那个谁吧？"她似乎心中已经有了答案，只是希望小姑娘能够承认而已。

"不，格林夫人，是我自己不小心打掉的。"丹赶紧帮忙说道。"不过，既然已经打掉了，哭着喊着它也回不来！"

格林夫人故意将语气变得柔和，并且将丹的杯子递给小姑娘，让她重新帮忙加满。"小心点，不要再溅出来了。"格林夫人嘱咐道。"是的，先生，"格林夫人又转过头来对丹说，"我给她取名翡翠确实是有特殊含义的。她受洗时候的名字是阿黛尔，但是我曾经听人说多丽·麦迪逊小姐曾经穿了一件祖母绿翡翠色的衣服参加晚宴。就是这件华丽的衣服和优雅的多丽小姐让我萌生了改名的念头。因为这实在是太巧合了，我们的姓氏格林这个单词就是绿色的意思。再说说多丽小姐吧。"她继续眉色飞舞地说，就好像怕人不知道她对华盛顿上流社会事物很熟稔似的："多利小姐可是优雅的代名词，她的每一件衣服搭配都会成为时尚。她是真正的上流社会的体面人物，娴静优雅，还才华横溢呢。她常常替总统接待客人。"格林夫人简直停不下来，说得津津有味。

"那么你见过总统咯？"丹兴奋地问。

"一两次吧，那都是几年前的事情了。那时候我们还没有搬到这里来，我们住在阿尔拜马尔县。你要知道，总统就来自那里。"她脸上洋溢着骄傲的神情，"不过现在，他早搬到总统府去住咯。但是他不经常在镇子上，他大部分时间都上国会山去办公，那时候他还是副总统。"

"大家都说，"格林夫人继续说道，"他喜欢骑在马背上来来去去，而且他的府邸在大道的另一端。因此，最近我们不大看得到他在我们附近出现。不过他的府邸还没有建好。"

"大道……"丹脸上泛起阵阵迷雾。

"我们都称之为宾夕法尼亚大道，就在我们这条街往下走。不过，"她大笑起来，"现在一切都还只是一个名字。他们说要等到把那些灌木丛都清理干净后，才能把大道建起来。"

"我跟你说，很多参议员和国会议员都常常光临我们店呢。他们最喜欢吃我做的牡蛎和蚵仔煎。"格林夫人口若悬河地继续说道，"麦迪逊先生来过，还有马歇尔先生。"

"麦迪逊先生，国务卿？"丹兴奋地打断了格林夫人的话。

"当然就是他，"格林夫人确信道，"吉米·麦迪逊。一个真正的绅士。脾气可真好。他的笑话能让所有的人都笑趴下。总统在这一点上和他还是有几分相似的呢。不过本·阿伦先生就没这么有趣。"

"我想这些人都很友好,因而没少得到夫人您的关爱,就像今天的我一样。"丹站起来,把椅子推回座位,拿上帽子,背上背包,准备离开了。"我不知道我还能在这里待多久,"丹有点落寞地说,"我在这里的工作似乎已经完成了,至少现在总统不主张开战。"

格林夫人一边收拾着丹的碗碟,一边看着丹,说:"所有的人都认为他会选择战争,但是他却并没有这么做。对此我感到很敬佩而欣喜。我有一个表兄在海上,是海员。我曾经很久都没有他的消息。我怀疑他一定是被什么事情耽搁了。他们的船现在还陷在亚历山大。不管你在这里待多久,我都欢迎。请随时回来。"

丹在屋子的前面徘徊着,呼吸着清新的空气,这气息应该是春日的讯息了吧,因为冬天已然过去。他记得从巴尔的摩来的路上,赶车的人曾经说过,这附近的住处是很稀少的。不少国会议员都必须两个人挤在一个房间里。当然,如果不住在国会山,也是可以的。那就必须到乔治镇去寻找住所,那真是太远了。那个车夫还说,在这里有一个牡蛎房子,是格林夫人开的,干净整洁,而且烧的菜非常好吃——如果运气足够好的话,格林夫人也许会收留他的。

无比幸运的是,当丹造访时,格林夫人楼上的两间房子都是空着的,她很乐意租给丹其中的一间。不过丹告诉夫人,他不会住太久。他到这里来有一个目的,就是要弄明白总统对于战争的想法和决策,到底是开战还是保持和平。一旦获得准确的消息,他就将返回波士顿,把这个消息第一时间告诉科特先生。科特先生就能够根据这个信息重新安排自己的生意。

但是现在消息已经传递出去了,不过丹依然忧心忡忡,并且陷入深深的迷惑。确实,千真万确,总统并没有提到战争。不过现在紧张的氛围,似乎就是战争来临前的先兆,一切都显得剑拔弩张,草木皆兵。人们到处捕风捉影,揣测当局的意思,甚至路上的行人、过往的商客,都在传播着不知道从哪里听来的流言。尤其是上次一群政府官员来到格林的饭馆,品尝她最著名的牡蛎油炸面团时,他们分明在讨论战争的话题。

丹悠闲地漫步着,漫无边际地想着一些需要解决的问题。比如他是不是应该去问问总统住在哪里,这样他就可以直接去问总统先生,一定可以得到一个答复。不过现在,他可以好好享受一下这阳光。他很快就穿过了国会大厦旁边散落的房子。

突然，一排马车疾驰而来，他躲到一边，目送着车队远去。车队扬起的沙尘和烂泥让丹变得灰头土脸。他一抬起头，看见车子上端庄优雅的太太和魁梧英俊的男人，这一定是国会的官员，带着家眷，从乔治镇的家中赶来华盛顿。他转过头，看着马车碾过的车轮痕迹。他想，这痕迹一定是通往总统家，或者是刚刚从总统家来。想到这里，他不禁觉得自己很聪明，这下不用去问路了。

他马上沿着那个线路出发，他注意到一群灌木被砍掉了，留下一块开阔的地带。那一定就是规划中的"大道"——宾夕法尼亚大道！那么，在大道的尽头，按照格林夫人所说，应该就是总统先生的家了。他停下来，高兴地期待着。那未完成的国会大厦，几十上百间房子，分布在那片沼泽的尽头。而那条大道的另一端，应该就是总统的府邸。

丹继续走着，在金球旅馆的那一幕又再度进入到他的脑海，那个和善的老板临别时候交给车夫的那封书信，书信上的名字，实在是太令人疑惑不解了。自从那以后，丹的脑子里就没有停止过对那封信的地址的反复琢磨。汤姆·简德利跑到兰卡斯特去做什么……他到巴尔的摩又是意欲何为？难道一切都是巧合，难道简德利选择的这些地方仅仅是顺路通过？可是那些地方分明都是肯塔基来复枪的产地啊，到处都是枪店——不，不会是巧合，至少从简德利对枪的痴迷程度这一点而言，就不可能是巧合。

突然，地上有一个东西，他的脚差点踩了上去。不过他及时注意到了那个东西，赶紧看了看，是一个小小的笔记本。这个本子半开着，上面都是烂泥。他把这个本子捡了起来，看见上面的一行字，真是好书法啊！丹的内心赞叹道。通过上面的日期，他可以判定，这应该是一个日记本。

"三月七号，青蛙开始歌唱，"他看着其中的内容，"三月十七号，轮到蓝鸟唱歌了！"

谁曾经听说过这种日记啊，他大笑着对自己说，谁会去记录青蛙的嘎嘎声呢？不过仔细想想，这么写日记又有何不可呢？

"垂柳，"他继续念到，"开始发出新芽，三月十八号；紫丁花开花了，二十五号。四月十五号，樱桃开始冒出了嫩叶。九号，桃花开得最盛，苹果树发芽了。"

接下来，日记本里记载了一大堆蔬菜和水果——什么时候结果，什么时候第一颗草莓长出来……此外，日记本里最常见的记录内容还有天气情况——七月最热的一天,八月最冷的一天等等。

丹翻到衬页,想查看作者的名字,但是上面并没有名字。丹多么希望知道,这一本生动活泼的日记到底是谁写的。这个人一定十分有趣,丹甚至想和他交个朋友,一起探讨园艺。他又忍不住笑了起来,因为他又看到第一篇日记"青蛙开始歌唱"了。他似乎能够听到那嘎嘎的欢快的叫声。这时候,他的心境似乎一下子放轻松。早晨那种焦虑不安的情绪,这会儿似乎都烟消云散了。

他把日记放进了口袋,继续往前走,他看到前面远远地站着一个人。那个人背对着他,但是丹能够感觉到,他似乎在寻找着什么。突然,丹意识到,是那个笔记本。他要找的应该就是那个笔记本。

丹三步并作两步,走上前去。当丹靠近他的时候,很奇怪的是,他似乎并没有发现丹的脚步声,而且也没有回头。突然一阵声音传入耳朵——那是一种低沉的旋律,嗡嗡的声响。丹露出会心的微笑,一个人会对鸟鸣虫唱、青蛙呱呱叫、紫丁花发芽这些都感兴趣并且写进日记的话,那么对自己发出些嗡嗡的声响,也就不足为奇了。

他简直要和那个人并肩而行了,但是那个人似乎还是没有注意到他。不过,这个人说了一句话:"冬天居然还会有这样暖和的日子,真是奇怪!"这让丹觉得有些意外,也许他早就被发现了吧。

突然间,丹看清了对方的体貌:那是一个不修边幅的红头发的大个子,高高的颧骨,脸上有些雀斑,这些似乎都和家乡的相当年纪的男子差不多;不过他的声音和如太阳般的笑容还是让丹格外喜欢。

"是啊,天气真是温暖。"丹同意道。然后他拿出笔记本,说:"如果我猜得没错的话,这个日记本是你的吧,先生?"

"啊!"那个人惊叫起来,接过丹拿出来的日记本,"我一定是昨天就把它遗失了,能够失而复得,我真是太高兴了!我真不知道要怎么感激你!为什么,你会猜到这本子是我的?"

"是这样的,先生,我看见你在寻找什么的样子;此外,"丹有点不好意思,有点脸红地接着说道,"我觉得你看起来,就像你的日记里所记载的那些小生灵的主人,一样的活泼,一样的童心未泯。"

"如果是那样的话,我希望你能喜欢我的日记。"

"先生,对不起,没有经得你的同意,就翻看你的日记。至于说到喜欢,我简直不是喜欢,而是着迷,着迷于你日记里所记载的点点滴滴。说实话,你的文字让我感觉很好,不再惧怕那些曾经让我无比担忧的事情,而是更加坚强。"

"不再惧怕,更加坚强?"那双友善的眼睛似乎迸发出温暖的烈焰,"你的这句话说得真好!我想让你更坚强的,不是日记的文字,而是对土地的眷恋吧。对于一个人而言,懂得土地是非常重要的:一个人知道怎么种菠菜,知道怎么养母鸡,这些都是很重要,也极有意义的。我想我不得不把这本日记本上的内容誊抄到另一个本子上去,你看,这本子被污水弄得太脏了。"

"我很愿意帮你誊抄这些日记,先生。"丹自告奋勇地说,不知道是从哪里来的勇气和冲动,"我现在有时间,而且我曾经有过书记员的工作经历。"

这个人渴求似地看着丹,对于丹而言,他觉察到这个人一定很赞同自己的想法。"我真是太感谢你了,"他热切地说道,"你不仅让我失而复得,还要帮我重新誊抄,我真不知道该如何感激你才好!不知道你愿不愿意,现在就跟我回家,帮我誊抄——你现在着急上哪里去吗?"

一开始,丹简直有点不知所措,因为他没想到一切来得这么快——他怎么会这么快就被接受呢?"我只是去寻找总统先生的府邸,不过我想可能也寻不到了,今天也不急着去哪里了。也许,"丹大胆地问,"先生,你就住在这附近吗?"

"很近。你说,"他快速地追问道,"你曾经当过书记员?"

"是的,先生,很多年了。这么多年来,我一直在波士顿的一家店里做书记员。我的名字叫博特——丹·博特。我到这里,也是为了执行店里的一项任务。"

"啊,那好极了,"那个人惊呼道,"我说我怎么在你的口音里听到了新英格兰的味道。新英格兰人,是一个精力旺盛的族群,不过缺少一点幽默感。对他们而言,似乎幸福也是一种罪过!"

"可是现在,哪里高兴得起来呢?到处都是晦暗的消息,人们日夜担心战争!现在,我们有什么理由开心呢?据说,我们的国家都已经陷入困境了。因为法国人已经确定占领路易斯安那,很快他们还会拿下圣多明戈。而西部的人民,正酝酿着要进攻新奥尔良,这不是让我们直接与西班牙为敌吗?你觉得我们的总统会如何抉择呢,先生?"丹情绪激动,一连串说了这么多,"虽然我们的总统从来没有提到战争——可是局势已然如此,又该如何阻止战争呢?"

"这就是我今天上午疑惑的事情。"丹略带抱歉地说,"但是在我读完你的日记之后,似乎一切不再那么黯淡了。我似乎看到了些许希望,心情也轻松多了。"

"也许，"那个人缓缓地说，"总统应该让大家相信和平的观念，这样和平的观念就能盛行开来。我们现在该怎么做？我们走在一条未知的暗夜道路上，不过我们可以增强自己的信心——对光明的信念，我们要相信，黎明一定会冲破黑暗，来到人间！"

丹凝视着他，有点吃惊，因为他的声音里透露出的那种情绪，确实太令人吃惊了，不像一个普通人说话的口吻。那个人突然转换了话题。"那就是总统的府邸，"他似乎很平淡地说，"就在那边。"

丹顺着他的目光看过去，显得迫切而渴望。他凝视了几分钟，有点失望。因为他所看到的建筑似乎和总统并不十分相配。那富丽堂皇的房子是用白色的大理石建起来的，规模宏大，有两排窗户和鳞次栉比的烟囱，数都数不过来。不过这雄伟建筑所建造的地点似乎就有点让人大跌眼镜。这是一片光秃秃的土地，四周围着篱笆，就像农村常见的那种竹篱笆。到处都堆放着建筑垃圾和废弃的砖块。在零星的一些小屋里，堆放着砖块、石头，那堆成小山的石头旁边，一群工人正在切割石块。这个时候，他抬起头，看见他的同伴正露出愉快的笑容。

"怎么样，这和你预想的总统府，有很大差距吧，嗯？"

"其实我也不敢有什么期待，"丹承认道，有点羞怯，"因为我知道，这个地方还没有完工。现在看来，好像是还不怎么成熟。然而，你看，那些地块规划得整整齐齐的，将来这里一定会很富丽堂皇的。"

"这也许还需要花点时间！"那个男人笑着说，"过不了多少天，这里就会是一片平整的草坪。而且，这周围，将会有许多政府建筑，到时候就会很协调，也会很成规模，很有气势了。让我们一起来期待吧。你看，那边的两栋已经开始动工了！"

"至少，总统的府邸要有点河景，或者其他什么景致吧。我想也许从总统府的里侧看外面的河，一定别有一番风情吧。"丹说。

"你想看吗？那么我带你去看吧。"那个男人点点头，召唤丹跟着他往前走。他们穿过那片工地，来到了竹篱笆门口。那个人停下了脚步，然后打开了大门。

"他们会让我们进去吗？"丹问道，身子已经不由自主地往后退。

"你知道吗，从这个房子的侧面去看那条河，会有别样的景致哦，难道你不想过去看看吗？"陌生人一边说，一边平静地打开了另一扇门，"我就住在这里，快进来吧，丹·博特。"

丹不清楚他到底呆呆地在那里站了多久，他目瞪口呆，完全不知道该说些什么。他的脸颊绯红滚烫。他感觉自己就像个傻子，怎么会连杰弗逊总统也认不出来呢？眼前这个魁梧的，有着高高颧骨、长长胡子的高个子男人，丹怎么就没把他和总统的形象联系起来呢？就在丹觉得一切似乎都太神奇的时候，那个友善的男人，露出了真诚的笑容，似乎在帮助丹缓和激动和尴尬的情绪。

"如果你是在马背上，我一定能够认出你是谁，先生！"这是他唯一一句条理清晰、口齿伶俐的话。

"如果我在马背上，"托马斯·杰弗逊回答道，"我就会错过我的日记本，也会错过一个可以帮我誊抄日记的人，更会错过一个好朋友，不是吗？我右手的手腕多年以前受过一次很严重的伤病，所以现在只要天气一潮湿阴冷，我的右手就会变得僵硬。所以不能拿笔写字。"

这时候，丹发现，工人们都站起来，向总统先生致敬。丹和总统先生肩并肩地走向那堆建筑材料遍地的地方。

"这里将会铺上石头的阶梯。"杰弗逊先生说，他们在临时阶梯那里停了一会儿，然后走上阶梯，往楼里面走。丹这才感觉到，这真是一幢气势恢宏的大楼啊。"虽然我不知道，"丹继续说道，"但我相信他们会把这里变成华盛顿最美丽的风景。"

波多马克河蜿蜒向前，像一条银蛇，在沙滩与丛林之间流淌。能够感受到这条河流带来的旷野的气息，清新而神秘。这条河给人的印象是那么恬静、安详，虽然此刻他站在总统的府邸，他还是饶有兴致地数着河上的叶叶扁舟。

"通过上面的窗户，"总统提示道，"你可以看见亚历山大的烟囱，那些船就是开往那里的。那是维吉尼亚最为忙碌的港口。将来，那里一定会成为这个国家最重要的中心城市之一。"

"我将尽快开始帮你誊抄，先生！"丹说得很快，这时候，杰弗逊先生朝里屋走去。

他们在门里刚准备处理各自的事情，突然听到外面一阵马蹄声，此外还有车轮碾压地面的声音。杰弗逊似乎充满了期待，快速地走了出去，这时候，丹看到一辆马车停在了阶梯下面。

马车车门打开，走下来一位雍容华贵的女人。那个女人没有说话，只是回以甜甜的微笑。仅仅是这一瞥，也已经让丹觉得神魂颠倒——那大大的眼睛、甜甜的脸庞，和总统如出一辙的淡淡的微笑——处处都透露出绅士的家教和淑女的风度。她一定就是杰弗逊先生的女儿。

接着，杰弗逊和丹回到了房间。"屋子里真是潮湿极了，如果能够干燥一点，那该多好。有什么方法能够让墙壁干燥一点呢？"总统先生若有所思地问道，"如果炉子里生一堆火，就好了。最好是木炭生火，可是，现在肯去森林伐木烧炭的人越来越少了。到哪里去找木炭呢？而且炉子最好是壁炉，可是现在打造壁炉的工匠好少啊。不过这都没关系，因为这里面还有一个地方，会让你感到无比惬意。"

他在一扇关闭着的门前停下了脚步，然后转动门把手，门就打开了。那是一个天花板很低的小房间，丹突然感觉到走进了盛夏季节。从西南窗户透进来的阳光和壁炉里跳跃着的火焰，相映成趣。常青藤的藤蔓爬满了整个房间的墙壁，几盆天竺葵被整齐地摆放在窗台上。在窗户前，一只鸟笼子里，鸟儿正欢快地唱着歌。不过突然，小家伙似乎有些愤怒，要逃出牢笼似的。

"我从来不敢想象会有一间这样的房间！真是太有趣，太活泼了！"丹惊喜地叫道。

"你说喜欢我日记里那些活泼的生灵，我想既然这样，那么你一定会喜欢这个房间的，"杰弗逊笑着说，"我想，你一定会爱上这里！对我而言，我最喜欢的就是我赖以生存的土地，以及土地上滋长的万物生灵，所以我把这里布置成这样。如何，还算新颖别致吧？"他说着，走到一排橱柜旁边，丹清晰地看到，那里面满满当当，都是些贴了标签的小玻璃瓶和小小的锡罐。

"这些，"杰弗逊先生一边念着瓶子上的标签，一边说，"都是我搜集的种子。夏天的时候，甜豆的藤蔓上开满小花。那些花儿开得真灿烂啊，我从来没有见过这么多可爱的小花，开得如此茂盛，几乎开满了我整个小小的农田。我想，我可不可以在我的窗台底下也种上一颗小小的甜豆呢，那么它就可以一直爬到我的窗台，爬上我的屋顶，那该多有趣啊。"

"我希望我能够在这里帮你栽种下那些种子，先生！——我在家的时候就很喜欢做园艺。只要你喜欢的话，我很乐意效劳，"丹自告奋勇地说，脸儿红红的，"让我们等到温暖一点的时候再去栽种它们吧，现在先拿个盒子把种子装起来。我还要做一个棚架，这样甜豆的枝蔓就可以一直往上攀爬了。这对我来说，那是小菜一碟。"

"丹，我和你，"杰弗逊先生笑着说，"我们还真是一路人啊。我记得你最开始的时候跟我说，说我的日记让你觉得更坚强，让你可以从困扰你的纷繁的琐事中挣脱出来。我就觉得我们应该是同一类人，现在，你又如此喜欢园艺，刚好和我是兴趣相投的。这是一种珍稀的豆类种子，是那种会开花的豆类，很漂亮。最初的种子是几年前，我从意大利带过来的，我最终成功地移植了这种植物。我是尽量模拟这些种子家乡的环境，所以它们就破土而出了，还长出了茂盛的花朵。我想我在这里也一定可以把它种植得很漂亮，你说呢？不过现在还不能把它们种进土里，必须等到更干燥才行，此外，还要等霜冻不再侵扰它，才能保证它的小生命得以延续。"

"我也希望我能够种植它们，先生。"丹再一次毛遂自荐。

杰弗逊先生看了丹一眼，想跟丹说些什么。不过他很快就改变了主意，他穿过一个长长的桌子，桌子上放着墨水和羽毛笔，还有一排抽屉。"这里，"他说，打开一个抽屉，"在这里你可以找到园艺的工具——泥铲子啦，铁锹啦，什么都有，你会用得上的。这里面是锤子、锯子和钉子，你搭木棚的时候会用得上。"

"嗯，我给甜豆搭棚架的时候，刚好要用这些东西。"

"现在，你随时都可以准备……"总统先生显得有些抱歉，他从书架上拿出一本新的笔记本递给丹，很显然，他是让丹准备誊抄日记的工作。"不过，也不用太着急，"这时候，他看到鸟笼里那个小家伙在奋力地拍打着翅膀，似乎要一跃而出，"天呐，我想那个小东西如果不是想洗个澡的话，那么一定是我忘记给它的小碗里加水了。"只见总统先生快步走向里屋，端来一碗水，给鸟儿的小碟子里加满了水，这才长舒了一口气，然后出去了。这时候，丹关上了工具箱，将办公用具摆上了桌子，他要准备誊抄工作了。

他刚抄写了半页纸的内容，总统先生就回来了。他没有抬头，不过丹能够意识到总统先生在鸟笼子旁边徘徊了一会儿，然后在窗台前踱着步子，似乎在低声哼着什么。丹还是没有抬头，而是继续认真抄写着。

他终于完成了第一页的抄写，丹抬头看了看，杰弗逊先生现在坐了下来，低着头在看一张报纸。突然，他抬起头，与丹四目相对。他站起来，走到丹的身边。丹就把抄好的那一页递给杰弗逊先生。

"太漂亮了！"他看了一眼，立即发出赞叹，"太漂亮了,这书法,真是漂亮……我想，你可以帮我做更多的事情。我很需要一位文秘帮我处理日常文案。你能一直待在华盛顿吗？"

谈到这个问题，丹忍不住笑了，他顾不得那么多，直接说："这个问题也许你来回答更加合适吧，先生。"总统先生一头雾水。丹什么时候离开华盛顿，完全取决于总统先生的一个决定。如果说有谁能够解答科特先生的问题的话，眼前的这位先生，就是当仁不让的人选。不过遗憾的是，一旦他解决了这个问题，也就意味着丹要离开华盛顿了。

看着迷惑的杰弗逊先生，丹说："事情是这个样子的！我们的店是做西北海岸贸易的补给生意的。但是近来法国对圣多明戈的进军入侵，加上新奥尔良西班牙人关闭港口和河道的消息，都让我们觉得很悲观。而且到处都在疯传，马上就要开战，这真是让我们的店主科特先生如坐针毡。一旦开战，我们的生意将会受到巨大的影响。所以当我还在巴尔的摩的时候，我的店主科特先生写信给我，让我到华盛顿来。我会一直待在这里，直到我弄清楚我们到底会选择开战，还是和平。当然了，我希望你……你的国会……"他张大了嘴巴，似乎对自己刚才的话觉得有点唐突。

"我的国会会很好地处理这件事情，当然，到底何去何从，需要认真考虑，"杰弗逊平静地说，"一切都不过是顺其自然的。"

"先生，我一直在期待一个结果。所以，对我而言，也许每一天都是待在华盛顿的最后一天。但是只要人们还在讨论战争，我怕我们就不得不……"他鼓足勇气，问道，"你怎么看待现在的局势呢？你觉得会打仗吗？"这个时候，他看见总统先生在继续看那张放在桌子上的报纸，好像并没有听到他的问题。

那不是一张报纸，是一张大大的地图，丹最后看清楚了那张纸，是北美的地图。突然，丹的眼神被两个红色的圆圈吸引过去了。一个圆圈圈的是西南部分，另一个圆圈圈的是远西，就是圣多明戈。这两个红圈圈让丹茅塞顿开，他现在终于知道了，杰弗逊先生在想些什么。

总统先生把目光从地图上移开。"要想永久的和平，我们就必须完成这些工作。"他大声疾呼，"我们不能让战争浪费了这个国家的时间！请你在这里多待一段时间，丹，我将会有一些工作，可以让你忙碌起来——真正有意义的工作。"

这回，迷惑不解的人成了丹了，他觉得很奇怪，为什么总统先生要对他说这些话呢？对于丹而言，能够为总统效力，那将是非常骄傲和自豪的事情。这甚至可以说，是他的梦想。虽然，科特先生说，一旦确定战争与否，就让他回去。突然，他的内心一阵冲动，他把日记本放进口袋。他心想，他要慢慢地完成这份誊抄工作，他一定要在华盛顿待得更久一些。接着,他看了看那张地图,他的眼神再次被吸引住了,还有一个圆圈,落在美洲大陆的最西边。他俯下身子,仔细地看,正如他所料想的那样……汉考克角、亚当斯角,他认真读着圈内的标志性地区,最后旁边的一行大字显示:哥伦比亚河。

"格雷船长在我们那个港口启航的,我们的店就在那个港口,"丹大叫道,兴奋不已,他抬头看看总统,"当时哥伦比亚号返航的时候,带回来的就是关于哥伦比亚河的主权声明。我也亲眼见过哥伦比亚号第一次归航的盛大场景,那真是一场盛大的庆典,港口鸣响了加农炮,因为它打通了前往中国广州皮毛贸易之路……"突然,他停了下来,因为他想到了一件更为要紧的事情。他怎么会忘掉这一点呢?眼前这个人是见过雷迪亚德的,他和雷迪亚德甚至有过亲密的接触和谈话。想到这里,丹的心里扑通扑通乱跳,难道今天可以弄清楚关于雷迪亚德的更多细节?他试探性地说:"当年我的爷爷对我说,那些加农炮只该为一人而鸣,这个人就是约翰·雷迪亚德!"

"约翰·雷迪亚德!"总统先生惊呼,他似乎不敢相信自己的耳朵,"你知道约翰·雷迪亚德?"

丹还没开口,就听到门外有人在敲门,那个雍容华贵的美少妇从门外张望,就是那个马车上下来的女人。

"对不起,请原谅,"她笑着对丹和杰弗逊说,"不过麦迪逊先生说,有要事求见。"

"玛莎!"杰弗逊似乎并没有听到玛莎的话,只是自顾自地大声说,"这个小子竟然知道雷迪亚德。"

"不,不是我认识他,是我的爷爷告诉我的,他认识雷迪亚德先生!"丹赶忙纠正道。

"约翰·雷迪亚德?"这个女人声音低沉而惊喜,"那么我们已经是好朋友了!我们一定要好好谈谈他……"

为什么?丹感到奇怪,为什么她如此动容呢?她知道些什么呢,关于雷迪亚德,他们又是什么关系,如何认识的呢?

"明天,"总统先生说,"我的女儿会比我更渴望见到你。欢迎你明天再来!"

第二天,那个和蔼可亲的黑人打开总统家的大门,仔细地询问他是不是就是丹·博特先生。因为有一个消息是专门给他的:总统今天很忙,但是他希望丹不久再来。

与此同时，丹心想，他要继续完成那本未曾誊抄完的日记。等下次见到总统的时候，一定要完成并交给他。丹想到初次见到总统的场景，感到一阵莫名的兴奋，这实在是太神奇了。不仅如此，他还想知道约翰·雷迪亚德……为什么他要长途跋涉，历尽千辛万苦，去圣彼得堡呢……除此之外，为什么他要放弃从海路去西北海岸？更为重要的是，丹想知道为什么总统的女儿谈到约翰·雷迪亚德的时候那么动容，都要流下眼泪了呢？难道他们也是旧相识，是山河故人？

当政府下班时间来临后，丹总是会习惯性地在国会大厦附近散步，他想听听那些国会的官员们谈论国事和工作上的事情。就是在这条路上，他可以掌握到新奥尔良港口的最新动向和消息。大家以前以为，法国才是这场行动的幕后推手。事实情况并非如此，而且，关闭港口的行为，并不是西班牙的官方行为。一切的原因在于新奥尔良的税收出现了问题，连年赤字。新奥尔良的地方官员为了避免上面追责，就把责任归咎到西北人头上。他宣称，这些西北人利用在新奥尔良囤货的权利，大肆走私。而为了自己的权益，他毫不犹豫地撤销了西北人囤货的权利，关闭了港口。

丹还打听到，国务卿麦迪逊先生正在着手处理这件事情，很快就能达成和解。不过问题的关键在于，那些愤怒的西北人恐怕等不到这一天，就要朝新奥尔良开火了。要是真是这样，那么一切和平的努力就都前功尽弃了。而且一旦爆发战争，法国人在海地的军队就会开过来，到时候，就不知道该怎么收场。这些官员们虽然在闲聊，但在丹看来，都是十分有道理的。

对于刚才听到的话，丹既有一丝迷惑萦绕在脑海里，同时又似乎有些莫名的期待。他再次来到总统家，这次，他把誊抄好的日记带了过来。那已经完成的日记就在他的口袋里。

突然，他看到门口停了两辆马车，这似乎在告诉他，今天恐怕又无法和总统讨论关于雷迪亚德的事情了。

果不其然，那个老仆告诉丹："杰弗逊先生很忙，忙得不可开交。"丹又回忆起那些国会官员所说的话，难道他们所说的是真的，并不是闲谈？西部真的发生了什么不可预料、不可控制的事情？

当他回到自己的住处的时候，他发现小小的牡蛎房子坐满了常客。烹饪的香味弥漫了整个小屋，格林夫人忙得不亦乐乎，不断地穿梭于各个桌子，招待客人。

丹找了个位置坐下来，他发现一个很特别的人，正在火炉边烤着火——也许这就是格林夫人提到的那位表兄吧，是个海员。

这会儿，格林夫人端上来油炸马铃薯片、爆炒牡蛎。

丹还没有来得及拿起叉子，就看到一个孩子气的年轻人冲进了屋子。他一进屋子就冲向了一群人，那群人似乎早就在那里等他。丹不明白他们说些什么，但是很快，整个屋子就沸腾了，大家都停下来，围着那个刚进来的年轻人。大家交头接耳，讨论着这个人带来的兴奋的话题。

"西部扬言要脱离联邦！"这句话就像野火一样迅速蔓延开来。这个消息是今天早些时候，邮差传递过来的。那么应该就是可信的了。这个消息的要点在于，如果这个国家的其他州，不太关心西部边民的维权行动，不支持他们重获密西西比的河流流通权利的话，那么他们就要成立自己的政府，自己处理自己的事情。

"如果我们要保住我们的西部不分裂出去，就必须尽快行动！"那个带着新闻进来的家伙跳起来，拍着桌子，"如果我们不行动起来，我们将失去西部！"

"比失去更加可怕，年轻人，"一个老者，须发花白，说道，"我们将把它拱手让给谁——法国？如果是法国的话，可以做到让他们觉得有足够的希望和憧憬，去平复现在的焦躁和不安吗？他们脱离美国，就一定能够解决所有问题吗？法国会给他们承诺吗，能做到吗？"

后来整个屋子的人都散了，里面空荡荡的，只剩下桌椅板凳。即便如此，丹还是哪里也不想去，他呆呆地坐在那里，冥思苦想。难怪今天总统先生没有空见他，也许他正和官员们在紧急商议如何解决当下这棘手的问题呢。现在可以确定的是，形势很严峻，一场暴风雨马上就要来了，这是暴风雨前的宁静。现在唯一一个值得期待的人，就是总统先生，他会如何抉择，会如何应对……或许他早已胸有成竹，知道该怎么做。想到这里，丹觉得很迷惑，又有点兴奋。他将怎么样给科特先生写信呢，在信里怎么说呢？未来真的已经难以预料，一切皆有可能！

"你连半份牡蛎都没有吃完哦，怎么啦？有心事啊？"格林夫人关切地询问道，"不过大家好像都一样，碟子里都满满的，根本没怎么动，大家都忙着去谈什么战争、什么独立，哪有心思好好吃顿饭呢？不过这对我而言，倒是件好事情，我还蛮开心的。皮特就不用走那么远了，他也不用在远海遭罪。可以安安分分地在亚历山大港口找份工作。"

丹朝那个火炉边的人看过去，然后不经意地问为什么他要放弃航海。

"我猜想这一定是那种恶心的疾病导致的吧,"格林夫人回答道,"他能活着回来真是一个奇迹呢。海上的船员据说都得了一种黄热病,皮特说,法国的士兵很多人都死于这种疾病。"

"法国士兵!"丹惊叫道,突然问,"在哪里?"

"你是在哪里被放上岸的,皮特,那时候你是不是已经得病了?"格林夫人大声问道,"丹·博特先生问你呢,皮特!"这时候那个水手走了过来。格林夫人告诉丹:"皮特将住在你的隔壁,虽然你们之间的墙壁很薄,但是他很安静的,不会打扰你的。"

"你问那个地方对吗?我要告诉你的是,我永远也不会忘记那个地方。"皮特对丹说,"那就是圣多明戈!"

"圣多明戈,"丹简直难以置信,"就是法国军队开战的地方,法国对海地开战的地方?"

"法国军队?"那个人向丹投来奇怪的一瞥,"他们一到那里,就溃不成军了,还有什么军队,都是死尸!"

开始的时候,丹想,这个家伙一定是被疾病给害苦了,所以有些语无伦次。不仅如此,他的体貌也因为疾病发生了明显的变化:他的皮肤紧紧地裹在颧骨上,干瘦干瘦的。

"当然啦,他们也不想坐着等死,他们想隔离疾病,"皮特继续说,"然而疾病蔓延的速度实在太快了。死人的速度比隔离埋葬的速度要快得多。这就像一场严重的瘟疫,人力已经束手无策了。实在没有办法,只能挖一个大坑,把人都堆到里面,一起埋葬。我不知道到底有多少人死了,也记不得有多少人在呻吟,我自己也病倒了。那里就是人间地狱。如果我不是躲到一辆开往凯尔斯顿的车上,我恐怕早已经死在那个地狱了。在我离开的那天,法国的将军也死掉了。"

丹目瞪口呆,不知道该说什么。法国军队没了,他们的将军也死了。这个人难道一点也不知道他所见到的场景对美国的意义吗?他只是沉浸在对疾病的恐惧中,他不知道这样一来,对美国的威胁就解除了。他所见证的一切,可以让美国人暂时舒一口气。丹继续问道:"这是什么时候发生的事情?你离开圣多明戈……法国将军死亡的时间是什么时候?"

"上个月。我这个月都在不断治疗自己的病。"皮特确认道。

上个月!丹仔细地想了一想。所以这个消息应该还没有传到法国。他们也试图防止真相扩散。这说明，他们自己也很害怕。这场灾难对法国而言，当然是非常惨的，但是对于美国而言，意味着什么呢？

现在只有一件事情是再清楚不过的：一定要让总统先生听听皮特的故事——就现在，一刻也不能迟疑。不过，如果这只是这个水手一面之词，如果他是信口雌黄、胡编乱造的，那该如何是好呢？他犹豫了，内心在激烈地挣扎。他应该把这个故事原封不动地当着总统的面复述一遍吗？

丹再一次仔细打量了那个人，他的面容是那样憔悴，没有一丝血气；枯黄的眼睛泛不起哪怕一点点光亮。丹从座位上站起来，告诉格林夫人，他今天会很晚回来。

丹走出了小屋，呼啸的北风肆虐地吹着，发出低沉的声响，吹动着衣襟，让丹不禁打了一个寒战。不过幸好，现在天还不黑；他依然可以清楚地认出去总统家那条泥泞难走的路。

当他看到总统的大房子的时候，那房子里已经亮了灯——也许总统有了别的客人。那么他就必须等，等到那批客人离去，哪怕等一晚上，也必须等。

事实上，这也是他告诉那个老仆的话，老仆笑着认出了他。老仆说，总统现在还有约，不过他还是让丹进来，因为外面的风实在是太凛冽了。他坚持让丹进屋子。

突然，一个女人朝丹走过来，在壁灯的照射下，丹认出了这个优雅的女人就是那个从马车上走下来的女人。这个女人把丹带进了杰弗逊的私人办公室。

"对不起，让你久等了！"她说，伸出手来与丹握手，"我想我们一定有很多话要对彼此说，不是吗？"

这突然的问话让丹觉得十分愧疚而窘迫，因为他一直兴奋于皮特的故事，忘记了这个姑娘盼望他来的原因——所以他们首先应该谈谈雷迪亚德先生。不过最终他的嘴巴里说出来的都是些不痛不痒的话：他知道总统先生没空见他，日理万机啦，他誊抄完了日记，已经带过来了。

"我听过那个日记本。"她说，"或许我的父亲要亲自面谢你。不过，我也不确定。麦迪逊先生、盖勒特先生和他在一起讨论重要的事情，也不知道要讨论多久才能结束。我们就在我的房间等吧，站在这下面实在太冷了。"

丹跟着她，有点困惑，又有点等不及。杰弗逊应该知道圣多明戈发生的一切，因为这关系到如何处理西部的问题。

鳕步枪

"我爸爸说，你的字真是很棒。"她友好地说，明显是想让丹感到自在一点，"你知道的，他的右手腕伤得很严重，已经完全没有办法握笔，他现在也在学着用左手写字。如果他能用左手弹奏他的小提琴，那就更好了……"

"小提琴？"说实话，这激起了丹的兴趣——真没有想到总统那长长的皱巴巴的手臂，竟然可以弹奏美妙的音乐。

那个女人点点头，笑着说："他有个习惯，就是喜欢自言自语地发出嗡嗡的声音。我觉得这是他在重温小提琴弹奏的习惯，那是一种无意识的习惯。你能理解吗？"

上了楼梯之后，她蹑手蹑脚地走着，示意丹跟上，她轻轻地走进房间。"我不想打扰到他们。"她轻声细语地对丹说。

丹注意到对面的房间的门是半掩着的——他能够听到里面的声音。

"我父亲晚饭后就上楼了。"玛莎告诉丹，她边说边将一张椅子推到壁炉旁边，示意丹坐着休息一会儿，"我要失陪一会儿——他们这会可能会再要些咖啡。我得给他们送过去。"

丹一个人待在屋子里，心烦意乱地来回踱着步子。他再一次听到另一个房间的声音，很清晰，他四周看了看。玛莎小姐显然并没有关上那边的门——丹可以清晰地看到对面发生的一切。

那是一个漂亮的圆形房间，玛莎小姐拿着一把银色的咖啡壶。一个个子小小的男人背对着这边，把杯子递给玛莎。麦迪逊和盖勒特在陪着总统，玛莎说过。这样的话——如果他没有猜错的话——那个小个子应该就是麦迪逊。

杰弗逊先生在认真地听其他人的谈话。丹发现他的脸色似乎很奇怪——那张脸看起来有点黑，充满攻击性，脸部的轮廓很清晰，是一张刚强的脸，尤其是那个鼻子，高高地耸立，让人肃然起敬。与此同时，那张脸又显现出睿智的贤明和友善热情的一面——闪耀着幽默智慧的光芒。

那个盖勒特，也是一个很受人欢迎和爱戴的人。虽然有人说他是外国血统，有明显的口音，诸如此类，但都不能改变人们对他的支持。

他们都是智慧、勇敢，而且深谋远虑的男人。毫无疑问，他们一定在谈论西部的事情，他们可能已经接收到了最新的消息，这些消息可能来自西部，也可能来自圣多明戈。突然，麦迪逊先生说了什么，丹听不清楚，不过很快大家都哄堂大笑了。

现在,玛莎正走出那间房间,她经过她父亲的时候,杰弗逊抬头看了她一眼。丹无法看清他们的脸,但是从他们的动作,可以看出他们之间是那么互信互爱,那么互相理解。

"现在是黑暗的时代,"当她回到她的房间时,玛莎说,"我很庆幸,也很感激,我的爸爸有这么两位挚友。"她的脸色轻松多了,丹发现她在盯着他旁边的小提琴。

"我很好奇,"丹回应道,"这把小提琴是不是就是总统先生经常弹奏的那一把呢?"

"就是这把!不过他最后弹奏这把小提琴还是在巴黎时候的事情了——现在想想看,那时候能够听到他的演奏,真算幸运啊。"

"在巴黎?"丹说道,"你们是在那里认识约翰·雷迪亚德的吗?"

"我只见过他一次,"玛莎压低声音说,"是的,在巴黎。那时候我还是个小姑娘,我跟着父亲来到巴黎。你让我想起了自己第一次见到约翰·雷迪亚德的情景——我是那么渴望、那么兴奋,希望你能多和我分享一些关于雷迪亚德的事迹。我记得,我听到他和我父亲的交谈。他向我父亲全盘托出他的伟大计划,我的身子忍不住往前倾,简直要跌倒了。哦,不怕你笑话,当时我躲在窗帘后面,偷偷听着他们的交谈。"

"你的意思是说,"丹大叫道,"你是说他横穿美洲大陆的计划?为什么他要做出这个计划呢?"

这个女人难以置信地盯着他,问:"你是怎么知道的呢?"

"但是为什么他最终没有完成呢?"丹问道。

"啊,为什么他没有完成!"她悲伤地说,"你知道的,他横穿美洲大陆的计划是以他第一次到达西北海岸的经历为前提的……"

"我知道!"丹继续说道,"约翰·雷迪亚德把两个计划都告诉了我的爷爷,爷爷告诉我,这两个计划都给他留下了极其深刻的印象。不过,最后,他并没有实现这两个计划。爷爷一直在寻找原因。为什么直到雷迪亚德死,都没有完成自己的计划?我们听说他去了俄国,最后死在圣彼得堡——我们至今都没有弄清楚他去俄国的任何线索和缘由。为什么他不走海路去西北海岸呢?"

"但是,他去俄国,就是他前往西北海岸的其中一步——他其实正在通往西北海岸的路上!等等,"她笑着说,"我要回到一开始的时候,就是我躲在窗帘后面的时候开始说起。"

"我记得那时候,我刚回家度假。我来到我爸爸的屋子,那时候他是驻法国的公使。我当时在一所国际学校读书,不过我就像一只急于逃脱牢笼的小鸟,丝毫不愿意受到拘束。那次假期对我而言,最大的快乐就在于不用再被法国的老师和保姆管束,也不用一天到晚讲法国话。那时候,我父亲的来访者是很多的,不仅有美国人,也有不少法国人。富兰克林博士就是常客,亚当斯夫妇也经常来。不过后来亚当斯先生去了英国担任公使,他们就再也没有来过了。"

爷爷原来推测得多好啊,几乎和玛莎所言无二,丹这么想着,心里泛起一阵酸楚。不过她没有提到年轻的亚当斯。也许小亚当斯也是度假来到她父亲这里,也许他未曾见过约翰·雷迪亚德,不过应该肯定听说过这个人。事实是这样的吗?

"当时在我们家里,每天的活动都安排得满满当当的,"玛莎接着说,"宴会和接待那都是家常便饭。不过在这些场合,父亲都严格规定我不能出现。我那时候还是一个少女,父亲希望我能够天真无邪地快乐成长。"

"那时候我还是个害羞的小姑娘,"她继续说道,"不过我还是不喜欢一天到晚待在后院。有一天,我发现麦奎思·拉斐尔特是我父亲晚宴上的一位客人,那是一次很正规的晚宴。我知道他在革命中立了大功,是一位大英雄,我想我一定要见到他。我央求父亲让我见见他,最后他答应让我躲在窗帘后面。不过我必须小心,不能发出声响,不能被人发现。"

"我不骗你,丹,"她大笑道,"当时我就傻傻地在窗帘后面等啊等,那真是漫长的等待啊。我从来没有感受过那么漫长的等待,那很有可能是我人生当中最漫长的等待了吧。我坐在那里,蜷缩着身子,不敢随便乱动。后来,我常常会回想这件事情,我都好奇,我是怎么做到那么久都一直保持一个姿势的。"

"最开始,"她继续说道,"当他们落座的时候,那一桌子满满当当的人,就像一座旋转木马,哈哈——那些摆放在桌子上的玻璃器皿和银器具,给这座旋转木马增添了一抹亮色。客人们穿着制服,或者军装,上面佩戴了很多勋章,对于一个维吉尼亚来的小丫头来说,我的头脑一片天旋地转!我的父亲,仍然穿着他最朴素的便服。"

丹突然说道:"但是与众人的徽章、缎带、华美衣服相比,你的父亲依然是最引人注目的一个。因为他不需要这些外在的装饰,是不是?"

她点点头,笑了笑。"我心情平复下来的时候,我找到了拉斐尔特。我仔细看着他的魁梧的体貌、他那充满魅力的步伐。突然,有什么事情,我记不大真切,什么事情让我把目光转向了另一个人。那个人坐在桌子的另一端。我从来没有这种感觉！"她笑着，然而她的声音却似乎有一丝酸楚，突然丹意识到接下来她要说的话，"当我看到约翰·雷迪亚德的时候，我忘记了所有在场的人——这是事实！事实就是这样！"

"我不知道他是谁，"她继续说道，"但是那张坚毅的脸庞，让人觉得卓尔不群，让人肃然起敬。不过最主要的一点，对我而言，对一个小姑娘而言，之所以印象那么深刻，那是因为他一个人坐在那里，远离了所有其他人——一个人！其他人的脸上都洋溢着欢快、喜庆，但是他们的脸都似乎没什么辨识度，你看过就会忘记他们是谁。不过当你看到约翰·雷迪亚德的时候，情况就大不相同了。你一看到他，你就知道，他要做的事情，绝对不可能通过两种道路完成——他是不可能妥协和屈服的。"

"不会屈服的，"她笑着说，"他的脸上似乎镌刻下深深的坚定！在这种坚毅的力量之上，透露出的是一种难得的美……是一种无法用语言表达的美。"

"我注意到，"玛莎继续说，"我的父亲和约翰·雷迪亚德在交流。虽然我听不到他们在说些什么，但是我敢说，他们一定都对彼此深感兴趣。所以我一点也不奇怪，在宴会结束以后，父亲将约翰·雷迪亚德留了下来。"

这就是爷爷常常努力去想象的那次特别的聚会——约翰·雷迪亚德和杰弗逊的聚首。

"他们坐下来开始交谈，我就躲在不远处的一个角落。我当时还太小，并不大懂他们到底在说些什么。我只记得雷迪亚德先生说，他不得不劝服他的国民去美国太平洋海岸线，开展同印第安人的皮毛贸易。'他们将拯救我们的国家，使我们的国家免于崩溃和破产！'他几乎是哀告着说完这几句话，'不过他们并不相信我！'"

"当年为了说服美国人，他忍受着饥寒交迫的生活，衣衫褴褛，贫病交加，他走访了很多地方，可是没有人愿意相信他！"丹打断道，"他长途跋涉，走过了一座又一座城市，祈求他们相信他！"

"约翰·雷迪亚德，"玛莎用尽她的气力说，"做了一切，而别人却什么也不肯做。他们继续交谈，突然雷迪亚德说了些什么，声音很低，我没有听见。我听见我的父亲高声惊叫道：'你的意思是，如果你能找到一条船，你就可以前往西北进行皮毛贸易……''是这样的，'雷迪亚德先生回答道，'因为没有船，我没法从美洲的一个港口到另一个港口——因为没有去西北进行贸易的商船,所以我没法到达美国的太平洋海岸线。如果我到了那里,我就可以一直往东,到大西洋。'"

"接着就是长时间的沉寂,"她继续说道,"我从窗帘后偷偷地朝外面看,差点摔跤了。但是我还是盯着他们……我不得不去看父亲的脸!你知道的,我一直都清楚,对我的父亲而言,最大的愿望,就是希望看到这片大陆的西部被开发出来。"

"他们坐在那里,你看看我,我看看你,一言不发。最后,约翰·雷迪亚德打破了沉默,'我走遍了整个美国和欧洲,希望有商人能够提供这样一只商船——然而一切都是徒劳,而我自己又身无分文。'父亲仍然没有回答——仍旧凝视着雷迪亚德。突然,他似乎爆发出一阵巨大的声响。'还有一条路,雷迪亚德!——走陆路。'我看见雷迪亚德看着他,一脸吃惊的样子。'走陆路穿过欧亚大陆,然后到达太平洋!'"

"这样,他就可以最终到达西北海岸!"丹突然理解了这条线路的意义。

"是的——但是请让我来说这一段,"玛莎小姐笑着说,"我很快就明白了这条线路该怎么走!"

"他们都站起来了,我看见他们的眼神似乎在交流——我觉得很奇怪,他们的眼神之间似乎有一道看不见的闪电在闪烁。我知道他们的思想已经高度统一了,他们是真正意义上的知己了。他们不断地来回踱着步子,一直在交谈,似乎有说不完的话。从他们不断的谈话中,我终于明白了这条线路的走法。雷迪亚德先生必须穿过严寒的西伯利亚,才能到达太平洋。而如果要经过那片地区,除了严寒之外,还需要得到沙俄皇帝的特许。"

"这就是,"丹大叫道,"这就是他去圣彼得堡的原因——他实际上正在穿越美洲的路上,只不过是绕了一个大大的弯子。那么,这也许就是年轻的亚当斯先生所说,为了他的祖国,他必须前往俄国!"

"你说的是约翰·亚当斯吗?"玛莎的眼神追忆道,"是的,当时他也在巴黎。是他告诉你,雷迪亚德去了俄国的,对吗?"

丹点点头。"但是那时候雷迪亚德并没有开始横穿美洲,"他继续说道,"也就是说,他并没有随即死去。那么到底是什么原因让他放弃了呢?"

玛莎刚准备回答,这时候一阵脚步声从大厅传来,她停止了说话,认真地听那脚步声。"他们已经走了。"她小声嘟囔道。

丹几乎听不见她在说些什么。不过对丹而言,如果一个小时以前,这脚步声会让他足够兴奋,因为他急着把圣多明戈的新闻告诉总统先生,现在这种兴奋已经烟消云散。他现在最关心的就是那个困扰了爷爷和他多年的问题,想到这个问题,丹不禁低声地再次问了那个问题,"到底是什么,"他坚持道,"是什么让他停下了脚步?"

玛莎点点头,笑了笑,似乎在哄一个不耐烦的孩子。"几个星期,几个月过去了,雷迪亚德提交的穿越西伯利亚的申请,一直没有得到回复。与此同时,他不甘心坐等,于是前往英国,再次尝试乘船到达西北海岸。不过他的努力最终还是化为泡影。就在这时,俄国方面依然没有回音。他自己想,既然没有回音,那么他就自己去圣彼得堡,去当面申请。如果你见过他,你就会理解,为什么别的事情都无法引起他的兴趣——他不会让任何事情出现在他既定的道路上,他会排除一切困难去到达目的地。"

玛莎继续说:"我们关于雷迪亚德先生最终的消息停留在圣彼得堡——他在通往西伯利亚的路上。此后我们就失去了他的踪迹。不过,直到几个月后,一次偶然的机会,我们惊奇地听说,他在伦敦。最开始,这只是一种传言。后来,传言的版本越来越多,其中最言之凿凿的一个版本说,雷迪亚德在西伯利亚被捕了,被驱逐出俄国——这其中还有很多残酷的丑陋的情节。根据传闻,雷迪亚德先生抵达了圣彼得堡,不过沙皇正在帝国的一个遥远的地方视察。有一种传闻认为,虽然沙皇不在,雷迪亚德还是从一名俄国官员那里得到了通行证。另一种传闻认为,他从来没有获得过通行证,但是依然决定前行。这种传闻的解释是,雷迪亚德的申请已经寄给了沙皇,虽然沙皇当时仍然在视察。不过最终沙皇并没有同意申请。沙皇的理由是,他不负责保证一个美国人的安全。因为在他看来,横穿西伯利亚是很危险的,随时会付出生命的。如果签署了通行证,无异于鼓励美国人去冒险,那不是他想看到的。"

丹大声笑出来:"他倒关心起美国人来了,真是笑话——他是怎么对待我们的丹纳公使和年轻的约翰·亚当斯的?不就是把他们发配到西伯利亚吗?"

"但是,不论他拿到通行证与否,"玛莎严肃地说,"约翰·雷迪亚德,确实上路了。几个月的艰苦跋涉后,他终于穿越了西伯利亚——到达了距离海港几百英里的地方。从这里,他可以到达美国的海岸线。"

鳕步枪

丹弯下腰，身子靠近玛莎，玛莎的音调告诉他，重点的部分就要来了。

"接下来的旅程是他所有旅程中最舒适最惬意的，他坐着雪橇尽情地飞奔。一路相随的还有一些朋友,他们一路前进——这是他最后一次见到我父亲的时候，告诉他的。"

"那么你后来又见到他了吗？"丹难以抑制住自己内心的渴望，焦急地问道。

"没有，我的父亲见了他，不过只待了很短的一段时间。他们谁也没有提及雷迪亚德被驱逐出俄国之后发生的事情。那段回忆也许太残酷了。所以那一段事情，我们都是通过别人了解到的。"

"在他的旅程的最后一小段路途上，"她继续严肃地说，眼神充满了哀怨和感伤，"他穿越了欧洲，几乎到了亚洲的边缘，他的梦想触手可及了。突然卫兵们似乎从天而降，将他逮捕，罪名是，怀疑他为法国间谍。帝国将他押解回了莫斯科。"

"难道就不给他任何解释和申辩的机会吗？"丹义愤填膺地说，觉得真是莫名其妙。

"啊，丹……其实帝国也知道自己的罪名是很荒唐的，但是他们很清楚抓捕的真正意义所在！这无疑涉及到俄国的皮毛贸易的利润和垄断……"

丹突然恍然大悟道："哦，担心美国会去分得一块更好的蛋糕。在东西伯利亚的皮毛商人，早就知道，雷迪亚德先生在计划横穿美洲大陆——他从来都没有保密。于是有人就认为这是一个危险的信号。因为在这条计划的线路上，北方地区，甚至整个美国都可能开展皮毛贸易。一旦情况按照这个形势发展下去，那么美国人很有可能完全掌握皮毛贸易的主动权。因为西伯利亚的皮毛常常并不能达到东方中国人的要求。在这种情况下，一切都可能被推动——商人们联名向沙皇施压，要求逮捕约翰·雷迪亚德先生。而且如果确认他没有通行证，一切对于雷迪亚德，就更糟糕了。"

玛莎接着说："不管真正的原因是什么，有一点可以肯定。雷迪亚德是沙皇下令逮捕的。他被关押在一辆敞篷马车上，整个身子都暴露在西伯利亚极寒的冬天空气里，没有人会给他一点点人吃的食物，就这样穿越了四千英里冰天雪地的路途，到达莫斯科，然后到达俄国与波兰的边境线。在那里，雷迪亚德饥寒交迫，贫病交加，没有钱，衣衫褴褛。不过唯一值得庆幸的是，他重获自由。但是他被永远禁止进入沙俄帝国。"

"也被禁止品尝死亡之痛苦，因为他不能死，也永远不会自怨自艾！"另一个严肃的声音总结道。

循着声音，丹吃惊地环顾了四周，他身后站着的正是总统先生。

"父亲！"玛莎小姐叫道，"你是什么时候进来的？"

"麦迪逊和盖勒特一走，我就进来了。不过你们正在聊天，那么投入，所以没发现我进来。我想你们一定在谈论约翰·雷迪亚德吧？"

"你记得吗？"玛莎小声地说，"他最后一次见你之后，给你写了一封信，就是在巴黎见面之后。"

总统先生沉默了几分钟，用双手抱着头。他抬起头，看着丹。丹觉得，他接下来的话，是直接对他说的。总统先生严肃地复述着雷迪亚德的来信内容："我现在已经知道了人类可以承受的极限，苦难的极限——饥寒与疾病，加上精神上的痛苦和绝望。我现在的悲痛正不知道该如何形容，这是从未有过的悲痛，如此剧烈。这悲痛是人类不能承受之重，我窃以为。"总统先生接着点评道："这就是雷迪亚德，他一贯的做派，无论多么艰难，无论内心多么痛苦，这些会让他一直苦恼——但是他永远都不会屈服，他的精神永远都不会屈服。"

"爷爷听说他最后在外国去世了，"丹大着胆子说，"但是我们并不清楚究竟是在哪里，他又是怎么走完人生最后的一段旅程的。"

"这是一个很短的故事，"杰弗逊说，"人们认为，他是在波兰边境到处游荡的那段日子里，走完了人生最后的路。不过人们不知道的是，后来，他的计划已经付诸实施，这一点，很多人并不知道。而这一切，都离不开雷迪亚德惊人的毅力和永远不可撼动的坚持。"

"他不知道怎么的，就到了英格兰，在那里，他受到了非洲联合会的招待。非洲方面建议他从非洲大陆横穿过去——这是一项更危险的任务，没有人知道前路会有多么艰难，而执行这项任务的前提，就是必须随时面对死亡。我在非洲联合会的朋友告诉我，雷迪亚德先生几乎毫不犹豫地接受了这个建议。他此时全然不顾自己的身体创伤，以及多年来遭受的挫折、打击和冷眼，因为他在做的是他最热爱的事业，他必须坚持下去。他酝酿多年的计划，终于要宝剑出鞘了！"

"你知道吗？"玛莎的声音很低，很动容，她对丹说，"当别人问他什么时候可以动身的时候，他的回答是——明天一大早！"

"当我还在巴黎的时候，我收到过雷迪亚德的几封书信，"杰弗逊接着说，

鳕步枪

"直到他到达开罗之后。最后一封信写于开罗之后的一段旅程,他坐在大篷车上,准备前往塞纳以南几百英里的地方。在那之后,他就必须一个人启程。我记得他在最后一份书信里这么写道——我希望横穿美洲大陆,不过是平行于那条大陆线,在十二度到二十度纬度之间。这句简单的话,仍然是他一贯的顽强的做派。"既然无法直接横穿美洲大陆,就将线路平移到另一个维度,以此来完成穿越,这将付出多么巨大的代价和牺牲啊,丹简直觉得不可思议。

"这个人是勇气的化身。"丹似乎听见爷爷在这么说。

"我知道,"杰弗逊先生继续说,"那之后,一连好几个月,再也没有雷迪亚德的消息。即便是路途的危险和艰辛这样的消息也不再有。我开始意识到,他也许再也不会被听说了。就这样,我回到了美国,我想,也许我能够听到一些关于他的消息。"

"难道他在那次远征中消失了?"丹大胆地追问。

"他其实没有走出开罗,"杰弗逊平静地说,"那之后,他病得很厉害,然后很快就走到了生命的尽头。我们几乎没有他生命最后阶段的消息,只能揣测——他一定是在陌生人中间,谁也不认识他。他就那么孤独地死去。虽然他的一生,伴随着太多孤独的时刻,然而这最后的孤独,依然让人痛心不已。然而,没有等到我回美国,也即是我还在法国的时候,我就听到了这噩耗。我简直不敢相信自己的耳朵,我完全没有任何心理准备——对于他的死,我只能说,我感到无比震惊。我甚至觉得我和雷迪亚德先生的相识是那么短暂,似乎才认识不久,就要面临永远的离别,这哀愁,怎不叫人神伤?这最后的离别来得如此突然,一如他突然闯进了我的生活,给我以莫大的惊喜;他的离去,又留给我莫大的伤心……"

丹说:"雷迪亚德曾经对我的爷爷说,只要能够打通美国通往东方的贸易之路,他什么磨难都能够承受。"

"这个愿望,"总统先生说道,"就是雷迪亚德的精神归宿和支撑,就像他的灵魂一样。他唯一害怕的,恐怕就是他不能成为第一个完成这个梦想的人。有了这一层信念,当然一切都是可以克服的,他必须肩负起这个使命,决不能畏惧退缩。他曾经说——欧洲人会发现我们的新大陆的存在,但是为了那颗爱国心,必须让一个美国人去完成这美洲大陆资源和边界的探险!"

"而且是一个人!"丹打断道,"横穿这个伟大的大陆,因为深爱着这个国家……人们还能奢望什么呢!这是雷迪亚德对爷爷说过的话。"

"从那之后，我就感到焦躁不安，我不再满足于在科特店里的工作。"丹有点害羞地说，"我也不知道究竟是为什么，我会有这样的想法。为什么我会萌生出很多新的想法？对于我的人生，我希望得到新的规划。我不想一辈子困在那个店里，更不愿意永远待在波士顿。直到爷爷对我转述了雷迪亚德先生的话，我才知道，原来我想要的就是他所说的。只是我一直都找不到合适的语言表达出来。我也要为我的国家，出一份力，这是我的心声。是雷迪亚德指引我去思考的新的人生规划。"

"我想我应该向你展示一幅地图，"杰弗逊说，他炯炯有神地看着丹，似乎对眼前这个青年有无限的期待，"这幅地图上，我标出了一条线路，这条线路和雷迪亚德所想的线路类似。但是我不晓得……"

"然后你就可以过来好好学习了，"玛莎打断说，"我会祝福你的。我明天就要回维吉尼亚老家了——我希望我走之前，你能再来。"

突然，丹意识到他今夜来这里的目的，不由得心跳加速，忍不住要最后把它说出来。他随着杰弗逊总统离开了玛莎的房间，来到楼下那个让人愉快的办公室，他低声说："在谈地图之前，先生，有一件事情，你必须知道。"然后他逐字逐句地复述着皮特的故事，生怕漏掉哪怕一个细节或者关键词。"我不知道，先生，"他最后总结道，"刚才跟你说的这些，你会不会认为只是一个水手在胡说八道，或者只是他道听途说的流言蜚语。不过我自己心里想的是，这件事情，十之八九是真的……"

"丹，你的判断是对的。"杰弗逊的脸上有一种让人敬畏的神秘力量，"即便是最微小的风吹草动或者星星之火，它后面也可能隐藏着熊熊烈火。"杰弗逊问道："你是在哪里遇到那个水手的呢？"当丹告诉他之后，总统拍了拍脑袋，说："哦，我知道那间牡蛎房子，东西还很好吃呢。格林夫人的牡蛎房子，就在国会大厦山脚的位置。不过，我们都不能向外透露一个字，因为现在这消息还不是官方消息，知道吗？"丹点点头，总统先生围着火炉来回踱着方步。他把手背在身后，丹注意到，总统的脸色好像轻松了不少，似乎一块沉重的石头落了地似的。

"这件事真够让人觉得可怕的，一个国家遭受的巨大灾难，居然成为另一个国家获得拯救的前提，这是不是挺可怕的？"总统先生说，他说完陷入沉思。他静静地靠着桌子，一动不动，眼睛盯着地图。"现在，这条路已经被清理干净了！"总统先生语气深沉地自言自语道。然后他把地图拉近了一点，丹就顺着他的眼神

鳕步枪

看过去，奇怪的是，今天总统先生的眼神似乎有些不大一样。他记得那天总统先生特别关注的是新奥尔良和圣多明戈那两个红色的圈圈，然而今天，他重点圈出的位置是西北海岸哥伦比亚河的入海口。

就在这时候，杰弗逊先生抬头看了看丹，招呼丹坐得近一点，然后他把地图朝丹这边移了一点。

黑线的东边标志写着"密西西比河"，丹认识这个熟悉的地名，知道它是美国和英格兰、西班牙的分界线。在密西西比河以西至一片山丘地带之间，地图上显示是"西部高地"，这片地区可以通往路易斯安那州。而在那片山地之外，可以延伸至太平洋，而密西西比以西的河流，被标上"不确定"或者"未知"。丹一看就知道，这些标示都是总统先生的笔迹。

沿着密西西比河入海口西北方向，画了一条线，这条线引起了丹的注意。丹预感到这条线一定别有深意，因此他特别关注了这条线的走向。正如他所猜想的那样，果然是别有深意。因为这条线直接通往哥伦比亚河，也就是格雷船长所发现的那条河流。那条河流目前主权属于美国。

他抬头看了看总统的眼神。他点点头，似乎看出了丹心里所想，并且表示赞同。"这样的路径就是约翰·雷迪亚德梦想中的通道！"他凝视着丹，"设想一下这条通道，这条线路，我将派远征队去实地考察……很快就会出发，但是，必须秘密进行！"

丹的心都要跳到嗓子眼了。爷爷不是曾经说过，要派人去远西考察的吗？难道这伟大的任务真的奇迹般地落到他的身上……难道杰弗逊先生真的打算让他去远征，以实现约翰·雷迪亚德所没有完成的梦想？他都忍不住要去问总统先生了，不过话到嘴边，他还是收了回去——因为他看到杰弗逊的神情有些复杂，似乎在阻止他继续往下面说，又似乎在有意叫停今天的谈话。

"丹，"总统先生严肃地说道，"我必须和你详细讨论这件事情——一旦时机成熟，我就会给你消息的！"

第二章　远征队

　　这天早上，丹一起床，就被吓了一跳——从外面传来了激烈的争吵。丹走出房间，看见两个人围着火炉，还在喋喋不休地争吵着。这时候丹穿起了外套，今天肯定又是冰天雪地，丹从靠近楼梯的门里往下面走，感觉到下面一股热气冒上来，与此同时，听到了那争吵的内容片段。

　　"都是你的好主意，"他听见格林夫人骂道，"说昨晚怎么着都要再摆渡一次，现在好了吧，病了吧，活该！"

　　"但是他们两个人也额外给了我钱的啊。"一个沙哑的声音申辩道，一听就知道这是皮特的声音，"他们说他们在亚历山大的生意耽搁不得，怎么着都要麻烦我再跑一趟。这样他们一早就可以准备前往李斯堡和兰卡斯特。"

　　兰卡斯特！丹停顿了一下，他的手臂正在穿过大衣的袖子。然后，他自己笑了，因为他一直穿呀穿，就是穿不过去。他以前从来没有听说过这个地名，不过现在这个地名却对他有着非比寻常的意义。因为当他从金球旅馆出来的时候，店老板最后递给车夫的信件上的地址，就是兰卡斯特。这封神秘的书信和简德利不无关系，因此这个地名在丹看来，也就显得格外敏感。

　　他听见女房东仍然在喋喋不休，不厌其烦地数落皮特。那个可怜的皮特坐在火炉边，蜷缩成一团。女房东并没有停止："我就纳闷了，他们为什么不专门为你租一条船？你直接送他们去巴尔的摩和费城好了！"

　　"可是他们不想去巴尔的摩的，我不是说过吗？他们刚从那里来的，怎么会又回去呢？"皮特也有点不耐烦了，忿忿不平地对格林夫人说，"他们的目的地是绕过李斯堡海湾，最后到达兰卡斯特。他们有的是钱，想去哪里都成——他们有的是钱！听清楚了吗？难不成有钱不去挣吗？没道理！我告诉你，当他们拿出钱包给我拿工钱的时候，我确确实实看到一大叠一大叠的钞票！我还从来没有见过那么多的钱嘞!"

格林夫人把头转向丹,说:"你说说,他这么大的人,又感冒了,还给自己找个该死的理由,说是晚上跑去为客人摆渡去了。我看他就知道吃!"

这时候丹坐在桌子前,格林夫人急匆匆地给他端上来玉米面包和熏鱼干。

提到兰卡斯特,丹想到科特先生曾经嘱咐他去寻找一些来复枪的订单。兰卡斯特正是肯塔基来复枪的重要制造地,丹想什么时候或许也要去一趟。不过现在他还不能动身,他既不能去兰卡斯特,更不能远赴亚历山大。因为现在,他在华盛顿,有一项特别的目的,那就是等待。等待总统先生传递消息过来,然后随时准备为总统先生的秘密任务而工作。但是两个星期都过去了,还是没有任何消息传过来。说实话,丹都等得有点不耐烦了。

他草草地吃完了早餐,心神不定地沉思着,然后走出了屋子,到外面去散步。

华盛顿,在那个寒冷的冬季里,局势变得十分紧张,到处都充斥着不确定因素。一群表情严肃的国会议员刚从丹的身前走过,他们步履匆匆,朝国会大厦走去。每个人都在谈论着可能发生的战争,"新奥尔良""圣多明戈""西部边民"这些字眼从他们的嘴里不断地吐露出来。

当他绕着国会山的山脚往下走的时候,他突然意识到街面上一阵骚动。人们三五成群地坐在路边,他们是那么激动。从那些人的表情来看,似乎有一种如释重负的轻松感。当他靠近人群时,他听到了一些人的对话,才终于明白到底发生了什么。

"这下我们再也不用害怕法国佬了!"有人大声说道。"黄热病这下真算是我们的朋友啊!这毫无疑问!"另一人接着说。

丹加入到这个队伍,他们告诉丹刚刚从巴黎传过来的官方消息:黄热病在法国军队蔓延,整个海地的法国军队都未能幸免,损失殆尽。他们的将军也在这场瘟疫中丧生。甚至有传言说法国已经声明放弃圣多明戈。"记住我说的话,"他听到人群中有人自信满满地预测道,"波拿巴这下要重新考虑他的计划了,至少将美国纳入他的帝国版图,是绝对不现实的。我们再也不用担心强大的法国军队会在我们家门口虎视眈眈了。"

丹心里想,难道这就是总统说的那句话"现在一切道路都被扫清了"?道路被扫清,是不是就意味着法国已经不足为惧,不再成为美国前进路途上的威胁?现在,法国在圣多明戈的计划失败了,波拿巴的铜墙铁壁也就不攻自破了,他建立殖民帝国的美梦也就无法再继续做下去了。但是，即便他的帝国不能穿越密西西比河，就真的意味着对美国威胁的终结吗？

当丹回到牡蛎房子的时候，他看见门是开着的，一个人从里面走出来。他们对视了一眼。他注意到那个人就是把他从巴尔的摩载来的车夫，丹一眼就认出了他，那个人也认出了丹。他们都大笑起来。

"你好啊！我知道你听从了我的建议，来到了格林夫人这里。"这个人说着，一面把头转向身后的牡蛎房子。

"当时你把我拉到这里，我就想着来投奔格林夫人的牡蛎房子。我的运气很好，"丹告诉他，"我感觉这里真的很好，我别无奢求了。"

他们站着聊了好一会儿，丹问车夫，来来往往，有没有听说圣多明戈的事情。

"这我太清楚了。"那个人大声说道，"我是从一个邮差那里听到的最新的消息。昨天我们还在一起同路了一程。那些西部人，他们想要脱离联邦！他们说东部政府根本就不站在他们一边，而总统也根本不愿意做出任何努力，去要求开放密西西比河。国家当政者并不为他们考虑！"

"为什么会这么说总统先生呢？"丹愤怒地辩解道，"他不是一直都在捍卫西部人民的河道权利吗！"

"也是，不过现在的局面是，"车夫耸耸肩，表示无奈，"他们正在到处购买军火和枪支，他们想要成立自己的政府。总之，无论如何，他们就是要自己解决问题。这就是那个邮差对我所说的一切。"

丹进了屋，沉思着……昨天晚上皮特渡过河的两个人！他们从巴尔的摩来，要往亚历山大去，然后去兰卡斯特——他们所要去的每一个地方都是以军火而驰名。"到处购买军火和枪支。"那个车夫说西部人不就正在做这件事情吗？那么那两个人和西部人有什么关联吗？

皮特依然蜷缩在火炉边，显得病恹恹的，没有一点精神。丹想让皮特告诉他，昨晚那两个人的交谈内容，就是皮特昨晚摆渡的两位乘客。为了让皮特知无不言，丹还有意恭维皮特，说他即便在夜深之后，依然为他人考虑，帮助两个陌生人过河。他的这些策略起了些作用。

"你也许想不到吧，"丹故意这么说，"他们也许是拦路抢劫的强盗，又或者是谋财害命的杀人凶手。他们并没有交谈，所以你什么也没听见？是不是？"

皮特摇摇头："他们没有交谈太多的内容，我听到他们说，如果在亚历山大，

鳕步枪

能做到像在巴尔的摩一样好的话，一切就都会顺利的。"

"他们没有说要到亚历山大去见谁吗？或者他们想去见谁？有没有提到过谁的名字？"丹继续问道。

"好像没有。"皮特一边说着，一边喝了一口他的药水。当丹往火炉里添柴火的时候，他发现皮特的脸上浮现出一丝疑惑的神色。"不，他们提到过一个名字，"他说得很慢，似乎是很艰难地从记忆深处把这一份记忆提取出来一样，"就在他们说如果在亚历山大，能做到像在巴尔的摩一样好的话，就在这句话说完之后。他们说了好像要去关注……多德利格！就是他，我才想起来。是不是这个人，你要问的是不是这个人？反正我觉得这个名字不一般！"

多德利格的枪支店！"确实是不一般。"丹表示同意道。如果这个枪支店就是他们关心的对象的话，丹陷入了沉思，不过马上有了答案——这就验证了丹的猜想，验证了他们接下来前往亚特兰大和兰卡斯特的任务！因为这太明显不过了，西北边民为了准备脱离联邦，派出了专员前往各地收购军火。自然，第一步，他们必须去那些军火库集中的地方。丹心想，只要他现在去到亚历山大的军火店，然后查阅近期的订单，看看是不是有西部人的大量枪支订购单，一切就都会变得明朗。而且，与此同时，他还可以考虑能否为科特先生做些什么，科特先生的订单也可以同时完成。

突然，格林夫人的声音打断了他的思绪，也打断了他与皮特的谈话。"这是你出去的时候，人家送来给你的。"格林对丹说，丹接过来一看，是一个密封的书信便笺。

丹迅速地把那封信拆开，信笺纸上只有一行小字：甜豆豆棚的木材已经准备就绪！此外什么也没有。丹开心地笑了，把信塞进口袋里。他出门去了，还吹着口哨。

他在总统先生的书房门前敲门，一次，没人理，又敲第二次，还是没有人开门。他自己打开了门。

在阳光灿烂的书房里，杰弗逊蹲在花架子下的角落里，正在打理一盆植物。他抬起头来，露出了灿烂的笑容，就像他早知道谁会进来一样。"看，这是第一颗绽放的花蕾！"他兴奋地说。他转过身，对着枝繁叶茂的植物，告诉丹，这些绿油油的植物必须放到太阳光底下，才能更茁壮地成长。总统先生把花草一盆盆地搬上花架，让它们尽情地沐浴阳光。

好一会儿，丹呆呆地站着，只看到总统东摸摸，西晃晃，来来回回，忙个不停。百无聊赖中，丹开始到处扫视，似乎在寻找什么东西，又像在寻找些自己能干的活，不至于傻站着。突然，他说："这就是搭棚子用的木材吗？"

总统向他投了一个赞同的笑容，他把自己手臂上的尘土掸去，然后走到桌子跟前。桌子上摆放着北美的地图。杰弗逊若有所思地看着地图，神色严峻。突然，丹意识到，他的脸色发生了改变。丹从来都不怀疑，杰弗逊在地图上所标记的红圈圈和实线就是这个国家要去探索的道路和地方。

"我们绝对不能，"总统刻意强调，就像他是在继续上一次的谈话一样，"不能让我们的西部领土分裂出去！"

丹心想，总统先生之所以这么说，一定是关于西部闹独立的新闻，已经传到他的耳朵了。不仅如此，杰弗逊先生一定为此殚精竭虑，伤透了脑筋。丹有点失望，难道他忘记了约翰·雷迪亚德的那条梦想中的道路了吗？难道他忘记了马上就要开始的远征和探险了吗？如果他未曾忘却，那么今天召丹过来，是不是就是要谈这件事情呢？是不是要派丹去执行这伟大的任务呢？更奇怪的是，杰弗逊先生今天似乎直接提到西部，而且抛出了个人的见解——不能让西部独立出去。而对于那秘密的探险，却只字不提。这可真把丹给急坏了。

他极不耐烦地说："是他们自己要求脱离联邦，他们是想借此给东部政府施加压力，或者说是在威胁！不过，东部政府就可以推脱掉一切责任了吗？为什么我们不出面去维护西部在密西西比河的权利，为什么我们不采取行动，我们是不是对西部的人们过于漠视呢？现在我已经听说，他们正在收购军火，准备成立新政府——他们自己的政府！"

"对于联邦政府而言，我们一直在努力捍卫他们的权利，努力使他们的权利最大化。具体到这次，政府其实比以往任何时候都更加努力。但是，大家看到的是，政府没有付出任何努力，任由西部人民生活在水深火热中。这种论断其实是子虚乌有、站不住脚的；那些制造谣言的人，一定是别有用心、居心叵测的。因为，丹，你要想，单纯依靠武力成立新政府，就能解决一切问题了吗？"

"丹，看这里，"总统把身子伏向地图，接着说，"这里……西部人民依靠自己勤劳的双手、坚强的品格、果敢的精神，在这片蛮荒之地开拓创造，把不毛之地变成肥沃的良田和茂盛的森林。现在这里欣欣向荣，人丁兴盛……他们在俄亥俄以及密西西比开展的贸易是如此火爆，创造了叫人不敢相信的伟大成绩。不过这样，他们就觉得自己足够强大了，可以完全脱离东部了吗？看看我们和他们之间的距离吧，我们中间绵亘着巨大的山脉，因此交流困难，层层屏障，切断了他们与东部之间的联系，不过这样也培育了他们自由独立的精神。"

"哦，先生，我并没有真的责备他们！"丹笑着说，收起了他不耐烦的神情，"他们独立的理由主要在于他们并没有获得东部的帮助，却发展了自己，找到了属于自己的贸易与生产繁衍之路。不过现在，西班牙对他们横征暴敛，打压禁止，为什么他们不能依靠自己的途径去解决这个问题呢？按照他们的独立的性格，他们为什么不能攻占新奥尔良，成立自己的新政府呢？我的爷爷曾经对我说过，西部的边民为自己而活，所以他们也为自己而想。"

"为自己而活，为自己而想！这就是为什么绝对不能让西部独立出去的原因。因为西部人在东部人看来，是真正的美国人。现在问题的关键是，只要稍稍加以引导，"杰弗逊总统说，"也许他们现在焦躁的情绪就会发生改变，他们也会转变抉择，重新考虑与东部的关系。我们绝对不能失去西部，否则那将是我们这个国家不可估量的巨大损失！不过现在的当务之急是，要让他们看到修复密西西比河权利的希望。必须拿出有力证据来说服他们——真正的、切切实实的证据！"

丹的心里想着，那些愤怒的西部人真的会相信眼前这个男人吗？除非这个男人对他们的要求作出承诺，切切实实的承诺——可是，当年成立联邦的时候，总统不是早就做过承诺了吗？承诺有什么用？那么，除非更进一步，向他们提供切实的证据，证明联邦有能力，也完全可以保障他们的权利，而且也确实正在帮他们解决问题。

"不惜一切代价，"总统的语言里似乎被灌注了无穷的力量，"不惜一切代价也要阻止西部人民暴动！"

这情绪激昂的话不由得触动了丹的回忆，他又想起了爷爷说过的话："杰弗逊总统一定会尽一切力量，去防止西部战争的爆发！"爷爷能够想到的恐怕只是和法国的一战; 他万万想不到的是,群情激昂的西部人民自己要暴动！爷爷当年说，只有和平，才能保证美国向西部的扩张。这是不是表示，今天杰弗逊先生不惜以一切代价保证西部的稳定，其目的就是为了让他计划的秘密探险可以顺利进行！想到这里，丹一下子兴奋起来，也许下一秒，杰弗逊先生就要开始讲探险的事情了。

不过，丹再次失望了。总统把注意力从地图上移开。"设想一下吧，丹，"这是杰弗逊常用的开场白，一般这样开场，就表明，他要开始一个新的话题，"如果我们能够探明密苏里河的水路,找到它与密西西比河的合流口,设想一下那周围的丰富的资源,或者在那更远的某些地方。设想一下密苏里河流域附近的丰富资源,也许可以轻松地运到哥伦比亚河……然后就可以……然后就可以到达太平洋!"

丹终于明白了,总统先生的脑子里早就有了明确的计划和线路:这是一条新的商贸之路,从大西洋直通太平洋。约翰·雷迪亚德为了这个梦想的路线,历尽千辛万苦,为的就是让美国的商船可以到达东方!

"你的意思是说,"丹鼓足了勇气,大声说,"这就是你那天晚上所说的远征的路线,对吗?从密苏里河的河口到哥伦比亚的入海口!"

总统先生没有直接回答,"从海岸到海岸,"他小声嘟囔着,似乎陶醉其中,"这就是通往东方的贸易之路!"

这一刻,丹又感受到了那似曾相识的强烈触动。他上次感受到这种强烈的触动,是爷爷最后一晚向他揭露了约翰·雷迪亚德的梦想,那一刻,他无比激动。今天,总统先生的秘密远征不正是要完成约翰·雷迪亚德未完成的梦想吗?唯一不同的是,原来的丹,是个孩子;现在的丹,也要为这梦想贡献自己的力量了,他已经长大了!

总统先生抬头看了看,静静地笑了笑。"你想过没?哥伦布当年也想找到这条通往东方的路,不过他当年只想到了走海路!"

丹问道:"这样的话,法国和西班牙不会怀疑吗?另外从那个方向往北的英国人不会监视我们的远征行动吗?我想他们一定会想知道,我们的远征队到底要干什么!"

杰弗逊的脸上露出奇异的笑容。"我最早想到的是法国,"他平静地说,"但是现在对他们而言,处理好在欧洲的事情就很不容易了,他们应该没有闲暇去管我们的远征;至于西班牙,还有英国……如果他们知道了我们远征的目的……不过秘密的最高境界就是说破秘密,故意暴露!这就叫'欲盖弥彰'!"

"现在有一个机会,"他继续说,"可以掩盖这次远征的真正目的。你知道的,政府现在准备增加与印第安部落的交易场所,尤其是要增加密苏里河沿岸的交易场所,你懂的!这就是我们这次远征的目的——安排这些贸易事务。这就是我们向公众公布的远征的目的!"

"我懂了!"丹问道,"那么我们的远征什么时候正式实施呢?你会派多少人去?"

"很小的规模。"杰弗逊说,"这次计划的规模很小:十到十二个精挑细选出来的人——有的是志愿者,有的是军人——将领命远征,不过直到现在,这些人还没有选拔出来。他们必须在今年仲夏或早秋就抵达密苏里河。"

"还没有开始选拔?"丹大叫道,心里充满期待,"那么……"

"只有一个人已经确定了,"总统说,"远征队的领队已经确定了。"

总统似乎沉浸在他自己的思绪里,丝毫没有注意到丹渴望的眼神。"从某种意义上来说,"总统说,"是他提醒了我,他要去帮助那个人完成未竟的心愿。在我看来,他们有很多相似的地方。一样的无畏的精神,一样的不畏艰难和险阻——就像约翰·雷迪亚德一样。"

"不过,他的书法和你相比,确实差远了,丹!"总统走到桌子的另一头,看了看那一堆整整齐齐的纸张,很欣赏的样子,"那就是梅里·维勒·刘易斯,我近两年的秘书。他将指挥这次远征!他已经出发了,就在你捡到我的日记本的那天——去费城。他要在那里向科学家学习地理和气候知识。他必须掌握足够的知识,尤其是远征队经过的沿途的地理和气候状况,还有水文条件、物产等。当然,他还必须学会沿途的人文、民俗和历史风貌,以便更好地与当地人沟通。他已经去了,不过时间对他而言,依然十分紧张!"

听到总统先生的这番话,丹的内心沮丧极了。难道爷爷教他一手漂亮潇洒的书法,就是让他来顶替别人的空缺,伏在案头,做一个书记员吗?他的梦想可不是每天不停地抄写啊!

"不错,对我而言,你的书法当然是我看重的,"他朝着那一叠纸点点头,似乎读懂了丹的心事,"但是那绝对不是全部……我还要用你的眼睛和耳朵!如果我需要向西北的边境民众发送特别的秘密消息;又或者他们也需要向我传递同样的信息,这些消息要迅速而保密,因而决不能让邮差或驿差传递……"

丹目瞪口呆,惊奇地望着总统先生,结结巴巴地说:"你的意思是,我……可以,可是为什么?这和参与远征队伍是一样的,对吗?他们走过的路,也是我将来需要去走的路。而且我是一个人前行!"

"不错,"杰弗逊笑着说,"这能不能补偿你呢?我想你开始一定在把我往冷酷的方向上想吧。你一定在想,你能为远征做些什么,是不是呢,丹?然而我却并没有派你去,所以你一定,啊……不过现在能不能补偿你呢?"

"嗯，我一开始很失望，"丹不好意思地笑了笑，承认道，"但是这项任务才是我真正梦寐以求的！我的脑海里一直在寻找一份属于自己的人生事业，然而我一直都没有办法去真正拥抱它，我没有找到合适的机会。今天，我终于可以去追我的梦了。"

"我明白。这就是为什么我的计划里会包括你——你还记得吗？"杰弗逊沉思了一会儿，"你告诉我你对于波士顿的生活是焦躁而不满的，你不想被拘束在店里，不想永远困在波士顿。直到你的爷爷告诉你，约翰·雷迪亚德的梦想是穿越美洲大陆，你才恍然大悟。你终于明白自己人生的方向，你清楚自己的梦想是什么，只是你不知道该如何表达，对不对呢？以对祖国的爱的名义，横穿这片生养你的大陆，若能如此，夫复何求！你还记得这段话吧！当我听到你说这段话的时候，我就暗自下了决心，你就是我要寻找的人。不过孩子，你要知道，这对你来说，并不是件简单的事情。你要传递秘密的信件，你会遇到无数的困难和危险，甚至死亡的威胁。这一切你都只能隐忍，不能暴露身份，更不能暴露你的任务！"

"也许，"丹大笑道，"也许这就是我厌倦了店里生活的原因，因为那实在是太安全了！哈哈。"

"我说过我要用你的眼睛和耳朵，但是我不会只用它们来传递秘密信息，对它们，我还有更多的期待。"总统弯下腰，盯着丹的脸，似乎在审视眼前这个青年，"谁能说，那些西北边境被别人掌握的土地，以及那些更远的土地、更西边的土地，甚至一直延伸到太平洋海岸的土地，有一天，不会划归美国？这正是我所想的！美国人必须随时准备迎接这一天的到来。我们必须努力找寻，这片土地将来一定会属于美国！"

"你的意思是说，我们开展的这次远征，为的就是不断扩张美国的领地？"丹小声嘟囔道，既吃惊又迷惑。

"远征的意义远远不止寻找东方贸易之路，更深层的原因，在于我们要向西部扩张。这次远征为的是西北的边民——因为他们将来要成为远征所发现的新土地的主人。这些长期被殖民的人们，一旦掌握了自己的土地和命运，必将迸发出极其惊人的创造力和生产力。我说这个话绝对不是一时冲动，我是经过深思熟虑的。对于美国而言，我们不能失去西部人民！为了争取到他们，"总统停顿了一下，凝视着丹，"我需要用你的耳朵和眼睛。"

"我不知道，我是不是理解了你的意思，先生。但是我想你是知道的，"丹略显笨拙地说,"你让我做的一切事情,我都会尽力去完成的,赴汤蹈火,在所不辞。"

杰弗逊点点头,笑着说:"我就知道,你一定会站在我这边!我想,要想真正争取西部边民,就必须让他们相信,不论他们在地理距离上离开东部有多远,我们是同族同根的美国人。我们西部和东部是一体的!如果我能够知道他们说些什么,想些什么……他们每天的生活、谈话,他们的愿望,他们的诉求……所有这些,都是你的眼睛耳朵将为我收集的知识——帮助我去了解他们!一旦你接受我的任务,那就意味着你要跟过去的生活告别——你将开启全新的生活、全新的世界。你可以好好考虑一下这件事情,丹——你有足够的时间可以好好决定。"

丹看着总统,笑了,说:"我的爷爷曾经告诉我,当我的人生旅程跨过那个拐角,我就会觉得人生豁然开朗,并且会知道自己真正的追求和梦想是什么……我想我不用再思考了,现在我已经知道了!"

丹的精神十分高涨。他要去邮局给科特先生寄一封书信。这封信是他花了很长时间才写好的。他必须告诉科特先生自己的近况,以及这个国家目前的形势,然而提起笔来,他却不知道该如何去写。其实,这段时间以来,他一直很忙,一方面要帮助总统先生完成日常的书信和文件的抄写工作,一方面他还要学习很多西部的相关知识。昨天,杰弗逊让他休息一天。这难得的一天假期,丹也不敢浪费,他想着必须利用这个空当,给科特写一封信。

"战争的可能性,"他写道,"越来越微茫了,我不相信战争会到来,从目前的形势来看,我们可以不必担心战争对我们生意的威胁了。"对于丹而言,他当然也没有忘记来复枪订单的事情,所以他近期一定要抽空去亚历山大,去那里的枪支店打探一下。不过,要对科特说明他自己的计划的改变,是一件无比艰难的事情。因为且不说他的老板——科特先生会不会那么大度地把他放走,或者说从情感上舍不舍得把丹放走;就是对丹自己而言,一旦做出决定,就将无法回到自己日思夜想的家乡。

丹想着,虽然波士顿什么都好,既舒适又熟悉,但是他依然愿意选择眼前这个小村庄一样的华盛顿。因为华盛顿正在成长,他现在见证的正是这座伟大城市的成长,他自己也会随之而获得真正意义上的成长。

他在邮局寄了信,然后朝着河边走去。今天河边的景物和他第一次来的时候大不一样了。当时这里枝繁叶茂,到处都是一派欣欣向荣的自然风光。而今天呢,枯黄的杂草卷曲着倒在路旁，泥污的雪块压倒在草丛中。

不过春天马上就要到了。他很快就可以把甜豆的种子播种下去了。现在那些种子还躺在他办公桌对面窗户下的盒子里呢。这倒提醒了他，他回去之前，必须采买纸张，因为办公桌上的纸张已经不足了。

丹走进了一家文具店，店员说他需要的型号的纸张需要几分钟去找找，于是就到后面储存间去找了。丹靠在柜台上，柜台上的一份报纸吸引了他的目光。他拿起这份报纸，翻开来，一行加粗加大的标题让丹顿时眼睛泛光：

詹姆斯·门罗，维吉尼亚前州长，将被派往法国领事馆，协同罗伯特·莱文斯顿，出任法国特别公使！

丹读得很快——难道法国方面的麻烦又升级了吗？要不然为什么在罗伯特·莱文斯顿之外，还要再增派一名特别公使呢？

据那篇文章所说，门罗先生的主要任务，是为了和法国商讨收购事宜。此次美国收购的范围包括西佛罗里达和新奥尔良。

这真是一个大新闻！但是法国会轻易地放弃密西西比河的掣肘策略吗？密西西比河可是他们掣肘美国的重要筹码，一旦新奥尔良划归美国，这一策略就无法实施了。他把报纸放下，陷入沉思。这个计划毫无疑问就是总统先生的思想。总统先生那天曾说："西部人民一定要看到切实的证据，证明联邦政府确实在为他们的权利而不懈努力。"他们要看到自己的权利会实现最大化，这样才会相信联邦政府，并且支持联邦政府。那么什么是"切实的证据"呢？眼前这则新闻，应该就是这个切实的证据之一。门罗就是那个政府派去为西部人民的权利而战斗的官员。

这真是超凡的政治智慧——直接向法国派驻特别公使，全国人民都清楚地知道，这位公使的使命只有一个，就是代西部人民发声，帮助西部人民实现权利的最大化。而且这个派出的人，谁都知道，一直都和杰弗逊总统站在一道，他们都在与外国势力抗争。外国势力长期占据着密西西比河的主动权，这一点必须得到改观，这就是这两位先生一直努力的方向。因此，特别公使的背后，其实是总统的谋划，老百姓都能看到这一点，这非常重要。如果说有什么事情可以激发西部人民的爱国心，让他们免于独立和分裂的话，那么最重要的莫过于拉近他们与政府以及政府领导者之间的距离。让他们深信，他们是美国的一份子，美国会永远支持他们。不过这一切都还必须看法国的行动，都还有待协商。如果谈判失败，至少让西部人民看到联邦政府不遗余力地在为西部权利的最大化而努力。如果成功，那自然无话可讲，西部人民将得到最切实的利益，也就没有必要脱离联邦。到时候，密西西比将完全迎来自己的春天，再也不用受到外国的威胁，而新奥尔良，也将成为美国的领土，再也不怕关闭港口！

突然一个声音惊扰到他，正是那个店员，他正在和丹说话。丹这才从沉思中回过神来。丹有点不好意思，付了钱，把纸张包起来。然后他把这笔支出记录在一个专门的账本上，这样他就知道为总统工作有哪些开支。他走出文具店，匆匆地离开了。

在牡蛎房子，下午的客人纷纷散去。丹走到火炉边，烤烤自己冻得僵硬的手。小翡翠在旁边跑来跑去，帮她的妈妈收拾桌子，打扫卫生。丹就和她聊起天来。现在，他住在华盛顿，格林夫人让他把这里当作自己的家。

这时候，皮特走了进来，上气不接下气。"我不得不拼命跑，"他解释道，一面把他的靴子脱下来，放到炉子上烤，"不知道怎么搞得，雨说下就下，倾盆大雨！"

他的妹妹关切地问："你没有淋湿吧，你冷不冷？"

"哦，别大惊小怪的。"他温柔地对他的妹妹说，"我今天见到了一个老朋友，我早上的时候，把他渡到了亚历山大——梅里·维勒·刘易斯。"

"你说梅里·维勒·刘易斯，现在在华盛顿？"丹有意地隐瞒了他和刘易斯的关系——他们肯定也猜不出为什么他对刘易斯有这么特别的兴趣。如果不是今天他还有工作没有完成，他一定已经见到他了，想到这里，丹觉得非常遗憾。不过明天刘易斯一定会出现在总统家的，到时候再去拜访也不迟。

"梅里·刘易斯！"格林夫人叫道，"你没有问吗？他现在在哪里营生呢？"

"哦，还是为政府做些生意什么的，我相信他说的。"皮特转向丹，"他原来也为总统工作，和你现在一样。有时候他会来这里吃东西。后来呢，听说不干了。我们原来在阿尔拜马尔的时候，就是邻居呢。"

"阿尔拜马尔，就是总统先生的故乡，知道不？"格林夫人自豪地说，"我以前给你说起过的，记得吧？我们和总统是同乡哩。"

"我想，"皮特有点不屑地说，"你是想以此提高在博特先生心目中的地位吧。哼，我说那可没什么值得夸耀的。不过说到刘易斯，我不得不说，他还是孩子的时候，大约到大人膝盖那么高吧，那时候他总是满世界乱跑，不过现在已经长大了，哈哈。"

"那么他现在长得什么样子呢？"丹忍不住询问道。

"长得好，首先，他长得真高大啊，足足有六七尺，身材魁梧健壮，真是个帅小伙。总之一般人站在他旁边，都会显得很矮小，我觉得是这样。"

"哦，不过我们的博特先生也很健壮，很结实啊。"格林夫人显然是觉得皮特说话有点不大妥当，赶忙插话道，"在我看来，博特先生的乐观积极、开开心心的态度，就比梅里要好得多，梅里生来好像就是那种血统，像阴郁的天气，看起来总是那么忧郁而悲哀。"

"还有什么呢，皮特？"丹大笑道。

"哦，我不知道了。"这个水手打着哈欠，已经有点犯困了，"不过……让我想想看，他好像什么也不怕，简直天不怕地不怕，精力旺盛，总是生气勃勃的。"

"不惧怕任何事情。"丹开始想，怪不得杰弗逊会那么看重他。而这恐怕也就是为什么杰弗逊先生要选择梅里·刘易斯来指挥这次远征！

"快到三十岁的时候，"皮特继续说道，"他成了海军的一名舰长，被派往西部印第安部落。具体怎么样我也不知道，不过这倒是提醒了我，他跟我说，他马上又要去西部了。说这次是因为要处理政府层面的一些生意，不过还是要和印第安人打交道，这次是为他们提供贸易的帮助。"

丹本来就很好奇，想知道梅里·维勒·刘易斯是个什么样的人，因此很希望能够见上一面。现在听见皮特的讲述，他简直等不及要去见他了。他多么希望今夜能快点过去，那么明天一大早他去上班的时候，就能在总统家见到他了。

他心里想，当他明天早上到总统家的时候，他们也许都会在那个私人办公室，一开门就能见到他们——杰弗逊先生和刘易斯；他也能想象，如果到时候里面空无一人，他会多么失望和懊恼。

第二天上午，丹正在办公室努力地工作着，这时候门开了，杰弗逊一个人走了进来，拿着一叠纸。从他的脸色和那句"早上好"的语气来看，丹立即感受到了一种特别的气息，总统先生一定有些特别的事情在脑子里回转。让丹稍稍有点困惑的是，总统先生很快就坐了下来，并且开始认真地处理那堆文件了。难道他一点都不打算谈谈刘易斯吗？

过了一会儿，总统先生放下了手上的文件，看着丹。"我相信，"他说道，"远征马上就要开始了！刘易斯已经准备好了启程所需要的一切，他的清单很详细，没有比那更好的前期准备了，我想。他们随时可以出发。"

"那么他在这里吗，先生？"

"昨天晚上在这里。然后他搭乘一早的渡轮去了亚历山大，接着他要去哈普渡口。因为从费城到巴尔的摩那段路路况太差，因此他怕耽搁，只能从华盛顿提前启程，预留好路上可能耽搁的时间。不过，"总统先生一定是看出了丹的失望之情，"当他们正式启程前往西部之前，他还会回来的。"

"那他知道那会是什么时候吗，先生？"

"从哈普渡口出发的时间，大约是初夏，那么舰队从密苏里启程应该要到早秋吧。这些时间的计算，都是他在费城，跟科学家们学习后计算出来的。他现在必须根据科学的数据去安排自己的行程——一切的重担都将压在他一个人身上。首先，他必须亲自挑选他的队员。此外，刘易斯不信任任何人做他的助手——他总是自己规划好每一个细节，确保万无一失！看，"总统先生让丹看一看桌子上的那些纸，"你看他的条目清单是多么详细啊，这里面都是远征所必须的装备，缺了哪一样都会带来不可估量的负面影响。"

"数学测量仪器设备217美元，武器装备81美元，交通工具……药品……"

丹看着这份清单，有点汗颜，实在是做得太细致，太认真了，这一点他确实还比不上。

"这真是太费脑筋了，他一定是反复比对，反复琢磨，"他说，"每一个条目他应该都至少考虑了两遍以上！"

"哦，他知道户外生活的一切必须品。他说，如果国会批给他的经费，他不能钱尽其用，不能每一分钱都花在刀刃上的话，他就会觉得自己很不诚实。所以从这一点而言，他是一个十分诚实而严谨的人，不能简单地归结为好的脑力。有时候，聪明的思维还不是成功最重要的一点，一个人的精神风骨和意志品质，才是成功的关键。刘易斯这二者都具备了，这就是我选他的原因。虽然刘易斯年纪不大，但是对于他的队员，他就像父亲一样。他总是为别人考虑的更多，总是最后才想到自己。这就是现在世界上最宝贵的奉献精神和无私的真挚内心。他现在正在前往哈普的兵工厂，为他的队员挑选最合适的武器。这非常重要，因此他一定要亲力而为。"

丹点点头，说："这非常重要，他们不仅需要来复枪来猎取食物，还得枕戈待旦，拿枪保卫自己的安全。他们恐怕睡着了也要睁开半只眼睛，随时准备应付印第安人。"

"印第安人——不不不,这还不是单纯的印第安人的问题,"总统严肃地说,"更真实的情况是,很不幸,那些英国的皮毛商人,向印第安人保证,如果他们能够把美国人赶出这片区域,那么他们就会提供充足的武器装备。这些地区就包括密西西比河上游和密苏里地区,这些地区恰恰是我们远征队的必经之地。因此他们的敌人远不止印第安人,还包括虎视眈眈的外国皮毛商。"

"我相信刘易斯会处理好与各方的关系,对此我深信不疑,"丹说,"不知道怎么的,我总感觉这次远征就好像属于他——属于约翰·雷迪亚德!刘易斯就是他的化身,去实现一个伟大的梦想。"

"我很高兴你能这么想,丹!我自己也常常这么想,我希望年轻的刘易斯能够像雷迪亚德那样——我早就说过,他们在骨子里有着相似之处,但愿他能够实现雷迪亚德未曾实现的梦想。但是你说了,"杰弗逊先生笑着说,"这次远征属于他!差不多十年之前,那时候刘易斯还是一个小伙子,他和另外一个同伴就开始了这次远征的旅程,他们既定的路线就和今天的远征一样。是不是很难以置信?但是后面在路途上,他们中有一个人被发现是法国间谍,所以刘易斯不得不返回。"

"我相信,这次他不会把原来的人都召回来的!其实要挑选合适的人,确实是一件很复杂的事情,这不容易,很不容易。要找到对的人!"

"刘易斯深知这一点!他现在很了解人。当他选择最终完成时,你可以完全信任他们。事实是,"杰弗逊的音调再次变得神秘,"他已经选好了一个人,那个家伙一定不会更轻松!因为他感觉到一次巨大的远征必须有两个领袖,级别和责任都是相当的,这样如果一个人发生了意外,另一个人就可以……"

"我很赞赏这一点,"丹叫道,"对于很多的人来说,做远征队的头头本身的意义要大于对远征的奉献。其实,领袖不是什么官职和特权,而是意味着更重的责任和更多的付出!这一点我很赞赏。"

"这就是梅里·维勒·刘易斯,他就是这么一个人,丹。所以他挑选了一个他的伙伴,这个人原来也在军队服役。他就是威廉·克拉克。这两个人有相似的气质,勇敢坚强、不畏艰难。他们的性格都很适合担任这次远征的领袖之职。对于刘易斯来说,这第一个选择是很明智,也是很欢快的,因为他们是老朋友了。"

"这其中还有一个特别的原因,"杰弗逊说,"为什么我对他的这个选择——克拉克——感到很亲切。二十年前,整整二十年了,我让他的哥哥乔治·罗杰斯·克

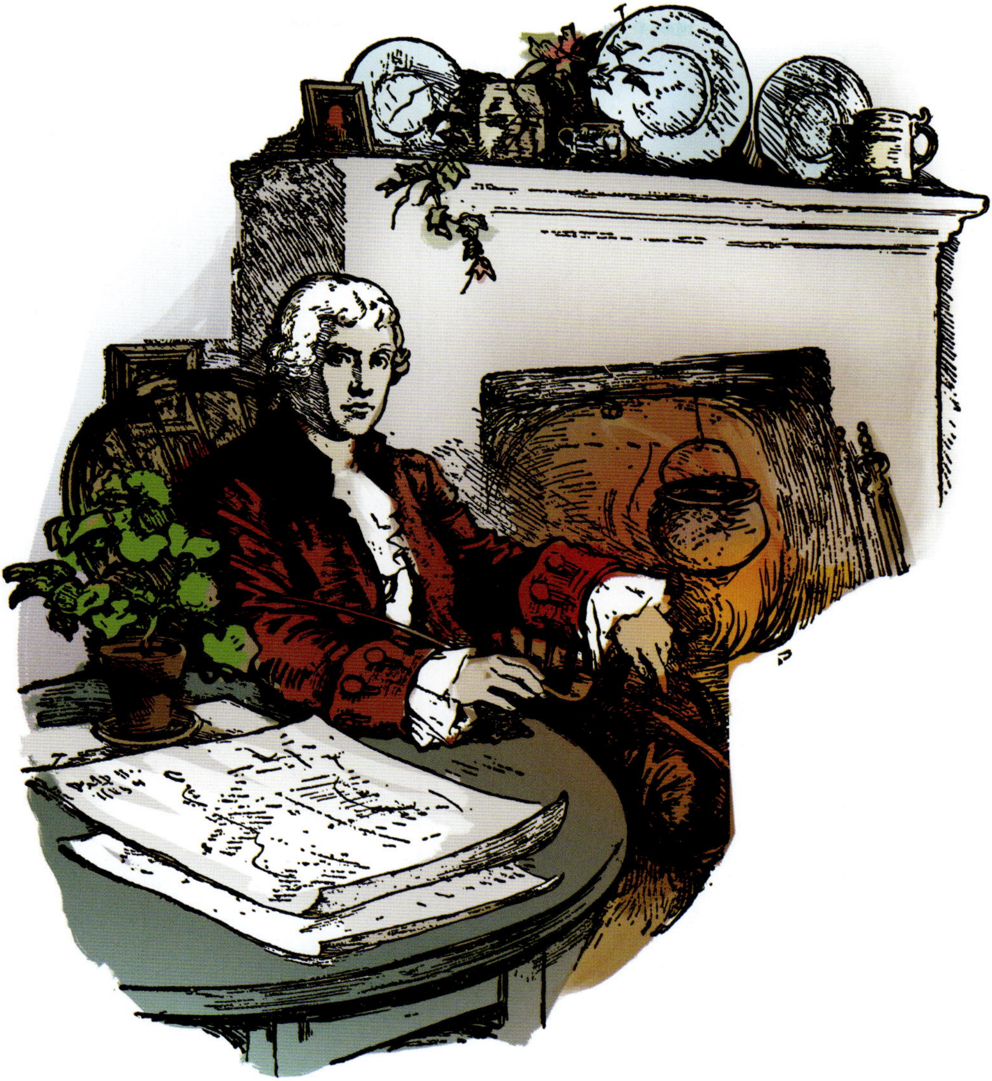

拉克考虑一次探险——当时确定的路线是穿过路易斯安那，沿着密苏里河一直往前，最后到达太平洋。几乎和今天的这次远征路线相当。乔治·克拉克有点不确定这次探险的前程，他最终没有接受这个任务。就这样，这件事情就被搁置下来。直到今天，似乎是冥冥中的注定，他的年轻的兄弟，又被召集来执行这项任务，就好像，这本来就是他的位置！"

"二十年前……这可真是不短的时间啊，"丹若有所思地说，"那时候，我的爷爷可能刚认识约翰·雷迪亚德。那么也就是从那时候开始，雷迪亚德就希望能够开启这段探险旅程！"

"可是对约翰·雷迪亚德来说，不幸的是太慢了！你是幸运的，丹，在你的有生之年，你亲眼见到约翰·雷迪亚德前半个愿望的实现——美国打通了通往中国的贸易之路。现在，他的另一半梦想也即将付诸实施。"总统严肃地说。

过了一会儿，总统先生起身走了，他出去之后，丹继续努力工作，他似乎一下子找到了更加努力工作的动力。桌子上的文件每天都堆积得更多，他的抄写速度好像永远都赶不上文件聚集的速度。这其中很大的一部分原因，是原来的秘书刘易斯离开了那张小小的书桌。在那间小小的书房里，丹一个人努力地工作，时间过得很快。一晃，许多天过去了，这段时间，丹很少见到总统杰弗逊先生。即便见面，也往往是匆匆一瞥，总统先生就特别的文件指示几句就离开了。因为总统每天都需要接待大量的来访者，而且要处理各个层面大大小小的会议，时间都被占得满满当当的。不过也有的时候，总统先生满面春风地走进书房，似乎很开心的样子。这一定是他又接到了刘易斯的来信，只要看到他乐呵呵的样子，就标志着刘易斯又来信了。

"是的，丹，"每当这个时候，杰弗逊都这么说，"我们现在要见证远征步入正轨。"

实际上，对于丹而言，这一切或许都是刘易斯特意安排的——为了让这个他最亲近的人，不至于失望，他总是亲切地传来好的消息，关于他们伟大征程的好消息。虽然那段征程肯定会遇到各种问题，也一定会有很多危险，但是至少对于杰弗逊而言，好的消息能够让他有一个美好的期待和想象——远征已经步入正轨！

"听听这个！"一天总统大叫道，一边读着刘易斯的一封信，"他已经准备好了十四包礼物——这些礼物是准备赠送给印第安部落的——包括一些很有用的图书，还有一些能够让印第安人开心的小饰品。梅里·维勒之所以特别提到这些事情，那是因为他知道，我多么看重和印第安人保持和平的关系。我是多么希望和那些人友好相处。"

远征这件事情现在已经是众人皆知了，大家都会偶尔提及这次远征，不过大家关注的都只是，它作为沟通与密苏里河沿岸的印第安部落的商贸的意义，并不知道它背后的深意。同样被渐渐认识的，还有梅里·维勒·刘易斯其人，总统先生的秘书，会主管这次远征。不过似乎大家还都不确定刘易斯在哪里，有人说他在费城，有人说他现在仍然在办公室为总统先生工作。

"远征被了解的越少，它的秘密就会更安全一点！"杰弗逊的脸色很严肃，"前路的危险一定会很多——西部的动摇就是一个最大的麻烦。如果他们威胁脱离联邦最后成为实际行动的话……"

"你的意思是，"丹打断道，有点沮丧，"这次探险有可能被迫再次终止，对吗？"

"你想想看，如果西部人真的闹独立的话，你想他们会不会对联邦派遣出去的人员保持友好呢？他们既然决定脱离联邦，就不会再善待我们的官员，这点几乎是毋庸置疑的。最糟糕的情况是，他们可能超越不友好的程度，直接敌视或攻击我们的人员！"杰弗逊说道，"除非他们能够保持足够的耐心！我仍然在观望，希望有那么一天，能够从西班牙官方得到消息，恢复我们在新奥尔良囤货和中转的权利。我希望西部人民保持足够的耐心等到那一天！"

"另外，你知道吗？"总统先生笑了笑，说，"我的心一直跟那些善良的、本真的西部人民在一道。虽然他们一直在威胁我们。想想吧，想想那条宽阔的河道上都是他们的商船，上面装满了他们辛苦劳动的成果。想到这里，你都为他们感到充实与骄傲。你设身处地地想一想，现在他们的船被锁起来，他们也无助，几个月来，都无法经商。而从前，他们成群结队将货物运往新奥尔良，再中转出海，到更遥远的东方去获取丰厚的回报。现在这一切，都化为泡影，你叫他们怎么能不伤心？"

"如果东部的人也都能像你一样，看到这些，看到他们的疾苦和心声，并且给予同情的理解，"丹严肃地说，"他们就应该给西部人民一个承诺，让他们觉得暂时隐忍，不去攻击新奥尔良，是值得的。他们值得那么做！不过事实呢？好像并不尽如人意。而最糟糕的还有西班牙的拖沓，这么久也不给出一个直截了当的回复。苦了西部人民，不仅生活无依，内心焦躁，而且终日彷徨愤懑，不知道路在何方。"

"不过，丹，"杰弗逊笑着说，"不过形势很快就会明朗了，应该不出多久，就会峰回路转的。"他说着，离开了办公室。

丹难以回到工作状态，因此不想回到办公桌前去。他想去看他栽种下去的甜豆，现在长得如何了，平常他都完全没有时间去关心它。他把南边的窗户打开，然后朝下面看，看地面上那些小小的植物。它们正顽强地生长着——它们很快就需要一个棚架。

当他把头转回房间里时，他突然意识到，可以把办公桌移到窗户这边来，这样他就可以一边工作，一边呼吸新鲜的空气了。他刚移动一堆记事本，就听到外面有一阵声音传来："你从来没有来过总统的房子吧？那么你就随便看看吧。"很显然，是一个工人对一个好奇的观光者在说话。

一分钟之后，那个好奇的观光者脚步嘎吱作响地踩在砂砾路上，丹茫然地抬起头，望了一眼。他有点奇怪的是，那个人正盯着他看。那个人穿着粗制的衣服，方方正正的脸，蜷曲的红头发，脸被埋在一顶破旧的帽子底下。他们四目相对时，那个人一点也不觉得尴尬，只是朝另一条小路悠闲地走去。

那个晚上，丹回到牡蛎房子的时候已经很晚了，他累极了。他吃了点东西，就直接进到自己的房间，脱了衣服倒在床上。不过他却怎么也睡不着，只是半睡半醒地静静躺着。就在这时，他似乎听到隔壁房间里面有声音，是一个男人的声音。他抬起头，竖起耳朵仔细听。隔壁是皮特的房间，难道他病了吗？还是发生了什么事情了呢？不对，那不是皮特的声音。这时候，那声音变得清晰可辨，格林夫人曾经跟他讲过，房间的隔板只是薄薄的一层，隔音效果本来就不好。

"他们说他很快就会开始行动，我们必须抓紧时间，瞅准时机。"他听到一个声音如是说。

"我们有足够的时间去布置，"另一个声音接着说，"别担心，他不过是个毛头小伙子。对付他应该不是什么难事。我们可以摆平他，不是吗？"

这时候丹顾不上自己的睡意了，他全神贯注地听着。

"话虽这么说，不过，"第一个声音又插进来，"他可是会带着很多人一起，他不是一个人，这就不大好办呢。"

"他们说他很快就会开始行动……会带着很多人一起。"他们说的是不是就是指刘易斯和他的远征队？不，不是的，因为他们又说，他不过是个毛头小伙子——

刘易斯可不是什么小伙子。

突然，隔壁的对话停止了，传来来回走动的声音。很显然，他们要上床睡觉了。丹打着哈欠，到了该睡觉的时候了。这时候，其中一个人的话让丹从深深的倦意中，突然清醒过来。他坐起来，竖起耳朵来听，希望听出些蛛丝马迹。

"他不过是个小伙子！"他听到隔壁另一个人的回答，"我见过他，今天我看到他坐在桌子跟前，他的身姿似乎能够确定他并不是个用枪的老手。"

天哪，他们到底在说些什么呢？"坐在桌子跟前！今天！"他们不会是在说他吧，不过又好像确实在说他啊——他今天不就一直坐在桌子跟前吗？丹绞尽脑汁地拼命想，到底谁见到他坐在桌子跟前呢？最后他似乎想到了这么一幕：一个工人站在门外说他从来没有见过总统的房子长什么样，这时候一个红头发的家伙一直在盯着丹。就是这个人！所以他就是隔壁两个人口中的"毛头小伙子"！这真是一个天大的笑话——他认为他们说的是刘易斯，却没想到他们说的是他自己！

不过很快，他的一丝窃喜就消失得无影无踪。他们应该还是指刘易斯。"他们说他很快就会开始行动……带着很多人一起。"这肯定就是指远征行动。那么，丹的大脑在疾速地转动，因为大家都知道刘易斯曾经是总统的秘书，那个家伙要去会会刘易斯。

为什么他要去会会刘易斯呢？他与刘易斯是有仇怨还是有交情呢？他极力回忆起刚才所听到的对话。"我们必须抓紧时间……""我们有足够的时间……"他们到底要准备干什么呢？"对付他应该不是什么难事。"为什么要对付他，这听起来真叫人有点不寒而栗。

丹焦躁不安地躺下来，完全没了困意。他要把他听到的事情告诉总统先生吗？他半躺着，脑子里一直被某些事情缠绕着，纷乱极了。他今天听到的这两个人的对话，是不是和西部的反叛有什么千丝万缕的关系呢？他一遍又一遍地重复回忆那些对话，甚至连一个单词也不想放过。不过他还是没有理出个头绪，然而就算真有头绪，现在什么也做不了。丹心里这么想着，决定还是盯紧这两个人，先等他们明天醒来后再说。

丹大约是太疲倦了，最后还是进入了梦乡。他一觉醒来时，已经很晚了，格林夫人来敲门时，才把他叫醒了。他坐起身来，静静地回了会神，突然有一种不好的预感。这时候他才想起来昨天那两个人。但是太阳光都已经照到屁股上来了，四周的寂静似乎在传递着什么不好的预兆。一切似乎都在警示他：他们已经开始行动了,而他却像个笨蛋一样,竟然会睡过头。

"我猜皮特昨天晚上有同伴一起过夜吧。"他下楼梯的时候随口说着,尽量让自己看起来和平常一样。

"他们是不是吵到你了,让你一晚没睡好吗?"格林夫人关切地询问道,"我昨天晚上就对他们讲,让他们安静一点。他们昨天晚上一定会让皮特感冒的,他们昨天晚上非让皮特带他们回到亚历山大,我赶紧下去看看情况。这时候皮特已经出去了,外面可真是春寒料峭,露湿雾重啊。所以我跟他们说,他们可以在这里过夜,等天亮了再出发。我看见天亮的时候他们离开了。"

格林夫人的一番话简直让丹更加迷惑了,不过顾不得想太多,他必须赶紧投入工作了。他注意到那条通往总统家的泥泞的沼泽地,已经春意盎然,春虫躲在沼泽下面,发出嗡嗡的叫声,热闹极了。不过现在,他可顾不上欣赏这幅春景图,他的所有的脑力,都在思考那两个人。这两个人昨天晚上分明提到了刘易斯,这两个人一定就是丹一直怀疑的对象。如果丹的怀疑不错的话,那么这两个人就是在军火商那里下了大量订单的人。他们大规模的军火订单,目的只有一个,就是用于西部的叛乱。把这个消息带给梅里·维勒·刘易斯吧。其实现在杰弗逊先生也很彷徨,到底是让刘易斯继续前进,还是后退,他举棋不定。那么这两个人的事情一旦告诉杰弗逊先生,能帮助杰弗逊先生做出决定吗?

他坐在桌子边,心里一直在犹豫到底要不要把他心中的话,全部都倾倒出来。不过今天的工作似乎格外多,他决定先把工作完成之后再说。这时候一束强烈的太阳光线照到他的文件上,他抬头看了看挂在壁炉上方的钟。时间已经是下午了!这时候他突然听到杰弗逊先生的脚步声,从大厅传来,越走越近。他站起来,侧耳倾听。这时候,杰弗逊先生走了进来。就在这一刻,丹意识到,一定出什么事情了。

"一大早起来,我就听见喜鹊在枝头喳喳地叫!"杰弗逊高兴地说,"在我们揭晓这件事情之前,要不然我们先来点草莓吧,哈哈。那只喜鹊给我们带来了好运气!西班牙已经决定恢复我们在新奥尔良的港口权利了——密西西比河也将对我们永久开放!"

"那么西部的局势就会稳定下来喽!一切波澜都会归于平静吗?"丹的舌尖首先冒出这一个疑问,这也是他一直以来最担心的问题,"远征队终于安全了!"

"前路终于被扫清了!"总统说这句话的时候,一如上一次的神情,轻松而低沉。那一次是他听说法国军队在圣多明戈的灾难性遭遇后！

然而，虽然在这充满希望的言语之下，丹依然感觉到难以言说的恐怖。外国势力依然掌握着密西西比河的命脉和钥匙——不论是西班牙还是法国！而且现在谁能说门罗先生的任务一定能够顺利完成呢？不仅如此，丹不能忘记皮特的那两个神秘的乘客！现在躁动的西部人民已经得到了满足，那么他们就应该停止贩运枪支备战，也应该停止对政府活动的敌意。这么推理的话，他们就不应该对远征行动构成威胁！然而这一切，都只是合乎逻辑的想象和推理，而实际情况呢，往往瞬息万变。一旦实际情况超出丹的想象，那么远征队就将陷入极度的危险之中，后果就将不堪设想。

如此说来，即便西部独立的喧嚣吵闹平息了，丹还是能从总统的神色中觉察到明显的忧虑。而且随着日子一天天过去，总统的忧虑似乎也一天比一天严重。虽然不会直接提及门罗先生的任务，不过他还是会有意无意地透露出自己内心最真实的想法。他常常翻看着日历，然后自言自语地说："应该还没有到法国吧。"

有一次，杰弗逊先生在书房内徘徊着，突然打破了沉默，他似乎在提示丹沿着他的思路往下走，"现在的形势是，只要它还掌握在外国势力之下，就总还会对我们构成威胁！"丹记得爷爷曾经说过，"新奥尔良一旦为其他国家所占领，就像我们的脖子上架着一把利剑。"

路易斯安那马上就要转交给法国。事实上，法国长官劳森特已经在新奥尔良，准备举行盛大的转交仪式，这仪式乃是对波拿巴的最高致敬。那么詹姆斯·门罗能劝服法国放弃新奥尔良，将新奥尔良转给美国吗？门罗先生能够在转交仪式前完成这项任务吗？

丹注意到，总统每天都有规律地到书房来查看地图。不仅如此，他查看地图的时候，好像关注的重心还不止新奥尔良。他的思想里面一定有一个更广袤的蓝图。他还注意到，在最近的几次查看地图的过程中，杰弗逊先生总是会满脸忧虑地提及刘易斯。

很快春天已经接近尾声，马上就要步入盛夏了，但是依然没有刘易斯的消息，连只言片语也没有。连丹这会也感到焦躁不安起来。

每天一大早，他就步行至国会山，去呼吸冷冽的空气。然后他再去工作。他记得第一次来到这里的时候，这里还是荒芜的阴冷冬季；而现在呢，整个山坡直到波多马克河，沿途开满了各种鲜花。如果他现在有心情来欣赏这美景，一定能够缓解他内心的紧张与焦躁不安的情绪。在这段紧张的日子里,丹觉得每天到总统家的这段路,似乎都成为一种折磨,尤其是近一个月来,这种痛苦的感受让丹简直有点神经衰弱。他每次都慢慢地走,生怕早一刻看见总统先生的忧愁。不过可以肯定的是,过不了多久,门罗先生一定会有消息回来,不管这消息是好是坏,这种悬而未决的担心,总归是可以结束的。

正当丹来到书房门口,准备拧门把手的时候,总统先生似乎已经等候多时,上来把门打开。

"刘易斯来信了,"他手里拿着一封信,对丹说,"这是一个特别信使送回来的!"

在丹看来,总统今天是如此荣光焕发,异常兴奋。

"他已经开始在装运设备了,"杰弗逊继续说,"因为太忙,没空写信。从哈普渡口出发,他打算前往匹斯堡,去订制一艘远征的航船。然后他会驾驶这艘船沿着俄亥俄河往下游走,然后在路易维拉与克拉克船长会合。一切都进展顺利!"

"那么他们马上就要离开哈普渡口喽,"丹说道,"他们所有的人都会从路易斯维尔出发吗,先生?"

杰弗逊先生再一次把信看了一遍,说:"大家会面的地方最后会在密西西比河靠近圣路易斯的地方,这样他们就能在秋天的时候开始进入密苏里河。这次远征行动的计划就是,大家先分头行动,然后再结成小股队伍,尽可能避开注意,最后再在一个最合适的位置,大家会合……当然了,他们穿过密西西比河,就要进入外国的领土了,他们的一切行动就会变得复杂而危险起来。一切就都要靠他们自己了。"

"我记得我曾经给你说过,"总统先生继续说,"这支远征队将由十至十二人组成,但是,现在情况稍微发生了一点点变化,刘易斯说他和克拉克决定把人员数量增至二十六名,新增的人员都来自军队。丹,你想和他们一起去吗?"

"不是很想,先生!远征终有一天会结束,但是我的征程才刚刚开始!"丹说道,"我不想和他们其中的任何一人更换位置,我就是我!"

接下来的几天,总统先生很少再讲话。他常常坐在桌子前,凝视着空中,很长时间都不换一个姿势。他一定在苦思冥想某些问题。然后,他会开始写作,写得非常慢,他要把他的深邃的思想一点点记录下来。他还要时不时地停下来,去翻看他的地图。

"必须为远征队做些什么了。"丹心里这么想。因为他看到总统把写好的纸条小心地放在地图旁边,那一定是他所想到的应该采取的行动。

又过了几天,当他打开门时,发现总统先生的手上折了一束花枝,那是甜豆开的花。在窗台底下,丹为甜豆搭的花架上,甜豆的藤蔓已经爬了上来,开出一丛丛茂盛的花朵。

"这都要感谢你。"总统先生对他说,手里捧着一束花,"这些花儿和我去年栽种的一样好!"他一边说着,一边与丹走进了办公室。然后他低声说道:"刘易斯昨天晚上来向我请安了。"

"他在这里?"丹大叫道。他立即四下观望。总统的脸色告诉丹,不用找了。"他已经走了,对吗?我又和他失之交臂了!"

"我也很抱歉,丹——对你们双方我都感到很抱歉。我向他介绍了你,他也非常渴望见到你。但是他是入夜时分来的,那时候你已经下班,他很快就走了,因此没有机会见到任何他的朋友,包括你!"

"那么远征已经启航了,对吗,你是不是接下来要说这个呢?"

总统先生点点头。"只要刘易斯一回到哈普渡口,就可以启程了。一切的准备工作都已经就绪了。"

丹自言自语道:"这太不可思议了,简直像是在做梦,我们等待这一天,等待得太久了。"

"我很高兴,特别高兴,"总统说,"我为他准备了一本详尽的远征指南,我相信这指南他一定会用得上的。我早些时候抄了一份,通过邮差寄给他。让我大吃一惊的是,这次他回来,在我原来的版本上做了很多修订。所以我想让你帮我把这个修订后的版本抄一遍,用你那精美的书法!"

"这是多么让人喜悦啊,"总统说,"看见刘易斯那么志气高昂地出发,他对政府提供给他的装备如此满意。他充满了信心。所有这些都让我无比满足。我相信他一定能够成功!"

"不是每个人都能做出如此漂亮的选择!我相信他一定不会忽视任何一个细节。"

"刘易斯是很具有前瞻性的人,毫无疑问,他不会有所疏漏的。他甚至已经提前和亚历山大的军火商店达成协议,一旦发生紧急情况,可以向店里临时调集枪支。虽然后来事实证明他的订购量是充裕的,但是这种未雨绸缪的想法是对的。"

鳕步枪

此时,丹突然又想起科特先生决定在亚历山大下的枪支订单。但是会不会被皮特的乘客捷足先登呢,他们不是也要去亚力山大订购枪支吗?丹常常一想到这两个家伙,就感到非常迷惑,因为他们的存在总是给丹带来一丝不安。不过,丹这么想,即便他们是为了西部的独立而筹集枪支,现在这件事情也该了结了。因为新奥尔良的港口权利已经向西部恢复,西部人们又可以通过这里中转,前往太平洋,开展贸易,他们又何必拿起枪去攻击新奥尔良,或者闹独立呢?

不知不觉,时间一天天过去了,丹决定抽出时间来誊抄"远征指南",这份指南对刘易斯而言非常重要。在一天下午,丹决定开始动笔,争取尽快抄完。

现在还很早,丹突然意识到整个房子里非常安静。这样也好,他可以加快工作的效率。他把墨笔加满了墨汁,然后开始誊抄第一页。突然,门外飞驰的马蹄声打破了这片刻的宁静。一定是总统先生的朋友策马而来,门外一阵人声马嘶的喧哗,丹心想,这人不知道又是什么来历、多大派头。不过这些他都丝毫不关心,他只是自顾自地继续抄写。

安静了几分钟之后,从大厅传来了杰弗逊的声音,很急很快,又有点斩钉截铁,似乎他在下达一道命令,或者做一个重要部署。难道又发生了什么事情不成,丹有点好奇地想。难道是坏消息,也许吧,不过应该是那个人从马背上带回来的第一手消息。但是,现在一切又都归于沉寂,所以他也只能继续工作,直到夜幕降临,他才摸索着点亮了一支蜡烛。

过了一会儿,他又听见了车轮的声音,在这掌灯时分,难道又有朋友来访?他听见前门被打开了。就在此时,隔壁房间传来了交谈的声音。他听得很真切,那应该是麦迪逊先生的声音。难道刚才总统简短有力的命令是召唤麦迪逊先生?那么他们一定有要事需要商议!突然,种种纷繁的思绪一下子袭上心头——难道门罗先生那边有消息了?新奥尔良难道会发生主权上的变化了?但是时间一分一秒地流逝,隔壁的交谈丝毫没有减弱或者停止的意思。他感到麦迪逊似乎一反常态,十分沉浸于自己的谈话中,根本停不下来。

丹现在已经不知道究竟是几点钟了,不过从客厅传来的声音显示,总统的客人已经离去。他这才抬头看看钟,比他想象的要晚得多,但是他还是想再工作一会儿。

他继续静静地抄写,突然他听见有人进来了,那个人进来的时候很轻,蹑手蹑脚的,一定是怕打扰丹的工作。丹回头看了看,他没有猜错,正是总统杰弗逊先生。他正站在门的里侧。丹于是站起来，观察总统先生的脸色，这张让人敬畏的脸这会似乎变得孩子般活泼而可爱了。他站在那里，一言不发，看着丹。他炯炯有神的目光好像在盯着桌子上的一叠稿纸，然后他走上前来，笑眯眯地看了看。

"我已经完成一大半了——你的指南我已经抄了一大半了。"丹说着，似乎对总统异样的态度有些不大适应，所以不知道该说些什么好。

"丹，你知道的，我之所以制作这个指南，就是为了给我们去外国的领土探险提供一个基本的准则。但是现在，这些孩子们的征程不再需要踏足外国的疆域了！你懂了吗？他们不需要再去踏足外国的疆域了，这一大片土地，不再是外国的疆域了！路易斯安那，"杰弗逊先生严肃地说，"已经成为美利坚合众国的一部分了！"

"路易斯安那，属于我们？"丹鼓足勇气试探性地问，"但是门罗先生——新奥尔良呢？"

"哈哈，新奥尔良，"杰弗逊先生打断道，"也在这次交易之中，但是不包括西佛罗里达。巴黎方面将路易斯安那移交美国的条约，不日将在一艘专门的船上签订。随后会有专门的使者来华盛顿完成移交手续。"

所以那些飞奔的马蹄声就是要传递这惊人的消息，是不是？

"法国之所以愿意出让路易斯安那，"总统先生严肃地说，"因为他们需要钱，需要备战的经费。法国马上就要向英国宣战了。"

"你是说，法国现在陷入自己定下的欧洲计划的局里，他们要窝里横，窝里反？"丹大叫道，"当我们听说法国在圣多明戈之战中土崩瓦解，你指的是不是就是这次战争，让他们不得不拔刀相向？"

"不错，波拿巴就是这么一个人，"杰弗逊先生的语速很慢，似乎好像在避免正面回答，"他确信他要掩盖他建构美洲帝国的失败。那么要掩盖这一点，就必须制造一个更大的动作去分散人们的注意力，尤其是他们国民的注意力。无疑，两个欧洲的超级大国开战，就能达到这个目的。英国成了可怜的替罪羔羊！很显然，法国人对英国的扩张是充满敌意和嫉妒的——高傲的英国人通过不断征服殖民地，来扩张自己的国土，这已经持续了太久太久了。现在，一个更高傲的波拿巴想来分一杯羹，弥补他之前计划的失败，这其中的微妙联系，真是太有意思了。"

"让我来设想一下，英国佬现在仍然在这么看待我们，"丹大笑道，"殖民地！但是想想看吧，这也未免太可笑了。我们现在的国土面积差不多是英国和法国加起来的总和,不对,是比他们加起来还要大。我们现在的面积是过去的两倍——为什么要这样扩张呢?因为我们要迎接一个全新的国家诞生,新的美国。"

"你说的不错,"杰弗逊先生表示赞同,"一个崭新的美国!"

要是把时间的指针往前挪动几年,谁能相信,世界的局势会发生如此翻天覆地的变化呢?这天晚上,当丹回到家中的时候,他感觉夜空中竟然飘浮着丝丝甜蜜的气息。丹心情愉快地想,在他有生之年,能够看到如此多惊人的变化,实在是很幸运的一件事情……更为关键的是,他就处在这些变化的最中心地带——他在帮总统工作。现在美国的领土已经扩张到西部沿海,这就是约翰·雷迪亚德的梦想!若雷迪亚德先生在天之灵能够看见,该多么欣慰啊!

他加快了脚步。他注意到西方的星星正挂在天际——那是启明星吧,太阳已经在路上了。"接下来的日出,"他自言自语道,"将是一个新的美国迎来的第一缕晨曦。"

第三章 踏上征程

总统先生就路易斯安那州移交美国发表了正式讲话,其中有一句话丹记忆深刻,一字不落地可以记下来。在写给科特先生的信的结尾,丹刻意引用了这句话。"我们在西部的困扰,已经终结了。"丹不止一次地看着这句话乐不可支,但是每一次看着这句话的笑,都是充满深情的。因为丹见证了扫清这条道路的全过程,他明白这其中的艰难险阻。

这天,他回到家的时候还很早,所以他可以写信。他很想和科特先生好好分享一下:

庆典的规格很高,鸣响了十八声加农炮。一大早,庆典就开始了,斯普雷格船长向全体士兵发表演说。他不是一个很优秀的演说家,甚至有些字词都咬不清楚,所以他说的大部分内容,我都记不得了。不过,我唯一值得骄傲的就是,我可以很自豪地对小伙伴们说,我当时可是在现场的哦!接下来,独立宣言由萨姆埃尔·哈里森·斯密斯当众宣读,他是《智慧报》的总编和出版人。中午时分,总统迎来了所有的客人,我在他的私人办公室里。那间办公室是一个很有趣、很奇怪的地方,等回到波士顿我再细细对你们说。总而言之,在那里,你除了工作,还有很多事情可以做——做盆栽啦,搭花架啦……不过后来总统先生还是请我出去透透气。

我靠着墙站着,这样我可以看到整个人群。我从来没有见过如此多光鲜亮丽的服饰,那些男男女女,一个个争奇斗艳,漂亮极了。我也从来没有见过如此多美食,琳琅满目,应有尽有。

不过所有这些珍馐,在我看来都比不得其中两个客人的对话有意思。他们其中一个怒斥盖勒特先生浓重的外国口音。"但是请你注意,先生,"

鳕步枪

另一个人反唇相讥道，"就是这个满嘴外国口音的人，盖勒特，他一手撑起了美国经济，让我们拥有相对雄厚的经济实力。否则我们怎么拿得出1500万美金去收购路易斯安那？老兄，你要知道，政府花这么多钱，可并没有向你多征收一分钱的税哦！我们谁也没有被加重税负，不是吗？"

那么，好吧，就先到这里吧。（信到这里就结束了）

当他重新检查这封信的时候，又加上了一段附言：

我在写这封信之前，已经去亚历山大军火店洽谈过枪支订单的事情，我发现他们的订单已经满了。不过我会继续跟进！

祝好！

那个晚上，格林夫人和小翡翠都围着丹，听丹讲述总统派对的事情，她们听得那么入神，丹也讲得津津有味。

就在他们坐在那里谈天的时候，皮特进来了，似乎很热，又显得很脏，不过神采焕发，很高兴。

"今天的日子可真长啊。不过今天可真是好运气，我赚了平常三倍还要多的钱。那两个你不喜欢的人，"他俏皮地看了一眼格林夫人，"就是那天晚上我渡他们去亚历山大的两个人，今天又给了我一大笔酬金。让我帮他们装卸运送一批货物，货很多，我一个人吃不消。于是我还雇佣一个临时工帮忙，当我装卸货物的时候，他负责渡船。"

"那么这些商品是运到哪里去的呢？"丹询问道。

"我不知道，似乎是什么地方，经过匹斯堡，然后他们又说什么往俄亥俄下游走，管他的呢！"皮特有些不耐烦地说，一面又喝了一大碗水，"我跟你说，博特先生，这可真是苦差事，几大箱子的衣服，还有几大箱子的烟草——对了那个烟草箱子真是我见过的最长的箱子，真是非常沉！不过他们说，这么装是为了在那卸货的时候方便——更少的箱子装更多的烟草。"

从皮特的话看来，这似乎没什么值得怀疑的，丹心想——不过是一些衣服和烟草罢了。

"不过我可不想每天都这么卖命，就算给我钱，我也不能天天干这样重的体力活。"皮特接着说,这时候他已经准备吃他的晚餐了,"不过话说回来,这些人对我真的很好——他们给我三倍于平常的工钱!"

皮特吃饭的时候,丹就在那里一遍遍地回忆今天庆典上的主要事项。当丹对皮特说起美国的新领土时,他自告奋勇地说:"这个我明白,我们再也不用就西部吵吵嚷嚷了,闹什么独立嘛!好好生活,好好干活,这多好。不过我给你说,脱离联邦——说的还真轻巧,就怕说说是一回事情,真要闹起来,那又是另一回事情,哪有那么简单的。你是没见到圣多明戈法国军队有多惨。照我说,可千万不敢随便打仗!"

"是的。"丹同意道,无意间把写给科特先生的话,又重复了一遍,"我们在西部的困扰,已经终结了。"

很显然,这也是杰弗逊先生的观点。他必须尽快给梅里·维勒·刘易斯写信,把美国与法国新签订的条约告诉他。不过就在丹誊抄这封书信的时候,他蓦然发现,从船长那里传回来的消息是那么少;而这边丹与总统杰弗逊先生对于远征队的牵挂和希望的情绪却日益高涨。

一天早上,总统先生风尘仆仆地进来了,他满脸汗珠,灰头土脸,因为他刚去野外骑行回来。"那边远深处的森林,实在是太令我心旷神怡了,"他一边说着,一边指着乔治镇的方向,"那泥土的芬芳和浓荫蔽日的清爽,太惬意了!这个周末,我将去蒙特斯洛待几天。我好久没有体味锄头加铁锹的生活了!"

他坐了下来,然后给了丹一个大致的时间表,在这个时间表内,他会暂时离开总统府。"当我回来的时候,"他越说越兴奋,脸上浮现着朝阳般的笑容,身子靠向丹,"我就给你也放几天假,让你也出去转转。"

不过那天一个消息,又让总统的脸变色了,他的计划恐怕要搁浅了。这个坏消息就是:西部的边民又开始暴乱了!这个消息来自一个快马使者,虽然现在还不知道究竟是真是假,但只能先信以为真了:其实原因还是担心密西西比河会被关闭——这次是因为法国的地方长官劳森特从西班牙手中接管路易斯安那,这官方的接管让西部人民又深深地感受到了法国的威胁——而这也是他们威胁脱离联邦的最初原因。

"但是由法国来接管路易斯安那,现在对我们而言,完全不算事啊。他们一接管马上就要转给美国的啊!"丹觉得这个理由完全无法理解,"这无非就是法国的一场表演秀而已啊,他们在正式把路易斯安那移交给美国之前,还要煞有介

鳕步枪

事地表演一场从西班牙接管的闹剧,不是吗?或许又是为了满足波拿巴的面子!"

"但是你别忘了,西部边民也许现在依然不知道,我们收购了路易斯安那啊!要把这个消息传递到西部的每一个角落,至少要好几个月的时间!在这期间,他们只知道法国人正式从西班牙手中接管了路易斯安那,在新的统治下,他们担心自己的权利得不到保障,这是很正常的。"

"就在我们刚说我们在西部的困扰都已经解决的时候,居然又发生了这样的事情。原本我们唯一害怕的是我们无法顺利拿下路易斯安那,只要我们拿下,我们的西部就再也不会有纷争了。现在最讽刺的是,我们的西部人民担心的是完全没有必要担心的问题啊,因为路易斯安那已经是美国的领土了。而且,这件事情对我们的远征队,也不是一个好消息。"丹严肃地补充道。

"现在我们什么也做不了,"总统最后说,"只有不断地向西部派遣专员,并且等待收购路易斯安那的消息尽快在西部传开——希望西部在这期间能够保持克制,不爆发武力冲突。"

因此,再也没有关于蒙特斯洛和度假的讨论,那个长长的盛夏,杰弗逊先生和丹朝夕相处。此外,不断有友人前来慰问和探访。但是西部依然源源不断传来骚乱的消息,来访者都在讨论现在的局势。丹注意到,没有人在讨论完之后,会流露出轻松的神情。大部分人都难免陷入更大的忧虑和哀伤。尽管如此,杰弗逊那深沉的声音,还有他招牌式的微笑,还是能够在他日常的讲演中被听到和看到。不过在丹看来,这不过是总统先生在以一种顽强的坚持,去鼓励失望甚至是绝望中的人们——即便是在最黑暗的时候,也应该心存光明的念想。

在夏季的最后几个星期,总统先生一直在盼望收到刘易斯船长的信。

"他们一定已经到了密苏里河的上游了吧,"丹经常这么说,"真想知道,他们到底已经走了多远了。"

"我们很快就会知道的,"杰弗逊回答说,"刘易斯一定会给我写信,不论他有多忙,他一定会写信给我。"

但是,时间一周周地过去,仍然没有刘易斯船长的只言片语。杰弗逊总统因此越发焦虑,加上不断从西部传来的消极信息,更加重了总统的忧虑。最后,在秋季来临后的一天,丹正在工作,他突然抬起头,看见总统先生站在他的面前,手里拿着一份拆开的书信,一脸茫然。

"他们还没有出发!"他宣布这件事情的时候,眼睛里充满了失望和落寞,丹不用猜也知道他说的是远征的队伍。但是这怎么可能？

"他们是受到西部势力的阻挠和破坏吗？所以不得不……"

"不是的，"杰弗逊先生打断道，"显然不是这个原因，我们要为此感到庆幸。现在的情况是，出于某种原因，队伍被耽搁了，大家还没有就最后集合的地点和方式达成一致。"

他瞥了一眼书信，跳跃着把重点又读了一遍。"刘易斯经过深思熟虑，最后回到他的造船厂家，所以他与克拉克的见面应该就会被推迟，地点应该还是路易斯维尔。他们现在还在努力计划行动。从那里开始，他们似乎要各自前往圣路易斯，克拉克带着一部分人走俄亥俄河水路，刘易斯走陆路。事实上，他写这封信的时候，依然在路上。他信投出的时候，刚穿过凯斯卡斯卡——我们最西部的军队邮局。"

"他在信件的最后说，"总统停顿了一下，"这个季节继续出发已经太晚了，所以他们可能会在圣路易斯附近安营扎寨，准备过冬。这里靠近密苏里河，一旦早春冰河解冻，就可以准备立即出发。"

"但是这还有好几个月呢！似乎每件事情都在牵绊着他们。"

"我担心的是，丹，我们不能充分发挥主动，毕竟这是第一次试验，没有先例可循。真正重要的事业当然都是要花时间去准备的。刘易斯是很自信的，所以，春季肯定可以看到他们启程。他告诉我，一旦他确定启程，一定会第一时间告诉我。我们可以期待那时候，他们整装待发。"

"这件事情，"丹严肃地说，"我现在可以肯定地说，只有不断期盼，才可以让你相信，先生——你已经失望过这么多次了！"

一天下午，丹准备离开书房，出去透透气。他站在门外，看见一队狩猎归来的人马。"这好天气，"他自言自语道，"不会持续太久了。"这提醒他，应该开始搜集甜豆的种子了，要不然等到天气变冷，种子就没了。

他发现，甜豆的种子都很饱满，长得很好，他把手帕摊开，放在地上。然后他把黑褐色的种子放到上面，小心翼翼地包起来。与此同时，他把那些枝蔓破败的部分去除掉，然后把花架移到书房里面。他把花架立在工具箱的那个角落里，然后找到一个小罐子，来装那些种子。

他在罐子上写上日期和标签，一种奇怪的感觉袭上心头：明年谁来栽种这些种子呢？明年这个时候，他会在哪里呢？他的新工作——他真正的工作——那时候会开始启动吗？他把那个小罐子放在小的橱柜里，就在这时候，杰弗逊先生进来了。

"丹！我想刚才你出去了吧？"

"先生，我想，如果再不下手采集，这些甜豆种子就浪费了，所以我出去采集种子去了。看，这一罐都是。它们现在安全了！"丹一边说一边朝橱柜的架子点点头，"等来年它们就又可以入土发芽了！"

总统说："我很高兴告诉你一件事情，国会特别会议已经批准了我们与法国的协议，通过决议，将路易斯安那划归美国。"

"很好啊！一切都会过去的，西部的喧嚣终会归于平静。这好消息也一定会跨越地理的距离，传遍这个国家的每一个角落。到时候，西部的贸易会真正走向繁荣！"

"这也是我内心所期盼的！但是不可否认的是，现在这个消息传往边境的速度实在是太慢了。到目前为止，我所能看到的唯一的补救措施，就是不断地向西部派遣特使和专员，虽然这样做，效果到底如何，还不得而知。不过当务之急，还是要派遣真正得力的特使专员。"

就在此刻，丹的心脏都要跳到嗓子眼了，派遣真正得力的特使专员！难道这就是指的他自己？

不过似乎每次都是这样，当你的胃口被吊起来，以为马上就要讲到你的任务时，总是会奇怪地发生一个急剧的话题转折。这次又是这样，丹原以为杰弗逊先生马上就要继续提到特使专员的事情，并且提到丹的任务，但是杰弗逊先生马上转换了话题，说："我的女儿玛莎写信给我，说她不日会来看我们！她特意提到了你，丹——她说她很想见你。我的小女儿，玛利亚会和她一起过来，我们一家可以团聚了！"

但是仅仅几天之后，当丹进到办公室，丹立即感觉到有什么事情不对劲。"我的女儿不会过来了，"总统平静地说，"我的两个外孙突然病了，现在还不见好转。看吧，这真是幸福的烦恼——笑中也有泪、乐中也有哀。不过除了这个不大好的消息外，还有一个好消息。我刚刚接到主政密西西比河区域的地方长官——卡拉波尼的来信，他说日期已经定了，在那个日期之前，西班牙派驻新奥尔良的地方长官将正式将路易斯安那移交给劳森特。"

"那接下来就轮到我们接手了，对不对？"丹大叫道。

"对，我已经和卡拉波尼详细计划了接收的相关事宜！他和威尔逊将军和相关士兵将被派驻新奥尔良。一旦劳森特接管路易斯安那,他们就将前往接手路易斯安那,把这块土地正式收归美国所有。"

丹大笑着说:"那么这么说的话,劳森特对路易斯安那的主政只有几天而已喽!"

杰弗逊先生同意道:"但是这是一个必须的中间步骤,只有在这一步之后,我们才能正式接管。现在一切都已经准备就绪,相关工作都在有条不紊地进行。"

冬天到了,华盛顿到处都洋溢着欢乐愉快的气氛,到处都在举行各种宴会和派对。但是冬天的日子总让人觉得漫长,几周以来,都是一样的寒冷。被冰雪覆盖的土地简直让人难以忍受,再加上潮湿阴冷的空气,沁入人的骨髓,叫人舒展不得。突然有一天,在通往总统家的路上,丹看到银杏树的树枝上有一点点的小骨朵,他赶紧摘了一枚。把外面黄褐色的表皮去掉之后,里面竟然露出了一抹新绿。再往前走,几株野花似乎也在孕育自己的花朵,看来,春姑娘的脚步已然很近了。

在那个中午,当他走出书房去烤火的时候,他看见总统先生从大厅走过来,径直朝他走来。他们一起进了房间,这时候,丹注意到总统先生格外平静而庄重。

"我今天接到了重大情报,有好的,也有坏的,你想先听哪个?"正当丹往火炉里添柴火的时候,杰弗逊宣布道,"不管好的坏的,我都希望你能仔仔细细地听,这至关重要!"

丹心想,好像自己以前都不认真听他讲话似的。其实丹对于总统的话,每一个字都是认真听的,从来都是如此。不过总统这么说,一定是今天的消息意义非比寻常,因此要着重强调。

"首先,"总统继续道,"星条旗已经在新奥尔良的上空高高飞扬!我非常高兴,深深地为这一刻而自豪!但是,另一路邮差带回来了截然不同的消息、黑色的消息、坏到头顶的消息!一名政府特派邮差被人刺杀,就在密西西比边境线上。"

"后来这个邮差被救活过来,他说是印第安人袭击了他。不过他感到不安的不是印第安人袭击了他,偷走了他的马,而是他们一个让他不解的举动。他们用枪打烂了邮袋!他们似乎就是冲着这个来的。在他的邮袋里,"杰弗逊先生特别强调道,"里面装的是国会批准接收路易斯安那的公文通告,也就是说,这个邮差执行的任务是:向边境传递路易斯安那归属美国的消息!"

"他们是不是误认为袋子里装的是值钱的东西?"丹问道。

"你这么说也不是没有道理。但是既然认为是值钱的东西,为什么要打烂?难道发现是一堆废纸,恼羞成怒?让我们先搁置一下这个问题。"说着,总统从他的口袋里面拿出一封信,他没有折叠,所以丹一眼就认出来,是梅里·维勒·刘易斯的笔迹。

"刚刚接到刘易斯的信,"总统说,"他们已经出发了!"

但是,杰弗逊总统似乎并不开心,他盯着手中的信,直摇头。

"我们一直都在想,"他抬起头,说道,"远征队将在密苏里河附近安营,在圣路易斯的上游。然而事实是,他们不得不从圣路易斯,穿过密西西比河,然后在伍德河河口安营。这条河流是一条小支流,最终向东流向密西西比河——距离密苏里河有一小段距离,在密苏里河的南边。这就是这封信寄出的地址,伍德河大营。"

"那么他们并没有如他们预期的,走到那么远!"

"你知道吗,"总统继续说道,"他们为什么要改变计划?因为,西班牙驻守圣路易斯的官员还没有听说美国接管路易斯安那的消息,因此拒绝任何陌生人经过西班牙领土。不仅如此,刘易斯和克拉克都向对方解释,称美国已经买下了路易斯安那,但是他们的话谁也不相信!"

好一会儿,杰弗逊和丹一言不发。最后,还是丹先打破了沉默,他大胆地分析道:"你可以把责任归咎于我们的邮差速度太慢!但是如果那个特别邮差不被偷袭的话,如果他携带的公告不被损毁的话,也许情况就会大不一样。圣路易斯方面就会知道美国与法国的条约,会知道路易斯安那已经属于美国。但是你把这两件事结合到一起,你就会发现问题!有没有一种可能性,就是幕后一直有一只黑手在操纵着一切,他们有意阻止路易斯安那的消息传到边境和更广大的地区!"

就和往常一样,杰弗逊没有正面回答。"我想知道的是,这整件事情,对你有什么触动?"总统只说了这么一句话,然后就继续读刘易斯的信:

"我们会利用冬季这段时间,进一步培训、教导我们的队员,为我们接下来的行程做好充足的准备。我们应该会在早春出发。"读到这里,他有意地停顿了一下,着重重复了这句"早春出发"。

丹觉察到,总统先生明显意识到什么事情,但是是什么呢?

"克拉克和我自己近期都招了新的成员,为了更好地完成远征。其中包括两名法国水手,以及一名印第安语翻译,他负责和印第安部落交流沟通。通过我能够收集到的密苏里河的相关信息以及当地的历史人文沿革，还有各个部落的风俗习惯，我决定临时增加我们队伍的人数。我们将在圣路易斯招募一些新成员，这些人会随船队至曼丹印第安村落。我们必须依靠这些人对付那些部落的敌意和攻击。"

杰弗逊继续读信，翻了一页：

"英国哈德逊湾的商人以及西北的贸易公司在曼丹印第安地区扎根很深，所以他们绝不可能轻易地把自己的贸易控制权拱手让人。他们正在想尽一切办法要垄断该地区的贸易。其中重要的一环就是垄断当地的交通。为此，他们甚至给印第安人提供武器，让他们攻击上游从圣路易斯来的白人。不仅如此，当地的印第安部落确实更倾向于英国，想要获得他们的忠诚和归顺，并不是一件容易的事情。可以想见的是，英国佬一定会不遗余力地让他们与我们为敌。"

"给印第安人提供武器！"丹义愤填膺地说，"不过这不是什么新鲜事了，其实在很早以前，我就听说过这个事情，只是我没有想到，直到今天，英国人依然如此，真是唯利是图！"

杰弗逊斩钉截铁地论断道："这必须马上停止，印度安人对美国人的敌视，必须马上停止！他们必须明白，美国不是其他的国家，是他们自己的国家！美国现在统治着西部的广大区域。有一点他们必须确认，那就是我们美国政府，将以最大的努力对他们保持友好和公平，我们会满足他们的要求，我们愿意出更大的代价，与他们交易！"

"要达到你说的这些，只有一条最快也最直接的途径，那就是告诉他们，路易斯安那，是美国的领土。"

"如果要选一个人去传递这个消息的话，我想没有人比梅里·维勒·刘易斯更合适的了。因为他自己的灵魂深处，就是坚信友好与公平的。这是我的判断，"杰弗逊补充道，"他会去询问印第安人，他们自己到底希望把贸易点设在什么地方。而除此之外，还要告诉他们，为什么之前他们的便利和优先权，并没有被那些国家所尊重。"

"现在的问题是，"他说，"刘易斯只有拿出无可争议的主权证明，才能说服印第安部落。而且他必须先于欧洲人或者英国人拿出主权证明。英国人、法国人对这片地区的控制是早就为印第安部落知晓的，但是一旦我们美国的主权被知道，情况很可能就会发生变化。他需要的是一纸政府公文。"

总统先生的音调和脸色都让丹的心跳加速。他大概清楚了总统先生来的真正目的。"你的意思是,先生,你准备写信给刘易斯船长?"

"我已经写了,"他平静地说,"现在信已经准备寄出了!"

"那么说这就是我的任务,由我来把它带给船长!"这几个月的等待,最后都只化作这一句简单的话语。现在,当他真正说出这句话,他以往的兴奋与忐忑都已不在,他身上剩下的只有冷静和坚毅,还有果敢。"什么时候出发?"

"明天也许都不算早。你记得刘易斯说远征早春时节就会起程,现在离春天已经很近了,不是吗?"

"春天其实已经来了,"丹咧着嘴笑着说,"我今天还在沼泽地里看到了花骨朵呢。我一直在等待这一刻!"

"我知道你肯定奇怪,为什么我让你等了这么久。"杰弗逊的眼神温柔而亲切,就像在对自己的孩子说话,"我一直把你留在身边,就是想让你传递普通的专员无法传递的情报。因为如果说最后只有一个人可以信任和托付,对我来说,那就是你!有时候,我也感到深深不安——怎么能把你从熙熙攘攘的城市,一下子就派到野蛮荒芜的地方呢?这对你而言,安全吗?"

丹笑了笑,说:"户外工作一直是我想要的!我最喜欢的就是看轮船扬帆远航。我一定会完成任务的——我长大了,先生,变得更坚强了!"

"我忍不住还是会想起那个邮差!如果任务暴露,你被人怀疑……"

"说实话,我何曾没有想过这件事情!但是,我既没有邮包,也不会打扮成邮差,所以谁也不会怀疑我的。那封信,我会缝在我的衣服的里子里,没有人会知道的。别人只会知道我是一个到西部去找块地、盖个小房子的小商人。我在格林夫人那也不会透露一个字的,我只会跟她说,我出去处理点生意上的事情,过不了多久就会回来。我会让她看管好我的东西,等我回来。"

"有一点你必须记住,丹——你将会发现邮差是很有用的,所以如果你在路上遇到邮差,可以和他们交朋友。他们的职责之一,就是帮助旅途中的人,所以你如果遇到难处,可以找他们。"杰弗逊停下来,看着地图,"你没有太多的时间前往伍德河。你可以经俄亥俄河到匹斯堡,然后坐长途轮船沿着密西西比河往北到圣路易斯。"

"请不要为我担心!"丹打断道,他感觉到了总统隐隐的忧虑,"我这次一定不会再错过和刘易斯见面的机会!我会搭乘最早的船到亚历山大,今天就出发;

我听说，乘坐驿站马车从费城到匹斯堡要二十多天，但是从哈普渡口走的话，会缩短时间。"

"那么你就将追随刘易斯的足迹，完成其中的一段旅程。"总统打量着丹，似乎在向他灌注无限的期待，"我想知道，在你离开之前——你现在有时间好好想想这件事情的各个方面——如果你有哪怕一点点犹豫和担忧的话，你都可以选择不去追随远征队。你有权利选择退出！"

丹目光坚定地说："这真是奇怪，说话怎么能出尔反尔。我无法改变我的想法，那就是，我一定要追随刘易斯船长。现在，我的征程才刚开始，而且永远也不会有终点，生命不止，征程不止！"

"我就知道你会这么说，我就是想听你亲口说出来！"很显然，总统对丹十分满意，总统近来从未像今天这么高兴，"我们第一次在这里一起看地图的时候，你在我心里，就是一个充满探险精神的人。你会永远在征程上，这一点我很欣赏。我相信有一天，你会为我，为我们这个国家，义无反顾地踏上征程。"

"这个世界上没有什么东西能够换取你对我人生的指引。这个机会对我来说，简直就是一次重生。为了你，我愿意赴汤蹈火！为了我自己，我会更加坚强！为了祖国，我会勇往直前，无所畏惧！雷迪亚德和刘易斯都在前路等我！"

"我很羡慕你，"总统说道，"你可以见证这个国家的伟大变化传遍每一个角落，而你是那个信使！"

"就像看着一个孩子健康成长。"

"是的，而且你还在他成长的道路上搭了一把手呢！"杰弗逊的目光在地图上仔细地游走，"最好的路，对于这个向西方扩张的国家而言，就是连接东西方的路。我们必须决定这条路的走向——这条路要通往太平洋，通向与遥远的东方的贸易。"

丹没有说话，心里默默地确认了总统的话，那是他们共同思考的国家的命运和明天。

"以后，所有这些信息都必须精确地在地图上标出，"总统看了一眼地图，"而不是像现在只是凭猜测和想象。我很羡慕你！"他重复道。

"但是我不会和任何人交换位置的哦，先生，包括你！"丹开着玩笑说，心情无比愉快。

"我知道，"杰弗逊也开心地说，"我们都拥有自己心中的梦——每个人都有梦想——而且也许大部分人的梦想都是可以实现的。但是奇怪的是,梦往往不是以我们规定的方式实现,但是我们依然感到满足。"

他站起来,然后离开了房间。当杰弗逊再度进来的时候,他给了丹一个扁平的软皮袋子。"这里面是你的旅途经费,还有那封信。这个袋子是我平常用来装一些珍贵的东西的,我常常带着它去旅行。现在我把它送给你,希望能够为你带来好的运气。它能用一根带子就牢牢地拴起来,是不是很神奇?是个精致的小东西,你拿着吧。"

"我一定会把它亲手交给刘易斯船长的。"丹静静地说,"你不必担心,我不会再与他失之交臂!"

他们一起走出大门的时候,四周是那么安静。"你记得吗,丹,"总统问道,一边笑着说,"你第一次来这里的时候?"

丹也笑了,说:"我想我的脸再也不会比那次更红了吧。"

他们握手道别。随后丹头也没回地离开了,迈着坚定的步子,踏上他自己的征程。

第三部分　边境线

第一章　助人为乐的邮差

丹是那么兴奋，但是他知道，对于这件事情，他一定要保持高度的机密。他一回到牡蛎房子，第一时间把消息告诉了格林夫人，不过他只是说，他要去处理一些生意上的事务，很快就会回来。皮特自告奋勇地要求送丹一程。皮特自信满满地说，按照他的路线，一定可以少走很多冤枉路。对此，丹是充分相信的。他们最后决定通过安娜路斯坦岛，穿越维吉尼亚，最后赶上亚历山大的驿车。

第二天，天气阴冷晦暗，一大清早，皮特就和丹走在沉睡的华盛顿大街上。皮特将丹送到安娜路斯坦岛，告诉他怎么到匹斯堡公路，沿着匹斯堡公路一直走，在接近百丽的十字交叉路口，就可以等到前往亚历山大的驿车了。

天空已经露出了鱼肚白，天气依然很冷，丹觉得身子都要冻僵了，他拍打着自己的双手和胳膊，想通过这样的方式来使自己的身体暖和一点。不过效果不大，还是冷。等他赶到车站的时候，他发现只有很少的乘客。他付了车钱，上车找了一个空座位，坐了下来。他的旅程真的要开始了，想到这里，一丝小兴奋不禁袭上心头。不过，随着驿车在崎岖不平的道路上颠簸，一摇一晃得让他感到昏昏欲睡，很快，他就进入了梦乡。

当他醒来的时候，太阳已经高高地升起，车子已经到了乡间。再行走一段，路上开始出现成群结队的车队，载着妇女和孩童，他们坐在一堆家具、行李和厨房用具——锅碗瓢盆的中间，然而脸上露出无比灿烂的笑容。他们的领头，是一个驾着马车的男人，那是孩子的父亲、女人的丈夫。这一个个家庭正往邻邦搬迁，丹最开始这么想。可是当路上这样的车队频繁出现时，丹惊奇地发现，他们并不是从这个乡镇搬到那个乡镇，或者并不是短途的搬迁。他们的目的地是遥远的西部。这让他突然感觉看到了光明。这浩浩荡荡的队伍，或许一直在等冬日的艰冰融化，然后就启程，前往边境，开拓新的生活，迎接新的人生，创造新的世界！向他们致敬!

第二天,他们已经离开了匹斯堡,到了哈普渡口。

在这里,乘客被成批成批地摆渡到对岸,然后重新登上前往坎伯兰的驿车。驿站长告诉丹,他的必经之地是贝德福德,这是走匹斯堡这条路出来的必经之路,那里也是一个很有意思的地方,倒是不妨去转一转。目前这两地之间有一条货车公路,还算好走,速度也应该会比较快。到了贝德福德之后,就可以看到大量的交通工具前往俄亥俄州。其中有货运的商队,也有客运的驿车,如果觉得驿车太慢的话,货运的商队往往会因为生意而加快前进的速度。

然而路途却变得越来越难走,一路上连个旅馆也没有,荒郊野外的,车子又走不快,真是让人急得不得了。很快,夜幕降临了,乘客们的焦躁情绪慢慢变成朴素的期待,期待哪怕能够找到一家农户的房子过夜,那也是好的。不过,这还得农户的房子足够宽敞才行,要不然也容不下这么多人。这天晚上,丹第一次在地板上过了一夜,他还不得不和驿站长一起盖一床毯子。虽然冷是冷,但总算勉强挨过去。未来的路途还不知道会有什么状况在等着他,不过现在,睡一个好觉,为明天的行程补充足够的体力,才是最重要的。想到这里,丹昏昏沉沉地睡着了。

等他一觉醒来,准备继续赶路的时候,却发现外面正在下着雨。这还不算糟糕,一出坎伯兰,就必须翻越一座陡峭的山峰,驿车后轮的轴承因为突然的颠簸,竟然裂成两半。那些乘客既无奈又绝望,只能抱怨着。一脸无奈又委屈的车夫,只能竭力劝慰大家,说幸亏这里并不是不毛之地,前面应该还有人家。另外,大家都安全,这才是最重要的。可是乘客们才不管这么多,仍然没好气地下了车,一步一挪地在烂泥路上走着,逐渐远离了那可怜的驿车。大家艰难地走啊走,终于找到一处山村。这时候,那个可怜的车夫,又得厚着脸皮让大家稍安勿躁,说再怎么着,一天时间,车子就能修好的。到时候再加快赶路,不会耽搁太久的。不过,丹却觉得心急如焚,这里恐怕最等不起的就是他了。一天时间可能让他顺利赶上远征队,一天时间也可能让他与远征队失之交臂。他不能错过远征队,因为他绝对不能有辱使命。

在整个路途中,旅馆一律都是很简陋狭小的,他必须和其他乘客同居一室,甚至要共用被褥和毯子。但是,在这个平沙旅馆,情况却大不相同,这真是叫人喜出望外。这里的壁炉是那么大,粗壮的圆木都能放下去,在壁炉里烧得旺旺的,火苗直往外窜。更让大家感到无比放松的,还有那个店主,这是一个风趣幽默又热情友好的人。

鳕步枪

吃过晚餐，丹坐在壁炉边伸着懒腰，丹看到那个胖胖的老板立在柜台后面，正在清点各种瓶瓶罐罐。这时候，车夫从外面走进来，说也许要到明天的晚些时候，车子才能够修好。

丹想到，这么等下去也不是办法，他向店主询问，明天能不能租到一匹快马。因为那么多驿车，多少会有剩余的马匹的，如果能够租到马匹，他就可以提前上路了。虽然自己骑马也许也快不了，但是总比在这里干等着要好一点。而且，丹确实是等不起，也坐不住了，杰弗逊先生的嘱托，仍然历历在目，他不能辜负总统先生的信任。再说，他无比希望能够赶上远征队，和刘易斯见上一面，亲自把情报书信交给他！

店里的旅客百无聊赖，有的人玩起了西洋双陆棋，丹就在一边看了一会儿。不过觉得了无生趣，而且他也想趁此时机好好地独处一会儿。他于是早早地回到房间。他脱下了大衣，仔细地感受着那个皮袋子，还紧紧拴在他的衣服的里子里。

他睡得很浅，断断续续的，随时被外面的掷骰子的声音所惊醒，另外很大程度上，也是他自己内心保持的一种高度的警醒。渐渐的，周围聊天的声音慢慢地减弱下去，大家可能都睡觉去了。一切都变得安静了，不过他感觉自己才睡了几分钟，就又有一个响动吵醒了他。他起床来，朝窗子外面看了看。有一个人在旅馆的大门前下马来，有人打着灯，借助灯光，丹可以清晰地看到一匹马。那真是一匹健壮漂亮的马，马背上横跨着鞍囊和马褡裢。那里面鼓鼓囊囊的，也不知道装了什么东西。

丹突然有了一个主意。他记得杰弗逊先生曾经告诉他，如果遇到了什么问题，邮差是一定靠得住的。这个人的马背上那么鼓鼓囊囊，说不定就是一个邮差，如果真的是那样的话，丹岂不是可以向他求助？但是这个人真的可靠吗？丹的心里七上八下的，一时间竟没了主意。现在的问题有两个，一是这个人是不是邮差，会不会提供帮助；二是这个人也是到那个方向的吗？

丹马上从床上起来，穿上大衣，拿上自己的背包，进入酒吧间。酒吧间的炉子还没有熄灭，整个房间暖烘烘的。他进入酒吧间的一刹那，看见店主正将一个袋子交给另外一个人。那个人就是刚才下马的人，他穿着骑马的马裤、高筒靴、裁剪整齐的带衣边的大衣，戴着一顶圆帽檐的帽子。从这一身装扮来看，那就是一个标准的邮差。

"我很乐意为你捎带这件东西，乔治先生。"那个邮差说，"再说这也不麻烦，它一定会随着我的邮包安全地到达贝德福德的,请你放心吧!"

一切都与丹所预料的那样,现在似乎一切问题都解决了,不过且慢,人家会帮助丹吗?"先生,请问,你是不是到贝德福德?"丹走过去,礼貌地问,"不知道我能不能和你一道前往贝德福德?"

店主看着丹,一脸疑惑,问:"难道你不等车子修好了吗?说了明天晚些时候就会修好的。"

"可是那样就要耽搁一天,甚至更久!"丹笑着说。

"孩子,你当然可以和我一道走。"那个邮差插话道,语气里充满了和善和友爱,就像杰弗逊所说,邮差是你可以相信和依靠的人,"我先吃点东西,马上就出发,你的马备好了吗?"

丹紧张地咽了一口唾沫,大胆地厚着脸皮说:"我现在还没有马呢。不过我有钱,可以买一匹马。我知道,这听起来有点荒唐,但是我一看到你,我就想到可以向你求助。为了节省时间,我可以和你一道上路,除此之外,我确实想不到什么更好的办法!"他说着,把头转向店主,说:"如果你这里有马的话,我愿意买一匹,还请店家行个方便!"

"不过我想,还有一个更好的办法,"邮差打断道,"你可以让老板租一匹马给你,一直帮你送到贝德福德,乔治先生,我可以从贝德福德帮你把那匹马带回来。贝德福德是我的终点站!这样的话,我们就可以一路前往贝德福德了。这样对你来说,花费更少,孩子——不过你还要去更远的地方吗?"

"我也许还要从贝德福德出发,去……"丹含含糊糊地回答道,"不过你刚才的安排确实很适合我,先生!我觉得没有比这更好的安排了!"

"你不用老是先生先生地叫我!"那个人态度和蔼地说,"叫我思,思·穆里,就可以了!你吃过早餐了吗?还没有吧!那么我们可以一起吃饭,然后乔治会带你去看看马匹。不过孩子,这可是一段很长的骑行,我们可能一直要骑到今天深夜,如果你不喜欢马背上的生活,不习惯马鞍的话……"

"其实我很小的时候就学会骑马了。"丹咧着嘴,自信满满地说,"我会跟上你的。"

乔治给丹安排了一匹性格温顺、步伐轻盈的小母马。这种马对丹而言,再合适不过了。接着,思·穆里建议丹换一条宽松的裤子,然后又建议他从店里其他人那里买一双重一点的靴子。丹很快就换装成功,整个人的精神气质也焕然一新。

原本一个文文弱弱的书记员,这会成了一个英武漂亮的骑士了。他就要开启自己一段新的旅程了!他离开了那个旅馆,重新走在路上。那条路依然泥泞难行,高低不平,不过他的马步履很轻,步伐很稳,丝毫没有让丹觉得颠簸,真是一匹乖马,丹心里这么想。而最让丹喜出望外的是,雨终于停了,天空射出了几缕太阳的光芒,天际渐渐变成金灿灿的颜色,灿烂壮丽!

"你好像只是掌握了最基本的骑术,还没有太多实战经验吧,"邮差看着丹,似乎在以专业的眼光审视着眼前这个年轻的骑士,"照你这样走下去,明天你的腿会僵硬得像一个木头桩子。我的建议是,你抓紧缰绳,让你的小母马跑得快快的,快一点对你有好处。"

两匹马儿都开始慢跑起来,马蹄声清脆悦耳。丹紧紧地跟着思·穆里,和他并排前进。

"现在你对马鞍的熟练程度好像提高了很多啊,就像鸭子熟悉水一样,"思·穆里点评道,他看了看丹,关切地说,"好好骑,小伙子,否则明天,你的腿会僵硬地跟木桩子一样。如果我是你的话,考虑到要进行长途旅行,我就会准备一件真皮外套、一顶皮帽子。不过等我们到了贝德福德,你再准备也不迟,我知道有一家店很不错,今晚就能到那里,那就是吉那利的店铺。他那里的商品应有尽有,价格也公道,你可以去逛逛。"

贝特·吉那利,他告诉丹,不仅是一名熟练的大篷车车夫,同时也是一个店铺的老板,什么东西都卖;除此之外,他还有一项特殊的业务。那就是为往西的商人提供马匹和马车的租赁与回收的业务。

思说:"常常走这条路的人,没有人不认识贝特·吉那利。他的店铺里真的是啥都有,从铁犁到钉子,维吉尼亚的烟草、衣服、鞋子、杯盘碗碟,武器弹药……什么都有!每当秋天到来的时候,边境的人们撒下了新一批的种子,进入农闲季节时,他们就成群结队地赶着马车,翻山越岭,将一袋袋的农产品搬到贝特·吉那利的店铺,换取动物的皮毛、威士忌酒和奶酪,等等。"

"我很好奇,如果没有贝特·吉那利的商店,那些西部人该怎么办?设想一下,西部真的如他们威胁扬言的那样,脱离东部,他们会怎么样呢?他们将如何生活呢?"丹有点激动地说。

"嗯……是的,这个问题在我的脑海里也想过很多次了。如果现在真的脱离了联邦政府——他们该怎么办呢,该何去何从呢?就不说那么大,真的突然没有了贝特·吉那利的商店,他们到哪里去换取他们的生活必需品和其他日常消费品呢?无论怎么说,要想获得更好的生活,必须互相配合,相互沟通。"思·穆里继续说,"西部离不开东部,东部说实话也离不开西部,谁离了谁,都寸步难行!"

"不过,听说,现在大部分的西部县乡,都被独立主张给迷惑了,大家的独立情绪似乎很高涨的样子!"丹说。

"是的,我在贝特·吉那利的店里曾经听人说过这样的话。我猜说不定过不了多久,西部的麻烦就会再度爆发,不管是武力的暴动还是如何,总而言之,会是一番惊天动地的大爆发……想想看吧,如果这场暴动被神圣不可一世的法国镇压下来——"思·穆里顿了一下,笑着说,"他们就又要关闭新奥尔良的港口,来限制西部的贸易了。"

"不过星条旗都已经在新奥尔良飘荡好几周了啊,"丹笑着回答道,"而且路易斯安那也已经被美国收购,很快就会划归美国!"

"是的,不过对我来说,"穆里说,"我很开心我生活在这片土地上,而不是在西部那边的地方生活。哪怕拿整个西部和我换我家乡的一寸土地,我也不会交换——包括路易斯安那。"

丹转过头来,看着邮差,显得很欢乐,说:"这句话我好像很早以前就曾经听说过,当时有一个从辛辛那提来的人说了跟这差不多的话,不过他的说法却恰恰和你相反。他不是说整个波士顿,而是说整个新英格兰地区去换,他也不会换。他所说的换,是指拿整个新英格兰和他换他的故乡俄亥俄下游地区。"

"他们总是喜欢说大话,这些西部人,都这个德性!"思·穆里只能这么评论道,他丝毫不愿意退步,而且进一步说道,"他们简直是在吹牛,我就想不出来,西部到底有什么好的。"

"不过你想过没有,他们确实有一些资本。比方说他们的勇敢,这种可贵的品质是很宝贵的素质。"

思·穆里咕哝着什么,然后陷入沉默。过了一会儿,也许是为了打破尴尬的局面,他有点不好意思地说:"我不是在打探你的商业机密,孩子,我只是随便问问,你到了贝德福德之后,还要往前走很远吗?我没有别的意思,只是也许你告诉我之后,我能给予你更多的指导。"

"最远也许会到匹斯堡吧。"丹承认道,不过依旧是一副含含糊糊的样子,"不过如果不是和你一道,我真的不知道自己会有多糟糕,真的是非常感谢你!等我

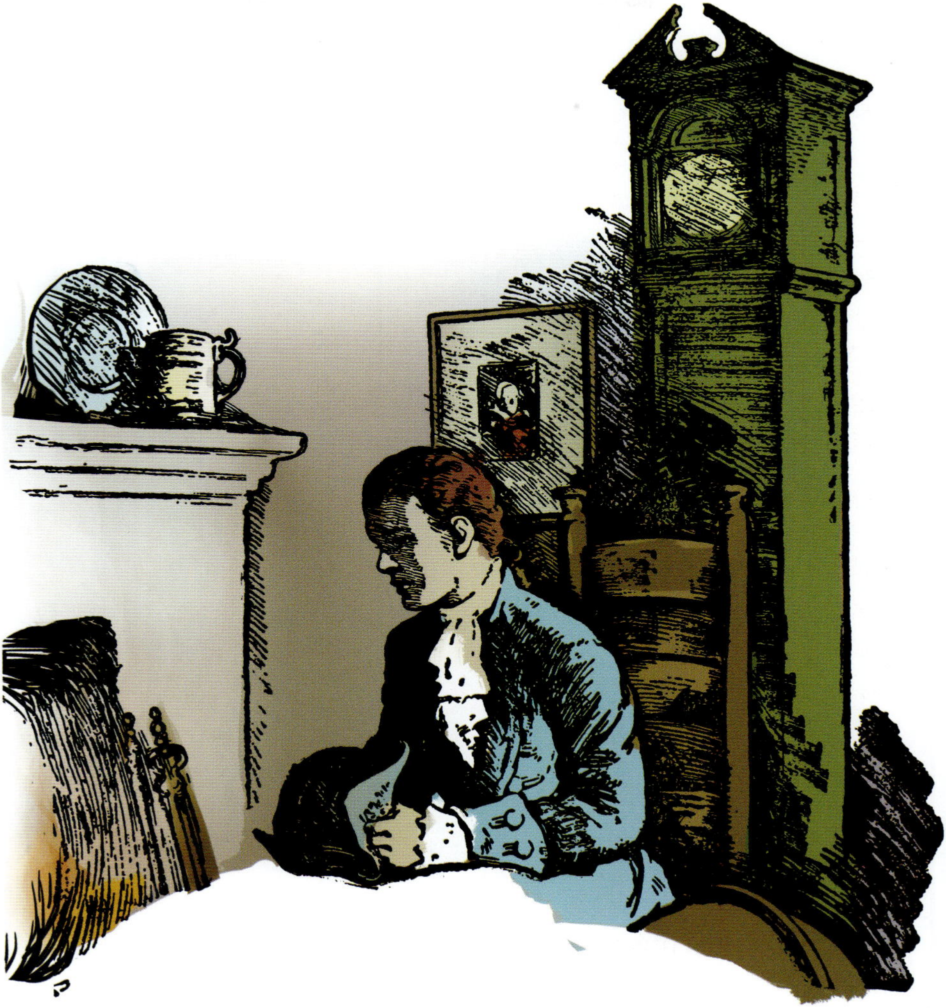

到达贝德福德之后，还能和邮差一道吗？你对我实在太好了，我都不知道该怎么感激你。"

"这没什么，这都是我的分内之事。我们做邮差的，其中有一项重要工作，就是帮助路途上需要帮助的人。如果你愿意，你仍然可以选择和邮差一道。不过据我所知，从贝德福德到匹斯堡的邮差，一周才去一趟。所以不知道你的时间是否充裕，能否等得起。另外，我相信，如果你一个人走的话，只要你足够努力，断然不至于走失的。那段旅程有六七条大的马路，还有很多小路，不过不管是大路还是小路，都有很多前往俄亥俄，或者去俄亥俄河准备坐船的人们。"他停顿了一下，然后打量了一下丹，问道，"你要随身带上家伙吗？步枪或者来复枪？"

丹突然想起来，有人曾经在背后说他并不像会舞枪弄棒的人，来复枪更是不可能会用。"现在还没有准备枪支，先生，也许以后我会去准备。不过相信我，我还有赤手双拳嘛！"

"最好还是要配上武器，否则漫漫长途，怕要吃亏的！"穆里说，"我听说那些西部的旅馆，都像虎狼之穴，经常会出现无赖流氓泼皮这样难缠的人。这群野蛮人打起架来可不要命呢，逮着什么就啃什么，一会儿把耳朵咬了下来，一会儿把眼睛咬了下来，一会儿把鼻子咬了下来。简直是野蛮得不得了。这可不是道听途说，也不是什么传奇故事！是真真切切会发生的事情！"听到这么说，丹忍不住哈哈大笑起来，这也太夸张啦！穆里还是坚持道："你还别不信，这些都是那条路上德高望重的人们讲的，虽然不知道是不是都是这样，或者说他们也开始学会反思，情况也许会好一点吧！"

"哈哈，不过现在对我来说，最需要感谢的就是你，你将要带我去吉那利的店铺，在那里，我也许就可以见到你说的那些奇葩的西部人了。"丹开着玩笑，戏谑道。

"你可以见到一大群西部人，孩子，吉那利的店铺可是西部人的天下！"

第二章　瑞德和杰夫

突然，一阵奇怪的声音将半睡半醒的丹彻底惊醒。那声音似乎是磨锯子发出的声音，又似乎是锯子锯东西发出的声音。他微微睁开眼睛，睡眼惺忪，模模糊糊感觉到院子里有人在激烈地高谈阔论，那声音那么粗野，似乎一听就知道不是什么好人。突然，有一个声音命令道："用挽绳把它们扣住，别像个呆头鹅一样，就知道杵在那里。"虽然对于丹而言，这会确实昏昏欲睡，不过，他还是咧着嘴笑了笑。真是满嘴粗口的西部人啊，怪不得穆里说，吉那利的店铺，就是西部人的天下。

"难道你现在就无事可做了吗？就知道呆呆站在那里，数这里有几棵树啊？"同样还是那个粗鄙的声音，无厘头地训斥道。

现在天还没有亮，到处都还是一片漆黑，丹从他的临时便床上跳起来。他的这张床安排在楼梯间下面的一个隐蔽位置，真是太简陋了。他穿上靴子，走到门外，去看看外面的情况，顺便透透气。

那个大大的院子，现在是那样安静。不过昨天晚上，他和思·穆里骑马赶到这里的时候，到处都是沸腾般的响动。院子里车水马龙，人们忙得不亦乐乎。

当丹的眼睛已经适应那昏暗的光线时，他开始看清了周遭的一切。那一阵骚动的中心，是一个庞然大物，有点模糊，隐隐约约地穿过这个大大的院子。那是一辆大的大篷马车，装饰华丽，是旅程所用的交通工具。一股动物皮毛的腥臭以及马匹食物袋子的和动物身体发出的刺激性气味，让丹觉得有点反胃，简直要作呕了。不过他终于还是没有呕吐出来，他赶忙穿起衣服来，他要询问思·穆里什么时候出发。

他们不得不选择吉那利给他们推荐的住处。那个地方人员拥挤，这一点吉那利已经提前告诉他们了。这些人员中大部分是商人和车夫马夫。这是因为俄亥俄

鳕步枪

的冰面提前解冻了，这样河面的交通马上就可以恢复通行了，所以大队人马开始往俄亥俄方向集结。昨天晚上，穆里和他都太累了。穆里的最后一句话是说，他会找个地方过一夜，约好大家明天吃早餐的时候见。

丹快速地穿好衣服，将外面的钱袋装满钱，以应付白天的用度。他弯下腰，把脚伸进靴子里去，然后站起来，背好背包。这时候他突然想起了穆里的话："你的腿会僵硬得像一个木头桩子。"果不其然，现在，当他穿过酒吧间，往厨房走的时候，他确实感觉到双腿麻木，实在是太难受了。

到处都是开门或者关门的声音，人来人往，熙熙攘攘，这就是丹此刻最真实的感受。围绕着酒吧间，一群人站着一面喝酒，一面谈论着天南地北的闲话。当他穿过他们时，丹有意地打量了他们，而且听听他们到底说了些什么。

当他走进厨房的时候，有人熄灭了蜡烛，因为天马上就要亮了。

他发现思·穆里已经吃完了早饭，在给马儿喂草料了。他只能囫囵吞枣地吃了几口，快速结束了自己的早餐时光。他草草地整理了一下行装，把饭钱和住宿费结清，就急匆匆地走出了酒吧间。

当他快速穿过酒吧间的时候，他感受到了一阵小小的骚动。他听到有人在说："就是他！"然而他现在只想找到穆里，于是并没有理会，也没有多去想那个声音。这时候，他突然听见有人在叫他的名字，跟他打招呼。他忙把头转过来，发现是吉那利。

但是，丹的目光和注意力并没有落到吉那利身上，丹不由自主地注意起他旁边站着的那个高个子。这个高个子不仅身材魁梧，最关键是发型很独特，这让丹的眼神简直无法离开那个家伙。那个家伙的头发是红颜色的，这真的有点特别。

"博特先生，"吉那利说道，"这两位是瑞德和杰夫。"他一边说，一边走向那个红头发和另外一个人。这另外一个人，丹一开始并没有注意到。那是一个圆脸、四肢粗壮的家伙，有点矮小，不过看起来气势汹汹的。"说你是梅里·维勒·刘易斯，你不是吧，你不是，对吗？"

杰夫？那么这就是那另一个在皮特的房间里说话的人，在那个月黑风高的晚上？丹故意镇定了几秒钟，他在说话之前，将瑞德仔仔细细观察打量了一番。他知道，对方也许认出了他，或者至少是把他错认成了刘易斯。

这时候的丹，必须冷静！

"梅里·维勒·刘易斯？"他漫不经心地重复道，似乎这个人真的和自己一点关系也没有，"为什么你们会那么想？据我所知，刘易斯船长几个月前，不就带着船队，到西部做生意去了吗？"虽然他这么说，已经够谨慎了，可是仔细一想，他简直后悔地想把自己的舌头割下来。他为什么要承认知道刘易斯，并且透露他的信息呢？而且他一想到这些人潜在的威胁，心都要跳到嗓子眼了。不过现在后悔也没用了，只能硬着头皮撑下去。"要是我就是梅里·维勒·刘易斯船长，又怎样？"丹严厉地盘问道。

"哦，别动怒，没有人对你有冒犯的意思。"吉那利赶忙插话道，很明显在打圆场，希望缓和紧张的气氛。吉那利走到他们中间，"这不过是个玩笑，随随便便说笑而已。"他继续说道，一只手搭在丹的胳膊上，"思·穆里说你想要一件大衣……"

就在这时候，穆里从门外探进头来，说："你睡过头了吧？"

"来吧，"吉那利温和地说，"我们去我的店里，看看你要的大衣和帽子吧，好不好？包你满意，价格也绝对公道。"

丹点点头。然后把吉那利搭在他身上的手拿了下来，他转身面对着瑞德和杰夫。"也许，"他故意显得冷峻而不客气地说，"你们该问问杰弗逊先生，他一定会给你们满意的消息的。梅里·维勒·刘易斯在哪里，你们很关心吗？去总统府问问就知道了。下次如果你们胆敢再如此无礼的话……"

吉那利赶紧帮忙辩解道："现在的消息传到西部，实在是太慢了——请你不要动怒，他们也是因为好奇，才冒犯你的。他们可没有要跟踪梅里·维勒·刘易斯的意思，不过是久仰大名，渴望一见罢了……"

"没有要跟踪？"丹想了想这个问题，如果吉那利那天晚上通过薄薄的隔板，听到了他们的对话，或许就不会这么想了。也不知道，吉那利是真的被蒙在鼓里，还是根本就是他们的同伙！想到这里，丹不禁觉得有些毛骨悚然，似乎哪都是危机！

"你难道还没觉得腿有点僵硬吗，感觉到了吗？"穆里问丹。

"我可以克服的，放心吧！吉那利说要带我去他店里，挑选你建议我买的那些东西，大衣、帽子、靴子等！"

"等你购置完那些东西，我们就可以踏上马鞍，继续上路了。"穆里说着，目送着丹远去。他说："你可以在库房找到我！"

鳕步枪

吉那利在一幢低矮的、长长的房子跟前停了下来。"这就是我的店。"他说道，走了进去。

他开始在柜台后面翻找查看，丹就在货架之间穿行漫步。他仿佛回到了波士顿那个熟悉的店铺，心里忍不住想起了科特先生和另外两个小兄弟。然而现在，他需要一个个货架去搜索，这些货架上的商品真是琳琅满目啊，从肥皂到蜡烛，从男人的T恤到鞋子，应有尽有。突然，一箱子帽子引起了他的注意，他选了一顶帽子，然后戴上试了试。

吉那利抬头看了看，点头表示赞赏丹的眼光，那确实是一顶不错的帽子。"那么现在来试试这个吧，"他一边说，一边递给丹一件皮大衣，"天气马上就要变热起来，所以我没有给你挑选那种带毛的。"

他一边这么说着，一边目光向外面瞥，丹捕捉到了这一点，于是目光紧紧跟随着他的视线。瑞德和杰夫正一起穿过院子，不知道怎么的，丹的印象里总感觉这两个人走得很快，匆匆忙忙的，显然有什么紧急而秘密的事情需要处理。

吉那利说："我让小伙子们帮我把两架马车抬到后面的库房去，你们有什么需要帮忙的地方吗？"

"我们自己能够搞定，谢谢。"瑞德回答道，然后和杰夫一起走了进去。

吉那利的目光一直尾随着他们，然后咯咯地笑着说："那个杰夫，他刚来的时候，那腿弓得厉害，所以走起路来一摆一摆的，总是会不经意间走到边上去了，实在是笑死人！你以前见过他们吗？"

"是的，不过不是以前见到的。"丹有意在逃避对方的问题，含含糊糊地回答道。他一边说，一边套上了那件大衣。

吉那利打量了一下丹，然后说："嗯，真是很合身啊！再合适不过了！"

"不过我还是觉得袖子这个地方有点长，其他地方就都没什么了。"丹一边说，一边把衣服解了下来。他算了一下总的价格，然后把钱给了吉那利，就走出了店铺。他一出店铺，就看到穆里在召唤他。

"驮畜队都已经出发了，我们也该出发了，快！"

丹和穆里在人群和马匹中穿梭，终于穿过了那个院子。一条长长的驮畜队正准备出发。每一匹马都系着驮鞍，前后串联在一起。其中一个主要的车夫操纵着最前面的马，另外两个车夫操纵着两侧的马匹，他们配合默契，一起驾驭着长长的马车队。丹见到眼前的情景，突然忍不住大笑起来了。这些敏锐、结实的马儿迈着奇怪的步伐,节奏既不像是在走,如果说是小跑的话,也很牵强。总之让人觉得有点别扭,有点好笑。最后排的马儿最可怜,它们的脖子上套着重重的横杠,还拴着各种铁具,为的是保持马队与车子之间的联系。

"看,思·穆里,它们承受那么大的重量,却依然爽朗活泼。"

"这真的需要勇气和坚韧啊。"穆里同意道。"你想啊,将这些盐运送到兰卡斯特,如此长远的距离,对于这些小马儿来说,是不是需要足够的耐力和坚持呢?当然了,这些可怜的小马,并不像那些高头大马那么英俊,但是如果说起走山路,我敢说,这些小家伙的速度,绝对不会比大篷马车慢。而且,它们一定能走得很快,让你都不敢相信,"他一边说,一边忧郁地摇摇头,"以后这种驮畜队会越来越少了,大篷马车会逐渐取代它们,从事远途贸易。不过我真的感到很难过——我很喜欢这些小驮马,我发誓我是真的很喜欢这种小动物。"

在一辆大篷车过去之后,一队由四匹驮马组成的驮队进入视野。在最前面的那匹马儿上,坐着一个小小的人,一脸的白胡子,他的肩膀上挂着一条马鞭。后面的那匹马,虽然也戴着马鞍,但并没有人骑它。其余两匹马的马背上是沉重的货物,和明晃晃的盆子、锅。在这些东西之外,是柳木制作的篮子。总之,它们的背上密密麻麻地堆满了东西。

"那是大卫·叶外尔。"穆里一边说,一边和那个人点头打招呼,"从我记得开始,大卫就一直在这条路上,他是一个老骑手了,很棒的骑手。他很真诚,就像钢铁一样坚毅。他的身手敏捷、矫健——想想看吧,一路上他都要骑在马背上,更不可能换其他的代步工具。还记得你的脚麻木了吧,孩子,你才骑了一天马,而且还是温驯的母马。他会驱赶着那群马儿到匹斯堡去,我想一定是去那个方向!你不是要到那里去吗?也许到了那里,你可以和新的邮差同路。他的常规启程时间是明天之后。"

"那么好吧,问题解决了,"丹的声音显得很失望,"我也很抱歉,我原本打算和他同路的。现在看来,我必须到大篷马车里面找一个位置了。"

"你赶时间,这个我知道的。"穆里说道,"好了,孩子,我要一个人回去了。"

丹把从乔治先生那里租来的马交给了他,说:"我永远都不会忘记你的,先生,谢谢你一路以来的照顾。"

"快别这么说。你不是也一路陪伴着我嘛,要是没有你,我一个人也会觉得无聊而孤独。"穆里赶紧说道,"也许等你回来的时候,我会和你错过,不过

196

相信有缘还会再见的。如果有什么消息,你留在乔治先生那里,我就能够收到的。等到了西部,一定要问问酒馆老板,关于西部人咬耳朵的事情!"说完,丹目送着他打马远去。

丹赶忙回到院子里,来回穿梭,到处找吉那利。因为只有通过他,可以询问到哪一驾马车,还会有空位。在仓库的前面,他看到两辆马车正在装货,也许吉那利就在那里。他走近前去,停下脚步,仔细地寻找,辨认……他们从仓库的地板上不断地往外滚出一个个型号各异的大桶,那些木桶的规格可真够大的!丹定睛一瞧,才发现,操作这项工作的不是别人,正是瑞德和杰夫。他记得吉那利说过,仓库后面的这两驾马车已经超负荷了,所以应该不会有空余的位置给他。然而这时候,丹想的还不是这个。他下意识地想到,这些大大的木桶,如此之大,这激起了他的回忆……怎么这么熟悉,虽然他记不确切是在什么地方见过,或者听说过这些大桶。好像是皮特曾经说过,他的客人的货桶和箱子都无比巨大……

突然,装卸台上的一阵小小的混乱,引起了丹的注意——杰夫突然失去了平衡。他抬下来的那个大桶突然坠落,大桶的底部被重重地撞到了地上,大桶的底部裂开了。瑞德骂骂咧咧地赶紧把那个大桶倒扣过来。但是专注的丹,还是在他倒扣前的一瞬间,看出了大桶内部的端倪:那是几支步枪!步枪长长的枪管都从大桶底部裂开的地方露了出来。怪不得瑞德那么紧张,又亏得杰夫摔了一跤,要不然丹恐怕永远也无法知晓这个秘密。

就在这时,丹及时地退回到一个角落,他要尽量隐蔽。他亲眼目睹了这一切:那两张惊吓的煞白的脸庞,他们那鬼鬼祟祟的眼神,四下张望,生怕被别人看出他们的货物的秘密。他现在终于确定了,这些大的木桶为什么会在他的记忆里了。因为皮特早就给他说过了,他的两个客人,很奇怪,他们的货桶格外大,沉得不得了。要是里面装的是步枪,怎么会不沉重呢?过去几个月,丹对这两个家伙的怀疑,这下子终于得到了证实。而这一切都要归功于刚才那一幕,由那个杰夫引发的一幕混乱。诚如他一直怀疑的那样,他们正在偷偷地运送枪支。这些枪支一旦运送到准备暴乱的西部人手中,后果将不堪设想。而这也会给远征队带来更大的麻烦和威胁。但是现在,这两个家伙的马车就要出发了,而他却没有马匹和车辆,他该怎么办呢?这真是急死人啊。

他转过身,离开了这幢房子,一部分原因是怕那两个家伙会来到这个角落,怀疑他看到了刚才发生的一切；另一方面，他要找一个清净的地方好好想一个主意。他必须采取行动，但是做什么呢？突然，一个主意袭上心头，这个主意是如此大胆——他的任务是向梅里·维勒·刘易斯传递情报，最绝密的重要情报。在完成这个任务之前，绝对不能节外生枝。这就是他对眼前局面的解答。

他胸口的一块大石头似乎一下子落了地。他感觉到自己变得更坚定了。这下事情倒变得简单了，也更加明晰了。不论发生什么事情，这封信都必须送到刘易斯那里，任何事情都不能阻挡这件事情。而且事情还远不止这些，现在的局势非常严峻。如果丹的情报早点送到刘易斯手中，他就能早点告诉刘易斯现在潜在的威胁，这些威胁必然会进一步延迟远征队的行动。而一旦明白了这些威胁，并且小心应对，就可以帮助远征队顺利前行。如果早一点把情报送到，远征队就可以早一天出发，这太重要了。杰弗逊先生不是一直都期待着远征队能够顺利出发，完成使命吗？现在已经没有选择，他决定先跟随这批枪支到匹斯堡，然后再沿着俄亥俄河往下游走——他听皮特说过，这两个家伙曾经谈论过要将货物送到俄亥俄的下游！

他为什么一开始没有跟着老叶外尔的驮队出发呢？按照穆里所说，这个老骑手身手不凡，一定可以赶在前面，到达匹斯堡的。不过如果真的是那样的话，他就看不到那些枪了。

可是现在说什么都晚了，老叶外尔已经走远了。要实现这个目的，现在没有别的法子了，只能跟着大篷车，然后果断地前往匹斯堡，尽可能快！必须要尽快！不过现在有一个机会，但这取决于两件事情：第一，要胆量；第二，要对自己的预估有充分的把握。对于丹而言，他认定瑞德计划的路线是和自己同路的，但是如果万一不是，该怎么办？另外，这两个家伙之所以一直守口如瓶，因为他们也知道运送枪支是危险的生意。看看他们是多么提防就知道了，他们甚至不允许别人帮忙卸货，生怕露出破绽。如果他下定决心，在他们谈话的时候，偷偷地靠近——丹吃吃地笑起来，因为他突然想到，爷爷曾经满世界找自己的眼镜，最后发现自己的眼镜正戴在自己的额头上，那怎么会找得到呢？正是这一点给了他启示，他就要用上这一招！

他拿定了主意，心里想着：就这么办！他给自己找了一个有利的位置，在这里，他既不会被发现，同时又能够看见院子里发生的一切。他必须抓住任何一个转瞬即逝的机会，要稳、准、狠，这很不容易。同时，这也需要过人的胆量。他要想

鳕步枪

尽一切办法，抓住机会。

现在，杰夫和瑞德心满意足地看着他们的货物，已经都被装上车了。他们似乎很得意地看着自己的准备工作顺利就绪，然后轻松地和周围的人交谈着。这时候，车夫走了出来，仔细检查车马，挨个挨个查看鞍马的各项马具是否完好无缺，调试一下缰绳与绳索的安全性能。做好这些常规检查后，他们继续检查每个马车的毯子等日常用品是否齐备，尤其是御寒和过夜的用品。现在，吉那利也走到了这些马车跟前，仔细地做着最后的检查，以确保万无一失。

丹看到这最后的检查工作已经开始了，他心里的焦躁又加重了一分，留给他的时间不多了。他将如何处理那些缠绕在外层覆盖麻布上的绳子呢？那些绳子捆得那么紧，而且都打着紧紧的结。不仅如此，每个车子旁边都站着车夫，丹一靠近就会被发现的。不过，人算不如天算，这时候，意想不到的惊喜从天而降。吉那利的出现，给丹寻找到了最佳的伪装屏障，他的机会来了。

"你的人找到了我在库房给你们准备好的毯子了吗？"丹听见吉那利在跟瑞德和杰夫说话。

"还不快去拿，杰夫，还像个呆头鹅一样站在这里吗？"瑞德依然是一副没有好气的样子，"我会把我最后一辆车子的绳子解开，然后把毯子放进去的。"

"等等，杰夫，"吉那利笑着说，"我来派人去取就好了。"他走到一个年轻人身边，示意他去拿毯子。"今天变得很冷了，"他高声说道，"小伙子们，你们马上就要出发了，大家打起精神来！让我们先到酒吧间去喝一杯！暖暖身子，再出发！"这时候，吉那利进了酒吧间，瑞德和杰夫也进去了，车夫也都尾随在后面。

丹简直不敢相信，自己会有这么好的运气——这个院子刚才还闹闹嚷嚷的，现在就像一座坟场一样安静。在前边的几个少年，这会显然也有点魂不守舍，惦记着酒吧间的好吃的呢。最后一辆马车的绳子已经被瑞德解开了，外面的麻布袋也是松开的，很容易就可以钻进去。不过那个拿毯子的小伙子马上就会回来的。所以丹一定要快点行动。

他四下张望了一下，一股强大的勇气，让他快速地跨过马车取下的尾板，钻到那个白色的盖布下面，身体尽可能地蜷缩着。丹极力往身边看，以便观察自己现在的处境，他看到在巨大的白色盖布下面，是巨大的箱子，箱子与箱子之间，塞满了一捆捆的货物。他平躺着，把自己放在两个大捆的包裹之间。以此来预防上面箱子的移动，要是被那大箱子压一下，那可不是闹着玩的。

突然，外面一阵脚步声！丹屏住呼吸，一动不动——好像是那个拿毯子的少年。他听见那个人把外面的盖布掀开，突然一阵软软的压力迎着他的腿压上来——那一定就是毯子。过了一分钟，他明显感觉到外面的绳索被紧紧地拴住。现在那个少年已经走了，丹感到上面的盖布把自己包裹得严严实实的，同样包在里面的还有一大堆箱子和包裹。他暂时安全了！他长舒了一口气。当然了，危机今天晚上还会出现，等到晚上他们来拿毯子的时候，自己还是很有可能暴露的！不过至少现在有一天的时间可以慢慢想该怎么办，所以暂时还不用着急。丹试着朝里面挪了挪，然后把背包解了下来。整个院子，除了几个巡逻的少年来回走动，再也没有其他的声音，安静极了。不过这对于丹来说，却有点像暴风雨来临前的宁静。

过了一会儿，大概十几分钟的样子，从酒馆里传出了喧哗声，那些车夫已经从酒馆出来了。

就在这时，丹听出了瑞德的声音，那声音是如此近，他应该是要出发了。丹听见他在向吉那利支付租车的钱。

"今天真是一个出发的好日子啊，"吉那利专捡好听的说，这符合他一个商人的身份，"如果天气一直晴明，你今晚就能到大卫的店中歇宿，不出十天，你就可以到达匹斯堡的。但愿天公作美吧。"

"对我来说，最好是再快一点，我是不会嫌快的，真的没时间了！"瑞德说，"这里，杰夫，你去另外一辆车，这辆车我来驾驭。"接下来，他的话简直重重地敲打在丹的心上，让他倒吸了一口冷气。"那个想和我打一架的蠢货，现在上哪里去了？"

"哦，他和那个邮差一起走了。"有人这么回答道。

"他不是也要去匹斯堡吗？"这是吉那利的声音，"我听思·穆里这么说来着……"

"不，"第一个声音坚持道，"我看见他和穆里一起走的。"

丹的血液都在奔涌，幸亏那个老兄坚持他已经走了。所以瑞德的焦躁感似乎有一点缓解，不过对于丹的突然消失，他多少还是有点犯嘀咕。"你这个老红毛，你一路上都要跟在我的屁股后面了，让我好好地陪陪你吧，"丹的心里窃喜道，"这一路上，我都会与你风尘作伴，一直到俄亥俄河。"

突然，空中响起了马鞭声。一声，又是一声，再一声。车队已经出发了。现在，他感觉到自己的车子在动了,马儿在往前面拉他,他感受到了那种奇特的牵引力。

他在柔软的包裹之间安下身来——直到今天晚上都是绝对安全的。不管怎么说,一想到可以免费旅行,他的心里美滋滋的,尤其是,就在红毛和杰夫的眼皮子底下,实在是太刺激,太有趣了。

第三章　争分夺秒

反正已经迈出了第一步，就索性什么也不管了吧，丹心想着。他尽可能让自己躺得更舒服一些。但是，现在最大的问题是，一到达匹斯堡，他就要开始考虑如何脱身。吉那利说过，他们今晚要在大卫旅馆住宿，到时候势必会打开他这辆车取毯子，他必须争取在那之前，神不知鬼不觉地离开。这确实是非常有难度的，不过一切都只能随机应变了，这就叫骑虎难下，但是对于勇敢的丹而言，这算不得什么。

他必须静静等待，等到夜深人静。他要打开马车的盖篷，然后钻出来，把马车捆扎回去，然后去争取牵出一匹马，然后制服这个小家伙，让它成为盟友，带他脱身。此后的路途就很清晰了——思·穆里说过，他不会走丢的。因为每条路上都有很多同方向的旅客，多问就一定没错的。不仅如此，在紧要关头，他的计划也许要随时准备改变，就像今天早上一样。任何一分一秒精神都必须高度集中，不能错过任何一个可以有助于完成任务的机会。他要尽可能比车队更早到达匹斯堡。这样瑞德那些家伙才不会对远征队构成威胁。

丹因为躲在里面，完全看不到阳光，也看不到外面的情况，所以他觉得时间特别漫长。他感觉离开吉那利家已经很久了，突然，他感觉到车慢了下来，接着竟然慢慢地停了下来。他仔仔细细地洞察着外面的情况。现在他可以听到车夫在他身旁走来走去，相互交谈着。然后丹明白了——中午了，该吃午饭了。

"这是食物。"他听到一阵脚步声，接着是一个声音如是说。

"放在这里吧。"这是瑞德的声音。那么刚才那个说话的，肯定就是那个杰夫了。"我有些事情要向你交代，"瑞德接着说，"先看看周围有没有人，千万不能被别人听到。"

接下来的时间里，是大家津津有味吃东西的咀嚼声，还有喝水的声音。丹离

鳕步枪

他们是那么近，他完全可以觉察到外面发生的一切。他甚至能够想象，他们就坐在马车背阴的一面，大快朵颐！

"那个裂开的大桶，"瑞德说，"这件事情让我有些不好的预感。"

"我也是……"杰夫同意道。"为什么呢？如果有人看到了那一幕，那就糟糕了。"他说道，"我才不会傻到一直任他摆布，我们为什么要听他的命令？我们从他那里得到过些什么好处呢？他就知道许诺给我们好处，总是说下次一定会付给我们更多的钱，最后我们落了些什么呢？他哪次会兑现呢？一次也没有，这个口蜜腹剑的骗子！"

"从今往后，"瑞德加重了语气，"我们只有自己靠自己，自己为自己考虑！杰夫，我们不要再上他的当了。绝对没有下一次了。绝对没有！等我们把这批货送给他的时候，我们就如此这般……"

"真的要那么快下手，瑞德？"杰夫显然被瑞德的计划给吓了一跳，"你的意思是，在赛克斯？"

"别那么大声，管好你的嘴巴！到时候，不是他死，就是我亡，"瑞德恶狠狠地说，"小点声音，你是想让全天下的人都听见？对的，就是在赛克斯。"

"他让我们就是豁出性命也要把货送给他。豁出性命，老子的命就那么不值钱吗？这个傻瓜！叫我说啊，不如我们把这些枪卖掉，然后就人间蒸发，让他再也找不到我们。"杰夫毛躁地说。

"你就傻吧你，真是个呆头鹅。"瑞德说道，"你以为你不出现人家就找不到你吗？那样我们成天还不是要提心吊胆的，干脆，一不做，二不休。我们豁出性命把货送到他手上，而且是要按时送到他手上。不过，我们可不是拱手把货送给他，我们是要逮住他，让他再也没有可能来寻仇。当他一见到我们，就让他钻进我们的天罗地网。到时候，我们只要……那会又快又容易。"

这就意味着，那个时候，应该就是反政府力量积聚最强烈的时候，而且一旦他们拿到枪，情况就会变得无比糟糕。现在唯一庆幸的是，这两个家伙并不想心甘情愿地交货。这倒是从一个侧面帮助了丹，帮助了远征队。在一个叫赛克斯的地方。丹心想，这个赛克斯到底在哪里呢？现在反政府的气势很盛，不过如果不是瑞德和杰夫挑起窝里横，反对他们的上级，那么情况也许还会更加糟糕。瑞德真是一个冷血的家伙啊——"那会又快又容易。"天哪，他们如此轻描淡写，那是要去杀人啊！不过接下来，瑞德的话着实让丹毫无准备。

"还记得那个和邮差一起先于我们离开的家伙吗？我看这个家伙不是什么好东西，倒像是个头头，像是为政府做事的。我希望我们能够除掉他。"他的语气很冷漠，简直是冷冰冰的。

"即便他不是刘易斯，"瑞德继续说道，"他也一定和那个刘易斯脱不了干系。那个小傻瓜当时拒绝得那么突然、那么彻底，这不是此地无银三百两吗？当吉那利问他的时候，他还故意装作很生气的样子，我看啊，他就是在演戏，这叫欲盖弥彰。不论怎么说，这个家伙一定和总统有交情或者说渊源颇深——这一点是可以肯定的。如果他没有和思·穆里一道儿回去，我只能怀疑他一定也是去帮助政府处理贸易上的事情，就和刘易斯一样。而且他们很有可能联合起来，一起行动。"

这么说来，这些家伙对政府的敌意，也包括对远征行动的敌意，不是和杰弗逊先生担心的一样吗？丹最担心的就是远征队会受到攻击或者敌意。

"我想，"瑞德说，"我们最好结果了他，就该这么办！"

"可是你别忘了，"杰夫终于有了自己的观点，说道，"那个家伙不是总统先生的朋友吗？如果真的是那样的话，你结果了他的性命，这是不难。可是难的是，这件事情如何收尾。会不会有政府的人盯着我们不放，甚至把我们抓起来，这可是一条不归路——永远做政府的对立面！"

他的声音很快就被淹没了。大家吃过了午饭，七手八脚地准备出发了，发出了嘈杂的声音，把一切其他的声音都淹没其中。丹听见，那两个人攀爬到马背上，然后是马鞭挥舞的声音和车轮压过路面的颠簸声音。他们又开始出发了。

整个下午，丹都在想，如何处理眼前的局面。不过很快，他的思想似乎停滞了，全部脑汁都用于思考另一件事情——饥饿！一阵强烈的饿了的感觉袭来，让他觉得无比难受。他才想到自己自从躲到这辆车里之后，什么都没吃，肚子现在空空如也，连一粒隔夜的粮食，恐怕都没有了吧。不过，现在完全没有机会脱身。然而这并不是最可怕的，最可怕的是瑞德和杰夫所讲的那些计划。他倒不担心瑞德所说的，要结果了他，他更担心的是，这些枪支的去向。此外，还有一点也同样重要，就是他绝对不能落入两个贼人之手。

在如此艰难的处境里，丹开始思考更加深刻的人生问题——为什么有的人把自己追求的事业放在第一位，而把自己的生命放在第二位？这种事业对这些人意味着什么？刘易斯正在这么做，也许他能解答这个问题；很多人都是这么选择的，雷迪亚德就是最鲜明的一个。然而现在，丹深深地感到，他也到了做出抉择的时刻了。他知道他自己一定会沿着雷迪亚德和刘易斯的路，一路前行，绝对不会退缩！

他小心翼翼地将自己的身子竖立起来，借助太阳光照射马车辐辏，在白色的盖篷形成的阴影，他能够大致推断现在的时间。中天的日头渐渐被晦暗的乌云所笼罩，太阳渐渐地西沉。周遭的一切由轮廓清晰渐渐变得模糊，最后淹没在一片漆黑之中。太阳一定已经下山了吧！也许很快，他们就会到达吉那利提到的那个大卫旅馆。到了那里，会发生些什么呢？最糟糕的情况，无非是马车上面的毯子被拿走，露出一个饿得蔫蔫的小伙子——丹。如果他真的被发现，又该怎么办？势均力敌的对打是一回事，但是和瑞德和杰夫的打斗，绝不是公平的打斗。而且他身上，还有那封没有送到的书信，因此他不能冒险，任何冒险的事情都不能做。

丹期待中的停止前进的声音终于到来了。外面传来车夫的呼喊声，以及车夫让马儿停下来的声音。到处都传来嘈杂的声音——很显然，大卫旅馆的主人正在向车队打招呼。到处都是呼叫声、命令声，以及大声的戏谑和玩笑；此外是急匆匆的步履声、掌灯的声音、马儿被解下马具的声音，还有马儿被带走的声音。现在，每个人都应该准备去吃晚餐了。吃过晚餐之后，杰夫和瑞德就要过来拿毯子了。到那时候，他就要见机行事，寻找脱身的机会了。丹提醒着自己，千万不要发出声响，甚至连呼吸的声音都应该降到最低。突然，杰夫的声音越来越近。

"我一会儿要毯子，"他说着，"你一会儿到里面翻找一下，瑞德，这里，小伙子，去拿一盏灯过来给我。"

丹的身子都要完全僵硬了，不仅如此，大气也不敢出，简直要窒息而死了。丹能够听到白色盖篷外面绳索牵引拉动的声音，他现在是完全隐蔽在货物的最里面，头、手、脚都小心翼翼地躲了起来。一切都显得好紧张啊，丹似乎觉得光是身体隐藏起来还不够，因为他还担心他的跳动着的小心脏，会被坏人觉察到。这真是要命，既不能呼吸，甚至连心跳也不能有！不过，丹的担心应该是多余的，现在真正的危险在于，如果杰夫搬动了丹头上的包，那么一切就将原形毕露。

"拿去吧，把毯子拿去吧。"杰夫说。与此同时，丹感觉到有什么东西被拿走了，他的身体觉得突然轻松了不少。最痛苦的一刻来临了——杰夫会动那些包吗？

"把绳子系回去吧，"杰夫继续说道，"我会把这些毯子拿进去的。"

谢天谢地，一切都过去了，最担心的局面并没有出现！那些人都走开了。丹感觉到他们的脚步声越来越小，直到完全听不见。丹知道，他们已经走远了。丹于是又把头抬了起来，这样他就又能保持呼吸了。他突然觉得很困——他要稍微瞌睡一会儿。不过即便是睡着的,他都要睁开一只眼睛。

但是当他一觉醒来,决定脱身的时候,他注意到自己已经熟睡了好久了。他平躺着,静静地听外面的声音。外面万籁俱寂,一点声响也没有——估计夜已经深了。他非常缓慢地移开压在上面的一捆捆的包,在如此漆黑的夜里,搬动东西或者敲击到某样东西,都有可能发出噪音。他把背包放在一边,这时候才知道盖篷已经完全被外面的麻绳紧紧地拴住了。要解开那些复杂的结,可不是一件容易的事情。不过幸运的是,丹最终解开了所有的结,松开了外面的绳子。他万分小心地从马车的后透视镜观察着一切。他从马车里跳了出来,然后伸手进去摸自己的包。他饿得头昏眼花,眼冒金星,不过他还是努力振作精神。然而在肃杀清冷的夜里,他还是忍不住身体颤抖起来,他孤单地站在那里,终于确定自己,已经逃出生天。

他注意到的第一件事情,就是前面亮着灯的建筑,那一定就是那个旅馆了——大卫旅馆。他们到达的时间还不算晚,丹在心里盘算着。马车们排成一排,幸运的是,他所在的这驾马车,在最后面,最接近大路口。

他背上背包,把外面的盖篷重新捆扎好——丹得意洋洋地想,再也没有谁能比他更聪明了吧,竟然知道躲在这下面,进行了一天紧张刺激又舒适安逸的免费旅程。他小心翼翼地离开马车,望着大路的方向……就如他所想的那样,只有几步之遥。突然间,毫无征兆的,旅馆的大门打开了,一束强烈的光线耀得人眼昏花,透过那一束强光,丹看见一个人正朝着院子走了过来。

"你的脑子也太混乱了,在想些什么呢,呆头鹅!"他大叫道,"你怎么不把所有的毯子都拿进来。"

瑞德!丹立即意识到这是瑞德的声音。

这一刻,丹从这边一跃跳到马车的另一侧,以更好地隐蔽自己,他最初的时候就是躲在那个位置。但是那束强光还是照到了他,他暴露在光线之下,丹也顾不得许多,只是一个劲地往大路上跑。

"谁在那儿?"瑞德一边追,一边大声吼道。

丹急转急停,加速冲刺,几下子就把瑞德甩在了身后,然后朝大路上飞奔而去。不过还是晚了一点,瑞德已经抄近道拦住了丹的去路,在一辆马车的后面,瑞德如鬼魅般冒了出来。他们简直要碰到一块了。惊险的一幕出现了,丹左闪右躲,子弹从他的身边穿了过去。他这时候,甚至都还没有看清对方的脸,对方应该也没有看清他。

他们都到了大路上，差不多隔着一车的距离，他们一个跑，一个追！瑞德边追，嘴里边骂骂咧咧地诅咒了很多该死的狠毒的话，而且扬言威胁，希望通过恐吓迫使丹停下脚步。丹才没有那么傻，只是一个劲往前跑。突然，他感到情况不妙，他感到他的膝盖吃不上力量，显得很孱弱。他心里想，但愿这只是他心里的假想，然而这种心理安慰根本没用。他的胃里翻江倒海，一阵让人想死的恶心感袭上心头，让他简直无法再支撑下去。他的整个人就像踩在一团云朵或者棉花上，绵软无力——天哪，要是现在跌一跤……

不过，就在此时，丹还在气若游丝地跑着，后面愤怒着咆哮的瑞德，恐怕是因为情绪失控，不小心跌了一跤。

丹一跃冲到了前面——现在，他有机会逃脱，他终于逃离了瑞德的视线。不过，下一分钟，他就听到了枪响，如果不是有一棵大树和几块大的岩石挡住的话，即便瑞德只是随意乱射，也仍然极有可能射中丹的。

跑了不知道多久，丹再也听不到身后追逐的脚步声，他耳畔萦绕着的威胁他生命的嗖嗖的枪声也停止了，四周一片寂静。丹觉得心里无比后怕。

现在的路又是陡峭的山路，丹的胃里仍然不舒服，很想呕吐，崎岖的山路加重了他的胃的负担，让他觉得无比难受，真是想死的心都有了。他的肺部也似乎有一团烈焰在燃烧。虽然现在他的头昏昏沉沉的，耳朵里也是嗡嗡作响，整个人完全不好了，不过他还是尽可能地去感受周围的动静。他终于意识到，自己应该已经逃出了追捕。

丹意识到现在自己几乎是在一瘸一拐地拖动着自己的脚步。不过通过脚步的声音和节奏，他能够感觉到自己其实依旧是在小跑。现在的路弯多路陡，而且开始往下延伸。他刚想加速前进，可是很快就又变成了走的，他的体力已经接近透支。他仍然坚持着，渐渐地，他的呼吸变得急促，他的体力消耗达到了极限，再也没有气力了。

当他跨过第二座山峰的时候，前面被一片黑漆漆的树木所遮蔽——这显然已经进入丛林，这可爱的丛林，刚好可以给他提供天然的隐蔽所。很快，他就距离那些树木很近了，他可以清晰地分辨出那些树木的品种，他能够清晰地看到那些硕大的树干，就像一群老朋友，在等待着他。就在此时，他突然停下了脚步——有情况！他闻到了一股烟味！那里有一团火，就在路的前面不远处。那些烧得火红的木炭,就像一双双红色的眼睛注视着他。他站在那里,呆呆地望着,感到一丝温暖。

"谁在那里?"他突然听到一个平静的声音问道。丹转过身去,显得惊魂未定。"别害怕,孩子。"那个人走了过来,走到丹的身边。当丹定睛一看,认清了眼前的这个人时,他如释重负,一种无以言表的轻松之感让他一下子忘却了眼前的忧愁。他凝视着眼前这个矮小的身躯,他就是大卫·叶外尔,那张友善的白胡子脸庞。

今天早上,大卫·叶外尔拿着长长的马鞭,现在他把马鞭缠绕在手上。丹一下子放松下来,深吸了几口气,然后虚弱地说:"我今天晚上能够和你一起度过吗?"

"当然可以,当然可以。我知道有人有麻烦了——我正在这里等,谁是这个可怜虫呢?"大卫·叶外尔平静地说,就好像一切都在他的掌握之中。不仅如此,似乎他是很精确地安排下这些事情,然后安安静静在某个地方等着为这件事情画上一个美丽的休止符。现在这个美丽的休止符看来就是:丹已经安全了,并且找到了可以依靠的同伴。"来吧。"他把丹带到火堆边,"通过你的呼吸,我想你刚才一定在跑吧。不过为了保命,是不是得拼命跑啊?都是为了活着。"

丹笑了笑,说:"空着肚子拼命跑,简直让我喘不过气来——我还是早晨在吉那利店里吃过了东西,然后就一整天都没有进食和饮水了。亏我还有力气跑到你这里来。"

"我上次见你的时候,你不是和思·穆里在一起吗?那么你又是怎么到这里来的呢?"

"我是坐着吉那利的货车过来的——不过没人知道,而且不用花钱!"

"那真是太酷了,"叶外尔露出理解的微笑,"那么,你是这么过来的喽——躲在盖篷的下面,嗯?"

"这是我能够到这里来的唯一的办法了,如果……"丹在犹豫,对眼前这个老人,他到底该说多少,留多少呢?他能这样随便对一个人坦诚相待吗?

"你不必多说了,孩子,我懂的。"叶外尔友善地说,似乎已经看出了丹的心事。"保全好你自己就是这条路上最大的哲学和箴言,尤其是对于你们要去西部的人,前路还长着呢!躺会儿吧,我去弄点吃的。"

丹依然清晰地记得瑞德打出的那几枪,运气稍微差一点,他就要和他的青春说再见，也要和他的人生说晚安了！在火堆的一旁，卸下来的货物被整整齐齐地码放在一起；而另外一侧，人为地架起了斧子、铁锅和咖啡盆，这应该是为了早餐而准备的器皿吧。

"喝牛奶吧，"叶外尔说，他把一个大大的杯子倒满牛奶，递给丹，"这些奶，是我到大卫旅馆的时候灌上的，我知道一旦大的马队来了，那里就什么也不会剩下了。快喝吧！"

"这是玉米饼，是昨天晚餐剩下来的，"叶外尔继续说道，"就着这些猪肉一起吃吧。"他敏捷地把那些猪肉切成片，然后递给丹。丹饿极了，现在竟然吃到了如此美味的食物，一下子觉得整个人都瘫软了。"你明天早上就会恢复元气的。"他将一个盘子递给丹，让他放在盘子里吃。

这一顿饭对丹来说，真是世界上最美味的晚餐，他从来没有享用过如此美味的东西，因为他实在是饿极了。

"你怎么知道有人有麻烦呢？"丹忍不住问，"你说你在等谁，不是吗？"

"对于我们这些长年在野外跑的人来说，自然而然地，我们的耳朵和眼睛都变得更尖锐，更敏感。哪怕一片叶子、一阵风声、一声鸟鸣，我们都能看出异样来。也许是有人在灌木中穿梭，也许是一只老鼠在窸窸窣窣，也许身边有危险。这些琐碎的事情，对你来说可能觉得稀松平常。但是所有这些都在时时提醒我们，我们需要更加警醒。这些警觉，不是平常人的眼睛和耳朵可以感受到的，"叶外尔笑了笑，"所以我一听到你的脚步……我就在想，到底是谁在朝你开枪的呢？"

"那个家伙叫瑞德，至少大家都这么称呼他。"丹完全没有想到叶外尔会突然提问，于是也没有多想，就随口回答了。

"我就知道是他们，"叶外尔大叫道，"他们真是一对邪恶的家伙，瑞德和杰夫——这两个坏东西。那会儿一听到你和他们的小摩擦，我就知道情况不妙。他们不是把你错认是梅里·维勒·刘易斯吗？为什么会认错人呢？看来他们不仅人坏，智商也很捉急啊！我一眼都看得出来不同。我去年夏天在匹斯堡，亲眼见过刘易斯！"

"你见过他？"丹高兴地大叫起来，这让他更加坚定起来。这意料之外的联系，把他和叶外尔、远征队神秘地联系到一起。

"那时候，他正在筹建一艘大船，这艘船是用于接下来的探险的。这个年轻人可不简单，他是政府的人，接受政府的命令，前往西部探险，"叶外尔继续说道，

"不过这个年轻人好像并不顺利,但即便如此,我依然觉得他是一个真正的男子汉。他的一举一动,他的眼神和说话,都很让人敬佩和喜欢。他说,他们的队员就在圣路易斯附近集结,随时准备出发。"

"那就是我要去的地方——我要去找刘易斯船长!"丹说着,声音非常低,"我有重要的事情要去找他。不过我在半路上惊奇地发现,瑞德和杰夫这群鬼鬼祟祟的小人,似乎在破坏这次远征。我必须把这最新的情况赶紧告诉刘易斯,否则的话,一旦那些家伙的诡计得逞,刘易斯的人恐怕就无法继续前进了。我听到了他们的对话,偷听到的。他们怀疑我是刘易斯船长的朋友,他们于是想不择手段把我除掉。我还听到他们说,绝对不会放过我。这就是我为什么一定要赶在他们前面的原因。我必须搭他们的车来到这里,然后尽快到达匹斯堡,接着前往俄亥俄。我一定要比那两个坏蛋更快,然后提醒刘易斯船长。我想你一定乐意……"

"我愿意帮助你,因为我看好你,仅仅是因为你自己的原因,孩子——思·穆里先生做得对,他没有看错人。我自己也知道怎么样衡量一个人,我知道你是值得我帮助的人。现在,我又知道了你和刘易斯船长的关系,我更加会去帮助你。一般情况下,我是很爱惜我的马的,我每次只骑其中一匹。不过现在情况不一样了,现在是特殊情况,所以我很欢迎你来骑那匹头马。这样我们一定能够尽早到达匹斯堡的。你不用担心瑞德和杰夫,他们一定会被我们甩在后面。"叶外尔自信满满地说,"我的驮队和你,我会把你们都送到目的地的!"

"我们必须尽早动身!"这是他最后一句吩咐,然后他把毯子铺开,躺下来,他的脚对着篝火。丹迷迷糊糊中,感觉到老人家在货物之间来来回回检查着。丹太困了,顾不上照顾他,自己睡着了。不过他纳闷的是,难道老人家不需要睡觉的吗?

更让丹觉得奇怪的是,当他再次睁开眼睛的时候,看到的仍然是没有睡觉的叶外尔。或许他并不是没有睡,只是睡得比丹晚,醒得比丹早罢了,这个老江湖。同样让丹觉得神奇的是,老人家的直觉是那么敏锐。似乎仅仅凭借直觉,他就知道周围发生了什么。他根本没有抬头,不过他却开始说话,这明显表明,他已经知道丹醒了。可是丹一动也没动啊,他怎么知道的呢?直觉,一个老江湖的直觉吧。

"我想知道,"丹说,"你是怎么知道我已经醒了的呢?光线那么暗,你不可能看到我的脸吧,更何况,你也没有看我啊。"

"如果你不能通过一个人的呼吸判断,他是否已经入睡,那么你就要好好学

鳕步枪

习一下了。"

过了一会儿，他们吃过了早饭，马儿们也尽情享用了它们的燕麦。然后，他们把火扑灭了，叶外尔在安排马匹，丹在一旁帮忙打下手。他们把马儿带上大路，然后他们都骑上了马，这时候太阳还在地平线以下，周围仍旧是一片漆黑。

"你觉得吉那利的车队已经离开大卫旅馆了吗？"丹一边问，一边回过头来看着叶外尔。

"别担心这个，"叶外尔回复，"我不是说过了吗，我们一定可以比他们先到匹斯堡，相信我，孩子。现在你需要考虑的是，到了匹斯堡之后，怎么样租船往河的下游走。据我所知，那里的航船很多，成百上千的，蔚为壮观。"

这时候，太阳已经渐渐地升了起来。路上的行人不绝如织，相当数量的车马让这条路顿时变得车水马龙，热闹起来。太阳一直往上爬，越来越多的车马从四面八方的小路上聚集到大路上来。丹跨上马鞍，在大路上来回穿梭，他窄窄的帽檐下，那双深邃的眼睛扫视着大路上的车马，他一边把帽子压得更低，一面仔仔细细地反复打量着来来往往的车马。等到他回到老人家身旁时，他对着老人满意地点点头，似乎在赞许对方的话："我们一定能够把他们落在身后。"确实，在视力所及的范围内，他都还没有看到吉那利车队的影子。

过了几天，叶外尔离开了大马路，走了一条很陡峭的山路，这是一条他常走的路。他告诉丹，虽然这条路难以行走，但是却是到达匹斯堡的最近之路。有一次，当他们在一个至高点时，丹扫视着脚底下的路，那真是壮观！"那些车队已经完全看不见踪影，"他最后兴奋地大叫道，"我们最少超过他们半天的距离了，哈哈！"

那天晚上，天空飘着蒙蒙细雨，丹却格外高兴。"这点雨对我们完全没有什么影响，但是泥泞的道路，会让马车很难行走——我们总大约又能落下他们另一个半天的距离。让我想想看，我们至少会比他们早一天到达匹斯堡的。哈哈，那个粗鲁的瑞德，还扬言要抓住我，我倒想看看，他怎么抓得到我。"叶外尔接过话茬说："我丝毫不奇怪，我跟你说，这种情况我见得多了。驮队常常还要折返回去，帮助拖曳陷入淤泥的大篷马车，而就算是这样，他们还是说，驮马队是过时的！"

一个下午，当山路在一个高高的山峰后突然变得开阔时，叶外尔停了下来。他提醒丹看看脚下的风光，真是好景致啊。驮队排列成一个个曲折的"之"字形的长长的队伍。在更低的水平面上，是大大小小的车队，排成一排，艰难地行进

211

着。白色斗篷的大马车看起来,就像是漂浮在海上的船只,上下起伏,颠簸而行,在山麓排开,再也不复那种骄傲的神采,显得渺小而乏力。

"我想我看到了他们,"丹说,"他们就在路的中间。"

"不错,就是他们。"叶外尔同意道,"他们并不是离我们最远的,但也不是离我们最近的,还不算太糟糕。对我们来说,他们至少比我们落后了半天多的时间。我们很快就能越过最高的山峰,然后就是一路下山,到时候就会快得多了。"

那天晚上,叶外尔告诉他,他们就要到达匹斯堡了。丹问他,知不知道有一个地方叫赛克斯。

"赛克斯?我从来没有听说过这个地方啊,"叶外尔回答道,"或许你到匹斯堡再去打听,就会知道的吧,我没听说过这个地方,我一直在俄亥俄河的这边行动。我并不渴望在俄亥俄上下游游荡,也对密西西比河不感兴趣。"

"那我猜,你也一定没有想过去新奥尔良转转吧?"丹打趣道。

"孩子,很多信誓旦旦说要去新奥尔良的人,最后还不是到不了那里。"叶外尔静静地说,"他们很有可能被偷得一文不剩,不论他们是坐船回家,还是步行回家,最后他们一定会一文不剩的。即便那些猖獗的河盗不抓住他们,那些纳齐兹部族人,也会把你逮个正着。密西西比河,从上到下,流淌的都是罪恶。有的是我道听途说,有的则是别人秘密告诉我的,不管怎么样——我很在意你,希望你能够顺利度过那段旅程,不出任何意外,我祝福你。"

"你对我已经太好了,大卫,如果没有你,我真的不知道过去的日子该如何度过,也不知道未来的路在何方。但是请你不用为我担心……"

"但是我还是要告诉你,"叶外尔打断道,"你在那里会遇到很多小的困难,不要怀疑自己,它们都会被你克服的。但是,你一定要小心,因为它们一定会在某个地方等着你。为什么呢?因为这是西部,这里从不缺乏各种阴谋。"

"我知道,你指的是对抗政府——脱离联邦!"

"还不止这个!他们说,英国商人是最恶劣的,他们让印第安人帮他们针对其他商人,以获得垄断性的利益。对于一个陌生的闯入者,要处理好这复杂的关系,是很不容易的。"叶外尔语重心长地说。

骑马走下最后一个山坡,已经是一个无比晴明的清晨了,叶外尔勒住缰绳,停了下来。他自豪地指着远处的一丛丛木屋,骄傲地说:"看,那就是匹斯堡了。那条往西的河流就是俄亥俄河。我们很快就能到达那里,然后可以给你找一条船,你就可以沿着俄亥俄河出发了。我们不能浪费时间了,一分钟也不能再耽搁。否则路上那些跟蜗牛一样的马车,一定会让我们止步不前的。你看,那些马车简直是络绎不绝地朝我们开过来。你记得住现在的路吗?"叶外尔骑上了马,问丹,"等你回来的时候,你记得我们走过的路吗?"

丹耸耸肩,无奈地说:"我只希望我能够有一样的好运气,在这里又碰上你!"

"其实按我说,你最好留在这里,处理你的生意。没有比匹斯堡更适合做生意的地方了。这是一个欣欣向荣的城镇,朝气蓬勃,蕴藏着巨大的发展潜力。你在这里,具有最大的发展空间。"

诚如大卫·叶外尔所预料的那样,成群结队的马车开始从山上开下来,逐渐占据了整条大路。不过,大卫·叶外尔的骑术娴熟,他还是在车队里穿梭自如,丹则紧紧尾随其后。他们的速度丝毫没有受到影响。

现在,泥泞、不平坦的街道从大路延伸出去,街道的两旁是一排房屋。房屋距离街道很近,但是显得很萧条。偶尔会经过一幢大的房屋,在一座大楼前面,叶外尔和丹停了下来。

"这是匹斯堡最大的商店——这里由安迪·皮姆经营。"叶外尔说,他把马儿都拴在店门口的长长的栏杆上。"如果你愿意等一会儿的话,我将向安迪了解一下,你的船务信息。"

从打开的门里,丹的眼睛扫视了一圈狭长的、低矮的店内布局。在店的一端,整齐地摆放着一桶桶面粉和糖蜜。另外门边还有一小桶一小桶的润滑油。灯具、锁链、绳索被悬挂得到处都是。架子上摆满了各种衣服。

大卫·叶外尔似乎已经消失在人群拥挤的店中。丹于是决定去街上看看。在很近的地方,他能够听见铁匠师傅正在挥动他的铁锤,铛铛地敲击在铁具上。在街道的对面,一面黑白相间的招牌,显示那是一家马裤店。在另一间大楼的门内,丹发现一个修鞋匠正在工作。诚如叶外尔所言,这确实是一个欣欣向荣的城镇。

就在这时候,大卫的声音惊动了他:"来吧,孩子,拿上你的背包。我们没有时间了,我马上就要回去了,带着马匹一起回去。所以我必须先把你安顿好。安迪说他的哥哥杰克中午就要离开匹斯堡了。他会选择一条大船,目的地是新奥尔良。我想你可以和他们同路,去你最终的目的地。你可以随着皮毛商一路前行,说不定你还可以找到生意的门道呢。"

"祝你好运。"他继续说道,他们穿过街道,来到河边,"看,他们正在紧锣密鼓地做着准备工作,他们一定会给你带来一段美妙的时光。我开始的时候还担心你会跟着某些家用的小方舟在这条河道溜达呢,那样,你会被带到一些像家一样的地点,不过速度就实在是太慢了!现在好了,虽然旅途可能会孤单寂寞,你的满腹心事也不知道对谁述说,但是你可以尽快到达目的地,完成你的使命,祝你好运!"

在一个街角,丹看见,陡峭的斜坡的尽头,波光粼粼的水面泛着金光,在高楼之间,可以窥见对面河岸繁忙的景象。在河岸边堆着各种货物:集装箱、大桶、黄油、糖蜜、面粉、调味品、冬季的蔬菜,还有皮毛。码头工人们把货物装到船上。在河岸的高处,到处点缀着普通人家的候船队伍,他们把行李聚集在一起,放在身边。很显然,他们在焦急地等待下一班航船,他们即将开启顺流而下的航程。

当叶外尔寻找杰克·皮姆的时候,丹好奇地凝视着江边各式各样的船只,他从来没有见过如此种类繁多的船只。

突然有个声音在呼喊他的名字,他赶忙抬头望过去——叶外尔正在叫他。他沿着河岸走过去,看到他正在和别人谈话。那个人长着一双深邃的眼睛,目光如炬,炯炯有神。丹只觉得这个人面相友善,他旁边,两个高大结实的人站在岸边,把一艘大的平底船牵引过来,系在码头上。他们三个人都穿着家常的夹克、宽大袖子的鹿皮衬衣,戴着海獭皮帽。

"这就是杰克,"叶外尔说,丹走过来,他又继续说道,"这是丹·博特。"

"我很感激你,谢谢你能够答应我与你们同路。"丹诚惶诚恐地说道,不过他的紧张情绪很快就烟消云散了。因为那个男人微笑着点点头,另外两个伙计也咧着嘴笑着,他们是那么真诚,丹一下子觉得仿佛又回到熟悉的波士顿的店里,就像见到了科特先生、凯勒布和塞西。

一个长相奇特、虎背熊腰的人,高高的个子,穿着红色的衬衫、短的蓝色外套,脚上穿着一双软皮平底鞋。他倚靠在一个大桶上,显得有点心不在焉,闷闷不乐,又似乎在发呆,表情凝滞。"我们该出发了,先生们。"从那个呆滞的大汉嘴里冒出一句这样的话。他说完这句话,眼神依然呆呆地盯着天空,似乎一切和他都没啥关系。他只是机械地催促大家出发,仅此而已!

"别介意,莫斯,就几句话就出发。"说完,叶外尔对着丹小声说道,"这些舵手总是觉得整条河都是他们的,不过我跟你说,犬吠得大声,并未见得就会咬人,所以你不要被他们吓到,他们也并不是那么坏!"

丹依依不舍地拉住了老人家的手："我不知道该如何感谢你，大卫，我的朋友！"

"孩子，一定要随时都保持高度警惕！竖起你的耳朵，睁大你的眼睛，前路充满危险，一定要小心！千万要珍重！"大卫·叶外尔无比挂念地说。

丹缓缓地走上了甲板。莫斯看着缆绳被解开，他的脸上的愁云顿时就消失了，换作了欢喜的颜色。他一跃而起，操纵起船舵，将船调整到合适的风帆位置。杰克用一只长长的船桨将船推出码头，两个伙计则用船篙将船往前面撑。丹把自己的背包解下来，拿起一只篙，和他们并肩工作起来。船渐渐冲出船坞，进入到开阔的水面，莫斯操纵着船，慢慢调整方向，最后进入河流。这时候，小伙子们把船篙放到一边，任凭风帆带动着小船往下游走。

莫斯现在脱掉了自己的外套，在他红色的法兰绒衬衫下面，是健硕的肌肉。他小心地，可以说是全神贯注地操纵着自己的小船，根本无暇顾及到身边发生的事情。丹就趁此机会，好好地打量研究了一下眼前这个虎背熊腰的家伙。别看这个家伙外表粗鲁，但是驾驶船舶确实非常认真，他巧妙地避开了来往的其他船只，尽可能地让船平稳匀速前进。他的手紧紧握住操纵杆，那操纵杆那么长，就像一根火腿一样。要不是那双粗壮有力的手，一般人根本无法操作。最奇怪的事情是这个家伙身上的转变也太快了——开始的时候无精打采，船一开动立马来了精神；开始的时候粗鲁暴戾，这会似乎变得无比敏捷，连他的指尖似乎都散发出警觉的气息。

"莫斯经常都是这样善变的吗？"丹悄悄地问那两个伙子，这时候杰克已经走开了，他们三个小伙子好像一下子获得了自由。

"哦，他嘛，我看他从来都没有高兴过。"一个小伙子笑着说，"他永远都像心里装着什么棘手的事情似的，你根本搞不清楚他到底忧郁什么。唯一能够让他打起精神来的事情，就是避开来往的船只，然后把自己的船操纵好。他好像只对行船感兴趣，你说这算职业狂吗？"

"嘿，小哥，"另外一个小伙子看着丹解下来的背包，关切地问，"你要把背包放到船舱里去吗？一会儿我带你去客舱吧。我的名字叫汉克。"他自我介绍道，然后他们三个人朝着一个有顶篷的小房间走去。"他啊，"他拉着他的兄弟，"这是霍尔德。在这里你就跟到家里一样。"他们把丹带到客舱，然后去忙别的事情了。

在客舱的里面，高低不平的床铺上堆着一些旧的毯子。丹把他的背包解下来，放在一张看样子没有人使用过的床铺上。他坐在船上，百无聊赖地想了一些有的没的，现在已经是下午了，天气开始变得闷热起来。他脱掉了外套，取下了帽子。在这难得的独处时光里，他小心翼翼地检查了那个小小的袋子，那袋子装着的，是比他生命更加宝贵的重要情报。还好，还在那里，丹的心里荡漾起一丝喜悦，一路上运气都算好，现在又搭上这条船，一切都算顺利。

当他来到甲板上的时候，匹斯堡的最后一点影子也消失在茫茫的天际。杰克和小伙子们正在搬运货物，以腾出更多的空间。杰克解释道，因为等船一到比灵斯港，又有很多新的货物要装运上来，如果没有足够的空间，那就会影响到船的效率。

等到船上的货物各就各位，摆放到一个合适的位置，空间突然变得豁然开朗了。小伙子们都说，现在是晚餐时间了，于是他们走出去，来到客舱。丹看着他们忙忙碌碌的，也不知道该怎么插手去帮帮忙。只见汉克出去抱了一捆木头进来，然后在一个底部装着沙子的盒子里生起火来，盒子的上端，架着一个炉子。这时候，霍尔德拿来了肉干、黄油切片、奶酪，然后把它们放在一块平板上。这块板子由两个支架支撑着，权当是厨房的案板。与此同时，汉克将各种食材和水一起放到平底锅里，然后把锅架在炉子上。在炉子的四周，他塞上土豆，一会儿就有香喷喷的烤土豆吃了。最后，他在咖啡壶里冲调上满满一壶咖啡。一切准备工作就此完成了，就等着享用美味的晚餐了。

这时候，有一个人大家并没有忘记，那就是古怪的莫斯。他依然在操纵室，似乎整个世界与他都没有关系，他只关注河流里来往的船只。在小伙子们看来，那些急速飞逝的船只，还有数目惊人的往下游走的小船，环绕在自己的周围，要在这么复杂的河况里行船，那一定是非常刺激的。可是莫斯呢，游刃有余地穿梭其间，丝毫没有些许紧张或兴奋，简直是坦然自若，真是个行家！

"这条水路一直都有这么多船吗？"丹问杰克，一面问，他一面盯着河面上的小船和大的驳船，这些船，星罗棋布，星星点点地布满了整条河流。

杰克笑着说："到了夏天，这条河的船比现在恐怕还要多。尤其是那些方舟平底船——家用的小船，你可以说，就跟这一条船类似。"

丹看到旁边一条小船，也许就是杰克所说的家用船。那条船的舱室是用圆木胡乱钉制的，甲板上到处都是杂乱无章的陈设和堆放的杂物。在小小的舱室的角落，孩子们在开心地玩着躲猫猫的游戏。一个男人悠闲地掌舵，在一片栏杆围起来的

鳕步枪

区域,一个妇女正在给一头奶牛挤奶。

杰克说道:"我不知道这些人来自哪里。在新奥尔良,我们曾经看见成千上万这样的船只和人群。我永远都不会忘记那个场景,当上千上万的平底船聚拢到江面上的时候,整个江面就像一个巨大的避难所——到处都听见人们在讨论或者抱怨,那些讨厌的西班牙人切断了我们的商人与新奥尔良的联系,我们的船只无法进入新奥尔良,因此无法实现货物囤积、仓储、中转和出海。我们的活路被无情地切断了。你只要沿着码头走一圈就会明白,我们的航船被绑在码头上,空空如也,哪里也去不了——我们每天都在承受巨大的损失。现在,我当然很开心,再也没有外国佬会那样说了,密西西比河再也不会被关闭了!"

丹的记忆中,杰弗逊先生曾经说过,他能够想到密西西比河上那些空空如也的航船——没有货运,没有航行,只有漫无目的地停在岸边,做最漫长的等待——等待外国人来为这条河流开禁。这是多么困难啊,谁不是为自己的利益而奔忙呢?所以,要最终扭转局面,还是要靠我们自己。杰弗逊先生曾经说,自己就是那个普普通通的人,他忘不掉,是谁在供养着我们——那就是成千上万这样,和西部商人一样的讨生活的普通人。是他们支撑起祖国的明天,这一点毋庸置疑。

就在丹还沉浸在回忆中的时候,汉克喊道,晚饭已经准备好了。皮姆先生说,他要去通知莫斯吃晚饭。

围着桌子摆放的座位其实就是几段木头桩子,不过桩子的表面被处理得很光滑、很平整,和普通的凳子也没有什么区别。喝汤的是一个大葫芦瓢,吃饭用的是木头勺子,但是最受欢迎的餐具,丹发现,是刀子。莫斯吃饭的方式就跟他做其他事情一样,简单明了,直截了当。他就是那么单刀直入的性格。他会从自己的腰带中解下一柄小刀,然后将大块的肉和奶酪切割下来,用手指头捏着,然后送到嘴巴里,大口大口地咀嚼、吞下。喝咖啡的时候,他也不满足于小杯子一口一口地喝,他会从衣服里取出一个大大的钵头,他宣称这是特殊的"饮器",也是他自备的神器——喝咖啡的秘密武器。在短短的时间内,他完成了这一系列的事情,就心满意足地回到掌舵室。皮姆先生就坐在他的位置,继续吃饭。

丹注意到,在太阳下山之前,很多船就已经开始靠岸准备过夜。但是莫斯呢,完全没有靠岸的意思,一直等到西天最后一片云彩也黯淡地失去了光泽,落日的余晖再也无法照到地平线以上时,他才考虑将船泊向岸边。在这之前,他一定是全速前进,争分夺秒。现在,夜幕降临,再也没有一点太阳的光线,莫斯把船调转到岸边,他和皮姆先生迅速地将船开向两棵巨大的橡树中间。

"那个家伙如果不一直让他航行,就会浑身难受,对什么也不满意。除非他睡着了!"汉克如此打趣道。这时候丹和霍尔德正往甲板上走,莫斯则从外面走进来。

"你们少一个两个的没关系,我自己会操纵好这艘船,我会把你们都带到目的地!"这是莫斯简单的回答,也是他唯一的一句话。此后,他就再也不说话,似乎消失在客舱里。他们听见他在自己铺床位,几乎与此同时,大家已经听到了他有规律的呼吸,然后是低沉的鼾声,大家都知道,这个家伙已经睡着了。

"莫斯是我最得力的舵手,"杰克·皮姆说,"只要是在白天,他从来不浪费任何一分钟。一路上,我们要经过威灵村、玛丽埃塔、辛辛那提,在这些地方,有很多人为我们装卸货物,我们必须提高效率,一旦装卸完成,我们又要马上去往另一个地方。我们的工作必须高效。我的生意对象主要是那些小的拓荒者——那些常规的顾客,他们的货物已经在某个地方装运好,只待看到我们的船到了之后,就将货物装上我们的船,然后从我们船上取走他们需要的对应货物。这条路,我们从家里出发,可以停泊新奥尔良,装上糖和糖蜜,以及咖啡,这些都是我哥哥店里需要的。除此之外,我们的大部分时间,都在路上。我们耽搁不得,我们的耽搁就会成为那些小的散户顾客们多余的等待!"

"当然了,"他补充道,"对于其他商船来说,他们很可能从新奥尔良带回丝绸、茶叶以及外国的便宜货,然后将这些货物提供给有钱人。不过我们一直坚持做平常的生意,我们希望通过高效率的工作来获得相应的报酬,我们以效率取胜,而不是以投机取胜。"

几天之后,船第一次靠岸停泊,地点是在毕林村,在肯塔基这边河岸。他们看见一个小小的码头,还有码头背后无边无际的森林。杰克·皮姆拿出号角,吹响了号角。这时候,两个男人驾驶着小船,从两边开过来,他们一出现在码头上,就向皮姆打招呼。

"他们仍然是这么准时,他们一向都是很准时的。他们带来的商品是黄油和奶酪。"皮姆高兴地对莫斯说,脸上浮现出灿烂的笑容。说着,他们跳上岸,检查着岸边的木桶和油壶。看来货的成色很好,他们露出满意的神色。

现在,莫斯离开了掌舵室,抓起了一支长长的木桨,他必须将船尽可能地靠近岸边,就在这时候,皮姆向岸边扔了一圈缆绳。岸上的人接过缆绳,将船绑定在岸边。

丹也上了岸，帮助皮姆从码头上搬运货物上船，皮姆和霍尔德就在船上负责接货。他们很快就完成了这项工作，他惊奇地发现，冷冰冰的莫斯竟然朝他投来了赞许的目光。"干得不错嘛。"莫斯说道。

时间过得那么快，简直超乎丹的想象。不经意中，他们的船又再次出发了，就好像刚才什么也没发生一样，真是太神奇了。

丹心想，这个时候，瑞德和杰夫应该也已经在河上了，他们一定也在快速地向他们所说的赛克斯靠近。赛克斯到底是个什么地方，丹直到今天，依然不清楚。"我们就是豁出性命也要按把货送给他。"瑞德曾经这么说过。

丹问那两个伙计，他们是否知道赛克斯。他们都表示不知道，但是莫斯说他知道。那是晚餐的时候，小伙子们争着问莫斯这个问题，莫斯一高兴，就说了。"在密西西比河上。"他告诉大家。他的下一个消息让丹大吃一惊，瞠目结舌。

"很多人，"莫斯说，"去圣路易斯的时候都会选择那条路——他们从俄亥俄斜插过去，直到走上通往赛克斯的路。这条路通往卡斯卡斯基亚，在密西西比河的上游，那里有一个军队邮局。到了那里之后，穿过河道，走水路到圣路易斯也就是一天的行程。这条路比沿着俄亥俄一直往下游走，然后在逆密西西比河上行，要快得多，就像一跃而过对比慢慢蛇行。"

丹的脑子在激烈地思考，刘易斯，他记得，曾经经由卡斯卡斯基亚到达圣路易斯。如果赛克斯比卡斯卡斯基亚更靠近圣路易斯的话，那么就一定也更接近伍德河的大营。因为这些地点都在河的同一侧。现在丹明白了，为什么这批枪要送到赛克斯，因为那里离大营更近。这肯定就是那天晚上瑞德在牡蛎房子所说的——"对付他应该不是什么难事。"他们的这笔枪运到赛克斯之后，既可以用于对抗政府，同时也可以用来对付远征队，对付他们所说的那个他——梅里·维勒·刘易斯。

但是现在莫斯提供的信息，在丹看来，还可以做另外一层的解析。如果根据莫斯所言，抄近道的话，丹心里盘算着，那么他就一定可以先找到刘易斯，而且这时候，那批枪应该绝对还没有运到赛克斯。因为，那批枪要先顺着俄亥俄河一直往下，然后要逆流而上，穿过密西西比河。那些伙计不是说过了吗？逆流而上是很艰难的。因此，他们的速度一定会很慢。

"我在考虑，自己去走通往圣路易斯的那条近路。"他认真地说。然后，他记起来，梅里·维勒·刘易斯曾经穿过河流，到达路易斯维尔，然后往内陆考察。

"我会穿过路易斯维尔吗？"丹问道。

"有很多地方都可以穿过，但不包括路易斯维尔。"莫斯说，他用刀子戳起一个土豆，咬了一大口，"贝尔克里克就是一个不错的选择。绕过这里，你就可以看到通往赛克斯的大路。那里在河的北岸，你不必去穿越那座城市啊，因为你会到达那里，那是我们最后一站，所以到时候你再上岸会比较合适。"

这个安排让丹紧张的神经放松下来。毫无疑问，瑞德和杰夫一定在一艘大船上，他们一定在顺流而下——但是他已经知道，如何逮住他们。

现在，他的脑海里出现的最多的是总统先生。他真的很想把眼前看到的景观告诉总统先生：无边无尽的平底船和驳船不绝如缕，载着各种货物，穿梭于河面——他们的货物既包括满满一船的火腿，还包括熏肉、威士忌、猪肉、土豆、西红柿、奶酪和香肠腊肉，等等。不一而足，应有尽有。

再过一段时间，杰克·皮姆说，还会有很多蔬菜，因为春天已经来了。而到了秋天，成千上万桶面粉将通过船舱运到海外。印第安人的独木舟成为一道特殊的风景线——他们也在分享交易他们的特产，给这条拥挤的交通线，画上了美丽的一笔。如果杰弗逊先生能够亲眼看见，这里贸易的繁荣，能够亲眼目睹他理想中的内陆贸易的发达，他该多么高兴啊。他们以前在华盛顿的时候，天天讨论这个问题，但是他们谁也没有亲见这一幕。丹现在才明白，见证这伟大的贸易场景，真的是他人生中最亮丽的时刻。他的生命因此而更加绚烂，更加完美。他要把这一抹亮色与总统先生分享。

不止一次，他在心里默默地感激着大卫·叶外尔。因为老人家的推荐，他得以和杰克·皮姆成为队友，得以和莫斯一起迎接风浪，得以和两个小伙子一起愉快地玩笑和共进晚餐。

一天，岸上的一个路人对莫斯大加称赞，因为他觉得莫斯能够把一艘笨重的船，开到那么快，实在是太厉害了。不过莫斯轻描淡写地表示，这也没啥，不过是小菜一碟。他会的比这个多得多了——他说，要是有一辆马车和他比赛，他一定能够不费吹灰之力就超过马车。不过丹觉得这也太离谱了吧。这天吃晚饭的时候，莫斯又拿这件事情吹牛，不仅如此，他还添油加醋道："就算我闭上眼睛，也能超过大篷马车！"

"哈哈，莫斯先生，你很幸运，现在我们旁边并没有一辆大篷马车！"丹戏谑道。

突然，大家陷入一阵沉默，莫斯的脸色一下子阴沉下来。杰克·皮姆盯着半空，一言不发。大家太知道莫斯的脾气了，这种玩笑和谁都开得，和他却开不得。伙计们感到局促不安，快速地喝完咖啡，决定溜之大吉。这时候，丹才意识到自己失误了，犯了一个不可饶恕的错误。

"我想告诉你，莫斯，"他大笑着说，"有一个摔跤技巧，我想没有人能够比你做得更好！想不想试试看？"

莫斯的脸色稍微好看了一点，看来丹的这招还真管用。不过莫斯还是略带讽刺地说："难道你这种小屁孩也懂得什么叫摔跤吗？笑话！"虽然这么说，但是他似乎还是对丹的摔跤技巧很感兴趣。

"来吧，英雄，"丹好声好气地说，他把桌子推到一边，然后说，"让我看看你漂亮的摔跤动作吧。"

半推半就的，莫斯跟随丹来到甲板上的一片开阔的地方。其他的人都扯过身子来看着他们。大家都隐约感觉到，一场好戏就要上演了。

丹面对着莫斯站着，"把你的手交叉起来，"他说，"然后抓住我的手腕——或者抓住我的胳膊。对的，就是这样！抓紧，用力。现在只要你稍稍一发力，你就可以把我举飞起来。而我根本没有还手之力，只能在你背上，像个破麻袋一样，任凭你发落！"

莫斯好像一下子茅塞顿开，心领神会，他膝盖稍稍用力，就把丹高高地举起来了，丹从甲板上一下子飞到莫斯的背上，真的就像一个麻袋一样，完全没有还手之力。

"干得漂亮，"丹大叫道，"不过请英雄高抬贵手，可不要把我抛得太远！"

"为什么呢？小子！"他咧开嘴，坏笑道，就像一个孩子，不过最终，他把丹稳稳地放到自己的脚下。"真叫我用力的话，我可以轻易地把你从船里扔出去，就像扔一个空瓶子一样轻松。哈哈！"莫斯显然高兴了。

"我在波士顿的时候，曾经被人这么摔过一次。那是一个苏格兰的船匠，也是很健壮的，"丹告诉他，"像你们这么健壮的人，都可以轻松完成这个摔跤技巧的，任何人对你们而言，都应该不在话下。不过你还应该更快！"

莫斯在原地打着转，似乎在检查刚才自己的动作，他一边拍拍自己的手臂，然后用力把手臂弯起来，露出粗壮的肌肉。现在的莫斯，就像一只好斗的公鸡，"让我再试试，"当大家都在哈哈大笑的时候，莫斯这么说，"我想再熟悉一下这个摔跤套路。"

"记住，莫斯，必须快，"当莫斯用粗壮的手指抓住他的手腕的时候，丹强调道，"一旦你抓住你的敌人，你就必须一气呵成。"

"我敢打赌，你能够把这里的每一个人轻轻松松丢到新奥尔良去，莫斯！"汉克夸张地大叫道。他和霍尔德都跃跃欲试，他们都争着去当莫斯下一个操练的靶子。顿时，整个甲板上充满了快乐的气氛。

从此之后，莫斯和丹成了真正的好朋友。莫斯开始格外关注丹到圣路易斯的行程，他想给丹制定一个最完美的行程。其实莫斯常年在密西西比和俄亥俄河的上下游航行，每一个河滩、每一个码头，他都非常熟悉。用他自己的话来说，那叫了如指掌。终于，他有了一个主意：从俄亥俄河到通往赛克斯的大路，这其间最佳的中转点，并不是之前他说的贝尔克里克，还有比这个地点更适合的连接点——伯叶尔农庄。这并不是他们的一个必经站点，莫斯说，但是他们可以把丹送到那里。

"那里有一个圆木伐木场，我记得。"皮姆说。

"是的，"莫斯点点头，"那是提姆·伯叶尔的农庄。他有很多出色的马匹，他也许会卖给你一匹真正的好马，他从来不会欺诈顾客的，是个值得信任的人。他和约翰·波导，在通往赛克斯的大路上，开了一间旅馆。这间旅馆恐怕是那一路上最诚信经营的一家。所以，在那条路上，如果你要歇宿，请在他们的旅馆歇宿，不要选择其他的旅馆。"

"请你千万不要忘记这一点，丹，"皮姆接着说，"在那条路上，一到晚上，各路人马都会出来活动，不过各路人马都不敢冒犯他们的农庄，这几乎是密西西比河与圣路易斯以及俄亥俄沿途最安全的歇宿休整地点。"

"是的，那一路河盗很猖獗！"汉克接着说。

"你可以提前准备好武器，你要知道，你会遇到什么危险，你要警告那些人，让他们不敢接近你，更不敢轻易伤害你。"杰克·皮姆说，"那些地下的工作，造就了这里最恶劣的信条。这些见不得人的地下工作者，就是那些英国的间谍。他们在每一个码头和每一段河岸上都存在。他们给印第安人提供武器，让他们清除美国人。尤其是那些前往西部，到圣路易斯经商的美国人。因为这些美国人将会威胁到英国人的垄断利益。"

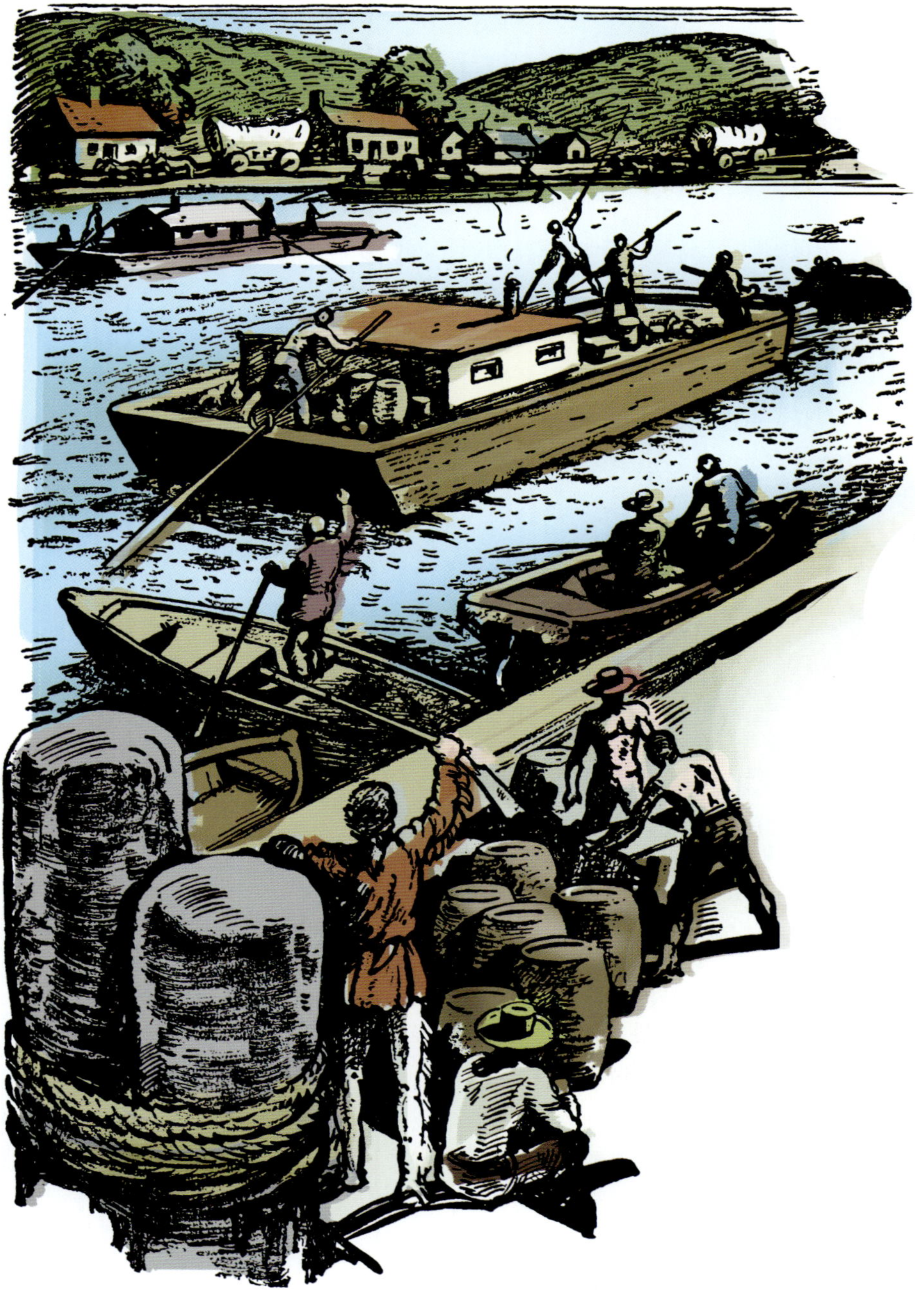

"这真是太糟糕了!"丹大叫道,"那些闹独立的美国人,他们想通过武力建立自己的新政府,属于他们自己的政府——却不曾想到,这一切的背后操纵者,竟然都是英国人。最后他们不过是再次沦为英国的殖民地。这真是太糟糕了。可悲的是,直到今天,大部分人都还蒙在鼓里。这直接导致我们本国的国民却被排除在自己的领土之外,而且完全是因为受到英国的操纵。"

"他们当然是这样,"皮姆同意道,"那些皮毛商人当然知道这一点,你想难道他们不会用尽一切办法支持西部脱离联邦吗?他们就是这么做的。为了利益,他们才不管什么国家、什么领土,他们的眼里只有永恒的利益。"

"如果我是总统,"莫斯粗声粗气地说,"我就要收拾那些皮毛商人——我会把印第安人拉到我们自己一边。"

晚上睡觉的时候,丹不觉得笑了起来,他笑得如此秘密,谁也没有注意到。丹感觉到了自己的小袋子,紧紧系在自己身上。这里面的内容,就是杰克·皮姆和莫斯所希望的内容——他们希望总统把印第安人拉向美国。可是如果他们现在已经知道,总统不仅是这么想的,而且已经派出了远征队去执行这项任务,而且还派他来帮助远征队完成这个任务……他们会怎么想呢?想到这里,丹再一次笑了。

第二天下午,他们到达贝尔克拉克,他们将装上最后一批货物——一船面粉。之后,他们将到达伯叶尔农庄,在那里丹将和大家分别,自己往内陆走,一直到达赛克斯,到达伍德河的远征队大营。

但是当莫斯把船停泊在贝尔克拉克的码头上,他并没有看到面粉的大桶,而且下着倾盆大雨。难道说好送到的面粉,没有送到吗?码头上连一个路人都没有,因此没法打听情况。为什么罗本·希尔没有将面粉送到码头呢?他的磨坊距离这里才几里路啊,除非他现在还陷在烂泥里。

"罗本从来没有爽约啊——他今天一大早就应该到这里的啊。"杰克·皮姆说。

莫斯抱怨道:"就算是天上下刀子,我也要准时的啊,还别说只是下点雨,只是有点烂泥……"对于这一点,大家是深信不疑的,可是毕竟不是每个人都有他那么健硕的体格和坚强的毅力。既然如此,大家又能怎么办呢?雨一直在下,还要一直耽搁下去,几乎成了定局。现在更大的问题是,晚餐已经没有东西可吃,每个人都直接回到了船上。

第二天一大早,丹就被一阵巨大的声响所惊醒。他坐起来,静静地听,在微弱的灯光下，他看见汉克还在熟睡。其他铺位都已经空了。霍尔德将头伸进客舱。

"听外面的动静，"他高兴地说，"听起来就像在打架！"

汉克突然醒过来，"那是什么，单挑还是粗暴摔跤？"他询问道。

不过霍尔德已经出去了，丹和汉克从床上坐起来，开始穿衣服。外面的声响一点也没有静下来的意思，反而更加激烈了。

"你刚才的问题是什么意思，什么叫单挑，什么叫粗暴摔跤？"丹一边扣衣服，一边不解地问。

"单挑就是按照大家的规矩，一对一，公平较量。粗暴摔跤就可怕了，指的是把耳朵从头上咬下来，或者诸如此类的粗暴的殴斗！是不是很恐怖，让人毛骨悚然啊！"汉克告诉丹。

他们走出了舱门，走向了甲板。一群人聚集在码头上，在船的最前头，杰克·皮姆先生端端正正站在那里，似乎还在等待他的面粉。莫斯和霍尔德则早就挤到码头上看热闹去了。码头上的人群中，一群人在和另一群人掐架。其中一个人发出粗暴的警告，被警告的人则站在一艘巨型的独木舟旁边。很显然，这艘船是晚上的时候到达的。这艘船实在是太奇怪了，看起来像个独木舟，但却那么大，大得离谱。

汉克一个箭步冲到了前面，不过丹并没有去看热闹，他关注的还是那条船。这条船像个独木舟，但是估计整个河道上都不会有这么大的独木舟吧。而且更奇怪的是，这样的船上竟然有那么多位船员，他们现在都齐刷刷地盯着码头上发生的一切。不过接下来发生的一切简直颠覆了丹的想象。他有一种奇怪的预感，这似乎是他的第六感觉。他的胃里很不舒服，好像是有什么噩兆似的。这时候，他发现那条船的船腹中运出来几个很大的箱子，他一下子就警觉起来。这些箱子好像似曾相识。为了进一步确定他的判断，他朝旁边看了看。天呐，一个扎着绷带的杰夫，斜倚着站在船桨边上。

丹的头脑里突然一阵空白，嗡嗡作响，到底怎么啦？什么情况？

镇静下来之后，丹心想，他们一定是昨天晚上或今天清晨到达的，这时候丹的船还在等待着茫茫不知在何处的面粉。他自己则在梦中。想到这里，丹真是有点怨恨自己，不过怨恨也没办法了。丹自己觉得已经把他们甩出很远的距离了，他们是怎么来的呢，他们用了什么法子，走得这么快呢？所有这些，都还是解不开的谜团。那批枪支已经追了上来。过去的日子里，他历尽千辛万苦，要赶在他

鳕步枪

们前面，现在看来，一切努力都白费了。他原来还轻松地，甚至沾沾自喜地认为，自己已经把他们甩出很远，而现在……

"快点给我把这些东西拿开，否则的话，我就让你死无葬身之地，你信不信？"他听见有人在粗暴地叫嚷着。就在这时候，他看到一个人从独木舟跳了出来，跳到码头上，天啊，那是瑞德的声音。

丹把身子往前倾，以便看得更加清楚一些——是的，没错，就是瑞德。他及时地回撤到莫斯的身后，在莫斯强壮宽大的身体后面躲着，无论是瑞德，还是杰夫，都不可能发现他。

一个高高的、瘦长的男人冲到瑞德的面前，"你的船还有足够多的空间，你可以帮我装下我的皮毛，我只要求到下一个码头，"他歇斯底里地说，"否则的话……"

"你踏上我的船试试看，看我不……"瑞德从腰带掏出一把尖刀，与此同时，另一个人一把抓过瑞德的手臂，高高地扬起。瑞德手上的刀发出咔哒声，那个人朝着瑞德的下巴就是一拳，这让瑞德后退了几步，打了一个趔趄。

"我本来只是想和你同行一段距离，我说了，我只到下一个码头。是你敬酒不吃吃罚酒，"那个男人叫嚣道，"所以我只能先给你点厉害瞧瞧。告诉你，这俄亥俄河上，我还没有遇上过敌手呢。"

瑞德往前走了几步，脸色铁青。然后，他的整个身体弓成一团，就像动物要准备一跃而起，他的手指弯成勾状，他突然将自己的整个身体猛扑向敌方。他们双双倒在地板上。"我要告诉你，谁才是这个世界上最不可战胜的人！你这个傻瓜！"他咆哮着大声怒吼道，一边将牙齿咬在对方的脸颊上。

最终，瑞德占据了上风，另外一个人痛苦地呻吟道："别打了，别打了，我认输了！"而瑞德呢，就像得胜的将军一样，正洋洋得意地接受他的船员的喝彩。他似乎意犹未尽，不大情愿地把对方放走了。码头上的人像潮水一样往前涌，把那个打翻在地的可怜家伙拖走了。

这个时候，独木舟上的人欢呼雀跃，似乎在庆祝一个伟大的胜利。丹似乎无法再看见瑞德。

突然间，丹听到莫斯轻蔑地评论道："所有的虎豹豺狼都是瑞德·凯利的同伙。这个家伙只适合和这些残暴的家伙为伍，是个彻头彻尾的坏蛋！"

那么瑞德·凯利就是瑞德的全名喽？"你在哪里见过他呢，莫斯？"丹快速地问。

"我在密西西比河上见过他几次。不过你不需要见他，甚至根本都不需要知道他是谁，"莫斯说道，"他就像臭鼬，名声臭极了。这个恶心的家伙你最好离他远一点！"恰在此时，丹听到杰克·皮姆也在询问关于瑞德的问题。

"那个家伙，瑞德，将会去哪里呢？"他问莫斯，"如果我是这一片的居民，我一定会希望他少在这边上转悠，这个人确实太讨厌了。"

"我也不知道，"莫斯回答道，"他好像没有和他的船员一起离开，他是先走的，没有乘船。"

丹仔细地回想了一下，当时的情况是，瑞德打完架之后，并没有回到船舱。那么他是会在下游和自己的船会合吗？但是他为什么偏偏选择这个时候离开呢？现在出现了什么新的危机吗？现在就期盼面粉早点送到，这样的话，他说不定还有机会追上那艘船。

不过一直等到中午，才有几辆车颠簸着朝贝尔克里克码头驶来。他们带着的正是一桶桶的面粉。车轮上的泥土告诉大家，为什么来得这么晚。船上的货物被码放得整整齐齐，因为今天夜里，船就会到达伯叶尔农庄。在此之前，他们希望能够把船上的摆设都归置整齐。

现在最糟糕的情况是，自己的船至少比那艘运载着武器的独木舟慢了一天。在这之前，他还觉得自己很快，那现在，瑞德在哪里呢？

第四章　化险为夷

在森林小路的尽头，伯叶尔所指的地点偏西五英里处，丹调转马头，往另一条路策马飞奔。丹知道，这条路一定是正确的路。提姆·伯叶尔曾经说过，他在路的一侧会看到修剪得整整齐齐的小树。根据这个提示，丹朝路的两旁看去，果然看到了一排像卫兵一样的小树。现在，他骑行在通往赛克斯的大道上。

这还得感谢莫斯白天分秒必争的赶路，最终让他们昨天晚上就到达了伯叶尔指定的地点。到达时他们离开波尔克里克已经两天了。提姆·伯叶尔向丹兜售一匹健壮的马驹，早饭过后，当第一缕晨曦照耀拂晓的晴空时，丹已经出发了。根据莫斯的指引，在通过俄亥俄的道路上，以赛克斯为起点，这二者之间只有约翰·波导旅馆最适合驻扎。如果真的是这样的话，丹就必须在两日之内完成这长途而乏味的旅程。这段路程要骑行很长一段时间，如果一切顺利的话，也并非完全没有可能完成。而且这条路上来往的旅客很多，因此就算真的遇到困难或灾祸，也可以就近寻得帮助。

现在他已经在路上了，丹感到内心充满希望，这种希望的力量越聚越大，足以支撑他战胜一切路途的艰难险阻。两天之后，他必须到达赛克斯，再用一天沿着密西西比河上溯，最后到达伍德河。不过这一切，都必须祈祷杰夫不把丹落得太远。如果他已经超前得太多，也许再怎么努力，也会最终扑空。不仅如此，逆水行舟的速度必然会相当慢，对此，丹必须有充足的思想准备。

瑞德让丹丝毫也不敢掉以轻心，内心始终有一个重重的负担，压得他简直喘不过气来。为什么他要让杰夫独自带着武器先行？这个问题一直萦绕在丹的心头——设想一下，瑞德应该是选择走陆路，然后与杰夫在赛克斯会合。所以这么看来，瑞德也一定会选择这条路。按照莫斯所说，这几乎是一条通过密西西比河的必经之路。

沿途的路开始被树荫笼罩，只有树梢还有点点阳光的滋润。这说明时间已经不早了，太阳马上就要下山了，丹开始焦急地寻找可以宿夜的地方。他焦急地催促马儿快快地行走，在一个急转弯之后，他突然见到了一幢气势恢宏的建筑。正所谓山穷水尽疑无路，柳暗花明又一村。在这幢建筑的旁边分别是库房和马房，另外一边则堆放着大量的柴火。屋子前面的马栏告诉丹这幢建筑的真实身份，因为只有旅馆的马栏需要修得那么长。因为有很多马儿会被系在那长长的马栏上。

丹长舒了一口气，感到身心彻底地放松了，他靠着栏杆，重重地喘着气。他一步一顿地朝旅馆的大门走过去，门突然开了，一个灰白头发、满脸堆笑的热情的男人出来招呼他。这个男人穿一件白色的T恤，友好地向丹打招呼。

"我猜你就是波导先生吧。"丹问道，"提姆·伯叶尔让我来这里的——我的名字叫博特。你能让我在这里借宿一晚吗？"

"进来吧。"这个男人满脸堆笑，走向丹的身边，"提姆和我是老相识了。他的朋友就是我的朋友。来吧。"他一边说，一边把丹往屋里领，然后朝屋外吩咐了一声。这时候，一个少年跑出来，把丹的马牵到后面去喂食草料去了。

"晚饭就快做好了，"波导先生接着说，带着丹来到了酒吧间，"一会儿吃完晚饭，我带你去你的卧室。"

围绕着一只巨大的火炉，几个男人坐在一起，热火朝天地聊着闲天。波导先生点燃蜡烛，放在屋中照明。丹脱下了外套，解下了背包，坐在门边，静静地听那些男人的对话。他们对话的主题不过是些蚕茧、毛皮之类的生意货物上的事情。

"他们是猎手！"波导先生告诉丹，"他们刚刚经历完长途跋涉，才来到这里，他们现在在比赛，看谁能讲一个最长的故事！"真是一群精力旺盛的家伙，丹心想。他把目光投向隔壁房间，他看到一个漂亮的姑娘和一个端庄的妇女正在布置餐桌。"那是我的妻子和女儿。"波导这么介绍，露出骄傲的神情。是啊，有如此幸福的家庭，该是多么值得夸耀的一件事情啊。可惜这个世界上，还有谁是丹的亲人呢？对丹而言，那些在他人生旅途中，默默支持、关爱他的人，就都是他的亲人吧——科特先生、凯勒布、塞西、杰弗逊、穆里、叶外尔，还有现在的这些身边的人……波导的话，打断了丹的沉思，"我给你说，她们可是最好的厨师——过一会儿你就能见识到了。

那个一头飘逸的卷发、面带笑容的女人——毫无疑问，就是波导的妻子——从厨房走出来，拿着一个冒着热气的铁锅，敏捷地往盘子里倒入美味的菜肴。那

鳕步枪

些菜肴虽然看不见成色,但是散发出诱人的气息,让人垂涎欲滴。大家闻到这香气,一下子都陷入骚动之中,大家的肚子恐怕一下子都变得饿了,纷纷情不自禁地朝餐厅走。大家站起身来,你一言我一语地闲聊着,突然大门哐当一声打开了,一个人急匆匆地走了进来。

如果丹此时也和大家一样,围坐在炉子边,那么此刻他一定可以和瑞德面对面地站着。这就叫冤家路窄!丹看到的,是瑞德的背面,不过他还是一眼就认出了对方。其实那个丑陋的、红色的浓密长发,一走进来,丹就认出来了。他一整天都在想,瑞德是不是会和他选择相同的路线呢?果不其然,现在他已经追了上来,而且就出现在面前。丹真不知道该怎么办才好。丹偷偷地瞟了一眼身边的那道门,他本来可以偷偷地溜走,瑞德不会发现他的。但是他的内心好像有什么东西在阻止他这么做。他为什么总是要躲着瑞德,为什么每次都是他从瑞德眼皮底下逃跑呢?原因很简单,就是他身上的那封信,在他的腰带里面的那封信……

"我赶时间,"瑞德大声喧哗道,他盯着约翰·波导,"我马上就要走了,你能不能给我换一匹马?这没问题吧?钱我多给你!"丹觉得这个粗鲁的声音真让人作呕。

丹看见波导先生面色僵硬,似乎很厌恶地说:"我没有多余的马,对不起!"波导没有再搭理那个讨厌的家伙,领着大家去餐厅。可是他很快又被瑞德叫了回去。

正当大家都围坐在餐厅、准备用餐的时候,波导和瑞德依然站在那里交谈。现在,丹心里想,是逃跑的最好机会了。丹半立起身子,准备随时冲出门去。可是就在这时,门再次哐当一声被撞开了,一个白胡子的老人一溜烟小跑进来,气喘吁吁的。这下好了,丹的出路被挡住了!丹只能无奈地打量了一下那个老人,他穿着鹿皮裤子,上面是一件宽松的大衣。一看就知道,这是个跑江湖的老手,不是商人,就是猎户。最别致的是他的长头发,白白的头发一直从帽子底下垂到肩膀上。当这个人从他眼前经过的时候,丹还注意到,他有一双炯炯有神的眼睛,方额头,坚毅的脸上露出古铜色的光芒。他一定肌肉健硕,从他红褐色的肌肤即可以判断,他孔武有力,老当益壮!总之,这是一个让人喜欢的人,丹心里这么想着。

"哇,那不是吉姆吗?"波导大叫道,这时候那个家伙匆匆走向他,看得出来,他们应该是老相识了。"最近运气如何?"波导问。

"你或许会记得上次我在约博·波菲尔德那里寄存了很多生皮毛吧!"老人

家告诉他。

吉姆继续说:"政府已经接管了路易斯安那!那个县郡包括密西西比河两岸,都是美国的领土了。所以以后我们可以在那里自由进行皮毛贸易了。再也不用受到新奥尔良的牵制!"

"不是这样的,"瑞德尖锐地打断道,有点针锋相对的意思,"你不要胡扯!你不要道听途说,老家伙,小心你的舌头!"

"为什么,"吉姆大声回应道,显然他对这不礼貌的打断很生气,"我告诉你!我亲眼得见的!不是什么道听途说!我看到官员们从圣路易斯出发,当他们到达军队邮局的时候,我看到了他们。他们是要去接管这片新土地的。"

这么说来,路易斯安那的政府已经正式承认该地域的接管了,就像去年冬天,新奥尔良的接管一样。突然,他听见瑞德一声惨叫,这让他很惊奇。

"这都是你们扯谎,恶意造谣!"他大叫道,声音有点歇斯底里,他一拳头朝这个白发的老人挥去,"老家伙,你快收回你刚才说的话,什么政府官员,什么路易斯安那被美国接管,如果你不收回去的话。我就把这一个个字眼都塞回到你的喉咙去!"

大家都被这突如其来的一幕震惊了,好一会儿,大家都目瞪口呆,陷入沉寂。丹也瞠目结舌地看着那个老人和波导先生,大家都一脸惊愕。就在此刻,丹突然想起梅里·维勒·刘易斯写给总统的信。信里面曾经说到英国的皮毛商人的诡计!不仅仅是他,叶外尔、皮姆,还有波士顿公牛旅馆的那个人,都曾经说过英国皮毛商人的奸诈。现在,这一切,在他眼前似乎都得到了证实。他现在似乎终于明白了,为什么瑞德和杰夫要铤而走险,不惜一切地运送枪支。并不是他最初所想的那样,是为了给西部人对抗政府,闹独立,脱离联邦,不是这个单纯的原因。这些枪本来是为先锋开拓者们所使用的,他们用这些枪来保卫自己,可是现在呢?这些枪竟然被用来阻止美国人自己的贸易,用来将美国人驱逐出美国人自己的新领地,这不是很可笑吗?丹的父亲不就是为此而牺牲的吗?他的心里一阵痛楚,不过痛定思痛之后,他渐渐坚定起来,现在对他而言,机会来了!这机会就蕴藏在他腰带下面的那封信里。这封信关系到,这种局面能不能被扭转。一旦扭转目前的局面,美国就将走向一个更加广阔的明天!

丹站在那里,平静地说:"瑞德,你已经晚了,你晚了很多次了!美国四个月前就在新奥尔良接管了路易斯安那!为什么不能在圣路易斯再次实现接管呢?"

丹看到瑞德的脸色煞白，他六神无主地转过身来，看着丹。

不过，狡猾的瑞德很快恢复了元气："你这个偷偷摸摸的小人物！我就知道你一定还会出现。你去哪里了？"

"那是我的事情，和你无关。"丹冷峻地回答道，完全没有正眼瞧他。

"你觉得你很聪明，对吧？"瑞德朝丹走过来，这时候约翰·波导快步地挡在他的前面。"且慢，"他严厉地说，"谁也别想在我的地盘上撒野！"

丹意识到餐厅的人越聚越多，但是他一直盯着瑞德，只见瑞德一把推开了波导，不断地逼近。波导则在后面大声喝斥。而瑞德呢，依旧是一副粗暴的样子，嘴里不干不净，骂骂咧咧地说个没完。

"你给老子坐在那！"他指着丹旁边的椅子，对丹说，"闭上你的嘴巴。来吧，让你看看老子的厉害……"

丹没有理会对方的谩骂，他只是目光如炬，紧紧盯着那个家伙的脸。这个家伙的一切过往，都又浮现在他的脑海，就像一幕幕镜头快速地闪回。毫无疑问，今天又会是一场血腥的打斗。丹想到当时莫斯和他玩摔跤，丹亲自教会了莫斯，那么在这个千钧一发的时刻，他自己能不能也亮一下这招绝活呢？他对莫斯说的是，一定要快，那么他自己能不能做到出奇制胜呢？这一切，丹的心里都没有底，他只能冷静，冷静，再冷静！

瑞德朝前移动，他的长长的手臂，显得粗壮有力，在空中挥动着。就像一头饿极了的猛兽等着扑向自己的猎物。不过让丹感到些许欣喜的是，对方并没有立即出手，这给了他准备的机会。他知道，现在他要抓住一个最合适时机，一招制胜。他对瑞德亮出的第一招，必须尽可能做到完美。他能够做到吗？

丹已经准备好了！

他一个箭步跨上前去，趁瑞德未来得及反应之际，抓住对方。说时迟，那时快，他双手扣住瑞德的前臂，然后紧紧锁住对方。就在对方无法动弹之际，他将对方抬到自己的右肩，然后迅速低头，一个金龙探海——腰一弓，手一摆，把对方狠狠地摔到地上。惊惶失措的瑞德还没来得及反应，就被摔了个狗吃屎。

围观者都倒吸了一口气，实在是太惊险了。双方的实力并不相当，但是弱者竟然战胜了强者，太激动人心了。丹也觉得很奇怪，他怎么做到的呢？看着一脸茫然的瑞德，丹相信自己成功了，虽然坐在地上的那个家伙，那么大块头，肌肉发达。

丹几乎是用尽全身的力气,他的二头肌的力量加上他背腹的力量,一起爆发出来,给惊魂未定的瑞德以最沉重的一击。与此同时,丹迅速跟上前去,把跌坐在一旁的瑞德的手脚再次锁住,然后朝着一个方向扭动着,直至对方完全不能动弹,毫无还手之力。

过了好一会儿,瑞德瘫软地倒在地上。丹脸色冰冷地转过身,朝餐厅走去。吉姆跑过来抓住他的胳膊。几乎就在这时,一声尖叫声震响屋宇,丹觉得他的左边肩膀一阵钻心的疼。他四周看了看,觉得天旋地转,一阵眩晕过后,他迷迷糊糊地看见瑞德坐了起来,恶意地斜眼看着丹。突然,他感到一阵更加猛烈的眩晕,热乎乎、湿漉漉的东西顺着他的肩膀往下淌。他知道,他中刀了——是瑞德的背后一刀!

大家都围拢上来,"揍他!"他听见有人这么说,但是他再也没有力气了,他感到剧烈的疼痛,连呼吸都变得困难。这时候,有人把他的衬衫割开,露出肩膀上的伤口。他听见混战仍在继续,波导大声喝斥道:"你这个人渣,你以为你没有在这里露过脸,大家不认识你吗?你自己选择单挑,你打不过人家,就采用这种下三滥的手段,背后袭击别人!"

现在,波导的语气变得平静,"那些绷带准备好了吗?"然后,他说,"坚持住,博特!这里,抓住这个,很快就好的,忍住,一分钟就好。还好,没有伤到你的肺。"

对丹而言,这一刀来的时候是那么快,可是从肉里拔出来却那么慢,他简直忍受不了了。只见鲜血直往外涌,然后就几乎没了知觉。他只能隐隐感觉到绷带在一圈圈缠绕着他的肩膀。绷带绑得很紧,过了一会儿,他感觉到自己被抬了起来,抬到另一个地方,然后他就晕厥过去了。

他被抬到了一个柔软的床上,这张床在他看来,是他躺过的最柔软的床。就在这片刻的舒适感觉之后,他想到了自己的小袋子,他赶紧把手抬起来去找。可是他的手是如此沉重,几乎根本抬不起来,但是他还是决定把手臂抬起来。他做到了!他把手伸到腰带的里面,谢天谢地,那个小袋子还在。现在,他可以屈服于昏昏欲睡的身体诉求,好好地睡一觉了。没一会儿,他就睡着了。

当他睁开眼睛的时候,只感觉到记忆中依稀有些事情刚刚发生过,但是到底发生了什么,他记得并不真切。为什么他的房间里会有一盏灯,他在哪里?这些问题都困扰着他。然后,他开始慢慢地回忆——吉姆……瑞德……小袋子!在刚才的睡眠和梦境之前,他似乎好像也想过这些内容,尤其是那个小袋子!那比他的生命还要重要。他赶紧用手去摸那个袋子,谢天谢地,是的,袋子很安全!

他慢慢恢复了知觉,这时候一个女人说:"你躺着吧,孩子,这样绷带才不会滑脱。"他看着她,他认出来,对方就是那个美丽的女人,是波导的妻子。她是那么美丽,一头亮丽的卷发,大大的温柔的眼睛,脸上挂着温馨的笑容。他还依稀记得,这个美丽的女人在餐桌上给盘子里盛满了美味的菜肴。丹的心都要被她关切的微笑融化了,但是一想到美味的菜肴,他的胃也一起融化了,感到一阵难以忍受的饥饿。

"你不觉得,"丹问道,"我应该来点东西吃吗?"

"这是个好消息,你能这么说实在是太好了!"波导夫人关切地说,"这至少说明,你已经在好转了。我在炉子上正准备着吃的呢。告诉我,你现在最想吃什么?我给你去拿吧。你要好好躺着,千万不能动!"

"千万不能动?"丹惊惶失措地想了想,这是什么意思?可是他必须马上出发,到赛克斯去的啊,他今天晚上就必须赶到赛克斯,一刻也耽搁不得。可是现在,眼前这个人却说,千万不能动。从情感上来说,丹多么希望好好地听她的话,尽情地享用美味的菜肴和柔软的床铺。可是从理智上而言,他知道,自己重任在肩,他耽误不起,他该怎么办呢?有一件事情,他无比清楚,那就是他必须比那批枪更早抵达——然后拦住他们,截住枪支,保证远征队安全!不过,现在,他的肩膀还时时传来一阵阵剧痛,他清楚地意识到自己是那么虚弱。但是这一切,一旦他坚强地爬起来,就都是可以克服的。波导夫人回来的时候,端着一碗热腾腾的吃的。丹没有马上吃东西,而是把自己的想法告诉了波导夫人。

波导夫人没有马上回答,不过她的表情似乎在说:"情况还不像你想的那么糟糕!"她搬来了一把椅子,靠在床边,然后坐下来,一勺一勺地喂丹吃下去。当丹吃完了最后一口,她说:"像你这样的小伙子,定能克服眼前的困难。不过,我跟你说,如果你能够好好睡一会儿,不出两个小时,天就会亮的……"

"睡觉!"丹大叫道,"为什么呢,我必须上路——我今天晚上必须赶到赛克斯。"

波导夫人冷静地劝慰着他:"孩子,你的伤口倒不是我最担心的,并不在致命的位置,可是我担心的是它一直在渗血。如果你现在就起来,到处乱动,那么就会血流不止。"

"可是现在我没有别的路了,我别无选择。"丹简直要哭出来了,大声说道,

"我必须赶到赛克斯,去见我该见的人,做我该完成的事情。现在,请你帮我把绷带扎得更紧一点——相信我,我不会有事的。我一定能够好好地回来……"

波导夫人的善意的眼神,是那么具有穿透力,似乎能够抚慰一切伤悲;但是她的眼神又是那么坚定,丝毫容不得自己在意的人去冒险。"你能走的时候,我自然会让你走,"她如是说,"不过现在,不行!今天,你必须赶紧睡觉。"她一边说,一边走了出去。

他现在终于明白,杰夫和瑞德的真正目的,他们的险恶用心究竟何在。丹花了太多时间搞清楚这个问题——这也许是因为,整个华盛顿都陷入一种恐慌,那就是西部威胁要脱离联邦。大家把注意力都集中到这一点上,这极大地限制了丹的思考。他前期的思考一直跳不出这个范围。现在他才知道,这些枪,并不是用于搞独立,不是用于建立新政府,也不是用于脱离联邦。昨天晚上,当瑞德火爆地攻击老吉姆的时候,他就明白了一切。他想到,这些枪,为的是阻止美国商人在密西西比河从事贸易,以保证这个范围内商人的垄断利益。现在,他的身体伤了,但是他的大脑却异常活跃起来,他完全有精力去分析,他们这么做的原因何在。

那天晚上,在牡蛎房子,难道瑞德和杰夫所讨论的对象不是一个人吗?这个人丹感觉那么熟悉,现在再去回想,无疑就是梅里·维勒·刘易斯了。他们那两个家伙还吹牛说,一定可以轻松地对付他!他们不是一直在说,他们要尽快,尽快准备对付他吗?

那么这批枪,毫无疑问,就是他们对付他的重要准备之一。这批枪,是用来对付远征队的!也许,对远征队的袭击就计划安排在伍德河的大本营;又或者,他们会选择等远征队出发至密苏里河再下手——因为在那里,英国人还有印第安人作为帮手。总而言之,一切都让丹心神不宁。他根本睡不着!

但是,为什么,丹非常疑惑,为什么这些枪要在赛克斯登陆呢?这其中一定有某些原因。也许等到他们攻击远征队的那一天,一切就都可以真相大白。又或许等到这批枪运到目的地之后,就可以知道他们的全盘计划。可是丹知道,不能等到那个时候,他必须第一时间截住这批枪,他必须赶在他们之前阻止他们。到目前为止,最重要的事情就是总统的那封秘信。但是这一刻,情况发生了改变,那批枪成为了最紧迫的任务,丹必须首先完成这个任务!

虽然他的肩膀伤势不轻,但是他不能待在这里——他必须到赛克斯去。一想到杰夫会捷足先登,率先赶到那个地方,丹就会惊出一身冷汗。总统先生的全盘

鳕步枪

计划，美国的前途和命运，他自己这么久以来的奋斗和努力，都可能会因为这最后一步的落后而通通化为泡影。现在一切的希望都寄托在——杰夫的速度因为逆流而上，变得缓慢。在这个时间内，他有机会复原身体，并且最终赶在杰夫之前，到达赛克斯。不过这么一来，主动权仍然在对方手里，丹觉得心神不定、焦躁不安。因为杰夫还不能很快到达那里，所以昨天晚上瑞德的提前出发，就变得毫无意义，就算他到了那里，也不可能第一时间与杰夫碰面，更拿不到枪。想到这里，丹稍稍平复了一点点。不过，唯一的可能性就是，他们有一个周密的计划，那就是和他们的同谋会合。也许当时，杰夫走水路，而瑞德走陆路，也是这个计划的一部分。他们必须把一个人放在岸上，以和他们的同谋顺利会合！

丹躺在那里，心里焦躁不安，痛苦极了——不过就是在这种痛苦的状态下，他的思考开始更加理智。他意识到自己的思想里一个重要的转变——这个转变不是一个突然的转变，而是经过了这么多人、这么多事情之后，慢慢发酵形成的转变。过去他的脑海里，一直在思考一个问题，最后发现这个思考是错误的，现在所有这些错误的思考都让位于一个真相。这个真相就是那批枪支，而想到这里，他又不得不重新去回想那个人——汤姆·简德利。正是这个家伙，构成了整个枪支链条上的第一环，只是现在还不能确定，他这第一环和后面的环节能不能联系到一起。不过直觉告诉丹，他们就是一套锁链上的不同环节！他不会忘记简德利造访巴尔的摩的事情，也不会忘记旅馆老板提到的那封信。每一个地点，都与这次的枪支事件相吻合。这绝对不仅仅是巧合吧！那些地点，都是枪支供应商的集中地。想着想着，丹的思绪进入一个更加广袤的思维圈。他想到那些英国的皮毛商人，他们不是为印第安人提供武器，来对付美国人进入新的领地吗？汤姆·简德利就是一个英国人，而且他对枪支那么熟悉！

突然，门打开了，约翰·波导蹑手蹑脚地进来了。丹连忙问自己的伤势怎么样了。"我必须走了，"他说，"我必须去做事了，一刻也不能再耽搁了，先生！"

"我的妻子已经把一切都跟我说了，"波导说，"但是，博特，你还不能走——请你千万听我的话，这会儿真的不能冒险。为什么你要那么着急呢？"

丹犹豫了片刻，但是约翰·波导的真诚的眼神让他免除了后顾之忧，加之波导夫人像亲人一样体贴，更让一直处于戒备状态的丹，放下了心里的防备。他说："我有一封信，是总统让我交给梅里·维勒·刘易斯的。这封信必须送到他手里，事关重大！现在情况很紧急，如果我再不把信送过去，他就很有可能要从密苏里河出发,往上游走了。那样我就可能再也追不上他,也无法把信交给他了!"

"一封总统先生给梅里·维勒·刘易斯的密信!"波导惊叫道,"天哪,你怎么不早说?你指的是不是那个在伍德河扎营的年轻人?人们都说他要往密西西比河的西部探险,为政府寻找新的生意路径和伙伴。是不是就是他?"

"不错,就是他!我必须到达伍德河,"丹告诉他,"请你们最好不要透露我到赛克斯的任务!"

"那是当然,"波导大笑起来,"我知道有一个人可以送你到那里去。他的名字叫约博·波菲尔德,他娶了我妻子的妹妹为妻。他手上有船,既可以去新奥尔良,也可以去圣路易斯,这是个能干的家伙。老吉姆还有那些昨晚上你见到的猎户,他们的皮毛都是由约博运出去的。"

"那么我能不能搭上他的船呢?我想尽快出发。"丹说道,"也许我能够赶上吧。"

"看这里,孩子,"波导说,一边指着丹的伤口,"如果我现在就让你出发,我一定会担心的。要不然你再等等,等到下一艘船出发的时候……"

"到时候你就会听说,刘易斯的船已经出发了,刘易斯已经离开伍德河,到了密苏里河了!"丹不耐烦地说道。

"吉姆常常要走那条路去采买货物,"波导建议道,"我能不能把这个消息告诉他,向他打听一下刘易斯的消息,或者让他替你转达消息给刘易斯,说你有从总统那里的密信要送给他?他现在就在外面,随时可以过来见你。"

"你能保证他会保密吗?"

波导大笑道:"别的我不敢保证,但是这一点,我还真能说没问题。吉姆最大的好处就是守口如瓶,就像他从来不会把他的陷阱设置告诉任何人,之后等他获得了猎物,你才会惊叹——哦,原来那老小子把陷阱布在那里!"

"那好吧,不过一定要让他理解,兹事体大,万不可向他人言讲,否则后果不堪设想!"

波导离开了房间,过了一会儿,他和老猎户吉姆一起走了进来。吉姆一脸担忧而哀愁地俯下身子看着丹,"哎,孩子,这真是狠狠的一刀啊,"他说,"我一夜都没有合眼,我一直在歉疚,如果不是因为我,你就断然不会受伤。都是因为我才挑起的事端……"

"老先生,快别这么说,"丹劝慰道,"像瑞德这样的坏蛋,人人得而诛之。

鳕步枪

更何况，我需要经历这样的历练，现在我不是棒棒的吗？没事的！"

"不过你对付那个家伙的摔跤技巧，实在是我看到过的最灵巧的，"老人家赞叹道，"我在这里想啊，像那样的坏蛋，最好摔他个两三次。这次刚好让这个坏蛋尝点苦头。"他的语气里充满了对丹的敬重，突然，他停止了说话，热切地看着丹。他低声地说："约翰说你有一封信必须带到伍德河。"

"我想要知道的就是，"丹打断道，"就是你是否听说，关于梅里·维勒·刘易斯的最新消息。"

"我亲眼见过他的，我给你说啊，就在圣路易斯，我亲眼见过他。当时别人都说他就是梅里·维勒·刘易斯！你的意思是说，他带着一群人，要到西部去探险？为的是实现政府的西部贸易和扩张的计划？"

根据吉姆的这个提示，丹可以推断，梅里·维勒当时一定是从伍德河赶往圣路易斯，见证路易斯安那划归美国这一伟大仪式！这就意味着，他写信给总统说开春就出发，而实际上，他并没有在那时候出发。然后，丹心存一丝侥幸地问："你是什么时候见到他的，这件事情过去多久了？你是多久之前见到刘易斯的？"

"让我想想看……我想啊，总有两个多月了吧。"

两个月，丹的心里一阵失落。那已经是很久之前的事情了，这么长的时间，事情会不会有变，刘易斯船长会不会已经回到伍德河，并且指挥船队朝密苏里河去了？

不过，目前他们还没有出发的最好证明，就是那批枪。这些枪，在丹看来，一定是用来对付远征队的，那么既然是这样，枪都还没到，证明远征队一定就还没有出发。否则那群傻子那么卖命，不是更傻了吗？在这批枪运到赛克斯之前，他们一定能够肯定，远征队并没有离开伍德河。也就是说，现在丹最大的对手，还是那批枪，他还是要和那批枪赛跑！

"博特，我其实很能够理解你，"波导说道，"我知道你也着急，所以我非常理解你此时的心情。我知道你现在心里在想什么，我能够理解你的心急如焚。"说完，他来来回回地踱着方步，陷入沉思。突然，他的眼睛对着老吉姆，发出灿烂的光辉，他的脸上也一下子变得明朗起来，露出了笑容："如果吉姆愿意帮你的话，一切都会有转机！如果吉姆愿意和你同行，并且帮你处理伤口的话，我就放心了。我相信，你们两天左右就能出发到达赛克斯。而且你还可以去波菲尔德那里，吉姆，就是不知道老兄你愿意否？"

"当然愿意,当然愿意!我很乐意同行,约翰!如果他的绷带会乱移动位置的话,我就在上面设一个陷阱,让它动弹不得,哈哈。你相信我的,对吧!"大家都哈哈一笑。最后,老吉姆自信满满地说:"我敢说,你真的找对了人,没有谁能够比我更快把他送到波菲尔德那里,那一带的小路和捷径,没有我不熟悉的!把他交给我,你就放心吧!"

"不过,我夫人知道你这么快就要走,一定会把屋顶给我掀翻的,这也算是冒险哦!"波导有些后怕地说。

"如果我不出发,那才叫真正的冒险,我们的国家都会处于危险之中。"丹严肃地回答道。

丹觉得,似乎他和那批枪之间,只有若干小时的距离。远征队的安全就放在这个天平之上,一端是丹,一端是那批枪,天平往哪个方向倾斜,就表明远征队的安全往哪个方向走——安全或危险,这都取决于丹的速度和胆量,最终取决于他能不能截住那批枪!现在,一切皆有可能!

第五章　再见鳕步枪

现在，这件事情变得非常简单了——他可以到达赛克斯，即便他现在的手臂有伤，但是有老吉姆同行，一切都变得容易多了。这天晚上，丹躺在床上，思绪万千，他思考着接下来的计划。经过一番深思熟虑之后，他找出了问题的核心在于：到达赛克斯之后，怎么办？

首先，在前往赛克斯的途中，他必须抓住一切机会，找到瑞德，然后秘密地跟着他。因为瑞德一定会在某个地方等待杰夫和那批枪。锁定了瑞德，就相当于锁定了杰夫和那批枪。然后，第二个问题就是，找到这批枪到底有没有送到赛克斯。此外，还要弄清楚，杰夫将在哪里登陆，他又将如何把船上的枪支运上岸，谁负责在岸上转运这批枪支。丹想到，自己无论在哪里，都能够清楚地认出那艘巨大的独木船。

在这之后，一个最棘手的问题，就是瑞德和杰夫的同伙什么时候出现。一旦他们的同伙出现，丹应该如何应对呢？不过幸运的是，除非瑞德他们改变了主意，否则他们一见面，就少不得有一场二对一的打斗可以欣赏。如果瑞德一方获胜，那么那个第三者就很有可能会命丧黄泉。想到这里，丹不禁有点毛骨悚然。如果真的是这个结果的话，瑞德和杰夫会如何处理那批枪呢？这个问题是他接下来一定会遇到的问题，到时候他一定会弄清楚答案。很快就会遇到他们，很快！

那个晚上感觉那么漫长，黎明终于来临了。老吉姆和约翰·波导将丹的手臂吊起来悬挂着，绷带跨过他的肩膀把他的手吊起来。波导夫人拿出了一件新的大衣，给丹换上。丹原来那件外套，在受伤之后，被大家剪坏了。因为伤口的原因无法脱下来，只能剪出一个口子，方便第一时间处理伤口。

当大家七手八脚把他送上马背的时候，他才明白波导夫人的一片苦心——为什么她那么坚持不让他走。因为现在的伤势，骑在马背上，确实是太不方便了。

虽然刚才的早饭很丰盛，他也吃了很多，但是他的身体似乎依然很虚。身体的重心基本上都要依靠一只手来支撑，真让他感到身体有点不协调，很难掌握平衡。尤其是在马背上，这种失衡感就更为明显。

"你怎么保持平衡呢，"波导夫人一脸忧虑地说，"如果你的马稍微颠簸一下，或者蹄子稍微绊一下，你不会摔下来吧……"

"这只手不是还好着嘛，不用担心。"丹故作镇定地回答道，他希望能够让波导夫人放心，"虽然这只手被吊了起来，扎着绷带，但是如果遇到紧急情况，需要用它去拉住缰绳，我还是能够做到的，放心吧！"

"不用担心，夫人，如果他要从马上滑下来，我会把他托住的。"吉姆打着包票说，"我的枪足够保护我们两个人的，而且我的准心和枪法，那可是不容小觑，而且我随时准备亮剑，让那些家伙看看，到底是他们的剑锋利，还是我的剑快！"

事实上，一路的骑行比丹预料的要轻松得多。一路上的路况尚好，并没有遇到太多的颠簸。在其中一段路上，路面的沙土很多，橡树生长得很茂盛，在这些树丛中偶尔点缀有淡褐色的榛子树。这茂密的植被到了河边开始变得稀疏，所以可以很容易地去抄那条吉姆提到的近道。

事实证明，这个老吉姆和波导夫人，是一样严格。这让丹很沮丧，吉姆坚持把旅程分成两段，白天和晚上。白天行路，晚上休息。夜幕降临之后，他坚持在一间废旧的房子里住一晚上。他以前就在这所房子里准备好了毯子和紧急情况下的补给品——可以放置很久的食物、一些药品和一些武器弹药。

"你不能一次把你的子弹都打光对吧，所以你也不能一次都把你的体力和精神耗费完，这个道理你懂的吧？"老吉姆看出了丹的沮丧，耐心地开导他，"今天晚上你好好睡一觉，明天起来就更有精神，那么也就可以跑得更快了！这样你就可以节约时间啊，况且，这条路明天中午就可以带我们到约博·波菲尔德家——今天晚上你好好睡一觉，明天到那里就更有精神了。"

果不其然，一晚精致的睡眠，加上吉姆的熏肉和鹿肉干，让丹感觉焕然一新，似乎获得了新的生命。"也许是昨天你的咖啡太棒了——我估计喝了你的咖啡，没有头发的人都要长出头发来，太神奇了。"第二天早上，丹精力充沛地和吉姆一道骑行，他如此告诉吉姆，"又或许是今天的好天气的缘故，我感觉我浑身都是劲儿，都快要完全康复了。"

上午的时光一分一秒地流逝，一路上，他们看到了越来越多的小木屋，还有很多干净整洁的绿色花园和草坪。时不时地从他们身边经过一些人马。人们骑着马，带着皮毛，吉姆说，这些人，是带着皮毛到赛克斯的商店换取生活的必需品。

"那里！"他突然大声叫道，他抬头看看中天的红日，"我说什么来着，我说是中午吧？"他朝着前面的一幢木屋望去，那屋子显得气派而温暖，有一个大大的院落，围着一圈竹篱笆。"真是个好地方，不是吗？约博·波菲尔德可是这里的头面人物。"

他们在那个房子前面勒住了马，停了下来，一个女人，长得那么像波导夫人。丹一眼就把她认出来了，她一定就是波导夫人的妹妹了。这个女人在门廊位置，就和他们挥手打招呼。"你这次回来得比往次都要早，不是吗，吉姆？不过无论你什么时候回来，你都是我们最欢迎的朋友！"那个女人一边说着，一边注意到了丹受伤的胳膊。她的目光汇聚到丹绑着绷带的胳膊上，不过还没等到她说话，吉姆就首先说，他从波导先生那里带了一个客人过来，也许，她可以为他提供一两天的食宿。

"那当然，没问题，我很乐意，既然是自己人，那么就请随意吧，这里就和回到家是一样的，"她笑着说，"请把马儿拴上吧，吉姆，然后进来休息吧。让你的朋友也像到了家一样，我去给你们准备吃的。约博还在外面处理事情，不过，晚饭的时候，他就会回来的。"

吉姆把马儿带到后面的一间茅草屋里，拴好。丹呢，则准备往草料包里添加草料。

不过吉姆马上命令道，让他不要动一个手指头，所有的事情，他都会做好的。丹马上辩解道："如果什么都不让我做，一点小事我也不能做的话，我会锈住的。我会觉得自己就像一个废物。所以还是让我做点力所能及的事情吧。"不仅如此，其实在他的内心，他多么希望约博·波菲尔德能给他提供交通工具，让他好马上出发，去到伍德河。他知道，只有尽快到达赛克斯，才能更快到达伍德河。他一定会向波菲尔德说明这一点，不过丹意识到，等到吉姆在这里享受完招待，时间又会被浪费掉很多。不过他不能把枪支的事情一股脑儿都和盘托出，就算他真的和盘托出，也不可能更快启程。与其这样，不如客随主便，先好好休息。正如吉姆一直所说的那样，只有养精蓄锐，等到真正行动的时候，才能充满活力，一举成功。

丹的心里一直在思考着各种问题，因此他整个人都显得有点心不在焉。吉姆呢,还兴致勃勃地向他介绍周遭的一切。他斜倚着身子,朝一栋房子张望,他让丹往那个窗户里面看。那个屋顶上,悬挂着许多熏肉和鹿肉干,在门前的空地上则是一桶一桶的各色物品。

"那些桶里你猜猜是什么?那就是黄油、火腿、咸肉、腌制的乳鸽,所有你想得到的好东西,都在那里。"吉姆说道,"他们是最大的供应商,他们波菲尔德家族,什么东西都有。"

丹心想,屋子的里面一定也很有趣吧。吉姆和他走进了一个房间。在屋子的一角,是一架织布机。一束束香草从天花板垂落下来,散发出淡淡的香气。在开放的橱柜里,碟子整整齐齐地摆放着,还有瓷器的杯子、碗、勺子……在壁炉上面,还放着一些茶具和鲜花。在壁炉附近的挂钉上,悬挂着一支步枪,还有一只大的号角,让丹格外注目。他正打算去看看那支长枪,那支枪和他记忆中永远忘不掉的鳕步枪,倒有几分神似。他正沉浸在自己的思绪中,突然波菲尔德夫人走了进来,她说,她看到波菲尔德回来了。

"你看起来很消瘦!"她对丹说,"你的手臂怎么样了呢?"

"其实我的手臂倒没什么,是我的肩膀受伤了。"丹说道,"不过这也没什么,都快好了!"

"快好了?"吉姆一脸狐疑地望着他,"他被狠狠地在肩膀上刺了一刀,就是前几天的事情,快好了?你信吗?"这时候,门开了,约博·波菲尔德走了进来。波菲尔德先生气度不凡,是个很整洁的人,就像他打理的房屋一样,那么雅致。丹觉得这个人让他感到有些肃然起敬,不过目前还不了解他,但愿他不是和简德利那样的人——外表不俗,内心肮脏污秽。吉姆一看到他进来,就赶忙招呼道:"你好啊,约博,你想不到我这会儿会过来吧,想不到吧?哈哈!"

"即便我没有料到,不过你随时来,我都是无比高兴的,我的老朋友!"波菲尔德高声说道,他把目光也落到丹的身上,表明他的欢迎也包括丹在内。

"哦,忘了介绍了,这一位,丹·博特,"吉姆说道,"他本来应该到了伍德河的,不过他的运气确实糟糕,刚到波导的旅馆,就遇到了歹人。如果不是这样耽搁一下的话,他早就到了目的地了。"

于是,他把丹的故事从头到尾,详详细细讲了一遍。这时候,波菲尔德夫人表示,丹肩膀的绷带必须重新换,她过一会儿会亲自为丹检查伤势,并重新包扎。波菲尔德先生则希望丹能够在这里安心养伤——如果有朋友在身边的话,即便是

鳕步枪

这点小的伤势,也是无妨的;否则的话,一点小的伤势,也有可能会酿成大的灾祸。幸运的是,丹这一路走来,都有好友相伴,都有人在后面默默支持他。"我知道,那些人想阻止政府向西扩张的消息在西部传播。其实政府早就把密西西比河两岸的领地划归国家所有了。"波菲尔德说道,"他们买通了印第安人,让这些人手持武器,对抗自己国家的国民和商人。记住,吉姆,那个被印第安人故意袭击的邮差,他的任务可不是普通的邮件传递。他携带的正是政府接管新领地的消息。显然有人害怕这个消息扩散开来。"

丹再也无法隐瞒了。这件事情不就是杰弗逊先生向丹讲述的吗?正是因为这件事,触动了总统先生,他才决定派遣丹去传递政府接管新领地的消息。只是这一切,眼前的两位朋友还并不知晓。

"我猜想,"吉姆笑着说,"那些印第安人一定会记得我们,他们有理由记住我们,不是吗?"吉姆一边说,一边意味深长地朝着火炉里的火光瞥去。这让丹觉得无比迷惑,完全不知道他在说些什么。

"好了,先不说那个吧,我刚刚说到,"吉姆继续说,"这个年轻的博特先生要去伍德河,但是中间遇到了一些突发情况,所以现在还在这里。波导先生说,你有很多船只,你有没有驳船刚好是往上游走的,可以载博特一程。"

这就是了,丹心想——诚如他所预料的那样,他们来到这里,然后找一条船带他到伍德河。不过现在他还不能去伍德河,他必须先留在赛克斯,等待那批枪。现在该怎么办?丹的心里七上八下的,他必须找个理由,留在这里,这样他就有时间找出那批枪登陆的位置。他该怎么办呢?

"没问题,"波菲尔德笑着说,"不过现在我遇到一个两难的困境,这还是我第一次遇到这种情况。也许你会觉得意外,但是这就是事实,我的船这会儿都出去了,我手头确实没有多出来的船只。只有一条驳船,还在岸边;不过这条船的合同已经签了,有人预定了这条船。"这时候,波菲尔德夫人说,晚餐已经准备好了。

"事实上,"他继续说道,"我会亲自驾驶这艘船,也许就在一两天之后吧。这艘船要去圣路易斯,如果你能够等到那个时候的话,博特先生!"这时候,大家都到了隔壁房间,这是一个厨房和餐厅共用的房间。就在大家准备吃饭的时候,丹听到波菲尔德的这番话,他心里的一块大石头才落了地。这时候,波菲尔德对他接着说:"我将把你送到伍德河。你不会耽误太多时间的,我的船员都一级棒,

243

纽伯瑞儿童文学奖获奖作品精选

我们能让船飞起来！放心吧！"

"那么就实在是太麻烦你了！"丹客气地回答道，表面上的平静并不能掩饰他内心的狂喜和兴奋！丹简直不敢相信自己的运气居然会这么好。现在他有一个最好的理由留在这里了。

过了一会儿，大家都津津有味地享用着美妙的晚餐，那一道兔肉披萨，让大家啧啧称赞。饭后，大家还来了点土豆泥，也是一样美味。吉姆心满意足地表示，波菲尔德夫人和波导夫人的厨艺简直难分伯仲，她们姐妹的厨艺，简直是世界上最棒的。丹也感受到了这一点，这两姐妹的悉心照顾和盛情款待，是他这一路以来，感受到的最温暖的时刻之一。想到这里，他不禁有些想念波导夫人了。

波菲尔德可能是注意到了丹的情绪有点失落，于是赶忙打趣道："你看吉姆，一吃到好吃的嘴就特别甜。你看，他又看着那些青青的豆苗了，难不成他的溢美之词，能够让那些豆苗快点长大，长出豆子来，然后就又可以为他做一顿美味佳肴了，哈哈。"

"那是今年早些时候，就在花园刚建好的时候，"波菲尔德夫人自豪地说，"它们还带着露水呢，我就把它们移植回来，种到这里。"

过了好几分钟，丹都还沉浸在波菲尔德夫人的话中，"在花园刚建好的时候，我就把它们移植回来……还带着露水。"这些话多么像杰弗逊先生在他的日记里所做的描述。他仿佛又回到了华盛顿那个书房，里面充满了各种植物，就如今天在波菲尔德夫人餐厅见到的这些豆苗。天底下巧合的经历是如此之多，相同的经历和感动，不同的地点和人物，构筑成丰富人生的一个个片段，让我们不断成长，不断收获。这就是人生的意义吧。在这个人生长途中，唯有珍惜点点滴滴，珍视周遭的万物生灵，善待朋友，心怀感恩和理想，才能实现此生的幸福。人生是如此，一个国家也是如此，因为有这一群人，才会有这个国家的未来和希望！

"你曾经听说过梅里·维勒·刘易斯吗？你听说过他也会沿着这条道路航行吗？"丹问波菲尔德。

"当然，他和他的队伍去年冬天的时候驻扎在伍德河畔，他们是想等到春天冰雪融化之后，再启程。他们要从密苏里河出发，完成他们的探险任务。不过吉姆曾经给我讲，上次他在圣路易斯见到了刘易斯，大约是两个月前的事情。"

"那么你也不知道他现在有没有出发，往西部去了没有，对吗？"丹询问道。丹这是要打破砂锅问到底，他想要一个确切的答案。

鳕步枪

但是丹失望了。波菲尔德只是摇摇头，吃完了他最后一片南瓜饼。

"你是不是和齐奥托有生意上的往来？"吉姆问道。这时候大家从餐厅走出来，往大房间走去。吉姆继续问道："我记得没错的话，他不是曾经带着你往上走过密苏里河？波菲尔德，记起来了没有？"奥古斯蒂·齐奥托，他向丹解释，是圣路易斯最大的皮毛商人。

"是的，我将为齐奥托运送一批货，前往新奥尔良，"波菲尔德回答道，"这批货，我必须将驳船开到我的仓库去装运。不过不会那么快，我还要等到我的另一条船回来。我派出了一条船前往圣路易斯，装载的是烟草。他们很快就会从匹斯堡开过来了，也许要等这条船的航运任务完成之后，我才能接手齐奥托的单子。"

说者也许无心，听者却有意！

就在波菲尔德叙述他近期的生意安排的时候，丹发现自己一直在盯着对方。"烟草""匹斯堡"……这些字眼，让丹觉得高度敏感。

"这就是为什么我手头没有船的原因，"波菲尔德继续说道，"他们租了我的船沿着俄亥俄河往下游走，运送一大批烟草，等他们回到这里的时候，刚好要赶上我返程的驳船。他们希望我能够帮他们直接装运到圣路易斯，我算了一下，如果在这里就重新补装上货物，然后再前往圣路易斯装运齐奥托的货物，就能节省不少的开支。这样一旦在圣路易斯卸下烟草，就可以直接前往新奥尔良，而不必要返回。那艘大的独木船这几天应该就会到这里的，一旦他们到港，我就将那批烟草装船，然后我们的驳船就可以出发了。你不需要等太久的！"

丹表示同意，但是他的思绪却在飞奔……

独木船，他们当然是打着装运烟草的幌子，如果约博·波菲尔德知道他的驳船将要运送的不是烟草，而是……但是，丹思考着，现在一个问题已经解决，那就是他知道那批枪会在哪里登陆；另一个问题浮出水面。"他们什么时候靠岸呢？他们靠岸的地方距离这大约有多远呢？"他询问道。

"大概半英里吧，"吉姆告诉他，"我们明天会去那里看看的，约博在那里有一个很好的仓库，你一定要去看看。"

"我还打算增加新的仓库呢，"波菲尔德宣布道，"一旦我们可以和密苏里河的印第安人直接进行交易，那么皮毛的贸易量就可能会翻番。既然现在那里都是美国的国土，我们完全有理由相信，皮毛贸易量的增长一定会是惊人的。所以，我预计，一旦贸易增长，这也能给那些印第安人敲响警钟：我们是公平交易的！

而那些英国人,为他们提供武器,是别有用心的。"

"但是那些英国佬,不是还在做着最后的挣扎吗?他们的算盘就是要抵制历史的潮流,企图垄断这一地区的皮毛贸易。他们用尽一切手段去达到目的,但是遗憾的是,真相只有一个,历史的洪流是无法阻挡的。西部的人们一定会觉醒,印第安人也不会永远甘于充当他们的工具……"吉姆显然很激动,咧着嘴,笑着说。他一边说,一边意味深长地凝视着壁炉,他想,或许是时候谈谈那个邮差的事情了。

这一次,丹的视线跟着老吉姆的目光,转移到壁炉上,他自己突然注意到,晚饭前引起他关注和兴趣的步枪依然挂在那里。那是一把长长的步枪,从见到它的第一刻起,丹就对它那么着迷。这把枪就像有一种特殊的魔力,把丹的注意力紧紧钉住!

他一步步靠近那把枪,那把枪就安安静静地挂在墙上,像一个老朋友在向他打着招呼。他不会是在做梦吧……他一定是在做梦,然而不可能是梦!他取下枪,用手指轻轻地婆娑着。他的手指顺着枪管往下游走,那么光滑,非常光滑——在枪托底部有一个点,却并不是光滑的。丹迅速地把枪举起来,去寻找那个并不光滑的点。简直是像进入梦境一样,丹目瞪口呆,这实在是太难以置信了!他的整个灵魂都盯着那个小小的点,那是军械师留下的标志,是菊纽斯·德尔所选择的那个标志。他为了纪念他的故乡,选择了——鳕鱼标志!

没错,绝对没错,这一把,就是丹魂牵梦萦的——鳕步枪!

丹的手都开始颤抖了,他颤颤巍巍地把枪放回原处,就像在梦中,和自己的老朋友有了一次亲密的接触。这老朋友,曾经静静地躺在他的货架上,这些老朋友,来自他的故乡波士顿。准确地说,来自他们店里的货架上。时光流转,空间更替,它怎么来到了这里?

丹转过头来,努力用一种不经意的口吻问:"你们是在哪里得到这支枪的?"

"在一个死掉的印第安人那里得到的,"吉姆回答道,"就是那个邮差被攻击的那一天,当时他的邮包被偷走了。不过我直到今天,都还不确定,到底是谁击中那个恶棍的呢,是你还是我呢?"吉姆一边说,一边指着波菲尔德,"你说说看,到底是谁打中的。"

波菲尔德只是耸耸肩膀,但是现在丹已经大致明白了。"那么你们抓到了当时的罪犯了吗?"

"我也希望我们抓到了他们,"波菲尔德遗憾地说,"不过没有,吉姆和我

鳕步枪

听见有人在呼救,就立即骑马过去。可是当我们赶到的时候,我们看到邮差躺在地上,没了知觉。我们意识到情况不妙,所以赶紧先去检查了他的身体状况。这时候,远处两三个印第安人正往树林方向骑马逃窜。我们没有多考虑,就一人发了一枪。当我们把邮差安顿好之后,四下检查了一下,我们发现一个印第安人躺在那里,当场毙命。我可以想见,这样的小冲突未来应该还会上演。因为只要他们不摒弃原来的陈旧观念,依然认为只有欧洲人才掌握着西部的贸易命脉,他们就仍然会甘于为他们卖命。他们不知道的是,现在这片地方已经归他们自己的国家所有,他们可以自主决定自己的命运。那些他们对抗的敌人,其实是他们自己的同胞。我们的政府已经在努力,努力扩张领土,努力开辟未知的航线和贸易之路……"

"所以我一点也不怀疑,"他慢慢地说,"刘易斯船长的探险,将告诉印第安人,我们是公平交易的,我们的态度是积极友好和善的,我们和他们是一个国家的同胞。如果他们真的接纳了刘易斯船长的信息,那么他们就不会再帮助英国人来攻击我们。"

"我听说,"丹小心翼翼地表示,"这就是总统先生安排的计划中的重要一环:他希望刘易斯船长能够帮助我们的国家,扭转局面,带领我们的国家,尤其是西部贸易,转过危险的拐角,走向希望的未来。"

波菲尔德点点头,说:"那就是杰弗逊!他从来不会忘记给自己的国民公平贸易的希望,哪怕是那些还没有成为我们国民,我们努力争取的地域和人民。如果不是他,不是他派遣到法国的门罗先生,那么我们的西部边民现在会如何?那么还不是像我们过去一样,被无情地切断密西西比河出海的通道。"

就在此时,波菲尔德夫人走进来,她宣称,丹必须马上休息。因为他伤情未曾痊愈,经过长途的骑行之后,现在必须休息。另外两个男人,马上明白夫人的意思,都乖乖地退出了房间。波菲尔德夫人让丹在高脚躺椅上平躺下。夫人希望他闭上眼睛休息一会儿,丹乖乖地闭上眼睛,但是他根本睡不着——他现在需要考虑的问题太多了。

如此说来,汤姆·简德利偷到鳕步枪之后,就是送到了这里,用于装备印第安人,来对付美国的商人和邮差。产自美国天才军械师之手的优雅武器,最后竟然用来对付自己人,这是多么滑稽可笑啊。可是因为汤姆·简德利这个家伙从中作梗,这么滑稽的事情确确实实就上演了。如果丹此次任务不成功,这种事情就还会上演。简德利说他要到西北人的船上去工作这一类的话完全是扯谎,他关于他的身世的说法也很可能就是欺骗——他的主要工作,很有可能就是协助英国的皮毛商人来对付美国人。他就像一个间谍,被安插到美国,利用欺骗、偷盗等各种下三滥的手段,获得枪支,然后运到西部,武装印第安人。也许,他早就在为英国皮毛商人运送枪支,早在他去巴尔的摩的旅程中,还有那个店主手上的那封信,也显示他已经在悄悄运送枪支。这么说来,他很有可能和瑞德是一伙的。

想到这里,丹几乎要跳起来——事实上,要不是他肩膀上的伤口让他坐了回去,他一定会弹起来,然后马上去采取行动,抓住那些坏人。这之后,他的思绪混乱极了,他盯着天花板,感觉到天昏地暗。难道说,瑞德和杰夫运送的枪支,收货人就是简德利,他们本来就是为简德利服务的?也是这个简德利,就是他们口中那个吝啬、蛮横的头头,是他们要除掉的那个可恶的家伙。但是不论这个人到底是谁,有一点是可以肯定的:如果远征队已经离开伍德河,那么这批枪就不可能在赛克斯登陆,也不可能用于阻击远征队。

当然,这时候,他完全可以告诉吉姆和约博·波菲尔德,那个烟草船上装的到底是什么,这样一来,他们就可以趁其不备,逮住瑞德和杰夫。但是如果事实证明,简德利也牵扯其中,那么他就不能把这件事情告诉吉姆和波菲尔德——因为在他和简德利之间,还有一笔旧账,必须他们自己当面解决,谁也不能插手。他曾经告诉科特,对于那些被偷的鳕步枪,他一直不知道该如何补偿,这是他一块永久的心病……不过现在,也许机会来了,他的补偿的机会来了,复仇的机会也来了。

现在他的脑海里已经形成了详细的计划,他休息了一会儿,然后坐在大门外的阶梯上,在那里看落日。吉姆已经去睡觉了,他太累了;波菲尔德正在抽烟。波菲尔德夫人平静地织着袜子。

丹表示他休息太久了,感觉整个人都僵硬了。如果他不出去转转的话,他晚上一定会睡不着觉的。丹说,他一直都听说密西西比河,可是他从来没有见过这条河,他是多么希望亲眼看看这条河啊。没等波菲尔德夫人表示异议,他就继续说,他真的很想自己一个人去看看,不会有危险的。而且从这里走到码头并不是很远,吉姆说过也就半英里左右,因此,断然不会有危险的,也不会太累。很快他就会回来睡觉。夫人也没有办法,只能默默地同意了。

一旦离开了那个屋子的视线,他的脚步就变得快起来。他从来没有到过这里,

248

心里还是很怕瑞德会突然钻出来。但是他必须趁着夜色降临之前,去到码头上,把那里的地形弄清楚。他只有对这块地方的情形了如指掌,才能在独木舟靠岸之后,采取合适的应对措施。

路开始弯向西边,丹可以感觉到路在蜿蜒向前,呈现出一片浅灰的颜色,在路的最远端,斑驳的银白与暗黑相间的条纹状颜色,上下摆动,映入丹的眼帘。这上下摆动的黑白相间的光影,就是密西西比河。丹兴奋极了,他停下脚步,凝视着河面。对面模模糊糊的黑色河滩线的后面,就是路易斯安那,丹知道这一点——那是美国的新领地!看到了,他终于看到了。他分明能够感受到那天晚上,当总统先生走进书房,书房充斥着敬畏而庄严的空气,他用低沉的声音宣布:"路易斯安那已经成为美国的一部分!"

他继续往前走,仔细地看着周遭的一切,从河的这边看到那边。他发现他的右边是一个长长的、低矮的房子,毫无疑问,这就是约博·波菲尔德的仓库。沿着仓库宽大紧闭着的大门,一条木板铺就的路一直通到高高的码头,仓库与码头之间大约只有几十码的距离。码头延伸出去,便是汹涌的波涛和河水。丹看见一个浮动在水面上的可移动的圆木码头,这个圆木码头在高高的码头的尽头,用来装卸一些低矮的船只的货物,比如独木舟。

他走在跳板上,沿着码头伸出去的栈桥,来到水的中央。在波菲尔德仓库码头的尽头,一个铰链把圆木码头紧紧地拴在登陆码头的一端。这是一个活动码头,可以用于紧急情况下装卸货物。在安静的水面上,一艘驳船被紧紧地拴在浮动的圆木码头上。

丹沿着跳板栈桥一直往前走,走到那艘驳船的前面,它的干舷高度如此之高——这艘船一定能装得下任何大的木桶和箱子。因此装有枪支的大木桶和大箱子自然也不在话下。他慢慢地走到码头的边缘;站在那里,仔细地倾听,他的视线凝视着水面,黑色的河水让人毛骨悚然,这是暴风雨来临前的宁静。波菲尔德并不清楚独木舟究竟哪天能到,也许是今天,也许是明天或者后天。因此,这些家伙就可以随时开着船溜进来,而不被发现。

丹心想,既然这些人是走私军火,断然不敢在大白天靠岸,因此最有可能的登陆时机自然是在夜幕降临之后,尤其是在像现在这样的夜晚。不过丹还是不敢相信,即便是在夜间,瑞德和杰夫就真的敢对他们的同谋下手,真的敢谋害人命?他们的那个险恶残忍的计划真的会在这里实施吗?丹也不清楚!瑞德曾经对杰夫说过，如何抓住对方，不过他的意思是要等到赛克斯的时候再下手。丹还在心想，他们也许会等到和对方往上游走一段之后再下手，或者至少等到对方给了报酬之后，再动手。

丹开始转身走向栈道，周遭的静穆就像压力，迎面压过来，让丹觉得喘不过气。然后，他走回到码头上来，一下子又想起瑞德和杰夫的事情，于是他的精神高度紧张。

他踏上那条回去的路，他发现天上已经布满了繁星。明天，这相同的时间，他一定要在岸边——因为杰夫一定已经接近赛克斯了。然而，不管他到底什么时候到达，他最终都还要处理他和波菲尔德之间的生意。丹心里盘算着，他必须静观其变，随时做好准备，应对一切情况。

当他回到波菲尔德先生家时，他发现波菲尔德先生已经入睡，波菲尔德夫人还在等他回来。因为她要带他去后面的小房间，他可以和吉姆在那里过夜。那一晚，丹睡得很香。第二天一大早，他们吃过早饭之后，波菲尔德表示，他还有很多生意需要处理，他必须在去圣路易斯之前处理完那些生意。他希望吉姆能够陪他一起去。最后他表示，也许他要等到晚上才能回来。

"我想今天那艘独木船还不会来的。"他对丹说。这时候他和吉姆骑上了马，准备出发了，不过在临行之际，他转过头来对丹说："如果他们真的来了，也会有人来报告的，到时候我会尽快赶回来。"丹的心里七上八下的，他希望独木舟能够晚上到来，但同时又希望他能一个人去处理这件事情。毕竟，如果简德利出现的话，他必须和他算一算旧账。现在丹的身体还没有恢复到最佳状态，但是他的脑子，比任何时候都还要清晰。他很明白，现在他在做什么，他的一切行动的意义所在。在遥远的华盛顿，杰弗逊总统似乎在看着他，似乎在对他的所作所为报以赞赏的微笑。他心里清楚，现在还不是沾沾自喜的时候，最重要的任务还没有完成。他要先处理好这批枪支，然后再把书信交给刘易斯船长，到那个时候，他就可以凯旋，回到华盛顿，然后回到波士顿去！

"如果你想找点乐子，"吉姆补充道，"这里附近有许多鲶鱼，你可以站在岸上就把它们钓起来。它们很容易上钩，不过要等到太阳落山以后去。在后花园的地下，有很多鱼饵，你去挖就是了。"

吉姆的提示，在丹看来，不过是给了他一个在恰当时间靠近码头的借口。他目送着他们骑着马儿远去，然后计划着等夜幕降临之后，就带着钓具去码头上探个究竟。

　　他决定花一个上午的时间去挖鱼饵,然后制作一根修长的松木鱼竿。不过因为他的一只手并不方便,所以这两项工作耗费的时间很长。然后他给波菲尔德夫人的豆子和洋葱浇了水,松了土,这可是他的拿手活。借着做这些工作的机会,他开始考虑接下来该怎么办。设想如果有人说独木舟已经到达了,他该怎么做呢?直到现在,他还不清楚。下午较晚的时候,波菲尔德先生和吉姆还是没有回来。波菲尔德夫人建议道,她和丹早一点吃晚饭,这样他就可以去钓鱼了。

　　在那之后,丹到处闲逛了一会儿,他觉得百无聊赖。他很小心地感受着那个小小的袋子是否还在。每当他孤独的时候,他都喜欢自我检查那个装着总统密信的小袋子是否安全。这个小袋子成了他最忠实的朋友。他什么时候才能把这个小袋子里的信亲手交给梅里·维勒·刘易斯船长呢?然而现在,截住那批枪,比送达情报,更加紧迫。

　　丹沿着栈道走向浮动的码头,他发现除了一个空桶和一根圆木之外,什么也没有。他把圆木搬到一个角落,然后坐着,开始布线,并往鱼钩上装诱饵。

　　他发现,吉姆确实是老手——那些鲶鱼确实很容易上钩。他坐在那里,他的思绪却回到了多年以前他捕鱼的光阴。他想起了波士顿的港湾和码头,想起了那个夏天的下午,他跳到水里,划着筏子去捕捞扇贝。就是那一天,哥伦比亚号返航了……

　　他突然意识到,现在夜已经深了,周遭变得一片漆黑——不过他还要再等一会儿。他站起来,开始整理收拾他捕获的鱼儿。他把鱼儿串成一串,他的受伤的手臂和肩膀固定着鱼竿,他突然看到对面的河岸上亮起了一堆微弱的篝火。过了一会儿,火灭了,但是这火光还是让他的眼睛在暗夜中变得亢奋起来。二三分钟后,他在同一个地方,看到了同样的篝火。这一次,他没有再站起来,而是静静地坐着,他内心的想法开始成型。这篝火是什么信号吗?过了一分钟,另一堆篝火出现了,还是在那个地方。每一次的火焰都是热烈燃起,然后又迅速地熄灭,消失在茫茫的暗夜中,如鬼魅一般!

　　几分钟过去了,再也没有火焰燃起。丹把鱼竿放到一边,然后静静地坐在那里,陷入激烈的思考,他的眼睛一直盯着对面的河岸。如果杰夫要告诉瑞德,他们的船来了,那么这三簇火焰是完全能够达到这个目的的。如果真的是这样的话,那么杰夫应该就马上会到码头了。想到这里,丹不由得紧张起来。丹有一种强烈的感受，那就是在河流下游的某个地方，他一定会和那艘独木舟再相遇的。

　　他意识到，站在约博·波菲尔德的仓库前面的马路上，他可以看到和听到河边码头上发生的一切，但是他自己却不会被发现。他们首先会把独木舟开进来。他必须掌握他们行动的计划，这样他才能做出正确的抉择。如果他们的同谋出现的话，不必说，事情又会出现诸多可能性。如何应对这复杂的变化？而且现在，一个老问题又再次浮现在丹的脑海：那就是汤姆·简德利，是不是就是那个人，他到底和瑞德、杰夫是不是一伙的，他到底有没有涉足这次的军火走私，他是幕后的真正操纵者吗？不管怎样，如果约博·波菲尔德发现他涉嫌这宗军火走私生意的话，恐怕会为之震惊吧。

　　如果说下游的三堆篝火是杰夫发出的信号，那么，丹大胆地估计，独木舟不出一个小时，就会到达这里。而现在，最重要的是等待，等待那条巨型独木舟的出现。

　　他继续垂钓。然而他的心思早已不在钓鱼这件事情上，他时不时地站起来，侧着耳朵听听江上的船桨声，然后又静静地坐下来，等待"鱼儿"上钩。对丹而言，他似乎从来没有感受过如此深厚的寂静，四周静穆得简直有点让人心慌。不过他这时候一定要镇静。他的心砰砰地跳动，完全可以听得见脉搏"扑、扑"的声音。周遭的一切，鱼儿的摆尾，小动物们的窸窸窣窣的声音，小虫子们的浅吟低唱，夜鸟的悲啼……此时都显得那么刺激人的耳膜，竟让人觉得有些喧闹了。丹就那么静静地等待着……

　　时间在一分一秒地流逝，夜已经更深了。现在可以确定的是，瑞德并没有来与独木舟接头——也许他在远处等待，然后已经上了船。他上船的时候，船一定已经绕到了信号亮起的这一侧。总而言之，船不会太远，丹心里盘算着——他最好朝上游再走一段路，观察一下进一步的情况。

　　他站起身来，活动活动筋骨，放松一下那只被绑着的胳膊。突然，他似乎听到了船桨的声音。他迅速转过身来，仔细地倾听。那声音越来越近了。他下意识的反应是在码头上等待，可是如果那样的话，他就会暴露在敌人面前。所以，他犹豫了一下，就在这时，他看到一个高高的船头。丹稍稍犹疑了一会儿，再定睛一看时，那艘船上装载的，果然是那些长长的木桶——不错，就是它。但是如此冲出去，太冒险了，丹必须冷静。他无法靠近码头，心急如焚。现在他什么也做不了，只能看看眼前能怎么先隐蔽起来。他把鱼儿丢到一个空桶里，然后自己躲

鳕步枪

在桶的后面,沿着码头跳板的下面慢慢移动。

他把自己的鱼竿丢进了码头尾部的水里,然后自己钻进了码头跳板下方的阴影里,小心地躲藏起来。他看见那艘船已经调转了船头,朝着码头开过来。他屏住呼吸,船在向右转舵,船的右舷慢慢靠近码头。丹就趁着夜色,沿着船底部的圆木,敏捷地窜了出去,没有人会注意到底下还站着一个人。

两个人跳了出来,行色匆匆,有人在码头上点了一盏灯,微弱的灯光迎风摇曳,颤颤巍巍,更扰乱了人的心境。

那些人拖动着自己的身躯,好像很累的样子,没有人说话,一点声音也没有,就像在上演一场静默的戏剧。

突然,有人打破了静默,说:"好了,小伙子们,我们到了,就是这里……"这是瑞德的声音,丹一听就知道。一个人拿着一盏灯,丹能够看见,瑞德正在数着金币。他从口袋里小心翼翼地数出金币,然后分发给大家。

最后一个人也拿到了自己的那份工钱,那些伙计们开始陆陆续续离开了。

然后,过了十来分钟,四周的一切都寂静下来,丹可以看到,瑞德还站在码头上,掌着灯,似乎在等待什么。突然,他弯下腰,把灯吹灭了。"今晚的月亮很亮,就不要点灯了!"他粗声粗气地说。他似乎是对着船里面在说话,而从他的口气判断,他说话的对象,应该就是那个罗圈腿杰夫。

果不其然,另一个声音传来:"啊呀,我终于可以出来舒展舒展筋骨了。"突然,丹就看见一个人一摇一摆地从船里走了出来。是杰夫!

丹一眼就认出来杰夫的罗圈腿的步伐,这两个恶棍现在在码头上踱着步子。丹的心脏都要跳到嗓子眼了,大气也不敢出,他屏住呼吸,生怕呼吸声会被听见。丹直勾勾地盯着他们,心里不由得害怕。如果这个空桶的位置刚好在跳板的下面外侧的话,或者在一个更尴尬的位置的话,他们一定会走过来尿尿的。如果真是那样的话,那对于躲在它后面的丹而言,就太糟糕了!

不过,丹注意到,他们并没有走过来的意思,他们站在码头的边缘,目光凝视着水面。他们一定是在张望,在寻找……等待某个人出现,某个关键人物出现——一定就是他们的同伙。他们说过的,要做掉那个同伙。也是一个可怜的家伙!所以说,千万不能与恶人为伍啊!

"麻烦你管好自己的嘴巴和舌头,"瑞德说,"不管他说什么,你都接受,就完了。我们就要像什么事情也没有发生一样。"

所以他们是在等待某个人。但是如果这个人是那天他们提到的,不肯给他们加钱,还老是对他们发号施令的家伙的话,那么为什么他们今天要说这样的话呢?他们应该,尤其是瑞德,应该重申自己的罪恶的计划,商量怎么把他做掉啊。为什么还要"不管他说什么,你都接受"呢,这也太客气了吧。明明要人家的命,还非得装作什么也不会发生,如果真是那样的话,只能证明这一对卑鄙小人实在是太可怕了!

杰夫似乎并不赞同瑞德的说法,说:"难道我们现在还不能搞定他吗?"

"是的,没问题,可是猪脑子,你想过没有,之后你怎么跟波菲尔德做生意呢?"瑞德讽刺道,"他才是唯一一个跟波菲尔德签订了合同的人,难道不是吗?我告诉你,我们必须等到这批货运上驳船,然后我们再除掉他!我们可以让他和杰瑞一起跟我们的船到圣路易斯,然后我们再伺机结果了他……"

突然之间,丹好像领悟到了什么——那三堆篝火并不是为瑞德而点燃!而且他们也并没有出现在那个特定的地点——那个唯一可见的河岸边。之所以在那里点亮篝火,为的是让更加遥远的河岸上游的人看到。他们点亮篝火,为的就是等待他的出现!这就是为什么瑞德必须走陆路的原因……他必须找到最佳的发出信号的地点!然后,那个大船当然知道,在什么地方把他接上船。

对于那个或许已经在往河边赶来的家伙,丹的心里竟然泛起一阵异样的奇怪的同情。当然,他也不一定就是赶着来送死的,因为如果他足够勇猛的话,他完全可以把瑞德和杰夫掀翻。可是,毕竟那是二对一,而且瑞德又那么凶残。估计这个人是凶多吉少了。不过,丹知道,这个家伙也不是好东西,他也是邪恶的团伙中的一员,但是对于他的最后的遭遇,丹还是过早地给予了同情和遗憾。毕竟那是二对一,他完全处于弱势! 不对,还可能不是二对一,刚才瑞德不是还提到另外一个人吗——那个人叫杰瑞?天啊,这不叫二对一,简直就是围捕啊,是瓮中捉鳖!

"来了,他来了,"瑞德说,"记住,呆头鹅,别露出破绽,就当什么事情也没有,像平常一样,对他客客气气,恭恭敬敬的,懂吗?"杰夫似懂非懂地点点头,显得那么木讷。

丹立在跳板的下面,从他的那个位置看出去,他可以看到整个水面,不过他不敢把身子太往前,甚至不敢去看那个过来的人,因为他的任何小的移动,都有可能发出声响。而任何一点声响,在如此寂静的夜里,都有可能吸引敌人的注意。

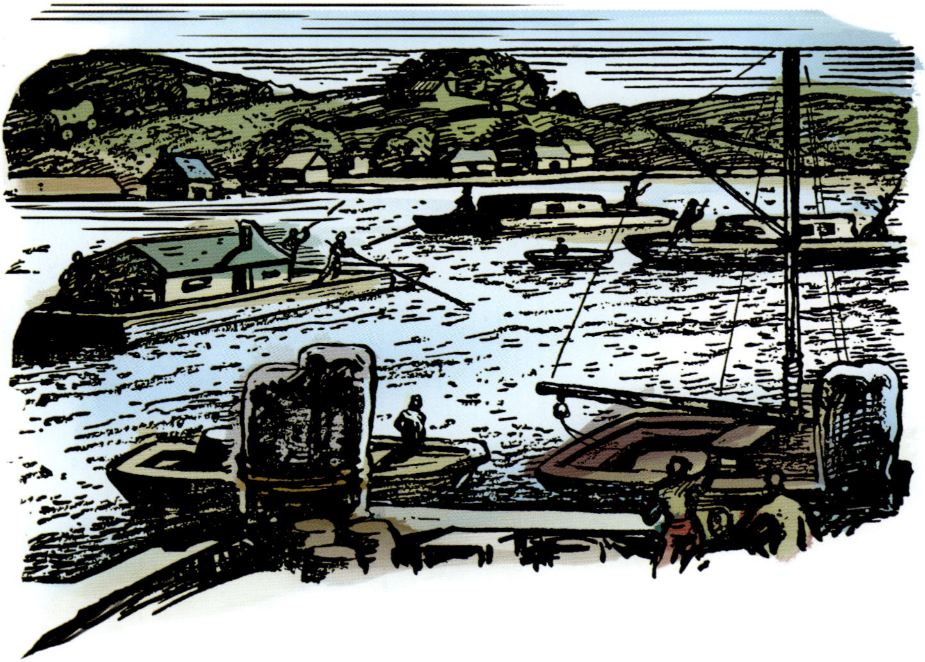

丹只能看到两个人影从码头上走回船上，人影在大船的巨大阴影下，被吞没了。

突然，一个低沉的声音从水面传来："你在那里吗，瑞德？"

丹还没来得及多想，就看见有一艘小小的印第安独木船，滑向了码头，缓缓地靠岸了。瑞德和杰夫走上前来，突然，从那个小小的独木船里弹出了一个人，把杰夫吓了一跳。这下，好戏该上演了！

"你们去哪里了？"那个小独木船弹出来的人，愤怒地说。

月光洒在他的头发和眉毛上，他的嘴角微微上扬，显出盛气凌人的样子。他站在那里，正面对着另外两个人；在一片死寂中，丹惊奇地看到了难以置信的一幕。瑞德发出信号，这是他知道的，但是发给谁，他并不清楚。这下，他终于看清楚了，就在他看清楚的那一刹那，他简直不敢相信自己的眼睛。不过镇静下来之后，他也不是没有想到过，他其实一直都在怀疑那个人。

这个家伙，就算化成灰，丹也认得，他就是汤姆·简德利。在丹的脑海里，这个家伙永远不变的就是那一副高傲的态度。当年，他是这样走进菊纽斯·德尔的办公室的；他也是这样走进科特先生的店里，并且表示要帮助丹摆放枪支的；他也是那样将鳕步枪一支一支摆上货架的……他是不是也是那么毫无内疚地把鳕步枪一支一支从地板的那个精心打通的裂洞中全部偷走的！他还故伎重施，想要把科特店里的来复枪通通偷走。丹永远记得他那一身的油污，他光着的膀子以及逃窜时候的猥琐……

"这么说吧，蠢蛋，你们晚了。"简德利生气地指责道。那两个被指责的人一脸茫然，不知所措地站在那里，完全不知道眼前这个人气从何来。他们只是目瞪口呆地盯着简德利，一言不发。或许他们心中早已有了计划，不过是让简德利最后再得瑟一把。

"什么，晚了？老天爷，"瑞德大叫道，"你是站着说话不腰疼还是怎么的？我想，没有人可以比我们更快了好吧！"

照这个形势发展下去，一场打斗恐怕是在所难免了。虽然瑞德一再强调要和谐，可是遇到简德利这样的家伙，瑞德再也装不下去了，一下子就露出了自己的粗暴本性。丹这个时候瞟了一下独木船上的另外一个人，那个人或许就是瑞德所说的杰瑞吧。他不会站在简德利一边吧？

"我说你们迟到了，你们听不懂人话吗？"简德利粗暴地说道，"他们已经离开了伍德河，现在已经往圣路易斯进发了！现在，恐怕他们都已经离开了圣路易斯,进入到密苏里河,并且已经起航了。我们的人不可能再截住他们了。都怪你们,就是因为你们迟到了,他们没有拿到枪。都是因为缺少这些枪——你们听清楚了吗?我们失去了我们最后的机会!你们谁也脱不了干系,明白吗,你们要付出代价!"

丹简直不敢相信自己的耳朵,尽管他早就知道有一个阴谋,一直在针对并阻止远征队的前行;尽管他早就知道,远征队已经被严密监视;尽管他知道这一切的背后指使,可能就是盗取鳕步枪的汤姆·简德利……然而真的到了这一天,那个冷血的家伙,揭开一切阴谋的面纱,露出狰狞的面目,一切都真相大白的时候,丹还是感受到一股前所未有的震惊和恐慌——这一切的一切,如此周密,如此机关算尽,实在是太可怕了!然而,让他略微欣慰的是,他们并没有阻止住远征队的脚步。可是这种欣慰马上就变成一种沮丧甚至是绝望——他再一次错过了刘易斯船长!

瑞德朝简德利迈近了一步,愤怒之情溢于言表,巨大的愤怒让他整个人都变得极度狰狞和可怕。他说:"你知道的,简德利,其实我一直就不喜欢你,我讨厌你这个家伙。你让我们千里迢迢贩运这批枪支,我们星夜兼程,风餐露宿,我们冒了多大的风险才到这里,这些你知道吗?你给了我们什么?除了责难和谩骂,你给了我们什么?你承诺的报酬呢,你说的更多的好处呢?我们为你卖命,你把我们当成了什么……"

"住嘴!"简德利说,"多少……"

他的这句话还没讲完,瑞德就开始愤怒地扑向对方,嘴里尽是些最恶毒的诅咒。简德利闪过身之后,稍微稳了稳身子,就在这时,丹听见杰夫投掷出来一把尖刀,那把刀嗖的一下飞出来。不过并没有命中,而是深深地刺中大木桶,笔直地立在那里,透出道道寒光。那个独木舟里的人蜷缩着坐在那里,一动不动,显然,他被突然飞来的刀子吓得不轻。瑞德就像一只发疯的野猫,继续攻击着简德利。他们在码头上扭打作一团。

在独木舟里,一场看不见的打斗也在激烈地进行,丹虽然看不真切,但却能从声音判断,里面的人在激烈地打斗着。突然,传来一阵撕心裂肺的痛苦的呻吟,杰夫用双手捂着自己的胃部,在地上疯狂地打滚。丹明白了,那个独木舟里的人,一定是向杰夫刺了一刀。

丹的视线现在完全锁定在简德利和瑞德的打斗中。简德利好像略占上风,他成功地站住了位置，稳稳地把瑞德压在了身下，他们这样僵持了好一会儿。瑞德一直被对方压制，他们一步步走向了危险的边缘，他们离水面已经很近了，稍不注意，就有可能一起掉进水里。

丹自己也解释不清楚到底是为什么，当他看到他们同处于危险的边缘时，他突然意识到，他应该帮助简德利。他从跳板下面跳了出来，如果不是他的手臂还不听使唤的话，他一定会加入打斗的。可是现在，他该怎么办？就在犹豫的这片刻之内，他的目光落到了木桶上的那把尖刀上。他没有选择这把刀，而是把目光转向了简德利刚才丢掉的船桨。船桨就在简德利的那个小小的独木舟旁边，他迅速抓过那船桨，朝瑞德挥过来。幸运的是，他一击就命中了瑞德，瑞德再也没有还手之力了。

简德利就趁机站稳了脚跟，后退了几步，撤回到了距离河面足够安全的距离。他没有去理会那个瑞德，视线都没有再朝他投射一次，真是一个冷血的人啊。他茫然地站在那里，好一会儿才回过神来。他从腰带里掏着什么，应该是枪，或者是刀。突然，简德利的枪响了。瑞德刚想站起来，就被巨大的力量席卷，这不可遏制的巨大力量让他四肢伸开，倒在地上。他的脸朝下，两只长长的手臂往前伸展，没有颤抖，也没有动弹，就那么躺在那里，一动不动。

简德利呢，吹了吹枪管发出来的烟雾，转过身来，才看清楚了丹。这是他今夜第一次看清丹。

第六章　简德利之死

简德利完全震惊了，他上下打量着，似乎有些难以置信。然后，他突然很高兴："如果不是我的老朋友出手相助的话，丹·博特，我的朋友！是你帮我完成了致命的一击，我当时看不清楚是谁。原来是你，丹，你是怎么来到这里的呢？"

"我不知道。"丹简短地回答道。本来，在这种情况下，丹为了保住自己的性命，不应该过多地解释帮助简德利的原因，更不应该让他知道，他的帮忙完全是为了接下来与他清算旧账。但是，简德利的洋洋得意的神情，再一次触怒了丹，就像以前很多次一样，丹最不能接受的就是简德利这副神情——好像全世界都围着他一个人转，好像全世界只有他什么都知道。这种狂妄，最让丹受不了。于是，他顾不得那么多，实话实说："也许，对我来说，这不过是个选择题而已。我要从两个魔鬼中选择一个，你或者……"丹努努嘴，朝那个躺在地上一动不动的家伙点点头。

简德利走到瑞德面前，把他翻了过来，凝视着他，然后说："我很高兴，我有一个目击证人！"他一边说，一边站起来，然后接着说："现在我们扯平了，对吗？"

"扯平！"丹冷笑道，"你知道什么叫扯平吗？"他将目光转向那些大大的长长的木桶。

汤姆·简德利很惊诧，丹能够读出那扬起的眉毛、惊愕的眼神和张大的嘴巴想说的话："你到底是怎么知道那里面装的是什么的啊？"然而就在此刻，简德利一把推开丹，自己从那个大木桶里抽出一支枪，然后依然得意地说："原来这么久过去了，你还是喜欢玩枪啊！"他倚靠在独木舟上，小心翼翼地给他的枪重新装上弹药，他这是又要逃走了吗？

丹说："现在，这件事情已经不是科特店里的步枪那么简单了。虽然我曾经说过,一定要找出盗枪的真正凶手,但是今天,还有比这更重要的事情!"

可是就在丹提及那批被盗的枪支时,简德利却面不改色,一点异样的表情也没有。事实上,也许你会觉得他是没有听见,因为他似乎全神贯注于给他自己的枪装填弹药。

"看这里!"他大笑着说,他把弹丸装填进枪膛,"这一发子弹是为下一个家伙准备的!"语气是那么邪恶!

丹并没有理会他这句略带俏皮意味的狠话,而是走到杰夫面前,蹲下来检查他的脉搏,简德利跟在他的身后。在杰夫的身边,有一摊血迹,这摊血迹在月光下闪闪发亮,让人毛骨悚然。毫无疑问,他已经死了,可怜的杰夫死的时候还紧紧攥着他的枪。这个被瑞德欺负了一辈子的坏人,死了,要是他不曾作恶,要是他不与瑞德为伍……

"杰瑞,干得漂亮,干净利落!"简德利高兴地说,他一边说,一边把头转向那艘小的独木舟。

丹起身离开杰夫的时候,他目光犀利地盯着那个小独木舟里的男人,就是简德利口中的干得漂亮的杰瑞。很明显,他并没有把独木舟绑定在码头上,他的手还扶着码头的边缘。这个人看起来是那么眼熟,到底在哪里见过呢?接着,丹仔细地打量着他,他终于想起来了——在那个风雨交加的晚上,在公牛旅馆,当那个西部人高谈阔论的时候,简德利出现了,这个人也出现了。这个人就是对那个西部的青年出言不逊的人,这个人就是简德利从桌子底下偷偷戳了一下的那个人,这个人就是简德利躲在阴暗的角落等待的那个人……不错,就是他!就是他,当时提到了库克船长,还恶意攻击约翰·雷迪亚德。那么,这就对了,这也印证了他当初的怀疑,他和简德利一直以来,都是一伙的。

"如果你不介意的话,"简德利带着一种挖苦和讥笑的语气说道,"那么我要去看看我的货了!"他一边说,一边朝那艘巨大的独木舟走过去。

丹的心里在激烈地斗争着,到底该怎么办,现在该如何对付这个简德利呢?他们之间的旧账,该如何来算清呢?简德利那种厚颜无耻的狂妄自大,让他气愤不已——为什么这个家伙总是那么自信呢?真不知道,他自信的底气从何而来。现在,他的自信和狂妄,让他可以肆意践踏美国的法律——而且是当着美国人的面,破坏美国的法律,成为十恶不赦的罪犯。是时候叫他放手了,他应该举手投降,应该忏悔并接受正义的审判。

不过，现在说这些大道理都没用，现在问题的关键在于，到底谁能够控制那艘大船。是简德利，还是他？他们过去为了来复枪而进行的打斗，今晚恐怕不可避免地要重新上演一次了。不过，现在可以确定的是，仅凭他们两个人的力量，是不可能操纵那载着一船货物的大船的，不过，简德利和他的同伙，也断然不可能放弃这批货，他们一定会想办法把它们运出去。

丹明白现在的处境有多么危险，他随时可能被身后的人一枪击中，简德利和杰瑞，都可以置他于死地。而且，毫无疑问，现在想请帮手也是绝对不可能的。

简德利握着他的枪，转过身来，快速地迈上那艘大船的船舷，走到高高的船头甲板上。他的动作是那么大，脚一下子没有站稳，趔趄了一下。

"站着别动，等一下。"丹马上提醒道。他本来想告诉简德利，此时此刻，这批枪和他已经完全没有关系了，他可以退出的。

不过，还没等他说完，他就看见简德利突然跌了一跤。说时迟，那时快，丹突然明白——他把自己的脚伸到大船甲板边缘的缆绳下面去了，所以等他再动的时候，就被绊倒了。不过，即便丹明白了怎么回事，但一切已经太晚了，汤姆·简德利身体往前倾倒，就在他跌下去的一瞬间，传来一声闷响，然后听见一声惨叫，他痛苦地在那里打滚。

丹还没有靠近他，就听见栈道传来一阵马蹄声，由远及近。这声音从岸上传来，丹抬头去望，才发现两个人骑着马，往码头方向而来。他们在皎洁的月色下勒住缰绳，显得高大，但并不清晰。

"那边怎么啦？"这是波菲尔德的声音。他说话的时候，丹意识到，他和另外一个人已经下了马，沿着栈道跑过来。

"简直一团糟！"丹一边回答道，一边跑向简德利。

只见简德利身体扭曲蜷缩着，痛苦地挣扎和呻吟。

"你怎么样了？"丹询问道，一边弯下腰，看着简德利。

简德利没有回答，他紧闭着双眼，丹能够感受到，简德利此刻一定万分痛苦。他握住简德利的手腕，紧紧地掐在手心，希望通过这种方式给他多一点力量。"那该死的绳子。"简德利气若游丝地小声嘟囔道。

这时候，丹的眼神在四周扫视了一圈，他注意到汤姆·简德利的手枪，正躺在甲板上。谁也想不到，简德利刚才竟然一语成谶，只不过受害者不是另一个家伙，而是他自己。他说："这一发子弹是为下一个家伙准备的。"他没有想到，这句话应该说"这一发子弹是为我自己准备的"。这真是可悲啊!

突然间,丹抬头望了望,惊讶地发现那艘小船竟然不见了,丹觉得太离谱了,难道就放着自己的同伴不管吗?紧接着,他看见波菲尔德和吉姆已经来到了栈道的尽头,马上就要到码头上了。

丹再次弯下腰,对着简德利说:"你哪里受伤了?让我看看伤到了哪里。"

简德利睁开了眼睛,说:"是腹股沟,在很深的位置。"

波菲尔德对着那艘小船喊话:"快回来,把那艘小船划回来。"

丹四下张望。波菲尔德和吉姆都站在码头的边上,他们眼睛盯着河面,似乎对那个逃跑的家伙更感兴趣。月光下的河面,晶莹闪亮,那艘小船显得格外刺眼。那艘船正以极快的速度逃窜,显然,那个家伙意识到情况不妙。

"刚才那个是约博·波菲尔德吗?"简德利嘟囔道。

"杰瑞是不是给你们搬救兵去了呢?"丹委婉地说,"好像那艘小船跑掉了。"

"我再警告你一遍,快回来!"波菲尔德继续喊话。

丹这下也顾不上简德利的呻吟,他转过头,去看着那两个站在码头边上的人。很明显,那艘船,已经开出去很远了。

"再不回来,我就要开枪了!"波菲尔德第三次警告道。

那艘小船继续全速划行,在月色下,可以清楚地看到船桨在快速地划着水。

"先给他头上来一发,警告一下他!看看他的动静,我再来第二发!"吉姆建议道。

波菲尔德的枪发出一声尖锐而清脆的响声,震耳欲聋,但是那艘船还在继续划着。"现在轮到你了,老家伙。"他对吉姆说,似乎在给那个杰瑞下最后的审判。

一声枪响过后,丹立即朝那艘小船看去。只见那艘小船再也没了动静,船桨没有再激起水花,船也失去了方向,随波逐流……一切似乎都安静了。那艘船缓缓地打着转,顺着月色下的密西西比河,漂流而下!

这次,丹的惊讶之情更加溢于言表,丹看见那两个人站着,凝视着那条船。这两个人——波菲尔德、吉姆,原来是那么熟悉,此刻竟突然让丹觉得有些许陌生。他们为什么要这么做?他们为什么非要取杰瑞的性命……这个人不值得大开杀戒啊!波菲尔德和吉姆转过身来,看着丹,然后朝他走过来。丹依然是一脸迷惑地望着他们,只见他们在瑞德的尸体旁停留了一下,确认已经死亡后,继续朝前走。他们又检查了杰夫的尸体,然后他们在那里低声耳语着什么,最后踱着步子,慢慢徘徊着。

就在他们徘徊漫步的时候,丹听见简德利小声嘟囔着什么,丹贴得更近了:"你想说什么,汤姆?"

"我想说,杰瑞是为……"简德利有气无力地说。

这么简短的半句话,简德利到底想说什么呢?"我猜想,也许……"丹开始努力地还原整个事件的来龙去脉,但是简德利突然睁开了眼睛。"谁开了那一枪?"丹还没来得及回答,就见汤姆·简德利的面部极度扭曲,他显得万分痛苦,他的呼吸急速加剧。

他躺在那里,眼睛再次闭上了,波菲尔德和吉姆走上前来,"刚才发生了什么事情?"波菲尔德问道,这时候,简德利睁开了眼睛,看着这个男人的眼睛,似乎想说什么。

"为什么是你,你是简德利,是你订了我的独木舟和驳船!"波菲尔德大叫道。

汤姆·简德利因为痛苦而扭曲的脸上,露出一丝歉疚的神情。

"你想不到会在这里看到我对吗,波菲尔德?"他痛苦地吐出这句话。他努力地保持呼吸,强撑着身子,朝里侧躺着,眼睛再次孱弱地闭上了。

丹似乎明白了什么,一直以来困扰他的谜团终于被揭开了。"简德利发生了意外。"他低声地告诉他们,指着地上的手枪。"他被那条缆绳绊倒了,然后不小心扣动了扳机,打伤了自己的腹股沟!另外两个人,"丹转过头去看看瑞德和杰夫,"被简德利和杰瑞干掉了,也算是罪有应得。"

"原来如此,现在我知道是怎么一回事了。"波菲尔德对吉姆说。

吉姆并没有回应波菲尔德的话,只是小心地检查着简德利的伤情。他爬上大船,抱来了一床毯子。"我们还是尽量让他感到舒服一点吧。"他建议道。然后,他们三个人小心翼翼地把简德利放在几床叠起来的毯子上,让他尽量可以放松一点。同时,他们在简德利的头下面还垫了一床毯子,让他可以顺畅地呼吸。这时候,吉姆跪下来,小心翼翼地解开简德利的衣服,检查伤口的情况。"他受的是内伤,血并没有从外面流出来,那么应该是打中了内脏,引起了内出血。"他小声地说道。

"他应该去看医生。"丹建议说。这时候,简德利闭着眼睛,说:"丹,不必麻烦了——我的时间不多了!"

吉姆点点头,他知道,简德利的伤非常严重!他站起身来,朝旁边走了一小段距离,然后盘着腿坐在那里。波菲尔德也走了过去,和他一起坐着。丹坐在简德利的身边，过了一会儿，他感觉到汤姆·简德利更加虚弱了，好像陷入昏睡的状态。

丹抬起头，看见一张轻松的脸庞，他知道吉姆站在他的身边。"先跟我们走吧，"吉姆说，"简德利恐怕一时半会儿不会再醒了。"

"简德利自己判断得不错，"吉姆用一种低沉的声音说道，这时候，丹跟着他，一起走到波菲尔德面前，"他的时间不多了，正如他自己所说。据我观察，如果那颗子弹穿过他的后背的话，情况确实就是这么糟糕。不过他马上就会解脱了——其实很多重伤的人，都是这么慢慢走过最后的时间的，这样也好，不算太痛苦。"

约博·波菲尔德坐到丹的旁边，然后迫不及待地询问道："简德利是一个人到这里来的吗？还是和那个小独木舟上的家伙一起来的？"

"和杰瑞一起来的，就是那个独木舟上的家伙。"

吉姆问道："你是怎么知道那些大大的木桶里装的是什么的呢？"他一边说，一边把头转向那艘巨大的独木船。

"吉姆，其实在你上次问我这个问题的时候，我就知道了，"丹平静地说，"那是在阿勒格尼河的彼岸，当时我看到其中一个大木桶被撞破了，然后里面显现出很多来复枪！那么你是怎么怀疑到，那些长长的大桶里装的并不是烟草，而是其他东西的呢？"

吉姆大笑道："我有一点在利用你啦，孩子，我们其实一直都不确定那里面到底是什么。虽然我们已经接近真相了。但是，当我看到那艘巨大的独木船，看到这么多杀戮和流血，又结合起你和瑞德之间的恩恩怨怨，所有这些，让我们产生一个基本的判断——这其中定有蹊跷。今天，我和波菲尔德把上述要素进行了通盘考虑，我们认定，你之所以要到这里来，一定是带有强烈的目的的。你一定知道，那艘大的独木舟里面到底装了什么。所以我先问你。不过你一开始就告诉了我真相，丹，我们本来就是同道中人，都是美国的公民！"

"说得很好！"丹告诉他，"但是今天的事情，你得出了什么新的结论吗？这件事情和我们的远征队有关系吗？"

"这就说来话长了，"波菲尔德解释道，"这件事情还要从刚才我们解决掉的那个家伙说起——就是那个在小独木舟毙命的家伙，杰瑞。吉姆曾经在圣路易斯听说，这个家伙就是被英国皮毛商人收买的人，后来吉姆多方确证，认定他就是靠英国商人的报酬谋生的。于是我们就怀疑，他会不会贩运武器给印第安人。

像这样被收买的人,都会甘愿做英国人的走狗,不仅横行霸道,而且还会蛊惑印第安人去攻击美国商人。他们为印第安人提供武器和小恩小惠,让他们成为附庸和工具!不过,说实话,我们一直没有抓到他的把柄,所以只能按兵不动。不过,上次吉姆从波导先生那里回到我这里,告诉我……"

"你知道的,"吉姆插话道,"我们猎户从来都是一只耳朵听,但是从来不会把听到的告诉另一个人的耳朵。但是,那天,当我在去约翰·波导店里的路上时,我听说,是瑞德·凯利和他的同伙杰夫,订了约博的大独木舟和驳船。他们将用这两艘船将他们的货物从匹斯堡运出去。"

"不过我那时候还不知情呢!"约博·波菲尔德义愤填膺地说,"因为当时找我谈这笔交易的是汤姆·简德利,如果我知道他和瑞德、杰夫是一伙的话,我绝对不会允许他们涉足我的商船和生意的。"

"是这样的,"吉姆继续说道,"瑞德·凯利和他的同伙杰夫,在这一带,早就已经臭名昭著了。这条河上上下下没有人不知道他们的恶名。因此,我一听说是这两个恶棍租用了波菲尔德的船,我气不打一处来,焦躁万分。但是你记得我在波导那里发生的那阵不开心的骚乱吗?当时我坚持说路易斯安那已经划归美国,那个瑞德就跑出来制止我,并且要攻击我。这时候,我就在想,这个家伙,好像我之前在哪里见过。好像是在圣路易斯,我见过他有几次在酒吧和杰瑞喝酒。这个杰瑞早就听说和英国皮毛商人走得很近。也有人说,他早就被收买了。既然瑞德和他相熟,又那么反感我说路易斯安那属于美国的话,我完全有理由怀疑他……"

"然而,凡事都讲究证据。当我和你一起来到约博这里的时候,"吉姆继续分析道,"我还在想,到底瑞德和杰夫船上装的是什么货物呢?然后我找到约博,请他和我一起到上游去逮住那个杰瑞。这就是昨天,我叫你去钓鱼的时候,正准备和约博去的地方。我们处理的生意事务,就是这一桩,你不会怪我们隐瞒你吧?"

"上游?你们听说了关于刘易斯的事情了吗?"丹问道。他转过身,仔细地听。简德利刚才是不是说了什么?他赶紧俯下身子,朝着简德利张望;吉姆悄无声息地默默跟在后面。简德利似乎已经入睡了,不过他的呼吸仍然很急促。

"我们最好离他更近一点。"吉姆小声地对丹耳语道,"他的呼吸变得越来越弱了——过不了多久……"

汤姆·简德利,这个狂妄自大的家伙,他不是一向那么傲吗,怎么现在这么

鳕步枪

怂了呢？难道他就真的挺不过去了吗——命运为什么偏偏和他开一个这么大的玩笑呢？如果他不曾与那些恶人为伍，如果他真的只是一个诚实的军械师或者水手，他肯定可以做得很好的，可是为什么，命运偏偏和他开了一个玩笑，让他做了不该做的事，又偏偏让他毙命于自己的枪管之下。如果一切都发生一些改变，如果情形不是这样……

"你真的没有听说关于刘易斯船长的事情吗？"丹再次询问道，这次他离简德利更近了。

波菲尔德摇摇头。"但是我掌握了这个瑞德的行踪。我们听说他和另外一个欧洲人，一起在煽动印第安人起来对抗美国商人。他们承诺为印第安人提供枪支和生活保障，并且给他们一大笔钱。为的就是让他们对付前往圣路易斯的美国商船。但是，问题的关键是，我们不知道该到哪里去找到他们，我们完全没有方向。我们只能揣测，他们一定会沿着河露营，所以应该可以在河流的某一段，找到他们。"

"所以他们应该也可以盯着伍德河的远征队的营地，至少可以窥探到他们的动向，是这样吗？"丹一边思索着，一边询问道。

"但是就在我们苦苦寻觅的时候，我们突然掌握到一条重要线索。就在我们回来的路上，"波菲尔德说道，"我们刚好踏上了他们来时的路，有人见到这个杰瑞和另外一个人在赛克斯的上游，划着一条印第安独木舟！"

"然后，"吉姆说道，"一切都变得简单了，二对二，这艘小船一定是赶着去和那艘大的独木舟会合的。这样，我甚至根本不用去猜，他们的船上装的是什么。不管他们装的是什么，一定是对美国不利的东西，这一点是可以肯定的。"

"杰瑞肯定意识到自己露出了马脚，所以当你们赶来的时候，他就拼命逃窜了。看他持桨在深水里划行，那力量和速度倒是确实很惊人啊！"丹说道。

"哦，其实他早就知道我们在盯着他。但是我怎么也不敢相信，他，"波菲尔德略带伤感地说，一边朝汤姆一动不动的身体望过去，"一个讲话如此和善的人，当他和我洽谈租用我的独木舟和驳船的时候，态度那么恭敬，我万万没想到，这个人一边和我们美国商人做交易，一边却做得全是损害我们美国商人利益的事情。他竟然也是英国商人的帮凶！"

丹靠近那两个人，低声说道："尤其是也针对梅里·维勒·刘易斯和远征队！"

这两个人惊奇迷惑地静静地盯着丹，丹没等他们开口，就继续说道："当时，我看到那些大桶摔破后，露出枪支的时候，我就知道，这条线路，一定就是这批枪支运送的路线。但是,我没有想到,这批枪是用来针对远征队和刘易斯船长的。是瑞德在波导店里的话提醒了我。我其实暗中偷听到了瑞德和杰夫的多次对话,我掌握到他们会在赛克斯卸下这批枪。所以我想,我有责任沿着这条河,把这批枪阻截下来。否则他们将对远征队构成极大的威胁!"

"你确定,他们要用这批枪来对付刘易斯船长?"吉姆显得难以置信,追问道。

"我亲耳听见汤姆·简德利说的。吉姆,就在你来之前。这些来复枪,"他一边说,一边走向那艘大的独木船,"本来说是要给印第安人的,但是首先会被用来对付刘易斯船长。他们本来打算在刘易斯进入密苏里河之前下手。如果不是那艘大独木船来晚了的话,后果不堪设想……"

约博·波菲尔德简直无法呼吸。吉姆则目瞪口呆地摇摇头,白色的胡子都随着摆动起来,像个小小的拨浪鼓。

"接着刚才混乱的一幕就上演了,"丹继续说道,"汤姆·简德利非常生气,因为这批枪来得太迟了,根本追不上刘易斯和远征队了。然后,他和瑞德发生了口角和争执,最后,你们也看到了,死的死伤的伤,没有一个有好下场!"

"太晚了,这什么意思?"吉姆疑惑地说,"你是说,刘易斯和他的队伍已经离开了伍德河吗?"

"这是汤姆·简德利说的,而且或许也已经离开了圣路易斯。这就是为什么我一直问你们,今天是否在上游听说了关于刘易斯船长的事情。"

"那么你觉得你要多久完成你的任务,才不至于错过?"

"两天吧,不超过两天——我会去追赶刘易斯船长,直到追上为止。我一定要亲手把信交给他。你不是说,吉姆,你愿意一直把我送到圣路易斯吗?"丹一脸坏笑地说。

"无论你想去多远的地方,我都会送你去的,孩子,放心吧!"吉姆大方地说,"我相信约博先生一定不想去圣路易斯吧,他估计得先好好想想怎么处理这批货吧。是不是呢,约博?"

"我就是这么想的——而且现在我一分钟也不能耽误。"丹焦急地说,"我真的很感激你!但是我相信,你一定会不虚此行的!"

"不要烦恼了,孩子,放心吧,我们一定能够追上刘易斯的,我敢打包票!"

"我猜,"丹看着波菲尔德一脸茫然的表情,笑着说,"你一定在好奇,到底我执行的是什么任务,为什么必须追上刘易斯船长,对不对?我想事已至此,

鳕步枪

就不必要再隐瞒了。事实是，我有一封来自总统杰弗逊先生的信，我必须把它送给梅里·维勒·刘易斯船长，我一定不能失败！"

"来自总统？"波菲尔德重复道，露出难以置信的神色。"你是说你……"他加重了音量，他和吉姆马上把视线集中到丹的身上，显然对这个青年刮目相看。

这时候，汤姆·简德利的眼睛微微睁开，丹俯下身子，看着他那双蓝色的忧郁的眼睛，发出冷酷无情的目光，不过这都是以前的事情了。现在，他的眼神迷离，一点杀伤力也没有了。诚如吉姆预料的那样，他的呼吸慢慢地变得深沉而低缓。他目不转睛地盯着丹，突然，那狂妄自大的嘴角，露出了一丝消除敌意的友好的微笑。"我希望我们能够扯平，丹，现在，"他嘟囔道，"我总是在想，我和你，不过是在玩一场游戏。"

"哦，汤姆，不必再说了，如果事情不是这样！"他哽咽了。

"这怎么可能改变！"汤姆的声音变得难以听清，但是他的微笑，依然是那么友好而灿烂，大约人之将死，其言也善吧。况且在丹看来，也许简德利本质不坏，如果一切发生一些改变，他没有作恶，那该多好！简德利抬头望着丹，他的脸色变了一个样子，似乎还有什么别的事情，必须交代清楚。最后，他的嘴唇微微嚅动，喊出了"波菲尔德"的名字。

这时候，丹走向波菲尔德，很长时间，简德利都目光呆滞地看着波菲尔德，似乎在积聚勇气，说出一句什么话来。最后，他的声音传出来了，那声音是那么微弱，但是却相当清楚。"这里是我租用你的船只的钱，都在这里……在我的袋子里。"他的视线转向丹，这时候，波菲尔德退了一步。

"现在好了，老朋友，"丹弯下腰，对简德利说，"你还有什么事情吗？"

汤姆的脸上掠过一丝苍白，他的呼吸变得更加困难，简直无法喘气。突然，让人不敢相信的一幕出现了，那失去血色的嘴唇再次微微上翘，显出淡淡的微笑，这微笑似乎又回复了他的一点点狂妄和傲气，"现在，这些来复枪，全部都是你的，丹！就当是我还给你的……那批鳕步枪！"他的话突然中断了，他似乎想坐起来，以调整呼吸。

丹赶紧用手从黑暗中托住他的头，想让他坐着。过了一会儿，他才终于明白……他把简德利放回到毯子上，让他平躺着。他的眼角，露出点点泪光。

"唉，如果事情不是这样……"吉姆感慨道。这时候，简德利的身体已经僵直地伸展开来。

丹点点头,但是他的心里仍然在思考萦绕在他心头的那句话:"如果事情不是这样!"

"他什么意思?"波菲尔德询问道,"那么这些来复枪都是你的了,现在,替换那些鳕步枪?"

当约博·波菲尔德重复了这句话好几遍之后,丹才终于理解了这句话的含义。现在,大家都认可了这个结果,然后一起回家去。"还给你的!"真是让人难以置信啊,但是这就是事实,现在他可以把这批来复枪交给科特先生!多年来压在他心里的那块石头,终于落了地。一直以来没有完成的那笔订单,现在终于可以交差了。不过这一切,都取决于,他能不能顺利地把这批枪送到波士顿。

"想想看吧,挂在你家里的那支鳕步枪,波菲尔德先生,你就应该大致了解了这整个的故事吧!"丹意味深长地说,"这个故事,在我的心里深埋了太久,太久,太久了!"

就在他说完这段话的时候,月色已经渐渐消褪,东方的地平线上正露出一丝鱼肚白,又一个黎明就要来临了。

"我听说,凡事啊,都不可能是人人都遭殃,总有幸运的人能在恶风中捡到飘来的果子。"吉姆高兴地打趣道。

"是的。"波菲尔德同意道。"毫无疑问,现在这批枪,都属于你了,孩子。不过我想,你接下来该如何处理这批枪支呢?你知道,简德利做的是不正当的勾当,可是你注意到了吗?他付船钱给我的时候,是那么清楚地告诉我,这批枪属于你!"他弯下腰,取下了汤姆的钱袋,然后把里面的金币数了数。"这比我该得到的报酬,还多出了一部分呢。"他一边说着,一边把钱放回袋子里。

"他是不是提前把到圣路易斯的船钱也给了你呢?"吉姆笑着说。

这个老猎手的话,提醒了丹。"你能不能帮我运这批枪,"他问波菲尔德,"下次,你们去新奥尔良的时候,能不能帮我把它们也运到那里?然后你能不能帮我找一家信得过的船运公司,将它们运到波士顿的一家店——伊斯雷尔·科特先生在长滩码头的店铺?"

"当然没问题,我和新奥尔良的船运企业打交道不是一年两年了。考虑到你让我免于走私的指控,我愿意免费帮你做这件事情,"波菲尔德说道,"如果不是你,我恐怕少不得要受到牵连呢。你不知道,这附近经常有军队巡逻,他们从军队邮局直到卡斯卡斯基亚这段区域,都会严格盘查过往船只。如果逮到有人秘密将这

鳕步枪

批枪支运到圣路易斯,那么后果肯定不堪设想。我想,简德利一定想让我去做替罪羊,他和他的同伙倒是可以逍遥法外!真是打得一手如意算盘啊!"

"所以他们选择在赛克斯卸下这批货!"丹恍然大悟道,"然后让你们承接转运!"

"如果真的是那样,我就惨了,叫我怎么解释得清楚呢——我本来是一个干干净净的婴儿,叫我如何承认成年人才能犯下的罪恶呢?"波菲尔德有些后怕地说。

"哎呀,约博,你一生英名啊,差点就要葬送在你自己的手里呢。"吉姆也有点后怕地打趣道。"不过幸好,有惊无险,一切都化险为夷,现在是柳暗花明,雨过天晴了!既然现在一切都已经尘埃落定,那么我就不留下来帮你了,但是……"他的视线转向丹,轻轻地说,"如果我们今天晚上就动身去圣路易斯,我们或许……"

"说到这里,吉姆!这件事情还真得感谢汤姆·简德利,如果不是他告诉瑞德,远征队已经离开了伍德河,我们不是就要白跑一趟了吗?现在我们可以节省下去伍德河的时间,直接前往密苏里河,与他会合。"

"对了,波菲尔德,你仓库那只用来捕鱼的小船怎么样,快不快?"吉姆询问道。

"你们要用,我当然欢迎,很快!如果这么小的船,你能渡过那条大江的话,我愿意把它赠与你们使用。但是你确定这么小的船没有问题?"波菲尔德悄悄地告诉丹,"我在激那个老家伙呢。如果论掌舵和操桨的话,没有人能够胜过这个老家伙。再年轻、再健壮的水手,在他这里,都是孙子辈的。"说完,他抬头看看天色,说:"现在该行动了。丹,我和吉姆到仓库里去拿船,你先回家吃点热乎的东西,然后写信给波士顿的店里,把你的枪支的运输路线告诉他们。吉姆晚点会让邻居拿几把铲子过来,我们就在河岸边把他们埋了吧。"

过了好一会儿,丹的视线一直在汤姆·简德利的身边徘徊。当他站起来的时候,他依然凝视着那微微上翘的嘴唇,他是含笑离开这个世界的。波菲尔德说,他会到仓库拿些雨布来,把他的尸体裹上。

"那让我们快去取一块雨布过来吧。"丹赶忙说,这是他能够为简德利所做的最后一件事情了。

波菲尔德给了丹一把钥匙,他飞也似地穿过码头,走上栈道,然后走进仓库。当他拿着雨布出来的时候,东边的彩霞已经映红了大半个天空,这绚烂的色彩简直比太阳的颜色还要光亮。河面上布满了金色的霞光——他第一次在白天见识了这伟大的密西西比河!

第七章 不辱使命

"如果我们动作快点的话,我们今天晚上就能动身去圣路易斯。"吉姆对丹说。这时候,他们已经把汤姆的尸体小心地包裹好了,但愿他在另一个世界能够安详喜乐!丹这时候转眼看着波菲尔德。波菲尔德正站在高高的河岸上,在侦查着地形,他想找一块适合埋葬的地点。

"约博会帮我把那艘船抬出来的,"吉姆说道,"你现在回去,让约博太太给我们准备点热饭热菜吧。快去吧!还要准备些干粮。"

"我简直不敢相信那里会有麻烦。"这是波菲尔德夫人唯一的评论。丹补充道,他和吉姆必须马上启程,沿着河道不断往上游走。

她快速地找到纸张和笔,因为丹必须马上写信。然后,波菲尔德夫人去到厨房,丹呢,就跪在地上,把纸摊开放在凳子上,开始写信。丹的信是写给科特先生的,他告诉科特先生会有一批来复枪运往波士顿,为节约时间,这批枪将从新奥尔良发出。写到这里,丹简直难以抑制内心的兴奋,他签上名字,最后加上一行小字:"亡羊补牢,迟做总比不做好。"

他在火上把蜡熔化了,然后用蜡把信封好,这个时候,吉姆走了进来。

"我说过不会让你久等吧,我是不是说过,哈哈!"他戏谑而得意地对丹说,"我先是到仓库取了几条我们路上要用的毯子,然后告诉仓库里的伙计,去帮助约博处理那几具尸体。然后我就跑回来了,速度还算快吧。"

"你们最好认真准备你们的行程。"波菲尔德夫人从厨房里往外传话,"你们的行程很有可能会比你们预想的更长,所以你们要做更加充分的准备。你们到储存间再去看看,有什么需要的,你们就尽管带上,路上比不得家里,少了什么东西都是大麻烦,又没有地方可以去买!"

"我希望如你所愿,在圣路易斯追上他们,"吉姆一边说,一边朝外面走去,

"不过我们大概要到日落时分,才能知道答案。"

当他再次出现在丹面前的时候,他拿着一袋子旅途的用品。这时候,波菲尔德夫人已经准备好了早餐。早餐过后,波菲尔德夫人偷偷地把一大袋裸麦面包和一瓶子咖啡放进了吉姆的行李袋。最后,她坚持要给丹再换一次纱布和绷带。吉姆小心地检查了丹的伤口,说伤势恢复得很好,应该很快就能够痊愈。

"不过最好还是绑着,再坚持几天就好了,千万不要动到伤口。"吉姆建议道。"把你的背包放在这里吧,我们会替你妥善保管。等你回来的时候,再过来取。"波菲尔德夫人语重心长地叮嘱道。这时候,吉姆和丹已经走出了大门,准备上路了。

"我们一定不会浪费时间的。"吉姆自信地对丹说,"是的,他们就在森林那边遥远的地方,让我们去开启一场惊心动魄的追逐吧。"

昨天晚上码头上发生的一切已经销声匿迹了。那三具尸体已经被运走了,埋葬了。不知道九泉下的他们,会不会改邪归正呢?

吉姆拿着一把锋利的斧子。丹不知道他想做什么,他已经登上了那条大船,只见他一斧子一斧子劈开那些大桶的底部木板。"我只是想知道那里面究竟是些什么东西。我们忙活了一个晚上,到底为了啥?"他劈完所有的木桶后,回到码头上,笑嘻嘻地对丹说,"你不会怪我吧?我猜,约博·波菲尔德需要自己去修理这些大桶了,哈哈!"

吉姆把行李袋丢进了船里,然后从码头上解开船缆。丹和吉姆都坐到船里面,丹最后一次看了看那艘大的独木船,然后他走到小船的尾部,在船头的圆木上,有一个大洞,这引起了丹的注意。"有一个地方可以插桅杆的,"他询问道,"是不是可以使船走得更快呢?"

"哎呀,那是波菲尔德的理念,"吉姆说,"我们没有船帆,照样可以走很快,放心吧。"

"可是如果支起桅杆的话,可以给你省去不少力气呢。你记得吗,我去仓库拿过雨布的!"

这时候,丹悄悄地拿出波菲尔德仓库的钥匙,他把钥匙在吉姆面前晃了晃,"就在仓库进门的右手边,"他说道,"帆是卷在松木的桅杆上的。"

丹快步跑向栈道,不一会儿就带回了宝贵的船帆和桅杆。"现在的风向是西南,吉姆。"他一边说,一边支起桅杆,张起船帆。吉姆笑了笑,心想,还别说,有了风帆,确实会更加省力气的。他把行李袋摆放在卷起的毯子旁边,解开了大缆,拿起桨来，划动船只。

他们出发的时候，其实还很早。过了一会儿，吉姆把船调整到逆流的位置，然后说："孩子，真正的逆水行舟开始了。"

"我们要划一整天吧，"丹回忆起莫斯曾经说起过这段航程，"我真的很讨厌一直坐在这里，看着你操办一切，我觉得自己就像一个废物，或者一堆生了锈的烂铁。"

吉姆说："孩子，你只要做好你自己的事情就好了啊！"他一边说，一边朝着丹绑着绷带的手，努努嘴。这之后，他们几乎就没有什么语言上的交流，吉姆要节省一切体能来划船。说话也是很耗费精神和体力的。

快要到中午的时候，吉姆显得心满意足，他咕哝着说："我打败了我自己！我做到了我平常都无法做到的。所以现在我要犒劳一下自己，哈哈。我原来以为我们到达这个位置，至少要在中午以后，然而现在我们胜利了，我们提前了至少一个小时到达。"他说着，一边抬头看了看太阳，自信满满地笑了笑，一边把船划进了一个背阴的小湾穴。

他们停下手中的活，开始享用午餐。他们吃了鹿肉干、黑麦面包，喝了波菲尔德夫人偷偷放进来的咖啡。他们在推测目前远征队可能到达的位置，又在计划大约还要多久才能追上远征队！

"你确定，简德利只是说他们有可能已经离开圣路易斯，而并不是说，他们已经确定离开了圣路易斯吗？"

"是的，他只是说恐怕，所以他们也很有可能并没有离开圣路易斯，如果是那样的话，我们就能快点追上他们了。不过就算他们离开了圣路易斯，我们也一定要追上他。不过我想如果他们已经离开圣路易斯的话，我们正好可以领略一下密苏里河的风光！"

"你还是真会想哦，"吉姆嘟囔道，"圣路易斯那么大，你到哪里去找！我们怎么可能那么刚好碰到他们呢？如果他们都去买补给品，或者去做别的什么事情去了，叫我们怎么找呢？所以要我说啊，如果他们在密苏里河，我们找到他们的可能性还要大些。不过我这把老骨头，就要多辛苦一点了，不过我可是乐在其中，哈哈！"

"但是，就算情况再糟糕，我想，他们一定不会离我们太远的，我们一定还是可以追上他们的。或许我们可以雇人帮我们划船，这样我们就能跑得更快，如果……"

"请人来帮我划船？"吉姆不屑一顾地否定道，"笑话！他们或许都要前胸贴后背，还赶不上我呢。别担心，小伙子。我能应付的，我一定会很快追上他们。在河里，还没有我做不成的事情！"

"不管怎样，"丹说，"过不了多久，我们就会清楚我们目前的形势，只要我们到圣路易斯。"这时候，吉姆已经把船重新划进了激流，船又摇摇摆摆前进了。

对于丹而言，他觉得接下来这个下午尤其漫长，从来没有哪个下午能有如此漫长，他的内心焦躁不安，如果追不上，那该怎么办？人说屋漏偏逢连夜雨，船迟又遇打头风，此话还真不假，就在丹焦躁不安的时候，偏偏原来的顺风，也渐渐停了下来。周遭一片静穆，让人觉得更加压抑。他只能把帆撒下来，把桅杆收起来，然后静静地看着吉姆卖力地划着船，他也帮不上忙。偶尔听到吉姆一两句对于目前情况的评论，或者是对沿途风光的介绍。实在是太难为这个老猎手了，丹心里想着，一面也不知道能够为他做点什么，更不知道该如何表达他内心的感激之情。就在这种茫然中，他渐渐地感觉到这一天的时间在慢慢地流逝，他开始感觉到风力风向的变化，感觉到周围阳光的变化。阴影逐渐变得浓重起来。丛林的树梢洒上了一层金色的晚霞。夜幕尚未降临……但夜姑娘已经悄悄地在路上了。

"你觉得我们今天晚上能够追上吗，吉姆？"

"也许吧，我想应该可以吧。或许太阳下山以后我们就能追上。"这个老猎手，已经一天都没有停止地在划桨。

"太阳下山以后。"丹心里计算着，那么说来，就是两个小时左右以后。他和梅里·维勒·刘易斯之间，还相隔着两个小时——不过这都还只是也许，是尚不确定的。在这个特别的夜晚，也许他就要亲手将总统先生的信件，交到刘易斯船长的手中了。不过，远征队也有可能已经到了密苏里河了。

过了一会儿，他的目光凝视着那规律性摇动的船桨，他希望用他的目光，为它加一把力。最后，他也被自己这单调的姿势弄得精疲力竭了，他看着吉姆，正在与激流做着抗争。就在这时候，他看到远远的高处有一个东西，映入他的眼帘。他的视线一下子被吸引过去了，那高处的东西在西天的云彩照耀之下，熠熠生辉。是什么东西建在悬崖下面吗？堡垒？还是山寨？他身子微微前倾，那些很显然是一些屋子——建在悬崖下平底上的房子！

突然间，他意识到吉姆的眼神里泛出丝丝不安的情绪。他们一起哈哈大笑起来。

"嘿，吉姆，你这个老家伙，老油条，老骗子！你说你会给我创造个惊喜，说黄昏的时候就能够到达圣路易斯——哦，那间小屋子，就是圣路易斯吧。好大一个圣路易斯哦！"

"看你的表情，"吉姆咯咯地笑道，"似乎真的是个惊喜哦！要不然你笑得那么开心！"

当他们靠近的时候，丹发现那也不是一间小房子，而是一个很大的城镇。这城镇建立在悬崖底下的梯形的山地上。现在，他们可以看到一条长长的码头，码头上停泊着各种大大小小的船只，人们在码头上走来走去。那一排整齐排列的房屋一定就是仓库。这个镇子一直往里面延伸，远比丹想象的要大得多。

突然间，吉姆改变了航向。在两道长长的码头之间，水流变得平缓了许多，吉姆把船桨收到船上，小船的船头缓缓地转动方向，最后被一棵小小的树木的残枝固定在码头边上。

丹头晕目眩地站起来，一方面是被这突如其来的船的运动弄得晕头转向，一方面是因为坐得太久，脚都抽筋了，猛地站起来，感觉到脑部明显供氧不足，因而感到头晕。然后，他上了岸。远征队的人，有可能就在这个特别的小镇上吗？或许刘易斯船长，就在这里呢。想到这里，丹的嘴角不由得浮现出一丝笑意。

"我想有人能够告诉我们关于刘易斯船长的消息。"吉姆到了岸上，似乎也突然来了精神，快速地说道。他的这句话打断了丹的思绪，提醒了丹更为现实的事情是马上去搜集进一步的消息。

吉姆说："我们现在应该赶紧去找这个人——奥古斯蒂·齐奥托，约博的生意伙伴，齐奥托知道这里发生的一切事情，他是当地的万事通。他也许可以直接告诉我们刘易斯船长的行踪。但是我们必须快一点，要不然他可能就要下班回家了。我们要带上我们的毯子和食物。"

丹极目远眺，他从未看到如此多的皮毛，他的眼前，都是皮毛，一捆捆地堆叠在河岸边的码头上。这么多的皮毛，别说看，丹以前甚至连想都不敢想。不过他还是迈着步子，快速地和吉姆往前走。他们此刻还有更重要的事情要做，不能在码头上流连太久。

似乎这个地方已经是彻头彻尾的外国了。河上的船夫用丹完全听不懂的语言打着招呼，交谈着。印第安人到处都是，安静地看着河面。到处都是外国的脸孔，外国的语言——西班牙语、法语，偶尔能够听到一两句熟悉的英语。

鳕步枪

吉姆抬头四处张望，他向那些与他打招呼的人点头，突然，他奇怪地一溜烟小跑起来。

"他就在那里！"他突然大叫道，"就在那间大仓库的前面。"他跑向的那个人，面目和善，浓眉大眼，一双深邃的眼睛，让人觉得十分舒服。他站在门廊那里。

丹感到一阵新的希望正在他的脑海里翻腾，他一定知道一切！

丹想，他终于知道自己该何去何从！

丹想，他一定可以追上刘易斯船长！

吉姆加快了脚步，那个人也看到吉姆在靠近他，因此他高声地叫道："你好，你好，吉姆。我已经等你很久了，老朋友！为什么你没有和我的好友约博·波菲尔德一起过来呢？"

"你好啊，齐奥托先生。"吉姆简短地与他打了个招呼，这时候丹才追了上来，"这个年轻人，叫丹·博特，我把他带到你这里来了。他是约博的朋友，我们相信，你能够告诉他他想知道的事情——你什么都知道的嘛！"

"非常欢迎，先生。"齐奥托客气地对丹说，虽然他有些奇怪，他不知道这个青年到底要问什么，他只是问道："你要进来吗？"

丹站在原地没有动，以一种他自己都不敢相信的冷静，问："你能告诉我吗，先生，刘易斯船长和他的远征队现在在哪里？"

齐奥托惊奇地打量着丹和吉姆，他说："他的远征队四天前就已经离开了圣路易斯。他们将在圣·查尔斯等待刘易斯船长，然后沿着密苏里河往上游前进……"

"他没有和远征队在一起吗？"丹打断道，"刘易斯船长没有和他的远征队在一起？"

"哦，刘易斯被其他的事务耽搁了——他要购置一些新的补给品，还有一些杂物。他是一个格外细致的人。"齐奥托说，"他昨天骑马离开这里的，他的队伍将等着与他会合，然后就会出发。有可能是今天，也有可能是明天。"

丹的思想在剧烈地斗争："那么也许机会要等到明天才能有，如果我现在找到一匹快马，然后出发的话……""请问，从这里出发，到圣·查尔斯有多远？"他赶紧追问道。

"可是那样会不会太急了呢？"齐奥托惊叫道，显然他明白这个青年的想法。

"丹，你那条路走不通。"吉姆大叫道，"那样节约不了时间的——你对这里人生地不熟，你骑着马在他乡奔驰，万一迷路了，或者发生意外，那么你就前功尽弃了。我想最好还是走水路，而且水路也不会比陆路远多少的，最多是穿过这个镇子，然后绕过前面那道河湾。相信我，丹！"

齐奥托点点头："其实两条路的路线长度是差不多的。你到过那里的对吗，吉姆？"

"我还没有到过圣·查尔斯那么远的地方，不过我相信我一定可以到达的！"吉姆补充道，"嗯，我想我们明天一定可以成功，这很简单。而且即使就算他们今天已经走了的话，我们也会追上他们的。因为一路以来，我们已经经历得太多了，不在乎这最后一点点的时间，我有这个耐心和信心！"

"我相信你是对的，"丹缓缓地说，"我只是很讨厌看着你那么辛苦地把一切事情都扛在自己的肩上。而我，只能像一个呆头鹅一样看着干着急。"

"我说过的，我会一直陪着你，直到完成你的任务，我打过包票的。我想，等到明天，也许你就好了，可以帮我了，到那时候，"吉姆总结道，"我们明天早上出发的时候，就可以飞快地前进了。"

"你看，先生，"丹一边说，一边转向齐奥托，"我有一封信要交给刘易斯船长，这封信对他和他的远征队无比重要。这关系到他能不能顺利完成使命。事实上，这是他们接下来航程的关键。为了这封信，我千里迢迢，历尽千辛万苦才来到这里。这封信来自总统杰弗逊先生。"

齐奥托惊呼道："总统！我常常听到刘易斯船长提起他。"

"这么说，你认识刘易斯船长？"丹也惊呼道。

"对啊，我们经常在一起。他真是一个让人敬畏的后生啊，我以前从未遇到像他这样的年轻人。我很高兴能够为他提供帮助，在路易斯安那，我对这块的情况是很熟悉的，但是他们要执行的任务，远远要超过这片狭小的地域。所以，我的帮忙只是微不足道的。"

丹说道："我想起来了，你就是……刘易斯曾经写信给总统先生，说有人建议他增加远征队的人员，其中必须增加能够与印第安人交流谈判的人员。提出这个建议的人就是你吧？"

"你是怎么知道的？"齐奥托追问。

"总统先生在我面前，逐字逐句念了刘易斯的来信，其中就有提到你啊。只是我一时间把名字忘记了，现在才想起来，这个人一定就是你！"丹笑着说。

齐奥托也笑了，说："世界其实并不像我们想象的那么大，不是吗？要不然，

鳕步枪

怎么我们竟然能够相遇呢？我一时都没想到，请你们一起跟我先回家吧。在那里你们会感到舒适温馨的，可以修整一下。"

"那太感激你了，"吉姆说道，"可是我想我们最好待在这里，因为我们要准备随时出发，我们的时间真的不多了，必须加快进程。如果你真的想让我们舒舒服服地过一夜的话，那么就请让我们在你的仓库将就一个晚上吧。我们自己带着毯子，你看这样如何？"

齐奥托答应了吉姆的请求，现在这一片小天地就是他们的了。"祝你们好运，"齐奥托离开的时候说，"也希望刘易斯船长和他的勇敢的同志们都好运！"

不过，齐奥托才走出去没有几步，就立即匆匆地折返回来，丹和吉姆都不知道发生了什么。

"请问你是随着远征队一起到更远的地方去，还是直接回到总统那里去复命呢？"他问丹。

"直接回总统那里去，先生！一旦我把这封书信交到刘易斯船长手上，我就会回华盛顿复命！"

"那太好了，也许到那时候，"齐奥托笑着说，"你一定会得到总统先生的额外奖赏。因为刘易斯船长在我这里留了些东西，要交给总统先生。你猜猜是什么？"就在丹一脸疑惑的时候，齐奥托接着说："刘易斯船长给我留了一些野生的李子树和苹果树的树苗。我本来是打算通过邮局把这些东西寄给总统的，不过如果你到时候会回到这里，由你带回去，恐怕会更方便。你把这些东西带回华盛顿，总统先生一定会很高兴的！"

"你可以放心，我一定会回来取的，"丹肯定地答复，"而且，说实话，很高兴你能给我提供这么好的机会。要知道，杰弗逊先生对于园艺，那可是十分痴迷的。他最喜欢尝试栽种新的品种，也喜欢收集新的种子——我相信，他对这些园艺的兴趣，要大于做总统的兴趣，哈哈！"

"那么我就在河边等你们，不过劳驾，"齐奥托最后说，"你们二位，等你们回来的时候，一定要到我家里去住几天。"

当他们把毯子拿出来铺在仓库里的时候，他们感觉到肚子也有点饿了。他们把波菲尔德夫人给他们带的干粮拿了出来，组成了一顿丰盛的晚餐。吉姆说，他们必须做好准备，明天一早就动身。他找出了两张鞣制好的水牛皮，然后，把水牛皮摊开。他一旦睡熟的时候，总是会把毯子掀掉，这样多铺一层，可以防止受凉。

277

拂晓时分，他们再次登上了小船，逆流而上，在西南风的帮助下，小船一路向前。到了中午的时候，吉姆终于把船驶入了密苏里湍急的河水里。

"很快我们就走了一半的路了。"吉姆宣布道，从他的语气可以看出，这个老家伙，难以抑制住自己内心的兴奋。这趟航行，对他而言，真是一次重返青春的好机会啊。

突然，一阵欢呼雀跃的声响从江面和江岸传来。丹赶紧看着吉姆，他们谁也没有说话，只是静静地听。接着又是一阵欢呼声，如同春雷一样在周围不远处爆发……紧接着，来复枪的枪声，那么整齐划一……

他们的小船不断向前，丹把他的目光投向了下一道河湾。现在，他们终于追上了……现在……

就在正前方，一艘龙骨船正在缓缓地逆流前行，船的两边，是成排的船桨。丹简直无法呼吸，他太兴奋，太紧张了，那条大船是那么高大。两艘划艇分列左右，形成拱卫环抱之势。河岸上是欢呼雀跃的人群，在拼命朝河的中心挥动着手臂。

"你成功了，吉姆！"他大叫道，这时候，吉姆咧开嘴，得胜似地笑了笑，似乎也对自己的表现感到满意，"这就是远征队的船，刚才就是他们在鸣枪示意！"

"你最好把那封信准备好。"吉姆回答道。与此同时，他转过身去，把船继续往前面划。

丹简直不敢相信自己的眼睛，他将船上细长的桅杆放下来，然后把自己腰带解下来，拿出那个小小的袋子。他把袋子解开，拿出了那封信。就在此时，他把袋子又绑了回去，因为他们已经靠近其中一艘划艇了。

那些船员是那么伟岸高大，他们穿着宽大笔挺的制服，带着窄沿的制帽。他们的脸似乎都模糊了，好像融合到了一起，成为一个象征、一个符号，他们已经不代表一个个体，而是代表一种精神。丹记得他身子往前倾，问道应该到哪里去找刘易斯船长。他说他有一封书信必须亲自交给刘易斯船长，这封书信是从总统那里带过来的。

一个人回答道："刘易斯船长就在前面的龙骨船的前甲板上！"

小船继续加速，终于和龙骨船齐平了，丹在前甲板上，看到了一个高大的人。这个人有着古铜色的肌肤，戴着海獭皮的帽子，一条大狗正趴在他的肩膀上，一会儿又从他的身上跳了过去，活力十足。这场面温馨而活跃。吉姆把船靠得离那艘大船更近了，几乎和前甲板平行。

鳕步枪

刘易斯正在朝岸上欢呼的人群挥手致意。然后,当那艘小船靠近的时候,他朝小船看过来。这时候,丹站起来,朝他挥手致意。

"刘易斯船长!"丹大声招呼道,"我有一封信要交给你,是总统杰弗逊先生写给你的,我是丹·博特。"

刘易斯走到了船舷的边缘,仔细朝丹看过来。"总统寄过来的?"他惊诧地问道,"丹·博特?"他慢慢地重复着这个名字,似曾相识。突然,他的脸色由疑云密布转为天明气清,他兴奋地说:"我知道了,杰弗逊先生曾经向我提起过你。我非常高兴能够见到你。船员们,停止前进!收桨!"

吉姆将船紧紧挨着龙骨船的干舷,希望丹能够离那艘船更近一点,老人家也着实替丹感到高兴,而他自己也兴奋得像个孩子。丹神情紧张地站立着,他的腿在微微颤抖,确实太激动了。丹小心翼翼地把信拿在手上,然后,递给刘易斯。刘易斯接过信,就在这一刻,这两个杰弗逊的亲密战友,紧紧地握手致意。他们早已经是精神上的兄弟了。

小船载着吉姆和丹,缓缓离开。龙骨船的船员将船桨放下,那艘大船缓缓地开动了。丹仍然站在那里,目光凝视着刘易斯。刘易斯快速地打开那封信,然后低下头,仔细地阅读……他一边读,一边轻轻敲击着那几张发皱的信笺,若有所思!

突然,一阵奇怪的感觉袭上丹的心头——就感觉这一切,都好像是一场梦。这么长时间以来的焦急的等待,漫漫长途的雨雪风霜的洗礼,甚至死亡的威胁,一切都结束了。所有这一切,都是为了今天这一刻,为了和刘易斯的相见,为了将信亲手交给他,为了一个深藏在心中的梦!这一切,因为有了一次转交……信从丹的手中,到刘易斯的手中;一次握手,两个兄弟之间的握手,而显得弥足珍贵!

吉姆的声音把丹从梦境中带回了现实。"你能看到什么?难道你想让我们这艘小船翻掉吗?别傻站着了,快坐下吧,孩子!"

那条龙骨船穿过了一道河湾,丹最后一眼眺望着那个前甲板上高大的人——刘易斯船长。过了一分钟,那条船消失在茫茫的远方。现在,连那艘护卫划艇也从视野里缓缓消失了。

第八章　重返华盛顿

在一个凉爽的夏日，丹从巴尔的摩的驿车走了下来。他知道，这种天气在华盛顿的夏天，是最为常见的——他意识到，他终于回到了华盛顿。在路上的最后几个小时，他的内心还在激烈地争论，到底是直接去总统的府邸，还是先回格林夫人家，放下背包行李，洗去一路的风尘。然而，一下车，还不到一分钟，他就决定先去总统家。

他从行李中小心翼翼地拿出了那些小树苗，这些树苗就是从齐奥托先生那里拿来的。那天回去的时候，吉姆和他在齐奥托家住了一晚，临行的时候，齐奥托将这些宝贝转交给丹。丹这么多天来，小心地呵护着它们，保持它们根部培土的湿润。现在，这些承载着刘易斯心意的树苗，终于从齐奥托家中安全地抵达了华盛顿。从此以后，华盛顿也能看到这种神奇的野李子树和苹果树了。

当老吉姆把他带回赛克斯的时候，他看见那些长长的木桶已经装上了约博·波菲尔德的驳船，正准备运往新奥尔良。他感到万分满意，对于这些朋友，他真的不知道该如何感激才好。

当他回到匹斯堡的时候，他的绷带已经取下来了，肩部的伤势也恢复得差不多。他很希望在那里可以再度与大卫·叶外尔相遇，但是他被告知，叶外尔已经离开了。在安迪·皮姆的店里，他得知杰克·皮姆、莫斯，还有那两个伙计，都还没有从新奥尔良回来。不过虽然没有见上面，但是丹清楚，他会在心里一直默默惦念着这些好朋友、好兄弟。

贝特·吉那利的车队已经进城了，丹可以舒舒服服地乘坐他的大篷马车，回到贝德福德了。他发现自己和思·穆里刚好错过了，一天之前，他还在的。所以他给思·穆里留了一封信。

他开始盘算着，要不要从哈普渡口回到李斯堡呢，这样可以给皮特一个惊喜。

因为此时皮特一定在亚历山大渡口。不过吉那利坚持用马车直接把他送到巴尔的摩,所以他没法选择水路了,因而就不可能见到皮特了。于是,他坐着马车朝南方继续返程。

其实,他之前并没有想到他会如此激动,当他靠近总统的府邸的时候,他不得不承认,他的心都快要跳出来了。当他打开那扇熟悉的大门,那是他曾经和总统先生一起工作的地方,他们最后一天就是站在那大门口挥手道别的。现在,他的视线扫过那片绿油油的院子,草坪被修剪得很整齐。到处都更加规整了,看得出来,工人们花了很多心思努力地工作。

突然,他感觉到这里是如此静谧,难道总统先生出去了,去了国会,或者去了他的农场?然后,丹的视线被一簇簇花团锦簇的花丛所吸引——啊,那就是他亲手栽下的甜豆。这些甜豆,去年还在书房窗户的底下,还是小苗苗,现在居然如此耀眼,真让人感到惊喜万分。书房的窗户是开着的,似乎有人在房间里。

他蹑手蹑脚地走着,从花丛中侧着身子往里面看。就在他朝里面望的时候,他突然哽咽了——总统先生并没有去他的农场!丹一眼就看到了他的背影!

杰弗逊坐在桌子跟前,背对着窗户,似乎在沉思。丹向这个熟悉的房间瞥了一眼,那花架上的植物、那个鸟笼、那张办公桌,一切都和他离开的时候一样——只有那个壁炉是熄灭的,空空的没有柴,也没有火!如果让他去柴火间抱些柴火过来的话,那壁炉马上就能够生起熊熊烈火。

他等待了一会儿,希望他的声响能够被总统听见,他又不想打断总统先生的沉思。终于,他轻声地说:"那些甜豆和去年的长势一样喜人,总统先生!"他的声音是如此低沉,以至于他自己似乎都听不大清楚!

后来,杰弗逊先生说,他那一刻蹦得那么高,他少年时代,都没有蹦得那么高过。丹看见总统先生的眼眶里充满了惊喜,不过没有等到他细看,他自己已经飞也似的冲进了书房。

"丹!丹!"总统的双手紧紧抱住丹的肩膀,微微地摇晃着丹的身体,以此确认他不是在做梦!

他们就那么站着,彼此欢喜地看着对方的脸,丹一刻也等不及,俯下身子,告诉总统先生:"我已经把信亲手交给了刘易斯船长!"

"你……你,真的见到了他?"现在对他们而言,似乎只有那间熟悉的书房才能够分享接下来的感动,于是总统把丹拉进了书房,然后关上了房门。

"不仅见到了刘易斯船长,我还见到了整个远征队呢,先生!我在他们刚进入密苏里河的时候,追上了他们!"

"密苏里河!"杰弗逊先生激动地重复道,他坐回到自己的椅子上去,并且把丹按在他旁边的一张椅子上,然后他把椅子挪得离丹更近一点。"你最远到了密苏里河?"他难以置信地问道。

"这是一个太长太长的故事,先生——恐怕要讲一个晚上才能讲得完呢!"丹大笑着说,"不过在我讲这个故事之前,我还要给你一个惊喜!"他把那一束捆扎在一起的东西摊开放在桌子上。"这些是刘易斯船长送给你的。是野李子和苹果的树苗,你会喜欢的,对吧!"丹调皮地对总统先生说,"他本来是想通过齐奥托先生邮寄给你的。我路过齐奥托先生那里,并且获得了他无私的帮助,他建议还是我直接带回来比较好。"

"梅里·维勒·刘易斯知道我偏爱新品种的植物,所以才会特别选择这么一份礼物!"杰弗逊站起来仔细地看了看这些宝贵的树苗,对他而言,这不是普通的树苗,是宝贝——是他与他的同志沟通的桥梁。总统先生坚定地说:"我一定会把它们种到我的农场的。"

"那个齐奥托先生,"丹继续说道,"真是帮了大忙,就是他告诉我刘易斯船长的最后行踪的。而且,他就是那个提议增加船员的人。正是他的提议,让刘易斯决定招募新的队员,专门与印第安人交流和谈判。如果没有他的建议,远征队一定会面临更多的困难。你还记得这个人吗?就是最后一个晚上,你念刘易斯的信给我听的时候,提到这个人。"

"我当然记得,"杰弗逊一边说,一边笑了笑,"我甚至完全记得我收到那封信时的情景,也清楚地记得那天你离开我之后的情景。我一个人坐在那里,心里想你到了哪里,你过得如何——有时候,我的心里甚至也有点难过,有点歉疚,毕竟你还那么年轻,就把你派去执行这么艰难而危险的任务。不过现在好了,能够在这里见到你,这真是太好了。我还没有来得及告诉你,刘易斯给我写信了!就在你离开后不久,我又收到了他的一封信。他在信中又提到了那个齐奥托先生,还有他自己,他们都在圣路易斯亲眼见证了美国接管圣路易斯的神圣时刻!你应该听说了这件事情吧?"

丹静静地点点头,但是对他而言,他回忆起的是那天晚上,老吉姆匆匆闯进房间,告诉他这个消息以及那之后发生的一切。

鳕步枪

"但是现在,关于梅里·维勒·刘易斯,丹,你是不是想说,当他真正到达密苏里河之前,你并没有见到他。"总统先生故意戏谑道,"你是不是又差一点就和他擦肩而过呢?"

"大概就是这样吧。我在密苏里河的时候,看见前面有一艘大的龙骨船,两艘划艇环卫在它的左右,他们正朝着河的上游前进。然后,我就记得一条大狗正在和一个年轻人玩耍。他们在前甲板上,我看得很清楚,我想那个人就是。"

"梅里·维勒·刘易斯一直就很喜欢狗!"杰弗逊忍不住大笑道,"他还很小的时候,就养了一群狗,天天围着他打转,哈哈。我很高兴听说,他带了一只狗同行。你说,有两艘划艇护卫龙骨船?那么你见到了克拉克船长吗?"

"我并不认识他,先生。不过事后我听说,他就在其中一艘划艇上。我相信他当时应该就在我的眼前,但是我却没有看见他。这是不是听起来很滑稽啊?是的,这就是我事后回忆起来,觉得最荒谬的地方。"丹大笑道,"几个月之后,当我回想起那天的情景的时候,我对远征队的印象似乎已经很模糊了,当时与我面对面的远征队的队员们,现在想来,我只能依稀想起他们的大大的草帽!"

"草帽?去野外劳作戴的草帽?"

"是的,不过要更新一点,而且像黄油杯子一样光亮,"丹咯咯地笑着说,"这很符合那些年轻人的风格!不过,刘易斯船长自己,却戴着一顶普通的帽子,哈哈。我敢说,不管是谁,看到那天的情景——那个高大的青年站在甲板上,神情自若——都不可能忘掉这一幕的。我甚至一刻也不曾把我的视线离开他,我一直凝视着那个我心中的偶像,直到他们的船,转过一道河湾,再也看不见了。我仍然往远征队前行的方向张望,直到所有的船都从我的视野渐渐消失了。总统先生,你想我是不是太傻了,哈哈!"

"不,不,孩子,这对你来说,太不容易了。"杰弗逊说道,"这么说,远征队确确实实已经上路了。丹,我其实很嫉妒你呢!我羡慕你,你从头到尾见证了一个梦想的实现,这是一个看似不可能完成的梦想——现在真正打通由美国到东方的直接贸易之路!"

"我也曾经这么想过,先生。当我看着那些船消失在天际的时候,我也曾想,你的梦想,还有他——雷迪亚德的梦想,在我眼前实现了!"

"我还要嫉妒你亲见了两条伟大的河流,密西西比河和密苏里河!"

"先生,我不仅仅是见到了密西西比河,我还使用了它呢!"

"使用了它?"

"我通过密西西比河,从新奥尔良往波士顿发送了一批货物!不过那是另外一个需要讲一个晚上的、长长的故事了!"

"这倒提醒了我,你说到波士顿,我想起来了,"总统先生从书桌里面拿出了一封信,交给了丹,"这封信在你离开之后不久,就寄过来了。"

丹仔细看着那封信的地址栏——是凯勒布的笔迹。难道科特先生那里有什么事情吗?

"我去拿些柴火来。"丹说道。他走到总统面前,接着说:"这个壁炉显得太冷清了!另外,我还要给那些植物浇点水。"这时候,他开始整理办公桌上的剪报,整理好之后,他拿上信,出去了,他打算到外面去看这封信。

总统先生在屋子里徘徊着。他似乎在回想往事,那一天,当他苦思冥想一条直接通往东方的贸易之路,他也是这样徘徊着。他来来回回反复踱着方步,他的内心无比煎熬。他计划打通这条道路,他甚至计划拓展这个国家的疆域,不断扩张,扩张到太平洋的海岸线上,真正横跨大西洋与太平洋,最后直达远东!这种感觉一直萦绕着他,那个和他同气相求的弟兄,现在在哪里——他可以劝说自己,说他就在那里,和他一起交谈,一起散步,他们热切地打断着对方,不断抛出新的见解,他们的思想不断碰撞出新的火花。他甚至可以看见那宽大的肩膀、那坚定的信念和自强不息的勇气。那个人以三十几岁的生命,完成了时间无法冲刷的伟大业绩,他就是约翰·雷迪亚德。

是的,时间已经向他做出了终止令,杰弗逊常常这么想,但是,谁的时间不会终止呢?人的生命都是有限的,都要走向终结。但是,当你的时间的尽头来临时,你能无愧地回忆你的一生吗?你能组织起你此生富有意义的回忆吗?也许对他而言,最大的悲哀就在于,他无法再来一次。谁也无法再来一次!对他而言,他会感觉到失败吗?他那未竟的事业,他那痛苦的处处碰壁与苦难岁月,他的遭遇,他的苦痛……这一切就能判定他是一个失败者吗?在他生命的尽头,他会惊奇地发现,他的生命原来是如此短暂吗?他为了心中的梦想,做了那么多准备,做了那么多计划,对他来说,做这些准备和计划的时间是足够长的。他觉得他是有足够多的时间来完成他想做的事情的。这就是一个年轻人的想法——当他还很年轻的时候,他总是想,我们每个人的梦想,都会有足够的时间去完成,因为我们还年轻。然而这时候,会有两种截然不同的人生:一种是不断地等待,等待明天才去行动；一种是分秒必争，昼夜兼程，不达目的誓不罢休。然而这两者都有可能会失败。但是前者的失败，能与后者的失败相提并论吗？当生命走到尽头，前者会说，哎呀，时间如此短暂。对他而言，短暂的不是生命的时间，而是奋斗的时间。后者也会说，哎呀，时间如此短暂。对他而言，短暂的不是生命的时间，而是生命的可悲。然而，生命的意义就在于，可悲的有限中，孕育着无限的可能和梦想，这无限的可能和梦想，才是最光彩夺目的。雷迪亚德留给我们的，恰恰是这一点！

对于年轻人而言，恐怕只有等到他度过了他的一生，他才会懂得，人的生命，究竟有多么短暂。不论人生如何浮华喧嚣，事实是，它流逝得那么快，如白驹过隙，转瞬即逝。

约翰·雷迪亚德，人们都认为，他已经死了——他已经死了很多年，这么多年过去了，谁也不会再提及他，他已经不在了，没有意义了，是这样吗？那个在他有生之年并未实现的愿望，他的肉体无法达成的愿望，现在终于实现了，从这一点上而言，他现在不是还活着吗？他的梦想和精神，不是一直还在延续，还在实现吗？这就是生命的意义，也是生命的精彩。

走出门廊之后，丹发现了一些水，可以用来浇灌那些植物。然后他拆开了信件，第一行字就让他确认了写信者，是凯勒布写的，还是一如从前一样亲热：

> 这真是一个伟大的消息，我们都为你的新工作感到无比骄傲。丹，虽然我们很讨厌听到这个消息——你不能回到店里来干活了。但是我们真的很为你感到高兴，因为你终于找到了你能够发挥才干的地方。想想看吧，能够为总统工作，这是多么大的荣幸啊。你过去就一直比我们都更加生机勃勃，你应该出去干一番大事业。
>
> 你不必担心，店里的生意一切都好。另外还有一些别的事情，需要向你说一说。爸爸去年冬天去世了，我们的房间对我和妈妈而言，就太大了。所以科特先生把他在盛夏大街的那个房子让给了我们——他说他不喜欢原来的租客，他说他希望那里还是保留原来你在那里时候的样子。所以，现在我们很好地打理了那里，到处都整整齐齐的，到处都是温暖而舒适的，就和你原来住的时候一样。真希望你能够回来看一看啊！我的兄弟！
>
> 你还记得吗？那门前台阶旁的丁香花，现在已经开得很盛了！
>
> 还有些别的花儿也都吐露着花蕊，相信一定都会开出最绚烂美丽的花

朵来。

　　对了，我相信，你一定会很高兴听到接下来这件事情：塞西终于送出了他那条中国的刺绣披肩。他送给了他最心爱的姑娘，这个姑娘在婚礼上戴上了这条披肩呢。

　　回来吧，兄弟，回来看看我们。如果你回来的话，你能否像印第安人一样大声喊叫我们的名字？让你的回归，成为波士顿港的一大新闻——我们热切期盼你回家！

　　最后，凯勒布像从前一样，恭恭敬敬地签上名字，这是他的习惯——"你忠诚的凯勒布敬上"。

　　丹把这封信折起来，塞进自己的口袋。然后，他从书房门外的箱子里，抱了些柴火，走进了书房。

　　杰弗逊先生还在来回地踱着方步，似乎在全神贯注地想着什么。丹想把壁炉点亮，可是他试了很多次，都没有点亮。最后，他重新摆放了柴火，并且带来了更多的火种。这一次，壁炉里的火终于燃烧起来。他盘腿坐着，看着火焰升腾。

　　"现在终于燃烧起来了，"他看着总统，说，"不过花了很长时间才点着。"

　　总统停了下来，看着他，平静地说："是的，我们花了很长的时间，才点燃了某些火焰。"